乐都文学丛书

评论卷

大道至简

DA DAO ZHI JIAN

茹孝宏　主编

青海人民出版社

图书在版编目（CIP）数据

大道至简：评论卷 / 茹孝宏主编. -- 西宁：青海
人民出版社，2023.6
（乐都文学丛书）
ISBN 978-7-225-06408-6

Ⅰ．①大… Ⅱ．①茹… Ⅲ．①中国文学 — 当代文学 —
文学评论 Ⅳ. ①I206.7

中国版本图书馆 CIP 数据核字（2022）第205992号

乐都文学丛书

大道至简（评论卷）

茹孝宏　主编

出 版 人　樊原成
出版发行　青海人民出版社有限责任公司
　　　　　西宁市五四西路71号　邮政编码:810023　电话:（0971）6143426（总编室）
发行热线　（0971）6143516／6137730
网　　址　http://www.qhrmcbs.com
印　　刷　青海德隆文化创意有限责任公司
经　　销　新华书店
开　　本　720mm×1010mm　1/16
印　　张　25
字　　数　320 千
版　　次　2023 年 6 月第 1 版　2023 年 6 月第 1 次印刷
书　　号　ISBN 978-7-225-06408-6
定　　价　298.00 元（共五册）

《乐都文学丛书》编委会

序一

梅 卓

南北青山遥携手，滚滚湟流起春潮。

乐都雄踞河湟，扼守甘青要道，是丝绸南路青海道重要地理和文化节点，历史上曾上演过一幕幕风云变幻大剧，文化灿烂辉煌，人文积淀深厚。在一辈辈代表性文化人物的引领与推动下，尊师重教、崇文尚礼逐渐蔚然成风，由此奠定了乐都文化的久远渊源和深厚基础。新中国成立后，历届县委、县政府着力文化建设，"北山赛马、南山射箭"成为极具品牌效应的群众文化现象，文学创作日趋活跃，"青海文化大县"美名广为流传。本世纪初，乐都县成立文联，创办《柳湾》文学季刊，文艺组织和文艺阵地，犹如两团温暖光芒洒向文艺界，暖光所及，广大文学爱好者创作热情被激活、才华得以触发，新人新作渐次涌现。新时代的乐都实现了由县改区的历史性跨越，区委、区政府将文化建设始终置于重要发展地位，给予强力领导和有力扶持。在美好传统孕育的相互砥砺、相互学习、团结和谐、积极向上的创作氛围中，新生创作力量不断加入，全区作家队伍阵容日益壮大，创作中比学赶超之势愈加明显，涓滴泉溪积为静水深流，盛放之花汇成满目春色，文学园地迎来了硕果垂枝、清香漫溢的收获时节。

既是收获，就有必要回顾与总结。回顾是为了展望前路，总结是为了更好发展。

摆在我案头的五卷本"乐都文学丛书"，是一套涵盖小说、散文、诗歌、纪实文学、评论各文学体裁的作品集，作者众多，内容丰富，风格多样，比较全面地呈现了乐都文学的创作队伍结构状况与优秀作品风貌。可以说，这是乐都文学品类齐全、精挑细选、分量重、成色足的收成，是区委宣传部、区文联、区作协献给新时代新征程的深情颂歌，对回顾全区文学发展脉络、激励广大作家投入新时代文学创作，引领意义和传播价值自不必细说。

每一次收获都是一个新的起点。

习近平总书记在文艺工作座谈会讲话中强调指出："文艺工作者应该牢记，创作是自己的中心任务，作品是自己的立身之本，要静下心来、精益求精搞创作，把最好的精神食粮奉献给人民。"衡量一个时代的文艺成就最终要看作品，衡量一个地区的文艺成绩最终也要看作品。乐都区曾是脱贫攻坚主战场，当前正全力推进经济繁荣、创新兴业、品质宜居、绿色秀美、和谐善治、勤政务实"六区"建设，全区上下踔厉奋发、笃行不怠，共同书写了乐都波澜壮阔的时代画卷，新时代的历史大剧正在这片背负荣光、承载梦想的土地澎湃上演。时代召唤文艺工作者从新时代的重大成就和伟大变革中萃取题材、提炼主题，为人民抒写，为人民抒怀，为人民抒情。

这是我们共同的责任。愿我们载梦前行，永不停步，坚信下一个收获就在不远的前方！

是为序。

序二

丁生文

　　湟水河流经西宁，滔滔不绝地向东奔流，在进入大峡至老鸦峡的一片狭长开阔地带，孕育出了一块丰腴之地，这里历史悠久，人文荟萃，这就是河湟文化古都，被誉为"文化大县"的滨水生态新城——乐都区。

　　如果海东是河湟文明的发祥地、核心区，那么乐都则是其核心中的核心。青海著名作家王文泸在《文明边缘地带》谈到乐都人时说："他们有礼貌地待人接物，用干净的语言和人交谈，自觉维护着一些约定俗成的文明规则，从而使得看起来稀松平常的乡村生活因为有了文明的骨架而变得法度井然。"2021 年元月，中新网以"耕读传家久，诗书继世长"为题报道了青藏高原"博士村"乐都区瞿昙镇徐家台村。综上所述，"魅力海东，人文乐都"的概括无疑是精准的。

　　尤其值得一提的是，从吴栻、赵廷选、谢善述、萌竹等硕儒名士留存于世的作品来看，他们的创作也代表了历代青海文坛的较高水平。近年来，在区委宣传部主导的《柳湾文艺》期刊的引领下，在乐都文化人的努力下，在乐都崇文传统的激励下，多方筹措资金，出版了《河湟民族文化丛书》《乐都历史文化丛书》《河湟历史文化通览》《河湟花儿大全》《柳湾文丛》《瞿昙文化纵览》《凤山书院》等各类文化图书百余部，破羌轶事、南凉史话、鄯州故事、瞿昙传说等也被乐都作家写成地方史志类小说，创造了高原图书出版之最的记录，形成了被业内人士称为最具发展潜力的"柳湾文学方阵"，其作者的作品先后在《读者》《青年文摘》《大公报》《文艺报》《光明日报》《中国教育报》《上海文学》《北京文学》《星星诗刊》《绿风》《诗选刊》《诗江南》《诗歌月刊》《四川文学》《黄河文学》《文学港》《散文百家》《飞天》《黄河》《散文选刊》《文学自由谈》《时代文学》《青年作家》等大报名刊刊发，其中一些文艺家还先后获得"《飞天》大学生诗苑奖"、青海青年文学奖、青海文艺评论奖、青海省政府文学艺术奖、孙犁散文奖、青海省委宣传部"四个一批"人才及青海省"德艺双馨"文艺工作者称号，作品入选省内外多种重要选本。

为了进一步落实习近平总书记在中国文联十一大、中国作协十大开幕式上的讲话精神，培养"胸中有大义，心里有人民，肩头有责任，笔下有乾坤"的文学队伍，献礼中国共产党第二十次全国代表大会的胜利召开，在区委宣传部、区文联、区作协的努力下，编选出版了这套《乐都文学丛书》。该丛书对改革开放以来乐都文学作品进行了巡览式的选编，以点带面全景式展示了新时期以来乐都作者在诗歌、散文、小说、纪实、评论等方面的创作，并辑纳了外籍作家抒写乐都风物、评论乐都作家作品的诗文；丛书不薄新人爱前贤，征集入选了100多名作家和文学爱好者的500多篇（首）作品，既有耄耋作家的作品，也有后起的90后年轻作家的作品；这些作品雅俗共赏、不拘一格，既有黄钟大吕，也有阳春白雪，既收录了精英知识分子写作，也编辑了业余爱好者的作品。该丛书为总结跨世纪40多年来的乐都文学创作积累了宝贵的文学资源，我们相信它将激励文学才俊竭尽全力投身文学创作，为新时代创作更多更好的文学作品。

文化是一个国家、一个民族的灵魂，文化兴则国运兴，文化强则民族强。故《习近平新时代中国特色社会主义思想学习纲要》鲜明提出"建设具有强大感召力和影响力的中华文化软实力"的重大论断。海东早在2013年就绘就了"全面建设河湟文化走廊，着力打造海东文化名区"的文化发展蓝图，号召各级领导"要真正增强发展文化、壮大文化、繁荣文化的紧迫感和责任感，将文化建设融入经济建设的方方面面，把文化'软肋'变为文化'软实力'，把文化资源的潜在优势转化为文化发展的现实优势，力争在文化建设领域异军突起，实现海东文化大发展大繁荣"。

海东撤地设市之后，市委领导也一再要求：要厚植河湟文化，建设文化名市，打造精神高地，为繁荣我市文化事业提供可靠的组织保证，奋力谱写我市文化事业繁荣发展的新篇章。近年来海东市以习近平新时代中国特色社会主义思想为指导，在市委的坚强领导下，提高站位、乘势而上、担当作为，携手谱写美好生活的时代赞歌，不断开创全市各项事业发展新局面，努力把"五个新海东"美好蓝图早日变为现实。乐都区也紧紧围绕推进"四地""五个新海东"建设目标，以经济领域改革为重点，增强高效能服务，全方位扩大改革开放，推动中央和省委、市委各项改革（试点）任务在乐都区落地生根、开花结果，为经济繁荣、创新兴业、品质宜居、绿色秀美、和谐善治、勤政务实"六区"建设注入强劲动力。尤其是在"人文乐都"的传塑方面，在精神文化的创作方面我们更要凝心聚力、继往开来，我们相信在乐都区广大文艺工作者的共同努力下，"人文乐都"必定会在新的时代再放异彩，乐都文学创作也一定会在千帆竞发的河湟文化重建大潮中更加繁荣昌盛。

是为序。

目录

诗歌评论

云阵和电闪雷鸣的一次联合

——读存云、主人的诗歌合集《高处·二人行》

马 钧

　　石榴树上结樱桃，那是奇诡的嫁接。周存云和主人合出一本诗集，则是他们二人的因缘聚合。书是合在了一起，可是水和油贴得那么近，水还是水，油还是油，它们之间存在着一种亲近的隔膜。有了这层亲近的隔膜，这书看起来就有了超出他们个人初衷的意趣。单是想想，一本书里可以看到两个人的世界，比看双簧表演有意思多了；双簧是两个人费心费力地将声音来校对口型，对得越是异口"同声"，就越是能赚得一味看乐子的看客们一片喝彩。做看客的观众，已经没脑子去反应俩人极尽所能的事情，不过就是其中一个必须变成哑巴，另一个必须当一回没有核桃仁的脑壳，这样才会成全这种艺事的奇效。存云和主人非但不唱双簧，还各行各的腔，各走各的韵。此番情形，简直就跟一个"北"字似的：俩人坐在地上，背对着背（注意不是靠在一起，也有着我前面说过的那种"亲近的隔膜"感），各自望向各自视野里的事物。

　　主人以脑写诗，存云以情写诗。以情写诗，偏重于心理上悲喜伤感的各种反应，即便在诗里时或插入一点朴素易解的哲理，它也是被情感紧紧包裹着；以脑写诗，偏重于思考，情感的感性成分多被提纯，所以主人的诗多见巧思，所思所感，多有智性上的急智。存云的诗，语义、意象、文脉都不涉入艰涩之境，所写之诗的品相质朴平易，但也往往为此失去意境的深度和意蕴的丰富度，因为过于晓畅简明，减损了诗歌应有的内在张力，像少了短墙、漏窗、曲廊分割空间的园林，容易被游人一眼望尽；主人情动之际，每每牵涉到他智性的若干层面，屡屡以发散思维，编织他超越常规的诗思。因为诗心的开阔、跳跃，不时有出人意料的意象组构和感抒诗句。可是他的野逸无拘，也让他屡屡付出鸷奇求异的代价：失去分寸、失去文理，往往奇则奇矣，语义却怪诞得背离现实和一般的经验，用中国古典文评的说法，这叫作"理不胜词"。

即便是刚刚眼见的事物，到了存云的眼里，会马上浸入他的沉思里，沉思又牵出他的回忆。所以他诗里的意绪、意象乃至所造之境，统统皆从他心灵的反刍机能里缓缓释出。他的那些诗一一读过之后，你会无形中觉察到他诗歌的一个精神肤纹：他自始至终在跟一个或实或虚、或有生命或无生命的对象在低声絮语。在诗里，他从来不会滔滔不绝，从来不会慷慨激昂，他一定是低声的，低得像小夜曲低沉的曲调。他还会让诗行里的意绪、意脉骤然停顿下来，像古琴演奏里的若干间歇、停顿。表面上他在沉降着情感的温度，本质上，他在诗行里燃烧的是如同藏在酒水里的那种看不见的暗火。如果我们把激情细分一下，他持有的激情是一种稳重沉静的激情，唯其稳重沉静，它比通常我们看到的张扬颠荡的激情要持久坚韧。内敛的心智，使他更易于把自己的感觉在诗歌里雅致化、细腻化。由于这样的抒情趋向，他的情调不能不更多地偏向于阴性的特征：温情，感伤，忧郁。英国著名文学批评家瑞恰慈说过：感伤主义是对于一件事物过量的反应。具体到存云的诗歌里，他感伤的一个重要方面就是——伤逝。与此相应的意象、意境，就是在他的诗行里反复出现白马、云朵、飞鸟、火焰、风和远方这些个自然和动物的意象。日本汉学家小川环树曾写过一篇《风与云》的文学评论，文章的副标题就把古典文学里频繁出现的"风""云"意象，揭示为"感伤文学的起源"。这些意象之所以容易诱发人的感伤，是因为它们都具有轻盈、难以把捉、可望不可即和易逝的性质。因为既不容易把捉、占有这些物事，也难得亲近它们，于是怅然之情萦绕于怀，久久不能释然。为此，我们还可以在他的诗歌里发现一个与此相关联的重要特征，这就是诗人总爱"一天天地顺着窗口远望"（《等待的日子》），正是在这种试图打通大自然和人心的隔膜、内心与外界的隔膜这条漫长的道途上，我们既看见了诗人偏向沉思的性情，也揣摩到了他的渴望，他在渴望中难以如愿的无奈，他内心一丝一缕的孤寂之情。这样一个内观的诗人，透过窗户眺望窗外世界，一边借此纾解内心郁积的窒闷，一边又再添新愁、再添迷茫，轮回似的再度辗转体验李清照般的如斯感慨："才下眉头，又上心头"。这样的情感还原到他诗歌的语境里，正是如下俳恻低回的咏叹：

"我悲叹于时光的速度无法追赶／我端起刚刚煮好的咖啡／春天已从我的眼前远去"（《如此短暂的春天》）；

"远处的景色早已更替／厚厚的阴郁由此而生"（《结局》）

"如今远方的美丽发出最后的／召唤时那条道路已被暮色淹没"（《寂坐》）

"我的悲伤由来已久／但我什么也没有说／我只是默默地搬弄着自己的手指／而内心的火焰就于手指间闪烁"（《春风吹来的时候》）

"我把灯盏举过了眼睛的高度／反而看不清脚下的路途"（《你为何对待》）

伤逝怀远，一直是中国古典诗歌里的一个原型主题和核心的情感基调，存云的诗，在文学上无疑是在这种频现的情感基调上散发出来的、微微波动的涟漪，仅仅是微微波动的涟漪，还没能积聚起后浪盖过前浪的那种超越的势力。这是一切晚出的写作者和作家必须面对的一个挑衅。挑衅不过，只能在某个高度盘旋之后，低低地飞落到地上，雀跃于涂。

主人的诗诡怪一些，什么骷髅、鬼雄、乌鸦一类令一般人悚然而避犹不及的物象，他都会拿来作为津津乐道的诗料。他骨子里涌荡着强烈的逆反心理，像一头困于笼中的狂野之兽，但凡抒情、议论、意象营造，都要左冲右突一番，竭力超出常规、常识，题材风格不拘于一种路数，好骛奇立异，急智式的思维，使他的诗作往往依赖灵感句来新人耳目，所以多数情况下他的句子短小，篇幅的格局偏于小巧，即便是他写出了像《山里》《谶语》这类诗体小说，这类在他的诗作中积土为台的"大篇幅"，而它内部的运思机制，仍然没有发生什么实质性的逆转，只是散文化的句式被分行排列之后，诗歌的局面俨然逶迤而荡，像步兵的方阵变作单列的长龙。

他还喜欢在诗中搞点儿人物速写，把印象、杂感、评论、忽发的意念一股脑地混杂在一起，这中间他尽管不像学者化的诗人那样翻箱倒柜地搬运知识，但诗句里这里那里的宗教、哲学引语或典故，还是颇有点像大观园抄检时晴雯抖落的箱底。这见出他还藏有一些独异的阅读资源，再加上他心思的活跃和机灵，我们再看他的诗，时常会被他活跃、机灵的文思，刺激得像是疏通了某些血脉，同时也会被他的行文刺激得诧异起他那粗率走形、有失技艺的针脚，像什么"我吸吮自己的泪／长成人类"，"泪／手摇一棵果树／阳光枯萎"（《澎湃而歌》）；"伟大的思想并不比用过的手纸干净多少"（《忘年交》）；至于像"这里再大的脸也没有蒡子大"（《泛酸》）之类的句子，已经是在模仿泼妇骂街，是痛快的生理发泄，而不是痛快的艺术创作。主人往往在卑俗和高雅之间，容易把自己扮演成一个耍弄长枪大戟，而在厮杀中时或失去阵脚的匹夫。尽管他是那种心里想着造就穹庐式殿宇的狂人，结果有时只砌出几间矮屋和一溜短墙，这种创作上作家主观愿望和作品之间的极度反差，时常会反射到他的意识屏幕上，让他扫兴甚至沮丧，但这也会让他置之死地而后拼死一搏，直到调动起他内在世界里的狂野。狂野起来的主人，不光屡屡让自己倒回到童言无忌的状态，也会在精神上把自己变作不衫不履、不拘礼法的癫狂之士。

我个人欣赏他诗里散发出的一种怪诞的幽默感，比如他的诗体小说《谶语》里这样的诗句："我老乔 /8 岁我就叫老乔了"；同样是诗体小说的《山里》一诗，表现这种怪诞的幽默最为经典："在城里 / 我最想感激的人要数尿罐了 / 尿罐自然是绰号叫惯了连他母亲也忘了他的大名 / 阿姨吴卫国在家吗 / 吴卫国不在 / 尿罐在家吗 / 噢是尿罐呀在在在"。我喜欢它，是主人在这个时候把俗的事物，写出了可以涵泳再三的韵味，里面没有哲理，却分明弥散着俗世生活的况味。

主人的诗，充满奇思异想。像"岁月无情转眼白驹都怀孕了"（《山里》），"乌鸦这些讨债回来的秤砣"（《少年村庄》），"偶然的幸福 / 是缘必然的灾难叫命运"（《忘年交》），"我将放弃诅咒怨气 / 我愿儿童长寿世界安宁我愿大家记住一个伟人教导 / '村上的人死了开个追悼会用这样的方法 / 寄托我们的哀思'农历戊子年 6 月 28"（《梁老先生》）……这些诗句和意象，让你感觉到他的文思总是能拧来拧去，远交近接，自成线路。

两个人的诗，一刚，一柔，一忧郁沉思，一恣肆激越，一个幻成低低的云阵，一个却在天际制造电闪雷鸣。一本诗集有如此丰足的气象，足够让我们见异思迁，像几只飞越花海的蛱蝶。

携带地火般激情的质疑者（代序）

马　钧

　　读郭守先的诗集，突出的感觉是急管繁弦，既有浅唱低吟，也有高亢嘹亮，甚至还有旷野中呼叫的声嘶力竭，有大弦嘈嘈，也有小弦切切，总之有无数的声音在响，在寻找着承纳它们的空间，在证明，在发现，在质问。可以想见，在郭守先的精神世界里，蓄积了太多太久的感触和思考，它们简直就像胀满的水库，涌溢着随时都会冲决大堤的力量。

　　郭守先的诗歌，总是蛰伏着一股地火似的不羁的激情，像铁笼子里的困兽时时刻刻带着愤怒、敌视、怀疑、叛逆的目光。

　　他勤勉地捕捉来自乡村、情感记忆、工作、旅行中的点点滴滴，同时跟他阅读中思想的触动、震动交织、共振，一起编织到诗行里。所以他的诗集里才呈现出各种题材。在诗歌的质地上，抒情的，理性的，甚至是古典诗歌的韵律和形式也被他调遣到笔下，仿佛这样才能承载他对于现实的多种思索，多重感受。尽管如此摆布笔阵难免会给人留下些许凌乱、芜杂的印象，但他似乎已无暇顾及。从他诗集中的诗歌篇幅来看，基本上是短小的。而从他的一些诗歌题目来看，又非具有长篇或者大型的题材结构不能舒展其文思，但他像一阵风似的迅速掠过，仿佛他善感的心灵来不及过多的沉淀，就又被新的事物所吸引、所感染。他的感受总是带着某种挤胀后形成的匆促、局促、约束，所以他才会把他的诗思、诗情匆忙地织进短小的诗行。意犹未尽，他还要把他的诗思、诗情嵌进古典诗歌的四行八句之中。他就这样左冲右突，寻找着他理想中的表述，理想中的形式，理想中的深度。

他的诗歌意象并不繁复，有些甚至显得简单，有些思想的表述也很难说得上是推陈出新，但其诗行中时或跳出的一些包含着理想主义的、怀疑主义的、批判的、讽刺色彩的诗句，还是可以让我们窥看到他让诗歌从以往单纯的抒情，向理性的审视、批判不断挺进的努力。

"只有依墙而居年轻人／用家藏的利器悄悄剥蚀／你带给他们的每一寸阴影"（《古城墙》）；这是觉醒的年轻人对沉重的历史清醒地反省；"朋友，你为什么不激动／该长歌时不长歌／该痛哭时不痛哭／人生的看台上／没完没了地抱怨／连手也懒得拍响／三十岁就把寄托的目光／系在儿女蹒跚的脚步上"（《朋友，你为什么不激动》），这是对同龄人丧失生命活力的激愤质询，是一个理想主义的诗人的控诉和批判。这样的声音，是这部诗集中发出的嘈嘈大弦。

诗集中也有切切小弦。在抒写个人的情感时，郭守先的诗情往往就回到古典诗意的含蓄、隽永当中："月如壶／烈酒／斟满了醒者的杯盏"（《清明》）；"午夜我拎着那双／穿不破扔不掉的鞋／赤足走进诞生我的村庄／彩陶昨夜远嫁／父亲疲惫地在灯影里睡去／只有麦子在梦中疯长"（《赤足回乡》）。这种现象很像鲁迅这样的作家，一旦用古体诗抒写心灵，就无法酣畅地体现其思想的锋芒。

可以看出，郭守先在具有批判锋芒的诗歌的语境上多取东西方典故，尤其是像《圣经》里的某些片断。其诗集中有一首表现哪吒的诗歌，从其文化选择的角度来说，郭守先有好的直觉，有好的眼光，但他把本应该展开的宏大精神空间，人为地缩小了，以至于不能像龙卷风一般，暴虐、恣肆地横扫大地，结果只像短暂的猛风，还未充分发力，就已势消气减。这让我想起晋代的文论家挚虞的一段话："假（此处当动词用）象过大，则与类相远；逸辞过壮，则与事相违。"钱钟书笺释说："'壮辞'宜用于'大象'，辞壮而即隐含象之大。"倘或两厢不般配，就像大脚硬往小鞋子里塞，巨鲸的吞吐变成小鱼的唼沫。这样的创作，范本古有陶渊明所选择的刑天的猛志，现代有鲁迅的眉间尺，近前有昌耀选择的唐吉诃德。从这些范例中我们看到了使用文化典故的共同规律：有了大的精神意象，就必须有与其相匹配的大的襟怀、大的气度、大的视野、大的架构，郭守先日后当在此关节处潜修精进。

我本人很欣赏郭守先给诗集的命名——《天堂之外》，其意蕴自有言外之意在。一个不在天堂吟诵的歌者，一定是窥破了它美幻的光晕。而诗人的职守必然少不了去"复制幻美"。郭守先的诗歌没有廉价地去"复制幻美"，而是像某种灵兽在凌乱而朦胧的倒影前更多地显出犹疑、警醒。

大道至简

——王建民诗集《太阳的青盐》序

刘晓林

　　建民要出诗集了，这是他写诗 30 多年所出的第一本诗集。作为老朋友，为他高兴之余，心中也不免生出几分苍凉。建民出道甚早，曾经前程似锦，但由于坚持的诗歌立场与诗界流行风尚的抵牾，以及执拗和绝不通融的态度，与聚光灯下的诗歌现场渐行渐远，从此被人们淡忘了，也被忽视了。时下，许多习诗不久的诗人都可以在自己的诗歌履历中填写一连串眼花缭乱的书名，而建民迟至今日才有机缘将那些飘零在漫长时光中的诗篇聚拢，让那些失散已久的"孩子"团聚，这不禁让人唏嘘。因此我想到了昌耀，20 世纪 90 年代，这位后来被人称作"诗人中的诗人"计划出版一本装帧较为精美的诗集却屡屡受挫，不得已在一篇类乎集资广告的文章中发出了自救的声音，莫非所有追求独特诗学品质的诗人，都须历经磨难，才能修得正果？

　　面对冷遇与漠视，建民倒是非常坦然，从某种角度来说，远离喧嚣置身边缘，在灯火阑珊处保持形单影只的身姿，恰是他自己的选择。20 世纪 80 年代后期，风华正茂的建民在青海文学界非常活跃，他的《达拉积石山》系列陆续推出，引起了广泛关注。他首倡"河湟文学"显示了青海文坛少有的一种文化自觉意识。当时，认识他的文友，无人怀疑他将在文学领域成就一番作为。但他厌恶呼朋引类，立门户拉山头的作派，本能地拒绝在自己的额头上粘贴某某主义的标签，坚持独立立场撰文质疑已然蔚为大观的"西部文学"的真实性与可靠性，以一种决绝的姿态将可能纵深到主流诗歌场域的通道切断了。20世纪90年代初，建民去职远游，无疑也是脱身嘈杂诗界的自我放逐。此后，他杳然无踪，隐身茫茫尘世。直到前几年，突然现身朋友面前的时候，曾经清爽的面孔已带上了岁月沧桑的缕缕擦痕。他说，这么多年，没有与任何诗歌的团体、刊物、媒介有过联系，连早年间刊载了自己诗作的样刊都遗失了，但并未放弃写作，虽然随写随丢，却始终保持着对于诗歌的一份纯粹的热爱。容颜在变，情怀则始终如一。

我时常回忆起最初阅读建民诗作的感受。20世纪80年代初，在不同城市读大学的我和建民，经朋友介绍开始了书信交流。他来信的话题都是围绕诗歌展开，他参与的西安大学生的诗歌活动，从而建立对诗坛走向的认识。也偶尔随信寄一两首手书的习作，字迹工整端庄，一丝不苟，不难见出他对于诗歌的那份虔诚。他的诗作大多以乡土为背景，词语朴拙近乎口语，像游吟歌者唇齿间流淌的绵绵谣曲，感情内敛，不事田园景物的描摹，也没有致敬乡土的浮泛抒情，而是以简洁的白描裸露着乡村的骨骼，直接切入乡土人物沉静甚至有些麻木的生存状态，有一种类乎黑白照片的显影效果，这在当时是我有限的阅读经验之外"异样"的乡土诗，所以印象深刻。

此后几年间，以《达拉积石山》为总题的系列诗作陆续问世，我意识到他随信寄来的习作实际上就是这个系列的雏形，显然他为建构文学地理学意义上的西部乡村形象已做了长时间酝酿和准备。"积石山"系列的写作与建民出身农家的乡村经验密切相关，他稔熟河湟谷地农人的行为方式和心理情态，对生长于斯人们与荒寒环境的厮磨中产生的悲苦与欣悦、无奈与希冀感同身受，因此，他勾描乡土风物和乡村生活状态可谓神情毕肖。比如《村口》一诗，黄昏时分，叼着烟卷的农人聚在村口，讲述村庄的前生今世，议论家长里短，最后，"我们扔掉烟头／望望天色／然后回家了"，这是已经苍老但世代依然在延续的一个乡村日常生活场景，不断重复显现了生活的迟滞与凝固，却自有一番安宁惬意，是辛苦劳作人们的精神小憩。建民像是在一个固定的机位安放了一台摄影机，全程记录了村民的一次傍晚闲谈，但他似乎又是村人之一参与了谈话，"他者"观察与自我表述的双重视镜，使得这种书写非常接近于格尔兹"地方性"理论所强调的通过深度描绘来展示特定地域人群"自我世界"方法。

正是对场景、细节的精微拿捏，一个地方性特征鲜明的乡村形象得以呈现，以此而论，将《达拉积石山》纳入西部诗歌的范畴也不无依据。诗人、批评家沈奇在《当代陕西先锋诗选》序中就说过，建民的诗是"至今仍不失'前卫'或曰'先锋'的、真正西部味的西部诗，现代意识加古歌情味，那一种返常合道、务虚于实的诡异劲道，如新开封的老酒，啥时喝来啥时为之一醉。"然而，建民并不认为行政区划和地理方位的指认对诗歌精神的建构能够产生实际的效应，西部文学在强调自身自足性和完整性之时，在广袤的地域空间寻求共性，有着遮蔽个人化经验的危险，同时强调地域特性有可能人为地制造与更广阔世界精神文化创造的不可通约性，对这些潜在的陷阱，建民是颇为警觉的。相比削足适履去顺应某个宣言或原则，他属意于借助个体的经验从人类学的视野考索人的生存本质。《达拉积石山》虽一望而知是建立在农耕基础上的西部山村的景观，表达的却是精神向度的体验与认知，如生老病死的生命节律："祖先总是丢下我们／睡在最肥沃的山坡／总会有女人生下我们／让我们走远路"（《高原》），无始无终永远循环的时间："今天累了坐石头上／用不着思量明天／但可以等待后天／后天嘛就是再过两天"（《石头》），人与大地须臾不能分离的关系："天亮就把脚放进土里／……脚下松软而温暖／蚯蚓在动／我

们这样站着 / 没有脚印 / 没有谁喊我们远离"(《土地》)。建民在诗歌中剥离着地域、时代、文化诸多因素的限定，力求穿过现象抵达本质，呈示人之本性与生命的真实状态，当然作为土地的儿子、乡村的后裔，在看似不动声色的吟唱中，也隐含着挣扎在历史与现实涡旋中无助艰辛的农人命运的悲悯。

结束了自我放逐，重返人们视野的建民，依旧关注着乡土，然而此时的乡土已经在高速运行的城市化进程中变了。有感于此，他把一份痛惜注入到组诗《达拉积石山》之中。相比以往，这组诗的现实感增强了，忧患感更加浓重，那种尖锐的痛感得到了更充分的表达。建民不是为诗意乡土消失唱挽歌，不是将乡土视作精神的图腾而为其坼裂而慨叹，而是关注着快速变换容颜的乡村里那些不断被外在力量影响的人的命运。建民在《辞典》的写作中依然恪守诗歌的本分，作生活的呈现者而非判断者。但借用后现代批判、解构、颠覆等特性来曲折表述农人的精神挫折感，其中包含的驳难、质疑的反思品质，既可见出建民惯常穿透表象直达事物内核的锐利眼光，也可以看到一个"地之子"的情感本色，同时显示了他解读现实、处理现实的能力。建民说，《辞典》是《达拉积石山》系列的收官之作，这是否意味着不再具有完整形态的乡村已经无法唤醒自己的诗情了。

《达拉积石山》系列是诗集《太阳的青盐》写作时间跨度最长、最为人熟知的一部分，而另外两辑则显示了建民思想和生活触角的多维性。《水缠绕在玛尼石上》建构了藏地草原的背景，但依然不是对草原风物与生活的直观性描述，而是从滚滚红尘中遁逃面对宁静草原时内心感悟的表达，是灵魂与草原所寓示的信仰、人性、自然深度融合之后返璞归真的纯净歌声，这些诗篇在古歌谣曲般的语式中充盈着天真稚趣，"我不用鞭子 / 鞭子能驱赶那些山吗 / 能赶我上天堂吗"（《牧》）；"高山那边的人呐 / 没有水没有月亮 / 他们的月亮在木桶的水中 / 他们的木桶散碎了"（《土坎那儿》）；"客人说帐篷后的小河 /

缠绕在玛尼石上"（《水缠绕在玛尼石上》）。诗句拙朴自然，憨态十足，仿佛稚子脱口而出，但对于诗人而言，如果没有灵魂的长久砥砺获得的净化，没有信仰力量支撑，没有回归人性本真的一派天然，是难以道出的，简明的语言背后却意蕴深厚，不经细心咀嚼是难以品尝到其中滋味的。《雪人没有时间》则收集了建民多年在尘世间行走、对日常生活感触的即刻性记录，有目击道存的意味，对生活的瞬间发现和领悟，使得其中的哲思、巧思俯拾即是："一只耳朵竖起／偷听另一只耳朵的声音／声音左右为难／最后只剩下和声"（《耳朵》）；"六十年代的玻璃／稀缺但是不怕破碎／完整的是一片完整的心／破碎后是好几片完整的心"（《六十年代的玻璃》）；"面对叙事的嘴对说话满怀敬畏／鹦鹉学舌时对声音满怀敬畏／圣者的经咒令人心安么／念诵时对发声的器官满怀敬畏"（《交易日》）。这是真正意义上的具有现代性的诗歌，色彩斑斓芜杂，不仅因为书写的对象是现代都市生活的衍生物，充满悖谬、荒诞、失衡的意味，而且在于处理都市经验时选择的知性的冷静的审视眼光，以及冷峻的讥诮的反讽的语调。从"积石山"走出的建民，尝试用诗歌去把握更为广泛的生活场景，触及更广阔的世界，而他本人也因此成为了一个有更大抱负的立体的诗人。

建民在诗歌艺术上最为人称道的一点，是极简主义的语言风格。他试图摒弃形容词和修饰语，拒绝修辞，修剪了一切枝蔓，用干净爽利的短句组合构成相对整饬的诗歌节奏，这种语言方式很大程度上帮助他实现了剥离表象抵达事物内核的写作目的。这通常可以解释为，语默之间的空白包含着许多言外之意，刺激读者的创造性思维进行填补，挖掘其微言大义。而建民对此则另有解说，最近他有关于汉字的语言学文章在网络刊布，着意讨论了汉字在沿革的过程中，逐渐脱离了象形字时代的原初意义，附着了太多所谓文化的含义，变得不堪重负，面目模糊，而象形字的创造本依据中国人的时空观，是中国人独特思维方式的体现，因为汉字在发展过程苔藓丛生，充满了多义性，含混性、不确定性，也使得不少人丧失了以自己的时空观认识把握世界的独特思维。这些观点，在学理上大可争论，但却是建民的确信。20世纪80年代，有诗派主张现代汉诗应回到语言，便是要清理汉语所承载太多非诗因素，而建民则要回到汉字，他相信一个个汉字就是一个个事实，只有删繁就简，回归汉字的本义，就能还原一个个事实，凸显生命的本来面目，这就是诗歌的使命。大道至简，这或许就是建民诗歌语言风格生成的缘由。

行文至此，大约可以概括建民的诗歌立场了，那就是用一以贯之的悲悯、人本叙事的现代精神，切实把控汉字在时空上的自足特质，让文字从人们习以为常的"文化"中脱身，回到生命的本真中，抽取生命本质的无奈、悲哀与欢乐，创建完全属于汉字思维的当代诗歌。即将付梓的《太阳的青盐》就是建民实践其诗学观的结晶。

但愿我的这篇思虑不周的文字不要辱没了建民的诗歌，但其中所表达的情谊则积淀长久。记得30多年前，还在读大学的某个春天，我伏在教室临窗的一张课桌，读完建民的来信以及诗歌，抬头看看窗外，一株丁香满树繁花，小鸟从扶疏枝叶中飞出，那一刻，感觉真好！

面向星空的独语

——《高地星空》和《风向》读后

刘晓林

何其芳曾说："每一个灵魂是一个世界，没有窗户。而可爱的灵魂都是倔强的独语者。"这段文字出自一篇题名为《独语》的短文，形象化地说了现代文学史上一种被命名为"独语体"散文的内在特征，那就是不预设倾听者，是内倾式的自言自语，注重个体生命体验和感悟的自我言说。周存云是一位诗人，但他的写作却有着与"独语体"散文类似的精神品质，即独往来于自心天地，咀嚼反刍生活的诸种滋味，直面内心，进行精神的探索，从而呈现建立在真实经验基础之上的对于人生、生命的哲理思索，往往具有一种沉思的品质。摆在我们面前的《高地星空》是一部散文诗集，《风向》是一部诗集，但都是源自周存云心灵深处的悄声独语。周存云已有 20 余年写作的履历，已经形成了确固的特定艺术思维支配下的抒情及话语方式，而"独语"正是其中鲜明的个人徽记。

独语体散文大体具有浓郁的幻美色彩。初看周存云的文字，会留下曼妙、空灵、轻盈的印象。下面是我信手在《高地星空》中摘录的句子："墨黑的夜是架沉默的琴，季节风降临了，如我的手指颤抖着，却无法弹响琴。倦飞的夜鸟敛翅归去，远近的海面上找不到一叶轻舟"（《彼岸》）；"我凝望着亲切无比的村庄，如花朵一样盛开在土地的心脏。风车在更远的地方唱着古老的歌谣"（《感谢土地》）。字里行间中浸透着轻倩柔美、如梦如幻的调子，扑面而来的优美典雅让人一时忽视了去把握其内在的蕴含。我无从得知这些文字写作于何时，但这种格调的书写绝不是怀着青春的惆怅，尚未真正触碰到生活坚硬的质地不识人生愁滋味的无病呻吟。细心揣摩，在周存云轻柔语式中隐含着深深的忧伤，看似纤弱却是及物的，是在现实经验中催生经过诗情的濡染生发的心灵独白。

乡土经验毫无疑问是周存云诗情最重要的触媒。作为农家子弟，他感念着土地的养育之恩，关注着乡土的过去与现实的命运。他的胞衣之所青海东部农业区的河湟谷地，从古至今形成了本土重要的描绘家乡的田园村落、山川形胜、风土人情，体现出浓烈家园情怀的"河湟诗"传统。他的诗歌也可以归入这一写作流脉，但他的写作在其中多少显得有些异样，他绝少如其他河湟诗人那样用直观展示乡土农事生产、日常生活的场景，也绝少用细节去表现地域特征，而是将观照的对象转换为一种抽象的意念或氛围，继而将自己细腻的情志与此融合，直接切入歌咏对象的精神肌理，以主观抒情的方式倾诉对于土地、河流、乡人的感怀与认知。比如《湟水》一诗，虽然具名指称，甚至精确标识了湟水370多公里的长度，但依然是在广义上歌颂河流的母性品质，传达自己的感激和乡愁。再比如《村庄》《梦中的村庄》等诗作中，"村庄"已成为灵魂的栖息之所的代名词或精神家园的符号，是大地的花朵，只有"村庄"才照亮了自己的内心，表达着游子寻找回家的路实际上是一种文化返乡，其中的艰难和困惑暗含着现代人精神游离失所、无枝可依的忧伤。正是对乡土和个体生命关系的深度思索，才使得他摆脱了照相式的浅表层次的呈示，使得面向乡土的独白具有了哲理的意味。

周存云的"独语"还来自日常琐屑生活中的种种感触。造物主给予自己生命，也就给予了自己品尝生活酸甜苦辣各种滋味的机缘。他把现实历程中感受到的幸福、愉悦抑或是伤感创痛都视作是生命的慷慨馈赠，看作是命定的机缘，所以他愿意把这些林林总总的感怀体悟化作一首首心曲，独自弹奏，直抵内心最隐秘的地方。因为无愧衾影，故显露出一种率真、诚挚的品质。《像一只归鸟穿越时间天空》是关于人到中年的心理体验的书写，关乎到在无始无终的时间流动中如何把握短促的个体生命的认识。人到中年，感觉到了日渐沉重的来自职业、家庭的负荷，不得不接受亲朋离世的伤痛，但同时增加了一份深沉和成熟。在作者的自我倾诉中，能领略到一种富有责任感的中年人的豁达与宽容。人到中年最大的收获，是他发现人生最重要的意义是获得快乐，"无论发生什么事情，我们都要时刻倾听内心的真实，快乐地面对一切"。这种感悟虽说不上独到，但带着诗人自己的体温，是自己生命体验的结晶。

周存云有着强烈的超越现实羁绊的渴望，他愿意琴抚流水，情寄高山，进入到生命的澄明之境。《生活在别处》一文便是长久以来萦绕在内心的向往的流露，"别处"的生活样态并无一定之规，但一定是不被蝇营狗苟的利益之争侵扰，要具有精神的安详、自由和欢乐，也就是海德格尔赋予"人，在大地上诗意栖居"内含的体现。生活在别处并不意味着对俗世生活的拒绝，而是对现实的破损和日渐枯萎的心灵给予修补，给予温润的滋养和理想的照亮，让精神丰盈饱满，生气灌注，"使我平凡的日子充满了生命的希望"。直面自我内心真实的独语恰是修复人在现实中被遮蔽的灵性、情怀和爱的能力，回护心灵完整、尊严的一种路径，或许也是周存云多年来走在写作这条少有人喝彩的崎岖小道上的理由。

周存云的诗歌是包含痛感的，这多多少少让他看上去像一个忧郁的歌手，但创痛情绪的传达是有节制的，符合哀而不伤的传统美学原则，这既是对规范的遵循，又是诗人的性情使然，但最重要的是因为心中有爱和对一切美好事物的敬意，他的一首《我热爱着这个世界的一切》就表达了这一理念。从这个意义来讲，周存云书写下的所有文字虽然都是内倾性的私语，但却是向星空的致意，是心灵向博大的永远存在希望的世界的敞开。康德早就说过，震撼我们心灵的只有心中的道德律和头顶的星空。周存云面向星空的独语，正是追求富有善好与良知的生命意义的证词。

幸福在路上

——序周存云的诗集《远峰上的雪》

葛建中

　　《远峰上的雪》是周存云继《无云的天空》之后的第二部诗集。这是一部凝重、质朴、充满哲思与浓郁抒情意蕴的诗集。从中，我们见到的是在诗歌中经过淬炼、反思后沉淀的生活，是在一系列平常但不平庸的生活流程中积累、升华后的诗思，是作为诗人的周存云的心路历程。是的，无数个日夜已经永久地逝去了，当那些激越与平凡交织、痛苦与欣喜相伴的人生之路在我们的脚下经过；当告别了青春年代，那些憧憬过、悲喜过的经历都成为历史烟云之后，涌上心头、诉诸笔端的该是怎样的况味？当那些或寂寥平淡，或轰轰烈烈的日子相继远去时，又该在诗人的心底激起何种波澜？

　　与存云相识已久，而神交更久。相识前每每见其诗作总会细读，如读老友故交之作。那时，他已有诗集《无云的天空》问世。相识后有更多机会交流、切磋，得以阅读尚未发表的新作，并对他的身世经历有所了解。

　　存云的故乡在青海河湟谷地的乐都县，那里人口稠密、文化积淀厚重，文人秀才层出不穷，古代南凉国都曾建于此，是古丝绸南路之要冲，更有中国最大的原始氏族公社墓地、彩陶的故乡——柳湾。居身于此，受浓重的农耕文化熏染，耕读的童年与少年生活，对存云的性情修养、人格塑造、文化追求是有着重要影响的。

我曾两度到乐都下乡驻队，每次两个月，对那里的民情山水略知一二，那里的农夫、山乡医生、教师的满腹经伦、他们的故事、山歌让我颇感惊奇。有时，在一个僻远的山村，你可能会见到年代久远的书法、器物。在这种有着独特文化氛围的地方，产生诗人似乎是理所当然的，因为在这片土地里，早已埋下了以彩陶作为文化象征符号的种子。

2000 年，我因采访工作到乐都，寻他不着，后知他已下乡村调研，乡下手机不通，无法联系。去年秋冬之交，我又下乡驻队于乐都南山地区脑山中的亲仁乡阴坡村。存云得知后，以一个朋友的身份特意携酒探望，至夜黑透他又赶 20 余公里山路回县城。而此时，他刚任一个镇的镇长不久，公务缠身，此情意让我至今感念。他告诉我，到乡镇前后，抓紧时间写了一些东西，是对以往生活的反思与梳理。在那个寂静漆黑的乡村之夜，交谈虽然短暂，但却如他带来的酒：真实、浓烈、醇厚、回味悠长——这也如他的为人——如他的诗歌。当我结束下乡工作来到县城后，又与存云相逢了，在餐桌上，在招待所的房间里，我们谈得很多，文学、工作、人生……我又更一步加深了对这位年轻诗友的了解，也加深了对他诗歌的理解。

存云从农村泥泞的小路走出，他自称是农民的儿子，在他幼时，土地、阳光、雨水、麦子……与农村和农民有关的一切美好事物，都已走入到他的心灵深处。而到长大成人后，在他参加工作，当教师、当校长、任县教育局副局长。到今天当镇长后，他对农村、农民的感情一如既往，情动于衷，因为他深知：自己的生命是由勤劳善良的农民养育，自己的灵魂是由博大宽广的土地赋予。正因如此，歌颂乡村生活、赞美农民的美好品质，始终是周存云诗歌创作中一个重要的诗歌主题。我想，这同时也是存云在常年的基层工作中能够得心应手的关键所在。

在这个能够将诗歌写作坚持下来已属不易的年代，存云长期在基层工作之余坚持不懈的诗歌耕耘更显难得。在他人生每一个脚印中，都有诗歌相伴，陪他度过困惑、孤独的时光，在诗歌中倾诉对爱情的追求、对乡村的依恋、对往事的追思、对自然的钟情、对幸福生活的向往。他以诗歌坚守着心灵的净土，以诗歌表达对这个世界的迷惘与理解。于是，我们看到了一幅幅以赤子之情描绘出的多彩图画，见到了诗人心中映现出的这个世界的造型：《静柳》《草帽》《陶罐》《草狐》《彼岸》《春天》《种子》《窗前夜色》《远去的帆》《三月的田野》《丁香和树丛》《从前的阳光》《无雪的冬季》《无云的天空》《远峰上的雪》《树叶上的蚂蚁》……他曾说，诗歌已成为他生命中的一个组成部分，有时候，是诗歌解救了自己的灵魂。他用诗歌记录着故乡的生活、心灵的起伏和人生的履痕。对他来说，感谢生活、感激土地、感受人生是他诗歌写作的朴素出发点，或可认为是他的世界观。正是基于这种积极的人生与写作态度，我们在他的诗歌中看到的是："我的乡亲们早出晚归耕种家园／把来年的希望和今年的汗水一同播种到阳坡山地／古朴的犁闪现着铁的光芒／奔跑在三月的田野／我看见许多跳动的火苗歌唱着春天的花朵"（《三月的田野》）；面对故乡，他同时也深怀着伤感："家园啊，什么才是一个人永久的归宿／当我从秋风的吹拂中走出村庄／我伤情于有限的夜晚载不起广阔的家园"（《梦见家园》）。

周存云在诗歌中不断表达着对幸福的向往，作为一个古老的哲学命题，"幸福"的含义在哲学家们的眼中各不相同。在存云看来，幸福是一种持久的期待，是一种生活的动力："在大地上寻找／在内心里期盼／在风吹雪落的岁月里／再一次询问幸福的方向／为了看清更远处的事物／我打开每一扇窗户"（《风向是鸟儿的道路》）；他说："我

023

的家园在梦中／我的幸福在路上／我的生命历程便是寻找幸福和建造家园的历程"(《明天的骑手》)；虽然他也"走过很远的路／仍无法看清通向幸福的方向"(《月光如鸟》)；但"仍值得独自一人穿过苍茫人海／固守心灵的净地／期待幸福的来临"(《无雪的冬季》)；为此，他面对"远峰上的雪"虔诚地祈求着："当积雪不再是苦难的释义／而让我感受到一种幸福的光芒／我该怎样仰望和俯耳倾听"(《远峰上的雪》)；他深信，"生命的过程就是等待和寻觅的过程"(《在离我远些的地方点一支烛》)。从对这些充满哲思与精神探索的诗作中，确乎能看到一颗敏感沉静的心随着大地的呼吸而跳动，确乎能听到广阔的时代在一个年轻诗人心灵中荡起的激越回声。

是的，在漫长的人生之路上，幸福永远是一颗悬挂于远方之树上的金苹果，它让人企慕却无法轻易摘取，而在时时催促着人们追求与探索的脚步。在这个意义上，我十分赞同我所敬重的作家杨志军兄说过的一句话："目的不算什么，过程就是一切。"愿以此语与存云诗友共勉，并愿存云不懈砥砺诗艺，百炼千锤，步入诗歌创作的成年。

分担万物的命运

——评王建民的诗

马永波

　　王建民从 20 世纪 80 年代前期就开始诗歌写作并在大学就读期间发表作品，后来三十多年近四十年的漫长过程中，作为诗人的建民到底经历了哪些内心的变化，从他的诗歌中又能见出其怎样的灵魂状态，这是我尤为关心的。大学时代我和建民都在西安读书，属于 20 世纪 80 年代中前期走上诗坛的那一批大学生诗人。早年的交往和诗艺砥砺的细节已经随着时光而无情地进入了遗忘，但是建民作为一个朋友，其人格的持重、机敏与厚道并存一直令我印象深刻。我也把他引为此生最信任的少数老友之一，这样的朋友已经不多，建民和全晓锋是硕果仅存的两位。大学毕业后我们也曾有过通信，那些信件因为我数度搬迁辗转而业已遗失，但我至今还鲜明地记得建民说过："感知即苦难"。这句话的上下文我忘记了，可很长时间它都在我脑子里萦回不去，它甚至参与了我对事物的看法。大学时代建民有一次还对我说，尝试写写没有"的"字的诗，他的意思大概是去掉那些装饰性的形容词，看看诗会是个什么样子。我不知道建民是否刻意坚持了这种追求，但总体上看，建民的诗歌确实可以说是洗尽铅华，没有太多铺张冗余的

DA DAO ZHI JIAN 大道至简

025

东西。限定词越多，诗的意义和想象空间就越窄，的确是这么个道理。

　　建民早期的诗歌曾被列为"西部诗"，但从一开始，他的西部题材的诗就有别于总体上的西部诗。作为一种地域性诗歌建构，西部诗以题材为胜，山川风物、风俗民情、宗教、自然、文化之间的关系，尤其西部的风景奇观，成为诗人关注的焦点。那么，如果排除掉题材本身的特色，西部诗又能剩下什么呢？在现代文化无所不及的当下，仅仅与自然接通能量，一厢情愿地赞美一些表面上的美和内里的迟钝，是否会同时丧失掉更大的文化与历史视野，仅具有观赏价值，而无法参与到诗学链条的大延展之中？建民从一开始就直觉般地避开了这个陷阱，在他那里，也许仅仅是使用了自己熟悉的题材，其用心决不在于一种地域性文化，而是将题材纳入到一个更整全视域的考量之中。其中最重要的一点是，西部诗表象上的瑰丽神奇，在建民那里被压缩成一种石头般坚实沉重光秃，绝对谈不上瑰丽神奇的元素。他不是向外、向政治学的风景铺开，而是向内收缩，删繁就简，直呈西部乡村居民面对命运与人世变化的某种状态，他们似乎与世隔绝地生活着，外界的变化对他们的内心似乎没有什么影响，生命状态似乎一直处于不断地循环轮回之中，鲜有脱出之道。因此，建民的西部题材诗歌（如达拉积石山系列）和后来延展到草原荒漠的系列诗歌，没有什么奇迹性的东西，没有天人合一的伊甸园，没有天宽地阔的浪漫传奇，地理上的广袤反而更加衬托出人之命运的苦难，这种苦难不是人在荒野的宁静中获得个体内心宁静的恩泽，而是一种触目惊心的生命的负担和重压，一种可怕的沉默或难以言传的状态。为了表达这种面对命运的无能为力，建民诗歌中的语调也调得很低，几乎轻声细语或自言自语。建民的诗一开始就瞄准了文学的普遍性，他和那些享受大自然野性的寂静、感受大自然脉搏的诗人不同，他的诗没有从经验到超验的禅宗式的超现实，人的挣扎大部分不是由自然力量造成的，而是来自于某种精神的困境。可以说，他的写作中始终就不存在需要为地方辩护的问题，这一点使他从西部诗的整体中分离出来。他关心的重点不仅仅是人与自然的关系，而是人与命运的关系。

敢于做一个单独的人，就要承受单独者的孤寂。建民果然孤寂了数十年。出于我至今尚不清楚的原因，20世纪末，建民不再发表作品，不参与文学交流。也许默默地在写。在有些人的说法中是为"缺席"，似乎"在场"有多么重要。实际上只要你还在精神领域掘进，还在写作，你就是在一个更大的真正的现场里。远离诗坛，才有可能真正地靠近诗歌。时隔三十年，将建民早期的诗与近年的诗放在一起比较一下，我们当然能发现一些调整和变化，从意识范围到语言技巧，都有了一些明显的进展，近年的诗歌更多注重"日常"、细节和当下感受，语境更为繁盛一些，抽象的能力更强了，城市生活的经验开始占据主流，更具有反讽色彩，也更有人情味。早年冷峻的对命运的打量有时被亲情和生活中惊异的发现所平衡。这些变化应该不是庞德"日日新"的要求所催生的，而是诗人生命自身的神秘生长所自然带来的。

"达拉积石山系列"，由20世纪80年代的达拉积石山系列"正典"和新世纪写作的"辞典"两部分组成，跨度相当之大。诗人将两者组合起来，自然有其用意，也许是在强调两者之间继承和发展的关系。"正典"部分，诗人为了表现乡民生活一成不变的单调（绝非什么有意义的永恒），在诗歌语言上也多采取重复策略，亦即一些语言元素在同一首诗中不断重复，以此来对应生活和命运的轮回。《土地》一诗中开端的"把脚放进土里"在结尾又重复了一遍。"没有谁来喊我们远离"，说的也是没有任何外在力量让人们摆脱循环往复的单调重复。《高原》开头说："如果有好心情／我们就站在最高的地方"；一种确凿的语气，但到了诗的结尾，诗人又说："如果真有好心情／不用花力气／我们就站在最高的地方／随便望望"；语气又一变而为游移，即便到了高处（这里的高处也可看作是脱离庸常生活的向往和更高远的视野）也只是"随便望望"，只是望望，行动依然不可能发生，因为家园就在下面，而不是在高处。《儿子》一诗中依然弥漫着人生如旧的循环之感，一代代人的努力，又回到了起点。人离不开土地，人赖土地为生，土地便成为人的命运，人和土地既爱又恨的关系，在《土葬》中用这样简洁的句子表达出来："我们跪倒时／膝下的土／就暖和了"。无论多少生命的能量，能覆盖、能让土地人性化的，只是膝盖那么大一小块地方。《村口》写的是村人在村口抽烟聊天，本该是乡村枯燥生活中难得的一种乐趣，可在建民笔下，我们感受不到什么生活趣味和邻里和睦，有的依然是一种麻木无聊的感觉。远方绝对是不存在的，存在的只是"村口"，走远的只是"远处的一条狗"，一切有"意义"的东西都在眼皮子底下。《长大以后》，远方依然没有成为目标，山路依然很远，长大的真正意义只是在于"一旦躺下／能盖住一大片土地"；长大就是长大了，长大的身体里依然没有远方，盖住一大片土地的这种冷硬的物理学度量标准，使得长大仅仅成为一个生理学事件，当然，躺下盖住一片土地，里边也含有对土地的爱，甚至有死亡的意味。如果死亡的意味大过了爱的意味，这首诗依然是冰冷的。在诗人眼中，乡村的事物不是任何东西的象征，它们仅仅是其本身，仅仅是一种重复、单调、辛苦的劳作和难以脱逃的命运。在这里，女人的笑声都是干燥的（《干沟旱山》），唯一的日历存在庙里，因为没有人需要了解日子与日子的不同，有节气就够了。《往事》中的人忘记了往事，也不再爬山眺望未来，生活似乎没有任何其他的可能性，有的只是"风把地里的土一点点刮走"，人活在没有历史没有未来只有当下此刻的无深度时间中，这样的时间维度中人只可能有一些不断闪现又消失的即刻感知，经验的意义不可能呈现，因为没有过去和未来的参与，当下的感受就仅仅是一种感受而已，不会自动生成意义。《干草堆》一反浪漫主义以"干草"为象征的丰收之美，而是写了干草引起的咳嗽。《农闲》里坐在石头中间的人也变成了石头，石头的坚硬和单调，非常恰切地代表了人的麻木。

建民的这些诗里总是散发着一种无言的气氛，因无法表达而无言，因长时间的无法表达而真的变成了没有什么可以表达的了。他有两首写到树的诗，《门口的树》和《树林》，人和自然物本该有的亲和无间的关系，这里完全看不到了，树只是作为沉默的背景，默默观望着在它下面和周围所发生的人类悲欢离合的戏剧，甚至称不上是戏剧，只能说是一些简单动作的不断重复，一些简单心情的不断重复。树的作用不过是形成荫凉和让风从头上吹过，树没有语言，或者只具有风的语言，而风的语言又是多么飘忽不定啊。可以说，建民为事物沉默的形式找到了一个语言中的对应物，因此，他的诗歌是沉默的诗歌，是极少主义的诗歌，言辞经过了剧烈的压缩，音量几乎调到可听度的最低限。人和物的疏离，显然有别于一般西部诗中人与自然的和谐关系。这是建民诗歌的现代性特征之一。在"达拉积石山"系列中，《石头》一首最能体现这种风格。人坐在石头上，人的过去就在石头里，人在石头堆里走来走去，但石头一声不吭，石头不对人发送任何信息，石头的内部还是石头，人的语言无法透入石头的沉默，人不懂石头的语言，因为石头粗糙而人的身体柔软。在这里，浪漫主义式的在物的内部探寻意义的动机遭受到了彻底的挫折，石头就是石头，不是历史的象征，不是经验的象征，不是人性的容留物，人就是人，石头就是石头。物因为其"上手性"而与人发生的亲缘关系，在这里破裂了。物向自身不可测度不可进入的内部白矮星般坍塌下去。在物向人封闭自身的同时，人的历史、经验和想象也将缩回自身，失去了其意向性，人在物中成为异在之物。物不再像它们在现代主义者那里代表着背后一个广阔的生活世界和意义世界，而还原为光秃秃的表面，一种惰性物的堆积。在这点上，建民与史蒂文斯的有些诗歌有相似之处，在史蒂文斯那里，他利用想象力对自然人化的努力有时会落空。史蒂文斯认为，完整的人的自我是要始终怀有自己从属于一个更大的包容性整体的感觉，这个整体伴随着我们的每个具体的普通经验，并作为我们自身的一种扩展而存在，它是我们日常生活世界的更深的真实，被想象力重新塑造。与自然发生狂喜的关联，这种能力并不是始终存在，诗歌之想象力也并不是始终有效，诗人时时会在与物的"恋爱"中获得一种自相情愿的感觉，物总是既成事实，不能为人提供道德寓意。自然不再作为启示社会意义的场所，自然在诠释学上的确定性仅仅在于它是自我的言辞的反面，自然风景似乎漂尽了历史的特殊性，而成为无特色的衬托物。建民诗中的自然物和风景有无时间性的特征，那既意味着某种单调的永恒，也意味着它无法与当下的经验进行化合而生成新的属人的意义。

在这样的诗中，既没有浪漫主义世界大同的幻觉，也没有现代主义为构建诗意而对历史与文化传统的依托，有的是"干燥"的现实主义的骨干，是一个一切都在无尽循环、找不到出路的百年孤独式的世系。《老铁匠谈话》中的老铁匠"记不清被解放几次了"。固然是一个政治隐喻，也是个人命运循环无尽的体现。总体上说，建民大学时代的"达拉积石山"系列，秉承的是"少就是多"的艺术原则，其对乡民命运轮回的现实和可怕的安于这种现实，表达得非常到位，也显示出一个早熟诗人的天分，他的硬朗、坚实、洗炼的个人风格，也许从此便确定了下来，即便后来又有诸多细微的变化。新世纪新写的《达拉积石山辞典》一方面延续了早年的风格和路向，一方面又在语境之繁杂、理性辨析的分明和隐喻的复杂度上又有所发展，从偏重客观性开始向主观性倾斜，更多地加入了文化材料的编织物。诚如诗人自己所言，这些诗有了一些后现代的感悟指认、反讽，这些诗的语言不像以前那么单纯了，而是慢慢地容留了一些异质的东西，让它们形成对照和互相牵制的力量。这些诗笔力更加老到。《播撒》《块茎》《绝对的骨头》对生存荒诞性的表达都是非常生动的，这些诗更像是在四面透风的乡村铁匠铺那黑黝黝的铁砧上一锤一锤敲打出来的，语言在增强了丰富性的同时，没有丧失先前凝练坚硬的品质，我们甚至能感受到语言被挤迫时发出的"扇形的火花"。《擦抹》一诗恰当地结束了这个系列,诗人在向我们发问:"几千年过去了,到底发生了什么"?也许我们人类还没有学会真正地与物相处,让物真正地参与我们的命运,我们只是与物在光滑的表面上擦肩而过了。

建民由此开启了"雪花飘飞的理由"系列。我相信,建民用此在向我们提示,他对人与物的关系的探究将进入一个新的纬度。果不其然,我们看到物与人发生的关系变得更为紧密和本质性了。雪花的飘飞自然不需要人的理由,而小河缠绕在玛尼石上则可能意味着自然和文化的某种交融,某种边界难辨的难解难分。人工的世界从何处结束,纯粹的自然从何处开始,这是诗人关注的一个新的方向。《山上》起首就给了我们一个让人惊讶的反向视角,"群山合围而来 / 好像我是牛粪火 / 它们不声不响地取暖";物的人化和人的物化双向同时发生了。这是否预示着,在这种双向运动中双方能得以真正地相遇,而不再像《达拉积石山》中那样呈彼此疏离状态?此诗的第二节便证实了我的猜想,"露水凝聚脚掌 / 掩映生灵的万千心结 / 我的念珠豁然开悟 / 做了草叶的妈妈";诗的第三节可以看作是第二节的意念的进一步延伸,人与物终于合二为一,不分彼此了,可谓物中有我,我中有物。现代世界的一大弊端来自把人与人、人与上帝之间的个人的"我与你"的关系降级为一种非个人的主体与客体的"我与它"的经验,而不是把对待自然的"我与它"的态度提升到"我与你"的关系。人与他者(他人、上帝、自然)的本真关系理应是一种互为主体的"我与你"的关系,而不是以"我"为中心的"我与它"的关系。异化的根源就在于此。因此,建民这类诗中,物往往具有了人的形式和体温,人与物的亲缘共在关系得到了强调。《帐篷里的花》堪称杰作,一朵普通常见的小花,在扎帐篷的时候被不经意间罩进了帐篷,"每天我赶羊回来钻进帐篷 / 它就让一切陡然大变";这几乎就是自然作为人的恩泽的总体象征。这朵小花不就是弗罗斯特《花丛》中躲过了镰刀劫难的小溪旁的那丛鲜花吗？不就是济慈《秋颂》中那个沉迷于罂粟花香的收割者的镰刀放过的下一垄的庄稼和缠绕的花，不就是毕肖普《加油站》里那盆硕大多毛的秋海棠吗？《青海湖》完全地人化了，完全成了"人"的支撑物。向物学习如何生活，在诗人这里成了一个新的主题，比如《海北》一诗中的"雪花知道善着美着 / 没那么艰难"。梭罗也曾说过，通过我们周围真实的自然持续不断的灌输和浸润，我们就能够完全理解庄严与崇高的意义。自然既是寂然独在的，又是可以随时向我们打开的一个万有汇聚的场域。《藏羚羊》的视角也是主客互动的，诗中人与藏羚羊是共命运的一体关系。"月亮有整整一年的夜晚"（《歌唱》）；我们不要用自己的意志去扰乱它的秩序，反而要学会让自我向物敞开。因此，当诗人说："那里总是有鸟 / 像擦镜子的抹布 / 不要命的抹布"；我们知道鸟儿擦拭的是我们心灵的蒙尘之镜。

王建民其他题材的诗歌写作，时间跨度也很漫长。后期城市生活多了起来，里边依然不时响起命运荒诞而冷漠的宣示声。人的"自以为是"，耳朵的互相倾听，《赵忆》《孙散的眼疾》，都给人荒诞之感，但建民对人之在世的荒诞性的表达，被他强烈的现实感所平衡，一般情况下没有达到让人惊恐的程度，荒诞感仅时时闪现，但现实感还是占了上风。与物相处的主题又有所延展，《与山说话的方式》连续的三首诗，提出了与物相处的三种方式，分别为浪漫主义式的主观投射，一种是与物无法消除切近的距离，最后一种是与物共同处于沉默当中，这沉默实际上就是放弃主体意识的"控制欲"而放任物的无言独化，并从中获取生命的真谛。建民写给孩子们的诗中，有我特别喜欢的一些篇什，如《谁是跟你一样的孩子》《挂牌子的银杏树》，童心和智慧合二为一，堪称杰作。建民早年的"石头"意象，在这些诗中也继续拓展，如《石头街》等。早年建民不苟言笑，随着时光推移和人生历练，人过中年的诗人也有了难得的幽默感。幽默、平实、悲悯，这可能是建民精神气质中最核心的元素，甚至在《秋季返乡》这样很容易写成伤感之诗的作品里，也依然保持着克制、隐忍与同情。

　　建民诗歌的节制形成了他特有的坚实骨感的语言风格，这种节制甚至也让诗人不去过多地打量和体悟自身的悲欢喜乐，更多的是将眼光投向万物与众生，我们很难看到在其他诗人那里很容易本体化的忧伤，也基本看不出来内心撕裂与挣扎的痕迹，这也许要归因于他表达方式上的节制，也许是诗人急于分担万物的命运而忽略了自身的困境。他的诗歌语言中没有花繁叶茂，没有水波潋滟，他仅仅依靠几种少数元素的重复和累积，便使得诗歌语言克服了"美学轮子的空转"，而是深入于我们时代、万物与自我经验的困境。我深信，建民近四十年的努力，成就的正是茨维塔耶娃所说的"良心烛照下的艺术"。他将美学愉悦和知识分子的现实关切结合起来，"让黑暗也发出了回声"。

独语者的诘问与抒情

——郭守先诗歌简评

刘大伟

　　在青海文坛，郭守先无疑是一位优秀的文学评论者，其犀利明快、敢于直言的评论风格为同行所称道，特别是其提倡的"锐语写作"理念显现了"挖开当下写作中的诸多病症"，进而"提供相应诊治药方"的远大抱负。正如评论家刘晓林所言——这种无心机俗虑，竭力撕开因袭惯性帷幕，刺破矫饰伪装的言说姿态，在文风偏重于温和稳健的青海评论界，确乎显示了一种特立独行的品质。可以说，开阔、雄辩和理性等关键词塑造了郭守先作为评论家的主要身份。然而，熟悉他的文友们也会发现，在其率性敢言的形象之中，还隐藏着一颗感性而又执拗的诗心，说到底——郭守先还是一位具有较高辨识度的诗人，只不过近年来，他在文学评论方面表现出的声势逐渐"遮蔽"了其诗歌创作才华，因而他不止一次地向读者表明自己的诗人身份，并认为好的诗歌可以做到艺术性和思想性的完美结合，同时也符合普遍的人性，可以穿越时空的局限而产生经久不息的艺术魅力。

　　可以这样认为，尽管郭守先在文学评论方面取得了一定的成绩，业内评价也比较高，但他似乎更加看重自己的诗歌创作。相较于"锐语"式的评论写作，或许"隐语"式的诗歌创作更加贴合他的内心——
犹如犁完麦地大汗淋漓的农夫回到庄廓，一边磕掉鞋帮上的新鲜泥土，
一边站在灯盏的光晕里从衣兜内捧出黄澄澄的蕨麻——可能连妻子都
不甚明了他的喜悦，但他确信自己已经回到了精神的"后花园"，诗
歌的"情人"已在那里顾盼多时。依照这样的逻辑分析，可以进一步
确认，文学评论的写作应该是郭守先展现其文学观点、塑造社会形象
的有效方式，其中既有内在的积极的表达冲动，又有被动的"不得不说"
的无奈之举，而诗人角色的回归，显然是他"把自己还给自己"的重
要途径。在这个"后花园"里，他可以悲喜交加，可以喃喃自语，可
以拧干"苦水"，望见灿烂星河。

　　显然，在评论文章中能够做到汪洋恣肆、舒展快意的郭守先在回
到诗歌的"后花园"后，显现出了感时伤怀和欲言又止的复杂境况。
面对现代文明对传统世界的渗透与松动，面对理想与现实的错位、理
性与非理性的对峙，面对生活砧板上挣扎的灵魂和文学长路上的艰难
跋涉者，面对自我内心的一次次进与退的博弈，面对高声呐喊却又无
人回应的纯情、深情与薄情……诗人顿然失去了作为批评家的豪迈和
犀利，取而代之的是无尽的慨叹和忧愤，他一遍遍擦拭着诗歌的初心，
一次次进行着灵魂的诉说和诘问。

　　天堂里的聚会缺席的还有谁 / 来 / 干一杯 / 我是上帝饮剩的那壶
残酒 / 不能祭祖 / 不能为勇者壮行 / 就让我化做你两腮的红云 / 擦亮
上帝的眼睛（《我是上帝饮剩的那壶残酒》）

　　强登凤凰山受阻 / 凌绝顶与望平川都不能 / 如平阳虎、似丧家
犬 / 不幸流落苦水沟的我 / 只能另辟蹊径（《大圆山望月》）

　　临风豪饮，告别压抑 / 我们把生活的爱恨情仇向大自然堆垒 / 谁
愿意 / 谁愿意让生命继续枯萎 / 今夜 / 我们都能够勇敢地背对神威
（《春，已经来临》）

　　是谁 / 割断了大海的脐带 / 在宇宙的手心 / 给你 / 划定了一条远

离鸟鸣的道路／是谁／让黑夜扣押了皓月／使你在迢迢的旅途中／没有伴侣把心事诉说？（《孤独的太阳》）

"我是上帝饮剩的那壶残酒""不幸流落苦水沟的我只能另辟蹊径"……如果说，"诉说"的诗句因饱蘸了生活的霜雪而透露出无奈、慨叹和隐忍的情绪，那么"诘问"的诗句已然越过了情感的防线，转而表达出一种不解的愤懑，甚至是悲情的号呼。"谁愿意让生命继续枯萎"——显然，诗人从精神向度发出了这样的诘问。俗世的生活、肉体的生命可以交由物质和技术去掌管，而心灵的宽度、精神的高度交由谁去维系？这个命题类似于鲁迅在五四时期提出的"理想国民灵魂的塑造"，关涉着国家的发展和民族的未来，其意义之重大，不得不令人深思。一百多年过去了，而今的作家诗人们在思考什么，又在坚持着什么？当作家的写作和社会教育呈现出越来越多的功利化色彩时，我们对民族灵魂的塑造、健全人格的培养从何谈起？尽管诗人郭守先没有和我就这个话题进行过深入交流，但作为一名敏感的读者，我还是能够从中读到他的初心与情怀。

身处校园，我时常关注着作家叶开提倡的语文教育理念，耳畔很快响起了诗人郭守先"谁愿意让生命继续枯萎"的诘问。显然，谁都不愿让生命继续枯萎，谁都清楚不能过于浮躁功利，但大家都在巨大的噪音中做着掩耳盗铃的事情。在中文核心刊物《语文教学与研究》刊载的专栏文章《小学的虚假道德、中学的空洞理想、大学的无趣审美：一条严格运行的生产流水线》中，叶开先生不无痛心地指出："在教育工具化、教育关系物化的理念控制下，语文教材的编选，从小学的虚假道德、中学的空洞理想到大学的无趣审美，形成了一条严格运行的生产流水线。这才是语文教育的真正伤痛。"叶开先生之言，是不是危言耸听，我想在大部分学子和语文老师身上都能找到真实的答案。因此，当我游弋的目光再次回落到"谁愿意让生命继续枯萎"这一诘问时，不由得想起昌耀先生《慈航》中的诗句："我不理解遗忘。/也不习惯麻木。/我不时展示状如兰花的手指/朝向空阔弹去——/触痛了的是回声。/然而，/只是为了再听一次失道者败北的消息/我才拨动这支命题古老的琴曲？"诗人之问，可以跨越时空，直指人们的灵魂。

那么，又是谁"割断了大海的脐带，在宇宙的手心，给你划定了一条远离鸟鸣的道路？"当诗人将感性化的诘问推进为理性化的追问时，其思想的锥子随即深入到人生哲学的层面。"大海的脐带"既是生命力的原发地带，也是自由精神与有趣灵魂相遇的通道，更是人类文明与民族文化的根性所在，它连通着这个世界上所有的"生物共同体"和"美学共同体"，但是它最终被"割断了"——这是现实的无奈之举，还是为勇敢的前行者"斩断退路"，并以"推至悬崖边上"的决绝方式助其成长为英雄而有意为之？若属前者，诗人可能想指出这样一种现实：人类的发展，必然伴随着无奈的"阵痛"，最惨痛的代价就是对生理和文化基因的不断调整和消解；若是后者，那他想告知人们的或许是这样一种事实：太阳或者英雄，或者精神导师，他的诞生和他的旅程注定了伟大的一面。作为引领者，他最先经历了挣脱与上升、燃烧与绽放的复杂历程，可是在这茫茫宇宙、复杂人间，又有谁真正照见了他的孤独？

美国诗人爱默生认为，诗歌应该是一面"带上街头的镜子"，这面镜子并不是通过折射，去照亮事物的形象。而是在它擦亮除尽尘埃的表面，让日常生活中的事物映出各自纯净的形象，让事物不再有它的用处和归属，把事物列进天赐的秩序，这个秩序如同新柏拉图主义创始人普罗提诺所说的——就是可感事物所从属的超感觉的秩序。毋庸置疑，在青海诗坛，郭守先时刻怀揣着一面诗歌的"镜子"，他希望这个世界在其镜子中能够还原出纯净的形象，面对这个纯然的理想世界，人们不再热衷于物质和感官的消费，而能够更加看重普通事物包括生命在内的诗意和高贵，或许只有这样的"超然感觉"，才能"把板结的土地耕深耘透”，才能让“云杉挺拔在昆仑山口”。

毫无疑问，诗人郭守先的诉说与诘问是真诚的，也是孤独的。诘问很多回应却很少，悲怆、无奈，却又不肯妥协，时间久了，这样的书写也就成了“独语式”的创作。这种情形有点像鲁迅先生在写作散文诗《野草》时的复杂心绪——内心积郁颇多，却无排遣之道，只好逼视内心，向更深的哲思层面掘进。当然，鲁迅先生最终从这部散文诗集中拿出了“反抗绝望”的生命哲学，而诗人郭守先则将诘问化作了慰藉心灵的自嘲和抒情，又在抒情中重新燃起理想的火苗，用以烛照自我和他组建的精神部落——高大陆七棵树。

我拖着疲惫的壳／在苍茫的荒原上寻找／用别人抛弃的赤诚再次贿赂生活／生活躺在别人馈赠的席梦思床上／无动于衷／我愤怒的五指冲上去／把生活揪出了血（《生活》）

秉烛夜游的我／早已习惯在诗书里蹉跎／今夜／恕我不能陪你吃喝／为了将母亲和娘子的日子／彻底盘活／明晨／我还要继续在键盘上／把错误的章句改写（《秀才写给举人的诗》）

清风拂散暮霭／真想伸出胳臂与自己的影／在山巅跳一曲探戈／特立独行的我／又听到了蝉鸣与涛声（《大圆山望月》）

“拖着疲惫的壳，在荒原上寻找”——明知不可为而为之，我似乎看到了勇敢的堂·吉诃德，举着理想的长矛往前冲去，然而“无动于衷的生活”却给诗人来了迎面一击，执拗的诗人再次往前冲去，并“把生活揪出了血”，但是在我看来，这分明是生活把羸弱的理想和诗人“揪出了血”。面对巨大的无力感，诗人不得不承认自己仍然是一个“无法增白的黑小伙”，期待着一双感人的手，“替我拔掉早生的白发”。为了继续生活，有尊严地追求，他“不能陪举人去吃喝”；为了给自己留出更多的希望，他不得不趴在生活的键盘上，继续“把错误的章句改写”。悲怆也罢，自嘲也好，情动于衷，确实令人动容。面对坚硬的壁垒，诗人调转了方向，登上大圆山，伸出胳膊和自己的影子"跳一曲探戈"——这样的独舞无疑是悲壮的，不过其中也隐含了突围的另一种可能，因为诗人说，他"又听到了蝉鸣与涛声"——不肯认输的堂·吉诃德再次横刀立马，高扬起自己的精神旗帜："谁说没有一棵草能够长成树，云杉已挺拔在昆仑山口！"

这就是诗人郭守先，在精神维度越写越"小"的当下诗坛，他仍在推着巨石上山，不得不说，他确实是一位背负使命感的诗人。爱默生曾谈到过诗人的使命，他说："所有人都靠真相活着，都想有所表达。所谓爱情、艺术、贪欲、政治、劳作、娱乐，都是我们在试着讲出我们苦涩的秘密。人只拥有半个自己，还有一半是他的表达要感受每个新的时代，都需要一次新的自省，而这个世界，就像一直在等它的诗人到来。"没错，这个世界的确在等待着有情怀、有担当的真诗人到来，而当他真正到来时，请一定给他腾出一把尊严的椅子。

索南才旦的诗歌及当代意义

乔延凤

　　索南才旦是青海省的一位藏族诗人，他的诗歌植根于青藏高原，植根于现实生活，散发着青藏高原原生态的气息。评析他的诗歌，研究他的诗歌创作之路，对于我们今天建设当代中国新诗，具有现实的认识作用和借鉴意义。

　　我仔细地阅读了他《记忆，岁月之祝福》中的全部作品，觉得其中有不少佳作，这些诗作，形象鲜明，富于个性，有较强的感染力。

　　索南才旦的生活阅历曲折丰富，他出生于农村，长期在青藏高原生活。从学校出来，他的足迹，遍及青藏高原的许多地方，特别是他在青海三江源高寒地带的玉树地区工作，长达28年之久，这些都为他的诗歌写作，提供了广阔的地域空间和厚实的生活基础；他和当地的民众长期共同生活，亲身感受着青藏高原独有的民族风情、自然风光；藏民族能歌善舞的艺术气质陶冶了他，青藏高原人民豪爽的性格，也影响着他，成为他诗歌创作的底色。

　　这些，从他的诗歌作品中，都能够看得出来；他还具备了较强的语言文字表达能力，运用诗歌的形式反映社会生活，已经较为成熟。

阅读他的诗歌，就把人们又带回到了他诗中所咏唱的青藏高原的奇丽风光和民族风情之中。

他的《走近玉树》，就是其中有代表性的一首，诗里这样写道：一种声音无法抗拒 / 通天河犹如顽童奔走于旷野 / 格拉丹冬清泉犹如醇香的奶酪 / 养育火样的汉子水样的姑娘 // 雪山：一座飞翔的白色巨塔 / 栖落于这个星球的额头 / 草场里的生命是团火 / 牦牛燃烧古老的犄角 / 以将士的姿态死守寒苦 // 草浪打结的季节 / 我醉倒在我的草场 / 泪水流过的心尖 / 淹没痛苦以及不朽 // 头顶红珠的骑手 / 眼睛里闪出多年的心愿 / 覆盖生命的是皮袄 / 绽放生命的也是皮袄 // 走进玉树走进牧场 / 我站在一块高大的岩石上远望 / 绽放生命的土地 / 在朗朗笑声中沐浴阳光

这诗以不长的篇幅，将玉树的自然环境、风俗人情、社会面貌，都较好地表现出来了。

诗中出现的物象，全融入了他的主观感情，词语的运用准确、形象。熟悉玉树州藏地风情的人，会感觉到亲切、自然，未来过这里的人，也会从中感受到那火一样的情感和生命的力量。

玉树是长江、黄河、澜沧江的"三江之源"，这里的地貌、气候、人文、历史等独特景观，都融入到了他的诗歌之中。诗中的意象，是丰富而独特的，充满了作者的个性。

此诗起句就写道："一种声音无法抗拒 / 通天河犹如顽童奔走于旷野 / 格拉丹冬清泉犹如醇香的奶酪 / 养育火样的汉子水样的姑娘"

用"无法抗拒"一词，准确地表达出人力之外的自然力之博大，把高寒地带置于了这个博大的自然力之下。

"通天河犹如顽童奔走于旷野"，以"顽童"的形象，将通天河"奔走于旷野"的原始感觉表现了出来，顽童的"奔走"是毫无拘束的。

这些，皆源于作者平时对生活、对自然的观察、体验；这种体验、感觉是直观的，也是形象的。

"格拉丹冬清泉犹如醇香的奶酪／养育火样的汉子水样的姑娘"

以"奶酪"来喻格拉丹冬清泉，以"火样的""水样的"，来分别写高原上的男人女人，藏族牧民的性格、外貌就都包括进来了。

"雪山：一座飞翔的白色巨塔／栖落于这个星球的额头"

用"白色巨塔"喻雪山，形象逼真；"栖落于"地球的"额头"，这里将地球喻作一个巨人了，这种感觉充满了作者的个性；而"草场里的生命是团火／牦牛燃烧古老的犄角"，同样是充满了个性的新鲜意象，面对着人力之外的博大的自然力，"人"和人的生命，用什么来表现？他用了"火"来表现；写牦牛，则又用"燃烧"这个词，将藏地的人、牲灵血肉饱满地凸现出来了，带着浓烈的藏地色彩，他的诗句也充满了生命意识。

所有这一切，与这个高寒地带的客观自然环境都不无关系。他写出来的诗句，客观外物与主观精神已融合到一起了，这就形成了他的富于个性色彩的独特的意象。

接着，诗中直抒自己的感受、情感和心情："草浪打结的季节／我醉倒在我的草场／泪水流过的心尖／淹没痛苦以及不朽"

"草浪打结"，将生命旺季的草，准确地描画出来，这又是个准确、形象的诗句；而"醉倒""泪水""痛苦""不朽"这些词，都浸满着作者的精神、情感，把外物与主观精神统一在了他的独特的意象之中。

诗中随后写道："头顶红珠的骑手／眼睛里闪出多年的心愿／覆盖生命的是皮袄／绽放生命的也是皮袄"

"红珠""皮袄"是骑手的装束，这是个细节，将"骑手"的形象和生命，同时展现了出来；"皮袄""覆盖生命""绽放生命"，"皮袄"这个物象，是索南才旦对藏民族的生命抒写的外物化。

结尾："走进玉树走进牧场／我站在一块高大的岩石上远望／绽放生命的土地／在朗朗笑声中沐浴阳光"

用了一个特写的镜头，将"我站在一块高大的岩石上远望"，看见阳光下藏民族的形象，画了出来，这个形象，将长久地留在每个阅读了此诗的人的心中。

由他的这些意象独特的诗句，我们感受到了青藏高原原生态诗歌的力量，缺乏生活的基础，没有真切的感情体验，这样的诗句是写不出来的，可见诗歌是源于生活，高于生活的，是与民众的生活息息相关的。一段时间以来，诗坛上曾流行诗是"小众化"的论调，读读索南才旦的诗歌，到底应该怎样看待诗歌与大众的关系，看待诗的社会作用，就不言自明了。

索南才旦对社会生活、自然环境的观察力和感受力都是很强的，这些观察和体验的所得，还须通过文字将它们传达给读者，这就需要表现力了，他的文字表现力也是较强的，他诗中词语的选择与运用，就充分地证明了这一点。

索南才旦植根于青藏地域文化和民族文化之中，长期坚持诗歌写作，才使得他具备了这样的诗歌表达能力。

这类题材，《彩陶：柳湾静静的光芒》也写得不错，历史感、社会感、人生感、现实感都表现了出来。此诗写柳湾的彩陶，通过对先民们制作彩陶，还原他们当年的生活情景，描画出先民们的勤劳、智慧、艺术创造上的才华。

开头，写去柳湾访问先民的文化遗存，总写先民们一双双灵巧的手，"如同天公在空中绘制彩虹"一般。

以"天公在空中绘制彩虹"来写他们制作彩陶，赞美了劳动者们创造了人类世界：物质财富和精神产品。

接着，用一连串的问句，先是肯定了先民，肯定了他们用劳动创造世界的业绩；对四千年前先民们的命运，也表示出了极大的关心：柳湾的先民们，是为何消失的？

接着，作者用想象的笔触，还原出了柳湾先民们当年的生活，表现出他们栩栩如生制造彩陶的场景："走吧！走进烧制彩陶的柳湾部落／长者粗裂的手中骨针飞扬／流苏的腰裙和投石器顺手诞生／男人们取土和泥在陶坊忙来忙去／想起族人庆祝丰收和喜悦的圆形舞／想起星光下幸福的呼噜声／就这样手舞足蹈人头蛙形的多种盛器／在他们的精心呵护下像生命一样诞生／女人们劳作是为了陶罐中盛满食物／把谷粟和猎肉贮满／过冬的陶罐老者远逝骨针一枚或彩陶千件"

这是诗中精彩的一段，绘声绘色地再现出柳湾四千年前的风俗画面，由衷地赞美了劳动创造了世界，创造了艺术，创造了财富。诗中出现的长者、男人、女人、老者，都活在了我们的眼前。特别是柳湾人"庆祝丰收和喜悦的圆形舞""星光下幸福的呼噜声""手舞足蹈人头蛙形的多种盛器"等，这些画面，都深深地印在了读者的记忆之中。

这篇作品，洋溢着劳动的欢乐，歌唱着青藏高原先民们丰收的情景，充满着积极向上的精神，体现出了原生态的诗情画意。

这样的作品，与作者对遗址实物，特别是对彩陶（包括彩陶上的图画）的细致观察，对先民们劳作、丰收、艺术创造的深刻体验，是分不开的，观察、体验是写好此诗的基础。有了这个基础，加上准确、形象地表达就可以了。

在诗歌的表达形式上，索南才旦善于采用低回往复、一咏三叹的形式，《飘落在南迦巴瓦的雪》，就是运用纯熟的一首："八月，我在雅鲁藏布／收获青稞／收获带有蕨麻味的苹果／还有贡布人家的酥油拌雪果（洋芋）／忘不了，雅鲁藏布及其跳动的琴弦／／八月，我在雅鲁藏布／收获桃子／收获李子和吊瓜／还有贡布人家整个院落／目睹桃花盛开又有怎样泪水流下／／八月，我在南迦巴瓦雪山脚下／沐浴阳光／沐浴前半生和后半生／还有青青涩涩半生不熟的诗文／雪峰撑起谁的信念在继续向上／／八月，我在南迦巴瓦雪山脚下／雪飘落在心间／花儿开在心间／还有一条远方的路搁在心间

真好看，南迦巴瓦及其白色的袈裟。

全诗以低回咏唱的形式，将劳动、收获、物质生产、精神生活都

咏唱出来了。这种形式，正好就是与散文线性表达相区别的诗的表达形式。

诗中一连写了"青稞""带蕨麻味的苹果""酥油拌雪果""桃子""吊瓜"等这些具体的物象，使人如见其形；后面写到的精神、宗教也都带着青藏高原鲜明的地方色彩。

索南才旦长期在藏地生活、学习和工作，他对藏地的民歌、民俗是谙熟的，这些带着民歌色彩的诗，感情色彩鲜明，充满了生活气息，优美而动听，明显地展现出民歌民谣在情感表达和传播上的优势。

藏族是能歌善舞的民族，诞生了《格萨尔王》史诗和仓央嘉措那样优秀的诗人。从这首诗中，我们可以看到，民族歌谣对于索南才旦诗歌创作的影响，这对于我们建设、繁荣中国的当代新诗具有积极的借鉴意义。

他的《日月山下马兰花》同样是一首具有民歌色彩的作品。此诗写日月山下的马兰花、母亲、父亲对举，实际所写的是那里淳朴的民族风情。

索南才旦到过青藏高原的许多地方，他以辽阔、博大的胸怀，来抒写青藏高原上雄奇壮美的自然风光和现实社会的生活，充满着社会感、人生感、现实感，他的作品是高亢而沉郁的，这样的气质也是地域文化、自然环境所赋予他的。

《青南系列》（组诗），同样充满着作者的个性，其中《在倒淌河上路》这样写道：丑陋的山头扑面而来/四溢湖泊送来吉祥的奶酪/岩石中央牧女长成雪莲之花/……/完成一次长长的祈祷/作为遗忘苦难的坟茔/种植生命的歌谣时高时低/倒淌河走在没有归期的路上。诗的起句，就将一幅山、湖、人的风俗画，呈现在我们面前。

"丑陋"写山头，带有荒凉感；"四溢湖泊送来吉祥的奶酪"，又给人以甜蜜感。"岩石中央牧女长成雪莲之花/绽放的微笑像一弯新月"，将牧女的形象生动地表现了出来。她放牧的牛羊，才是"奶酪"

之源。她的劳动才是真正美的。"微笑像一弯新月",则将她的美丽、姣好写了出来。作者以"雪莲之花"来写高寒地带的牧女,饱含着对牧女的赞美,这又与她的性格和高寒地域特征紧密地关联着。

而"岔路口/玛尼石堆描述一种形象/前方的部落载歌载舞/踉跄的姿态是做远行准备",则将藏民族的歌舞,形象地描画了出来,特别是"踉跄的姿态是做远行准备"一句,写得准确而生动。没有对藏地风情的体验、对藏族歌舞的洞悉、对藏族牧民性格的了解,是写不出这样的诗句的。

接着,"用一杯烈酒换取那片云彩/缕缕炊烟在昌盛牧地/耕植春秋耕植幸福/抑制频频追寻激起的花朵/完成一次长长的祈祷/作为遗忘苦难的坟茔/种植生命的歌谣时高时低/倒淌河走在没有归期的路上"

作者将生活、死亡、宗教、风俗,都写得十分透彻,读"作为遗忘的坟茔"的诗句,人生感顿时就产生出来了。这些诗句的抒写,既让我们看到了青藏高原的原生态生活,也让我们看到了藏族歌舞、民谣是怎样影响到了作者。

索南才旦的原生态诗歌,饱含着歌舞、民谣的成分。如《恰卜恰美酒》起句"走进牧女端来的龙碗奶茶/每根神经都在饮食微笑",这里用"走进"一词,将全身进入奶茶的感觉表现出来了,"每根神经",极言饮奶茶时的感觉,是全身心地投人的,这样的感觉,是作者感情体验深的结果。没有这样深的感情体验,也写不出这样的句子来。

而《清水河记忆》一首,作者这样来写:紧接巴颜喀拉之山/另一个驿站屹立在风的缺口/澜沧江水拥抱月亮的时候/风却在弹奏发自心扉的交响乐/牧羊的姑娘/点燃梦的香火/燃烧的牛粪火醉人/白色的青稞酒真美/公路岔口/霹雳的声音断裂/我们走向康域重镇——结古

这首诗短短11句,将自己在一个场景里的感觉、体验,写得十

分饱满。

"紧接巴颜喀拉之山 / 另一个驿站屹立在风的缺口"，作者不说驿站屹立在"风口"，而是说屹立在"风的缺口"，"缺口"二字，一个"缺"字，就将这个地形的特征全画了出来；"澜沧江水拥抱月亮的时候 / 风却在弹奏发自心扉的交响乐"，江、月、风，都用了富有感情的拟人化来表达。

接着写人——牧羊的姑娘，连牛粪火都是醉人的，"白色的青稞酒真美"，黑夜与白色，对比强烈；"公路岔口 / 霹雳的声音断裂"，结尾戛然而止，给人以裂帛之声。

他写自己故乡的作品，充满着对故乡的一片真情，《卓仓，扎西德勒》就是这样的诗篇。这首诗，内涵丰盈是它的厚实之处，真情表达是它的成功之处。整首诗，将作者对家乡、父母、乡亲、土地、历史、现实的真挚之情，较好地抒发了出来。

全诗每一节都用家乡名"卓仓"二字开头，声声呼唤，表露出游子怀念故乡，对故乡的一片深情。

"扎西德勒"，藏语，扎西是吉祥，德勒是好，最后，作者回环使用"扎西德勒"，表露出对家乡的深情与深深祝福。

这一类作品，充满了真情，由此而能够看出，诗歌写作中的本真与如何才能感动人的问题。

从索南才旦的作品中，我们能够看出生活积累对于一个诗写者的重要性，对社会生活的观察、感受、体验，是我们从事诗歌写作的人所必须打实的基本功，而语言的准确运用、表达，同样也是我们所应当努力做到的。

诗歌源于生活、高于生活，我们要创作出真正经得起时间与诗歌审美检验的优秀作品来。

诗歌中的意象，是主客观的统一体。客观外物主体化、主观精神客体化，则是创造新鲜意象的正确途径。我们要在火热的社会生活中，提高自身的观察力、感受力、表现力；诗歌还必须在音乐性、语言、意蕴、表达和诗歌审美等几个方面进行规范。

诗歌的语言，要摒弃翻译体的弊端，要从人民群众的语言中汲取新鲜、活泼、生动、富于表现力的语言，不要只在狭小的自我中讨生活，以致迷失方向，甚而陷入一些人设置的语言迷宫。

索南才旦的诗歌创作，因所处的青藏高原地域条件原因，使他能够较少地受到诗坛上一些不良因素的影响，保持着原生态的优势。

与那些缺乏实际的社会内容、艺术表现上又苍白无力的作品相比，索南才旦的诗歌，精神是饱满的、内涵是丰盈的、艺术上闪耀着原生态的光辉。

他以自己原生态的诗歌，从一个侧面告诉我们：诗歌与民众、与社会生活有着割不断的血肉联系。诗歌必须深深地植根于厚实的生活土壤、社会土壤、民族土壤之中。

索南才旦原生态诗歌的意义，应当引起当今诗坛的重视，并从他的诗歌文本和诗歌创作上，受到有益的启示，以便处理好生活与创作的正确关系，诗歌与民众的正确关系，使我们的诗歌始终沿着健康、正确的道路前进。

只要我们遵循诗歌发展的客观规律，我们就一定会迎来中国新诗灿烂的明天！

乐都文学的坚守与创作

——在诗集《乡间歇晌》发行座谈会上的发言

李永新

今天，海东市乐都区钟有龙先生诗集《乡间歇晌》发行座谈会在美丽而厚重的古城乐都如期举行。首先，我对钟有龙先生表示热烈的祝贺！今年，海东市乐都区 7 名本土作家创作的 10 部作品，充分依托丰厚的河湟地域文化，挖掘出河湟文化内涵和内容丰富、体裁多样，涉及小说、散文、诗歌、历史、民间文化等文学作品，展现了海东市乐都区在文艺创作方面取得的新成就。

钟有龙，男，汉族，1956 年出生，青海省海东市乐都区人，曾在新闻单位从事记者、编辑（主任编辑）工作，现已退休，系青海省诗词学会会员，乐都区作协理事，乐都区凤山书院委员，乐都区诗词楹联学会副会长。近百篇（首）散文、诗歌发表在省内报刊。《乡间歇晌》我还没有来得及拜读和思考，便从网上读过他的几首格律诗，如《梨乡春早》："河湟叠碧春光暖，花艳梨香露笑颜。淡雅清高推雪浪，寨乡迎客万人欢"；《咏梨花》："花开下寨雪堆山，似海如潮似浪翻。风送梨香迎远客，河湟沐浴艳阳天"；《硒岛采风有感》："硒岛田园逢美景，吟歌作赋墨飘香。尊师益友抒怀饮，谷地英才谱妙章"；《咏环湖赛》："举世情牵国际赛,河湟喜纳五洲才。群雄有梦夺杉勇,绿色江源尽坦怀"。这些作品既展示了乐都百年梨都的发展和欣欣向荣的河湟文化景致,又即兴高歌新时代文化体育事业的蓬勃生机。我刚刚翻阅《乡间歇晌》,一种激情涌上心头,情不自禁,这里用序言和评论中的语言表达我对钟有龙先生出版诗集的情怀。正如作家李明华先生在序言中表达"生于斯、长于斯的他用农事建立的乡土风情和原乡情结,不同于杨廷成的'风吹河湟';不同于周存云的'雪地里的鸽子';也不同于郭守先大胆的思考和叛逆,有着自己独到的朴素和入口方式。"又如评论家郭守先先生评论"我们引以为豪的柳湾彩陶、瞿昙钟声、南山积雪、红崖飞峙、中流砥柱、高原圣湖、药草流泉都成了他笔下歌咏的对象。"无容置疑,《乡间歇晌》是钟有龙先生生命中最常见的风景,是他平凡的人生和质朴的情思积淀的深情薄发。

我坚信今后还会举办更多的新书发行会,我热切地期待着。我以为,乐都文学始终在坚守与创作。所有这些,既有清代吴栻等老先生的创举和领跑;又有这些年毛文斌、李明华、周存云、赵宪和等人的坚守和创新;还有茹孝宏、周尚俊、陈华民、朵辉云、董英武、郭守先、许存秀等人的孜孜以求和默默奉献。当然,这只是挂一漏万,乐都文艺正以蓬勃的姿势汹涌澎湃滚滚向前。

今天,我想说,一要自觉承担起举旗帜、聚民心、育新人、兴文化、展形象的使命任务。根据习近平总书记"创新宣传理念、创新运行机制"的要求,文化走出去已不再停留在舞个狮子、包个饺子、耍套功夫上,而是把中华优秀传统文化中具有当代价值、世界意义的文化精髓提炼出来、展示出来。今年央视新年戏曲文艺晚会就是一个鲜明的导向。乐都蕴藏着丰富的历史文化,文艺人要通过读书、行走、思考和写作的方式,追寻乐都一带灿烂的河湟历史文化。每确定一个主题后,就搜集相关资料阅读、梳理、研究,再到历史故事发生地现场走访。在走访过程中,将掌握的史料与所见所闻比对、分析、推想,逐步归纳成章。二要立足河湟大地，把笔触对准人民群众，把灿烂的河湟历史文化作为创作的第一源泉，围绕瞿昙凝云、柳湾彩陶、喇家大爱、佑宁观经、群科石城、驼泉追思、夏宗古刹等景点遗址以及焦桐琴、王进喜等人物，创作出各具特色的不朽作品。各位文艺人要把艺术的根深深扎在河湟文化的沃土中，在践行脚力、眼力、脑力、笔力中淬炼坚强的意志，在扎根人民中绽放优秀的作品，在伟大时代成就伟大精神中推动文学艺术活动。三要擘画脱贫攻坚战的伟大的人民战斗史。新年的钟声刚刚敲响，960多万平方公里中华大地春潮涌动，近14亿中国人民迈向全面建成小康社会的步伐铿锵有力，七里店里扶贫整村搬迁的大楼眨眼间巍然崛起，南北两山头上美丽乡村建设瞬间让人觉得更加美丽。乐都文艺战线要以新的气象、新的作为、积极履职尽责、勇于担当作为、锐意改革创新、为时代铸魂、为人民立传、为梦想放歌，在民族复兴的征程上创造出无愧于历史、无愧于乐都的崭新业绩。

身体民生艰苦歌和泪吟

——谢善述诗文的文史价值榷谈

谢彭臻

乐都是一个青海公认的文化县，历来就有尊师、崇文、尚教的传统，特别是清中期改土归流政策实施后，至于清末民初期间私塾书院渐多的这一百多年里，边鄙之民的思想逐渐开化，文化的普及率有所提高，在此种情况下涌现出了一批文人雅士：清末民初有李生香（字兰谷，1871—1944）、谢铭（字新三，1898—1960）、李绳武（字景白，生卒年不详）等人文采斐然，颇享时誉。清末民初乐都以瞿昙寺为中心的南山地区，出了一位才华卓著的"谢拔贡"，乡人们尊崇其为谢贡爷，其文名播于海东地区湟水河两岸，留存的手稿也具有重要的文学和文献价值。特别是以其中的俚语歌谣《荒年歌》最为脍炙人口。

某些介绍评述谢善述先生诗文的文章里写道：《荒年歌》作于光绪十八年（1892 年），距离"五四"新文化运动提倡的白话文整整超前了 27 年。这样的描述极容易产生误解，混淆视听。白话文作文的传统，几百年前就确立，并已经相当成熟了，只是白话文在"五四"新文化运动之前的几百年里属于不登庙堂的"在野之文"，历来不被列为私塾官学的教材，士林学子也不以此为主流，当时所谓主流即是官方倡导的文言八股，循此学而登仕，是每个读书人的毕生理想。差不多同时代刘鹗的《老残游记》相当成熟洗练，早在六百多年之前明朝施耐庵的小说《水浒传》完全是白话文，只不过文风不同，带有明朝初期话本小说的语态，冯梦龙、凌濛初的《三言》《二拍》也是白话文，属明末时期的文风。所以笔者以为，我们对谢善述先生存留的诗文遗产进行评论定位，宜采用科学细致不同分类来进行，既要将其作品放置在整个汉语文化的大参照系内来比较考量，也要定格在晚清时期河湟地区的特定时空地域条件下来分析。就乐都地区几位先贤留下的诗文而言，若论诗格之严整，气魄之宏大，骨力之强健，当属吴敬亭先生。谢善述先生的诗作主要分为两类，一为悲苦为诗的寒士枵腹之作，一为官场酬酢、亲谊往来的应制之作，考察这些作品，似乎比之稍后的民国诗人民和之李宜晴、贵德之张荫西、乐都之谢铭稍逊一筹。谢善述先生在自己的诗文中也屡屡自谦。比如，他曾在《梦草山房》的《家庭感怀集》自序开头就说"余不谙声律，而性嗜吟咏"。但谢善述先生的文学成就又是不可替代的。他以超凡的敏锐直觉，大胆地将地方俚语纳入到他的写作之中。相比于那些五古七律文言诗的板调格式，他所作的歌谣类作品鲜活、细腻，切肤割肉般的痛感具有极强的感染力，很容易引发具有相似生活经历的湟水流域居民的强烈共鸣。

　　谢善述先生的诗文创作成就最大体现在方言俚语写作的独树一帜。不求寻章摘句的俚俗歌谣，以真性情调和笔墨，以切身感受为文，无酸腐气，有切肤之痛感，能最大程度地舒遣环抱，一吐块垒，舒张自己的个性。其所以流传之广，缘由就在于此。其实以地方俚语著文为诗，殊为不易，因其极易流于轻薄油滑，但谢善述这几首歌谣却深沉凝重，让人婉转低徊，给阅读者留下的痛感记忆应当是十分深刻的。事实上，在民间流传最广的并不是他的诗文，而是那些看似俚俗，却有极强概括力和穿透力的歌谣。对于其他体裁的作品，本土文化学者和民俗研究者们也给予了誉美，但笔者以为，不宜被爱屋及乌的故土情结所左右而一味拔高，文化人在某一点上做出了卓绝的贡献，这就是很高的褒奖，有此足矣。

比如自传体小说《梦幻记》祥林嫂似的诉苦，流水式的叙述，并不具备小说文本的主体要素。确实，先生生涯遭际十分悲苦，在有志于科举仕进的年龄里，社会却发生了翻天覆地的变化，清王朝的终结也同时挖断了他自小仰望的科举登仕之路。此后长子流落四川久无音讯，家中子女早夭，妻子中途撒手人寰，累遭厄运堪称凄苦。但该部作品以小说所备要素察之度之，并不符合基本要素，主要是纯个人履历的记录，尽管也时有社会场景的旁涉与感悟，将其予以小说的文体划定，肯定是不确当的。当然，从某一个角度，但自有其价值在，其价值就在于记录了晚清时期河湟乡野悲苦的生活状态，以及作为一个官宦体制外乡野知识分子的生活挣扎与精神苦闷。从此文中我们可以了解到一百年前知识分子被科举制度毒害的程度，苛政的逼压，社会动荡导致的行迹盘纡，乡野文人在农耕与仕宦两条船上来回跳跃和奔走衣食的窘迫。

笔者以为，《梦幻记》的价值和意义不宜以文学眼光来探究。《梦幻记》给我们的启示是：存续于民间的诗文和宗族家谱一样，其史料价值的意义是不可小觑的，恰恰是这些"野史"矫正和裨补了许多方志中刻板、疏漏、伪饰的不足。例如，从谢善述先生这部《梦幻记》中我们可以详尽地了解晚清光绪年间发生在乐都却不见于史志的乡民集体抗捐事件。如果没有这段记载，我们很难想象乐都的乡土上曾经也发生了这样惊心动魄的事情。这部作品记录的乐都南山地区办团练防御匪寇的一段岁月，再现了晚清河湟地区秩序紊乱的社会截面。从先生先后任职官亭义学讲授，平凉、宁夏厅教授，乐都凤山书院教授、孔庙奉祀官等个人履历中，透视当时河湟地区的社会运行状态和政治生态。

谢善述先生对于河湟地方文学贡献，主要功绩就在于俚语白话歌谣的开创性意义，甫一披览这些歌谣，真让笔者顿生"一歌压倒诗三百"的感触。当然，谢善述先生多年曾在故乡乐都南山地区设馆课徒，期间注释蒙学经典，将历史知识编制成易于记忆传唱的歌谣来普及，以期在更多的乡民人群中播种文化、教化人心，拳拳之心，吐哺桑梓，其功绩具有历史性意义，嗣后该地区数辈人深受其益，文化普及功莫大焉，乃是先生在教育意义上的巨大贡献，也是令人动容的另一段佳话，在此不做过多赘述。

散文评论

流年光影中的泥土和村庄
——茹孝宏散文阅读印象

刘晓林

对于一个倾心文学写作的人而言，能否顺利找到适合自己的笔墨驰骋的场域和表达的方式至关重要。理论上讲由创作者个体的志趣、修养、经验内在规约的写作路径看似因果关系明晰，但在实践中真正把握却并非容易事，很多人在其漫长的写作旅程中犹如暗夜行路，最终也未能觅得与自我情志、气质高度吻合的书写方式，因此，那些在写作之初，就已经了然自己"写什么""怎么写"并且逐渐抵达预期目标的作家是幸福的，我觉得茹孝宏就是这样一个幸福的写作者。

写作中的茹孝宏是幸福的，是因为他用词语建筑了一道隔断纷扰尘世的屏障，他在文学的世界里获得一份自处的惬意。生于 20 世纪 60 年代初的茹孝宏，与文学亲密接触已年界中年，此前作为语文教师的他也时有文字问世，大多是教学活动的实践总结和理论探索。这种写作与职业职责相关，或许还与谋取稻粱相关，而他由注重学理的探究性写作转向回溯往昔生活的诗意叙事，其间经历了怎样的际遇和心理的变化我不得而知，但可以揣测的是，文学写作除了满足他精神的需要之外，别无其他功利诉求。他在散文集《凤凰坐骑》的"后记"

中说，"写作是一个磨砺的过程，也是享受富有乐趣、富有激情、富有创造性的生命之过程，在这样的过程中，写作者就会忘记生活的苦扰、生命的重轭和人生的苍凉"。显然，他选择文学写作，安顿在熙熙攘攘的现实中疲惫身心的意图颇为明显。

写作已近 20 年，茹孝宏书写的对象有着相对的纯粹性和稳定性，他执着地甚至有几分执拗地用笔墨重温着那些令自己感动和眷恋的旧日时光。在他迄今为止创作的百余篇散文中，除个别怀友记游的篇什，绝大多数是对自己童年和少年成长的湟水谷地东部的村庄，以及围绕着这个小村落展开的有关河湟乡土风物、人与事的种种回忆。茹孝宏的胞衣之地邻接"彩陶流成了河"的柳湾，先民的创造性劳作奠定了这方水土富有生命力的文明基因。明清以降，注重教育、耕读传家成为风尚，悠久的文明和农耕历史，造就了这片地域特有的风情民俗和生活方式，在那些肤色黝黑、在土地刨食的质朴农人的举手投足之间却尽显文明教化的印记，在四时节令、日常家居中人人近乎本能恪守的习俗之中渗透着文化的理据。茹孝宏自小生活的村庄就坐落在这样一个积累深厚的文化土层之上。朴素、宽厚、内敛，虽是湟水谷地再普通不过的村子，但这里一沟一壑、一草一木，对于生长于斯的茹孝宏来说，却可亲可怀。在家乡度过了童年少年时代，茹孝宏离乡求学，后供职、落户于县城，成了"城里人"，但对于家乡的感念却须臾不能离开心扉。他任职的地点与家乡的村庄距离并不遥远，但这适度的距离促使他可以用游子身份回望故土和摩挲旧时的光阴，用点点滴滴、一鳞半爪的回忆重构家乡的样貌。一般而言，回忆恋旧往往基于对现实的隔膜和满足精神抚慰的心理渴求，在回忆中呈现的记忆通常是带有选择性的，人们更愿意追念那些温暖的、充满光亮的瞬间和情景，即便是过去的苦难经历，也会在时间的沉淀、过滤和记忆的筛选、重组过程中衍变为足以感动心灵的蜜甜的回忆。由此，可以理解，乡土记忆和经验何以成为茹孝宏写作最为重要的资源，何以能够将写作这一必须经历心智煎熬的活动化为一种愉悦的心理体验，这既是表述浓郁乡愁的需要，更是要为自己营造一个心灵可以停靠的港湾，一个精神栖息的处所。

在茹孝宏林林总总的乡土叙事中，隐约包含着用风物志的方式来为自己的村庄塑形的目的。散文《村庄》简笔勾描了作者记忆中村庄的生活状态，这里村人和家畜、燕雀和谐相伴，邻里真诚融洽，谁家娶媳妇就会变成整个村庄的喜事，整个过程亦庄亦谐，妙趣横生，而正月里耍社火径直成为全村男女的狂欢活动，而描述上述情景的落脚点则在表现村庄的性格："纯朴、自然、和谐而又富有独特情趣"。如果说《村子》一文是提纲挈领凸显村庄的精神骨骼,《一颗花椒树》《故乡的小河》《北庄场》《怀想水磨坊》《驮水驴》等文，则是对村庄的树木、河流、水磨，以及事关农事活动的具体景物的一眉一目的工笔描摹，从而让那个氤氲在旧日记忆中的村庄逐渐血肉丰满、生气贯注。阅读茹孝宏的有关村庄的系列散文，可以感到他是力图给予自己的村庄整体性的观照，继而深入这个有机体的生命肌理，去领悟其精神气质以及置身其怀抱的个体生命的关系。在他看来，乡土世界有一种扑面而来的"原始、淳朴、温馨、美好的气息"，这是一种植根于大地的健康的脉息，给予她的子孙永久的滋养。换言之，乡村存留着每一个农人的生命密码，乡村的生命与农人的生命融为一体密不可分，对乡村的情感事实上包含着敬畏生命的意味。

茹孝宏所理解的乡村精神还包含着泥土般深厚的情义，诚挚自然，拒绝一切的机巧与诡诈。从社会学角度讲，村庄是农耕社会最基本的社群单位，往往是同一族源的一个或几个姓氏宗族世代聚居而形成，村民之间一般都存在着同宗或血亲的关系，是一个"熟人社会"，他们交往的原则不是明确规定权利、义务的契约关系，而是用礼俗习惯支配的高度信任和情感。这种重"情"轻"法"的方式显然已不适应现代社会的发展，但作为一种传统因子，依然或隐或显左右着乡村判断是非曲直的标准。因此，书写乡情亲情是乡土叙事不可或缺的元素。茹孝宏的散文集《凤凰坐骑》即有一组文章题为"亲情篇"，对于自己血缘至亲的爱意敬意泪泪而出，慈祥明理的祖母、巧手持家的母亲、勤劳乐观的舅舅、奉亲纯孝的大姐，都让他感念不已。而他倾注情感最深的人则是父亲，因为父亲对自己人格养成的影响无法估量，父亲陪伴自己成长，自己又目睹父亲渐渐老去，漫长岁月堆积的情愫繁复斑斓，难以尽述。于是，作者聚焦颇能彰显父亲风神的几个镜头，用特定的角度去透视这位娴于农活、多才多艺，又经历坎坷的老农的心灵世界。《父亲的一双手》写到年迈的父亲因病双手颤动日趋严重。由此想到这曾经是一双让儿子和乡亲羡慕不已的巧手，能操持各种各样的农具，能摆弄多种乐器，这双停不下来的手让一家人在贫瘠的年月得到了温饱，这双有特殊优势的手中奏出的乐声在寒冷冬夜给孩子们带来了温暖与欢乐，而今，这双手的基本功能几近丧失，这让作者唏嘘不止。近作《父亲的农具及其他》描写父亲对待农具的态度，使用完毕一定要仔细擦拭，有破损及时修补，井井有条地整齐摆放，不容他人随意堆放，作者从父亲的这一习惯中发现，"父亲爱惜和尊重农具，定然与珍爱和敬畏土地及粮食有内在联系"，而父亲爱惜着生活中的所有物件，不能容忍对它们的轻慢，实际上是把那些劳动生活的用品看作是有生命的事物，对其他生命的尊重也是自己获得尊严的前提。茹孝宏描写的父亲形象，在一定意义上摆脱了具体的指称，而成为富有智慧、敬畏心、道义感和尊严感的乡土情怀的体现。

茹孝宏散文不吝笔墨铺陈湟水乡村的民俗事象，这是他深入审视、体认乡土精神的一个非常重要的视角。民间习俗既是一种规约性的力量，又是体现人们心志、情感的文化构成，在一些特定的时间和场合，通过仪式化的展演来发挥其在一个族群或文化共同体中教化、规范的功能。湟水谷地作为青海境内早期人类活动的区域，历史的层级堆垒，绵绵不断的文化传承，形成了丰富多彩的民间文化形态和具有鲜明地域特色的民俗风情。自小生活在乡间的茹孝宏，浸淫在岁时节庆、婚丧嫁娶、日常生活中的民俗事象之中，不经意间习得这种种"地方性知识"，并且产生了浓厚兴趣。他曾编著了一本《乐都社火集锦》，对河湟民众喜闻乐见的社火的渊源、发展的脉络、演出的程式进行了详尽深入地描述与阐释，并辑录了大量社火词曲，可见他对地域民间文化的稔熟和钻研的透彻。在他的散文写作中，也反映出了对地方民俗文化的喜好。他像一个专业的研究者做田野调查一般，在多篇散文中不厌其烦地记录了家乡绚烂的民俗活动。《过年》一文从腊月十五过后"忙年"开始一直写到正月十五闹社火，备述过年的完整流程，其中关键节点如扫屋除尘、除夕"打醋坛""接神""迎灶"、正月初十开始的社火等进行了浓墨重彩的描述,不啻一部微型的过年"风俗志"，那浸润着喜庆、欢乐、和善、好心愿的旧时的乡村节日礼俗萦绕在字里行间。《村庄》中记述了乐都乡间婚礼宴席上婆家、娘家打"酒擂台"习俗，双方斗智斗巧，参与人员既有个人猜拳能力的展示，又讲究团队配合，对垒者既争强好胜，又内含礼让，共同渲染了喜气洋洋、其乐融融的氛围。近作《搅团》，介绍了湟水地域用杂粮制作的一种面食——搅团，从原料的选择、制作的过程、作料的配方，以及那种独特的滋味，娓娓道来。一种称不上精美的食物，在作者的记忆里，却是色味俱佳，唇齿留香。一方水土特有的物产决定了那个地域的饮食习惯，但在苦寒地区的饮食习俗中，民众的创造智慧才是将缺盐寡醋的日子过得滋味深长的真正原因。茹孝宏的散文吸纳丰富的民俗风情元素，并不是要给作品贴上地域的标签，而是为了寄植他的乡情与乡恋，更重要的，是为了借助民俗透视地域文化的魂魄，寻找塑造了自己人格特质和生命本色的文化依据，根本上是在解决自己"身从何来"的问题。

正是因为对旧日乡村的眷恋，茹孝宏的审美趣味也蕴含泥土的气息。这不仅仅因为他几乎所有的文字都指向魂牵梦绕的故土，更重要的是唤起他写作激情和诗意缅想的那些乡土情景，无一例外属于农耕文明背景下的审美物象，林地、水磨、打碾场、传统节庆的民俗仪式，以及自在自足的本真的生活形态。中国过于漫长的农业文明历史，造就了国人更倾向于接受与理解建立在乡土基础上的审美活动，当乡土世界成为审美对象时更容易引发人们的审美愉悦。出生农家、依恋故土，同时又作为写作者的茹孝宏，似乎天然地认同带着强大惯性的传统美学精神，并进而确立了自己的美学取向，书写纯粹的、善好的、诗意化的乡土。这种审视乡土的姿态带有极强的排他性，甚至表现为取材上的某种苛刻或"洁癖"，他只愿意书写往昔时光里那些美好的事物和蜜甜的琐屑，他滤清了记忆中的杂质，用文字涂抹了一幅幅清朗明澈的乡村图景，联系他所描述的那个时代中国农村的现实，或许会感到这些画面有些"失真"，但之于茹孝宏个人的乡村经验来说，其所流露情感的真诚与真实又是无可置疑的。只要遵循内心的真实，任何一种方式的书写，都有存在的理由。

　　然而，茹孝宏视作心灵港湾的乡土世界，在"现代"的猛烈冲击下，逐渐式微，那从泥土中生长出来的物质和精神的文化，失去土地的滋养和承载，生命力开始萎顿，这似乎是难以逆转的命运。对此，茹孝宏深感忧虑与伤感，他在多篇散文中，写到自己心仪的乡间事物遭遇现实的冰冷时，都会发出一声叹息。面对沉陷的乡土，茹孝宏能做的只能是钩沉记忆，用文字为乡土曾经鲜活的生命作证。这正是茹孝宏写作的意义，他曾说过，他向往那种写出了个体经验进而感动了读者的作品。作为同时代人，我能理解他将旧日的乡土浪漫化、诗意化背后隐藏的忧伤，我觉着茹孝宏书写的是一种公共记忆，文中的"我"完全可以置换为"我们"，这是那些脱离了乡土生存又与乡土难分难舍的人们集体体验的表述，是他们共同为行将陷落的乡土唱的一曲曲追念的歌谣。从这一点来说，茹孝宏已跨入了他所向往的理想化写作的门槛。

对河湟家园大地的倾诉

——茹孝宏及其散文作品的认识

葛建中

多年前，我从一些报章杂志上零星地看到过茹孝宏的散文作品，后来，在《乐都文学二十年》一书里看了他的几篇散文，由于是泛泛地浏览，所以在印象中还是比较模糊。在和茹孝宏相识几年后，他送我一本散文集《生命本色》，这才第一次比较集中地看到了他的散文作品的整体风格样貌。2014 年，茹孝宏的第二部散文集《凤凰坐骑》问世了，选辑了他的一些代表作品，这些散文作品让我从整体上了解了茹孝宏的生活经历，并对他的内心世界有了大致的感知。

我和茹孝宏相识虽不算短，但我俩却都属于不善言辞者，所以真正的交流也不算很多。在我的感觉中，他是一个稳重、低调、严谨的人，不胜酒力的他哪怕是喝了几杯后情绪也仍然不会高涨起来，我想，这除了性格，可能还跟他多年从事教育工作有关吧。

茹孝宏对写作执著坚持的精神让我钦佩，他的散文关注于身边的普通人、凡常事，抒发的是亲友情、故乡情，在许多人看来平淡无奇的事情在他笔下有了趣味和思想。他的作品没有华丽的词藻，没有曲折的情节，没有风云人物，没有宏大叙事，语言朴实，叙事平和，一如他的为人处世，不事张扬而又细针密缕。他将生活的过往、心灵的颤动，对家乡的眷恋之情在一行行文字、一篇篇文章中娓娓倾诉，在文字中洇染出一种淡然而又挥之不去的情文相生的氛围，描绘出一幅幅恬静而略有感伤的乡村风俗画。读后，如同品尝了乡人自酿的酩馏酒，初饮味淡，多饮醉人。

茹孝宏的散文大多写的是与他的生活、生命有过紧密关系的人与事、情与物。文章中反映的自然是河湟谷地中他家乡的乡土风情、自然风貌、人事更迭。读他的散文，好像在和他一起漫步田野，听他娓娓而谈，往事像电影剧情一样徐徐展开；或像是听到了风吹过麦田、雨敲击着树梢的自然之声……作为河湟大地的儿子，茹孝宏用心观察、倾听、记录着河湟谷地的人文风尚、历史脉搏，同时，也在向养育他成长的家园、河山倾诉着他的赤子之情。

茹孝宏出生于青海省东部农业区河湟谷地的乐都县，那里文化灿烂丰富，是闻名遐迩的彩陶之乡，尤其是当地的农耕文化传统深厚，崇文重教风气浓厚，历史上出现过许多举人、贡生、秀才等社会贤达、文人雅士。茹孝宏在这个乡土文化基因得以传承延续的地域成长、工作、生活，深受耕读文化传统影响，汲取了农耕文化、民间文化的许多养料，家乡的山水草木、农事活动、乡俗节日、农谚传说滋养了他的心灵。

阅读茹孝宏的文章得知，他的父亲在青少年时代先后在乐都和西宁求学，在青海昆仑中学尚未毕业时，被选拔到著名音乐家王洛宾先生在西宁举办的首届音乐培训班学习，20 世纪 50 年代初期又到由中央音乐学院举办的西北地区音乐干部培训班学习半年，接受了较为系统的音乐教育，能作曲、会乐器，当了多年的音乐教师。后来虽然退职当了农民，但仍然是个"教师出身的农村文化人"（《父亲的一双手》）。在生产队担任会计时能把算盘打得如放鞭炮一样噼哩啪啦，在一年一度的春节社火排练中担任导演，并成功地改编和导演了新型歌舞节目，对乐都县的社火节目产生了导向示范作用（《乐都第一个音乐人》）。

有这样一位父亲，茹孝宏小时候就从父亲处耳濡目染地受到了熏陶，并得到了耳提面命似的教诲。我想，因了这些得天独厚的机缘，让茹孝宏在那个物质极端匮乏的时代能够从小就受到文化的启蒙和良好的教育，这实在算是他的幸运。因尔，他能够对家乡的农耕生活了然于心的同时，还对乡村的文化深有了解，并且因为掌握了几种乐器的演奏，还在上初三时就进入了社火乐队。有了这些生活和文化的积淀，茹孝宏从中专到大学，从学生到教师，用知识和才情在人生路上一路跋涉。在进入教师队伍之后，在教书育人之余，他写出了一些有独到见解的教育学论文，还发表了一些音乐类和民间文学类文章。不久，他的笔端开始倾诉对故乡的热爱之情。于是，我们看到了他笔下的家乡风情、亲情故事、河湟岁月。

在我的感觉中，茹孝宏的散文写作始终关注着他的家乡，感情始终如一地倾注于故乡的自然山水、人文历史、风土人情和父老乡亲身上。《故乡的白杨》用平实的语调记录了个人的成长历程和家乡的发展变化，对白杨树给庄户人家带来的好处和实惠表达了真诚的礼赞，工笔画般细细描摹着河湟乡村的生活。他怀着深深的感激之情写下了《榆树》，因为榆树在饥荒年代挽救了许多人的生命，上树摘榆荚的过程也给乡村的儿童们带来了许多欢乐；《核桃树》把自家一棵核桃树给人们带来的欢乐故事写得淋漓尽致；《一棵花椒树》把种花椒树到采摘花椒的漫长过程写得十分仔细，表现出作者对生活的热爱之情；《软梨》把乐都这一特产水果的来历介绍得十分清楚，也把自己种梨树的经验和过程写得十分到位，文字充满了感情："当迎来又一个梨花盛开的季节，我家的这颗软梨树上开满了繁盛的花朵，那团团簇簇嘟噜成串的雪片一样的花朵缀满枝头，恍若一位冰清玉洁的仙女飘然而至；幽幽花香沁人心脾，蜂蜜在花朵上盘桓缭绕亲吻蠕动，嗡嗡蜂声就像一首表达柔情蜜意的情歌"；在《故乡的小河》中，作者动情地写了一条小河给乡亲们带来了收入，也给孩子们带来了捉鱼和滑冰的欢乐，为它的干涸而失落，也为它重新有了流水而欣喜，并真诚地在内心中呼唤："故乡的小河啊，你尽早恢复往日的风姿吧！"

对农村情况稍有了解的人都知道，随着农村实行土地改革以及后来城镇化建设的不断推进，农村的一些传统已经不复存在，就如同作者笔下的《北庄场》，这篇文章对儿时家乡人们休闲娱乐的各种场景进行了一次深入回想，也为它的消失感到了一丝无奈。同样，在《村庄》中，由牛马猪驴的叫声、程序繁多的婚礼场面、红火热闹的社火表演等一系列乡村元素组成的村庄，已经离今天越来越远了。昔日农村中耕田、碾场、运肥、走亲戚经常使用的骡、马、驴大都也已消失了（《牲口的记忆》）。《消逝的故乡柳》对儿时随处可见的柳树的消逝，表达了怀念和失落感。

我认为《怀想水磨坊》是一篇十分出色的文章，也是作者着墨较多的一篇文章。水磨坊曾经遍布于河湟地区的河谷间，是人们生活中不可缺少的一个生产场所。作者对故乡的水磨坊和磨主刘三爷满怀深厚的感情，除详细介绍水磨坊的工作原理外，主要是对当时水磨坊中的环境氛围、与其父亲和刘三爷一起磨面的经历为着眼点，渲染出了昔日乡村的温暖和亮色。作者为水磨坊的消失和磨坊主人的不在而若有所失。作者对昔日的乡村生活怀有深深的眷恋之情，所以在重修房屋时，坚持要盘两个石板炕（《石板炕》）。作者不断怀想着往昔淳朴而安静的乡村生活，对曾经温情的、贫寒而快乐的故乡生活多有眷顾，无论是对贫寒而有文化韵味的乡村节日（《过年》）、青海东部农区最普通常见的食物洋芋(《山药》)、河湟山区农村驮水的毛驴(《驮水驴》)、暑期农村繁忙的农事活动(《暑假》)、家中筑巢的鸟儿(《家有小雀儿》)、农民爱护喜鹊的文化心理和实际行为(《又见喜鹊》)，都是充满了赞许、欣赏、怀恋、怅然之情。

茹孝宏对亲情之爱给予他的人生温暖和心灵感动同样难以释怀，

经常在心中回味揣摩。我也认为这是人生中最珍贵的情感收获，是人不能遗忘的真实感情。他在《父亲的一双手》《琴之缘》《生命本色》《祖母》《大姐》《舅舅》等篇什中，对亲人们表达着他的感动和感激之情。我想，中国贫瘠的乡村生活之所以引起许多人的怀念之情，就是因了这种生生不息的亲情的延续，才让乡村变得温暖和具有亲和力。

如是，通过上述的总体认识，我相信，茹孝宏的散文写作是他对家园亲人的炽热情怀，也是对故乡大地的深沉倾诉。

厚道山地的喜鹊和凤凰

——读茹孝宏散文集《凤凰坐骑》

王建民

　　在可做多种选择的书案上回望别无选择的往事，何况那些往事被书写亿万次揭开、揉搓、鞭挞、抚慰……总之，这是高难度的书写。

　　所以，打开茹孝宏的散文集《凤凰坐骑》，第一篇第一句就令我不安，"我的故乡在乐都盆地东部的湟水北岸"（《消逝的故乡柳》），我想：糟糕，接下来展开的那个时空里，我恰好就在湟水南岸。我不得不回到从前，以少不更事的眼睛紧紧盯着对岸，以少年懵懂的耳朵聆听未来一位叫茹孝宏的作家讲述对岸。

　　那时候我们称对岸的人为北山人。我们南山人、北山人和川水人一起构成乐都这个农牧业县域热火朝天的主体，有笼统一致的政治和经济，只是在人文上稍稍有些差异。就是说，从人文角度上看，那时的我、那时的茹孝宏，我们过着雷同而稍有差异的生活。那种差异很微小，几乎可以忽略不计。所以，虽然相邻的人的差异成就了人类丰富多彩的文学，可是如果我在茹孝宏的散文中读不出那点细小的不同，也很正常。

　　令我肃然起敬的，正是我了解的那些差异，那么体贴入微，纤毫毕现，吸引着我，经历了一次事关对岸的愉快阅读。

我所了解的差异在散文集《凤凰坐骑》中，没有专门篇章来指认，那些不同，散落在这本书的字里行间，比如一些民谣、传说的用词；比如一些非书面用语的习惯；比如一些神事行为的细节，等等。有了这些差异，再加上完全属于作家个人的情怀和过往行为的记载，《凤凰坐骑》中那些写故土往事的篇章，在散文世界里的独立性毫无疑义。

首先强调这一点，全因为我是散文的门外汉。我的书写落在纸上时，有多种文本，唯独没有散文或散文诗。年少时我最珍爱的书中，就有一套散文集。《荷塘月色》《桨声灯影里的秦淮河》《白杨礼赞》等都在里面。那些散文给我两个启示，一是散文要很美，二是散文的立意要高不可攀。这两点我都做不到。及至后来读到不少文化散文、自然主义散文，觉得像是在享用浓汤，能使人的精神充分发福，而我追求的是精神骨感，不想发福。因此，我没有散文实践经验，理解就非常浅显。我想，小说、诗歌、散文等，都有各自该做的事。

散文该做的事，就是用独立的情感、明显的意向、严谨的实证，对事物进行洗骨剔髓的呈现。哪怕作家诗意无限，充满幻想，但散文的实证呈现、对事件自发性的礼让是必须的。散文应该如实沉思并尽可能细致演进，其语言的色彩需求如同诗歌语言的骨感需求和小说语言的质地需求。

茹孝宏的往事叙述实在、厚道，不仅与我对散文的素面朝天的理解契合，还能给我不少启发。即使在篇幅较短的散文里，比如《獒犬的故事》《杏儿》等文本中，作家也会尽量腾出空间，在易于抒怀、挥洒感情的节点上，去寻找事情的依据。这种行文趣向，显示的是作家对事情本真的谦逊和优待，极有可能让我们接近事情的本真。

生活事件也许是单一的，意义则重重叠叠，陈旧与新奇俱在。但是，本真的生活总是有许多安顿文字的地方，那是生活本身的优雅。奢侈的生活中有优雅，贫困的生活中更有优雅，也许贫困生活中的优雅更为深刻。散文经常性的错觉，就是把生活的优雅当作文体的优雅。于是这种文体在贫困生活中要么掩饰苦难，要么一味地追索苦难。茹孝宏的散文中，生活本身的优雅是作家特别珍爱的。《家有小雀儿》里，主客体之间的以孩子为客体、以小雀为主体的那种沟通，表明是小雀这种生命顽强的可爱的蹦跶引发了孩子对他的热爱。这是一种不动声色的反思，是对生活中优雅特质的诉求。虽然事件中的弹弓、筛子等对小雀的伤害，以及更大背景的大人们对小雀的伤害一点儿也不优雅，但小雀团体的悲壮行为的证辨，无疑是动人心魄的生命之优雅。《生命本色》中，母亲给家人衣服上缝制的那些补丁，那些几何图形、矢量图形的补丁，何尝不是生命的淡定与优雅呢。

在弹弓打鸟的时代，喜鹊等承载着文化诉求的鸟儿，可以幸免于难。对此，以善行文的茹孝宏当然不会错过。喜鹊与凤凰不同，不是特殊阶层的堂前鸟，能够莅临贫困百姓家。凤凰的吉庆是严肃的，喜鹊的吉庆则具有一种莫名其妙的喜感。《又见喜鹊》中，观照从前的主角不是孩提时代的茹孝宏，而是在县城上班的茹孝宏。一个老大不小的人，楼上楼下癫跑着，就是为了看清楚楼外枝头久违的喜鹊，真是湟水河谷特有的喜感与所谓黑色幽默的叠加。联系起作家的另一篇散文《凤凰坐骑》——拿"凤凰牌自行车"在山路上飞驰出的"寓言"，同时也把作家笔下的麻雀、珍珠鸟、驮水驴、獒犬等动物，柳、花檎树、榆树、花椒树等植物，石板炕、灯、水磨坊等静物一齐排列，我们不难发现一种细致的人文实证与历练。是的，我们可以否定一切，但是不能否定个人或家园的（哪怕是隐秘的）理智和情感，没法否定在那些理智和情感的趣向，无法否定那些理智和情感指引下的过往行为。

眼下在拥挤不堪、人声鼎沸的闹市摊点吃小吃时，时常有几只麻雀在脚跟跳来跳去，优裕自如。这种场景令我感动，我家孩子则习以为常。我觉得茹孝宏在荒凉山地间成批量地选择树木鸟儿，比在西双版纳书写树木花鸟更有意义，更有许多悲悯，其散文语言交织出的色彩也更为富足。如果茹孝宏还能在语言上加入更多"北山人"口语中时空表达的特质，又能让汉语圈人人能看懂，不需要注解，同时减去一些不必要的修饰语词，我们还能读到他更为筋道的散文。

这次阅读，没遇见厚重的土地、蹦跶的麦子等主题，真是开心。茹孝宏对那些业已成为摆设又陷于空虚的主题的忽略，体现了他的选题策略。他的那些可以披挂红布条的树，那些喜庆或令人沮丧的鸟，那些在道理中摇摆或坚实的毛驴鸡犬、那些随人一起沉浮的山泉小溪……皆能更细微地呈现存在的自发性，作家也能在人文和自然之间自由穿梭。茹孝宏的另一个策略是，不断地让年少时认知的情景与现在理智的情景交叠起来，然后逐一呈现并经受实证，从而检索出与世事变幻无关的心灵上的连贯线条，交给文字收藏。这样的书写，是有生命力的，还能确保作家的气质和情怀并未因任何外在的力量而变形。

"从前"是不需要修饰的，唯一可修饰的，是我们对从前的情感以及对往后的想象。在散文的家园里，我们不缺那些"被修饰"的情感和过度的想象，尤其是大部分被称为"美文"的那些散文，像公园里的郁金香，从花种开始修正，然后一圃的削足适履的好看的花。这给散文带来了坏名声。有些人不愿承担这种坏名声，就把"美文"分行，进一步装饰，打扮成诗歌的样子，熟料这给诗歌带来的名声更坏。茹孝宏的散文在情感表达上很节制，使其情感诉求常常在被践踏的"常识"那儿落脚。这与"深度"无关，恰恰是现在的文风中匮乏的勇气和良知。正是情感节制，使茹孝宏的散文具有了诗性之美。

在散文集《凤凰坐骑》中，我读出个体生命之善之美之慧的传承，哪怕这些传承曾经处于一个人文困顿、令人不安的时代；同时也读出了河湟地域的厚道和贫瘠。从作家的角度说，茹孝宏的散文提出了一种"回去"的方式，一种质朴的方式。带着一颗厚道的心回到从前，你会发现，你待过的时空并非那么不堪，否则，人类怎么能活过昨天。茹孝宏告诉我们：不论世事如何，人性的坚强总会以他的方式散放辉光。承载着我们抵达今天的，是我们内心的凤凰坐骑；祝福我们走向明天的，是我们从未放弃的心灵喜鹊。

刻画乡村人文必然性的肌理

——浅谈周尚俊的散文

王建民

　　有时，撇开文学前置的"主义"，以实证姿态，让文字回到过去的生活，真是我们避免与线性时间争吵的方法之一。缘于此，关于河湟故土，案头上有两本书我很是喜欢，一本是《乐都人文印象》，一本是《大戏秦腔》。两本书洋洋洒洒，图文并茂，都超过了40万字，由于其由"实在"来主导，有大量细微的考证、训诂，以及天然形态的叙事，读来觉得轻松爽朗，查看些老事情古经儿，则实惠，还放心。这样的文字，应属"纪实性文化散文"，具有文化人类学文本的潜力。

　　上述两本书的作者，是乐都文人周尚俊。近日读到周尚俊更多的散文，我发觉，不遗余力地记录乡村的人文德性，建构一种过往乡村的人文景观，正是周尚俊的创作追求。这种专心致志的追求近乎痴迷，即便其催生出了《北山大行动》《乐都人文印象》《大戏秦腔》等大部头的作品，也未能使周尚俊的"乡村人文博物馆情结"得到充分的释放。所以他怀揣笔墨，肩挂摄像器材，不断地上山下乡，还不时组织或掺和进乡间村社的戏班子、社火队、红白喜事、田间地头，去捡拾、临验、体悟那些乡村人文博物馆所需的一情一景，俨然一个古道热肠的老文人作派。

"他们……先铺一层毛，再洒少许豆粉和白石灰，据说，加豆粉是加强粘合度，加白石灰是为防虫蛀、防潮湿。然后再一层一层铺完，喷上水，用底下提前放好的一层布将铺好的毛卷成圆筒，坐在凳子上，用两条布带或绳子兜住毡卷，用双脚不停地在斜放的门板上来回滚动蹬踩……"（《毡匠》）类似这种工科文本一样的记叙，在周尚俊的散文中比比皆是。看上去一切过于四平八稳，毫无新意，既无老辣方家用农村土鸡煲出的伤感汤味，无凤凰男女们对家乡的恣意怀想，也无当代都市人偶然品尝农家乐饭菜时的随性感怀，更无大人物考察农村时的佛语禅言。同时，除了周尚俊的创作谈，在他的散文作品中，我甚至没找到那个惯常的"小时候"的视角。要知道，"小时候"如同青海民间故事中的"那早会儿"，书写乡村时，它绝对是个百试不爽、老练有趣的黄金视角，可弥补和遮掩作家的才情，也能给乡音俚语涂上寓言的色彩。

如此等等，躲开了几扇乡村叙事的方便之门，抛弃了诸多乡村叙事的调情技法，克制住易引起共鸣的浪漫情怀和道德评判，周尚俊书写乡村时，心头只剩下两样东西，一是其被狡黠卖派的老实，一是其被老实出卖的狡黠。

面对过往，史家追查的主要是人为必然性，文学则躲不开对人文必然性的记述和追索。然而，我们大规模的乡村叙事于 20 世纪晚期刚刚兴起，就成为"反农耕文化思潮"和"伤痕文学"的注脚和附庸，难以平心静气地追溯乡村悠久历史形成的人文必然性；期间，具备现代意识的作家则把视野调整至乡村的前天或大前天，或放逐到与世隔绝的深山老林。所以，到今为止，在浩如烟海的中国乡村叙事中，除了司空见惯的情绪、怀想，有人文必然性价值的文本少得可怜。如今，商业叙事和技术文明叙事支撑的主流叙事中，乡村成为该类叙事中主角的游园，乡村的人成为映衬城市发展剧情的发廊妹甲或打工仔乙。

乡村那些即将逝去的榔头、背篓、犁铧、磨子，难以为继的铁匠、木匠、石匠、画匠，薅草的女人的欢快或怨怅的歌声……一切还都是昨天的事情，至今仍断断续续地存在着，可是大家都无暇顾及，也不愿认真倾听。这些，在价值观被颠覆的今天，难道真的成了陈辞滥调，丧失了"价值"？

英国批评家迈克尔·伍德在评价马尔克斯时说："革故鼎新，这个现代主义的口号使陈辞滥调难以留存；也使整个旧的东西难以留存；它只保留我们决定要加以复苏的那些过去的新的/旧的片段。我们或许可以说，陈辞滥调是属于昨天和今天的。现代主义者主要感兴趣的是前天和后天。"正是其中所谓的陈辞滥调，成就了福楼拜、纳博科夫、马尔克斯等伟大的作家。

所以，周尚俊坚守昨天，奋力检索，通过昨天的琐事甚至残旧工具，使乡村的人文德性在相对平静的语境中从容呈现。他的这种以不变应万变的姿态，有点像大智若愚。他从现成的或泊来的时代叙事逻辑中滑脱出来，似乎总是在告诫他自己说：虚构需要逻辑，而现实则不需要。所以，我说他是狡黠的。

这给周尚俊一种心安理得的力量，使他能够心安理得地达成他的执著。

周尚俊用类似实证又像科考的精神，一点一滴地积攒犁铧的价值、背篓的价值，或节气的民间时态、匠人的农家空间，以及庄稼地里的棘豆、冷蒿、毛茛等杂草，这种叙事因其肌理分明，纤毫毕露，而延展出诸多差异，也让乡村的过往情节从"乡下""乡下人""麦子""老工具""老匠人"等笼统的文化符号中挣脱出来，各具风采。也就是说，这需要下很大功夫，至少，浪漫主义者挥洒出数十篇散文的功夫，周尚俊也许只能写出一篇散文。所以我说周尚俊是老实的。

当然，如此谈论散文时，谈论的肯定不是散文的套路。虽然周尚俊也在劫难逃，在本真叙事中不时掺进些弱弱的情感词汇，或在结语处来点"逝者如斯"式的喟叹，以便让散文看上去更像定义中的散文。但是瑕不掩瑜。

在散文自由自在的诸多向度中，周尚俊的笔墨更看重那些农家工具、庄稼地上空隐形的时钟、杀年猪时男女老幼各自不同的心情和日子节点上的兴奋，等等。还有，"铁匠、木匠、石匠、银匠、漆匠、画匠……一年四季，手艺人游走在各个村庄，像火把一样，温暖并照亮着一个又一个村庄。"（《匠人，乡村远去的亮丽风景》）虽然匠人有这样的共性，但在周尚俊的乡野工匠系列中，匠人不再只是非物质文化遗产中千篇一律的民间工匠，他们走村串户，与邀请他们的农家男女主人互动，而这种互动并非千篇一律时，我们不难看出木匠可以拿捏人，铁匠在上马掌时可以虎视人，毡匠相对耐厚，画匠易受优待……由此，某种乡村人文空间的自在张力油然而生。

周尚俊还给那些生产工具各自立传。"没有了犁铧，即使有再好的地块，再好的籽种，再强的人力畜力，也是枉然。就像是乡村唱的秦腔戏《铡美案》中，没有了秦香莲的旦角一样；就像是乡村的红白喜事中，没有了红事的'东爷'白事的'护丧爷'一样。"（《播种二月犁铧翻动的春潮》）周尚俊如此看待一切农具。在我们看来乏善可陈的简单农具，在周尚俊的笔下有着各自丰富的人文内涵，它们长久存在，犁铧有犁铧的前因后果，镰刀有镰刀的前世来生。它们不断地与使用它们的人构成一种蜿蜒曲折的走势，成为乡村人文的弓背，与时代新兴的弓弦，在天时地利人和或背时背运的大的生存境遇中，一起牵扯出了乡村生活的人文必然性。

微信兴起后，中国历法中的节气似乎倍受青睐。每逢节气，微信群里必定会出现眼花缭乱的图片和成堆的诗文，甚至不少公众号组织名家来应景。我们好像太需要一些说话的由头。然而，这一切也只能是由头，上班族和城里人的生活依然被公历节制。周尚俊也看重节气，他说："在乡村，不知道节气的人心里总是空空荡荡心神不宁六神无主；

而对二十四节气了如指掌的人心里永远踏踏实实坦然自若心如止水。"（《节气，乡村岁月的不老时钟》）这里，有种乡村人文另类时间观的暗示。这样的时间观在乡村生产生活、红白喜事、节日庆典、工具打理等各个方面发挥着作用，也在周尚俊的书写中发挥着作用，使他有充裕自如的时间，以"慢"写作来实现对乡村人文的达观。

读后感至此，我想起当年写《河湟文学论》时，对河湟散文的期盼，那时指望着有一些"不比存在重，也不比存在轻"的东西。初衷是，如果我们没有马尔克斯《家长的没落》那样的深刻，又不愿没来由地高兴、浅薄地诅咒或哭泣，不能像西部诗一样呲牙咧嘴充当山川拜物者或文化征服者，那么，我们至少可以像文化人类学者那样，老老实实地去实证，以便存留下河湟沧桑的人文线索。所以，我很感谢周尚俊容我评价他天然实证的散文，使我看到一个关于河湟乡村人文的有价值的系列景观。

周尚俊的河湟人文必然性摸索，空间优裕，时间线索自在，叙事细微，有农耕文化曾经的自信，也不乏眼下的惶惑，有种立此存照的功用。恰如自由经济改变了中国，可是，中国的传统文化也在修改世界，谁说我们的都市不是我们昨天的乡村人文肌理塑造的呢！

所以，我乐都老家的文人周尚俊大可继续自信、继续老实、继续狡黠，继续他古道热肠的老文人做派，不断延展扩张他的乡间人文时空。如果周尚俊的乡村人文必然性的营造，更多地来自他的个性，我的确欣赏这样执拗的个性。

只是，这也让我心生警惕，进而生出几句心里话，与老乡周尚俊共勉或共同探讨：质朴中尚需练达，厚道里更得凝重；天然的实证精神和前卫的实证精神，期间有浪漫主义、现实主义、现代主义的漫长距离；不论如何，周尚俊选择的行文方向，比文学表现技术现代派和心灵鸡汤玄学派不知要好上多少倍。

生命细节的动情诉说

——读茹孝宏散文集《生命本色》

高 宁

　　对茹孝宏先生其实并不熟悉，只有过几面之交，了解到他是一名人民教师，长期从事新闻报道工作，对他的初步印象，是从有些报刊杂志上陆续读到一些零星的散文作品开始。乐都县文联编辑出版的《柳湾文丛》一套八本，展示了乐都作者的阵容，其中就有茹孝宏先生的散文集《生命本色》，他的这本散文集如同一扇人生的窗口，让我们走进了作者的心灵世界，一同去领略河湟风情，体察人生百态，倾听生命细节的动情诉说，感受忧患意识的深刻表达。

　　茹孝宏是湟水的儿子，家乡碾伯，是一个历史悠久、传统文化底蕴丰厚的地方，曾是文明发祥地之一，南凉古国曾在这里建都，柳湾彩陶中外闻名，他从小生长在这样的文化氛围中，为这一片湟水谷地而歌对于他是必然的前定。

　　纵览茹孝宏的《生命本色》，可以梳理出他的散文是以亲情、乡情以及对生命细节的诉说为主旋律。为生活放歌，让生命璀璨。其写亲情、写旧事和故里风情的居多。从《祖母》《父亲的一双手》《生命本色》《劳动本色》《大姐》到《山泉》《驮水驴》《捉麻雀》等，活脱脱地为我们勾勒出一个业已消失，但却深深地印刻在作者心头的昔日山区农村的生活场景。这些场景徐徐展开，留给读者的，便异常亲切。一个人的心灵或许会被诸多俗务所填满，但他总是要腾开心灵的一角来安置他精神上的家园。一缕炊烟，几声犬吠，小孩子们光着屁股撒欢的故乡小河，耍社火的高庙，放电影的打麦场，冬天里小伙伴们比赛的滑冰车，父亲那不但精于耕作，更不乏艺术灵性的一双手，母亲的出色女工手艺，那是生活资料极端匮乏的年代对美的追求，老祖母对孙子的袒护，大姐的细心和关爱，舅舅的宽厚和朴实……都能引发作者不忘父老乡亲的养育之恩，格外珍惜家乡的山水草木赋予他的灵性；都能唤起与作者同一时代成长的人们的生活记忆，将他们带进河湟谷地那一片富饶美丽的土地，感受童年记忆里苦涩和温馨交织在一起的生活情趣。茹孝宏是有艺术天分的人，他能在喧嚣的都市里完整而清晰地保存着对故园的一种记忆，有这种记忆的人就挽住了生命的"根"。

和茹孝宏也曾交流过几次，知道他的生活也曾坎坎坷坷，几经波折，从他的作品中，看到这个人也曾为生活中的迷惘处在一种敏感和矛盾中，也曾为乡村文明的消逝喟叹，为改革开放中，不免危机到的生态，损伤的原本淳厚的民风，透出淡淡的伤感情怀和忧患意识。这就是：贫穷与人的尊严之间的矛盾。文学作品中的苦难经过升华就成了一种美学。有的人在与苦难的抗争中提升了自己的精神品质，使苦难转化为实现自我的一种能力；有的人却被苦难所击倒，精神变得颓废而猥琐。像我和茹孝宏这茬人，不敢说阅世多深，经受过多少苦难，但我们至少能懂得人生的衣食之难，见过人世间的眉高眼底。现在的年轻人开上"宝马"唱着"我的痛苦没法说"，稍受一点委屈，不是跑到"迪厅"里撒野，就是没完没了地抱怨生活。其实，生活根本就不知道你是谁。

真正意义上的作家有两种：一种是靠对历史、对生活的提示和发现，一种是依靠倾诉和追忆。纵览《生命本色》，多为倾诉和追忆，其间也有对生活的提示和发现。这一切缘于他生命的根深深地扎在了家乡碾伯这块河湟谷地特殊的地域中，缘于他没有忘记这块土地在给了他生命的同时，更多的是对生活的承受能力。当然，一个作家不是对故乡、对自己的家园怀着一颗真诚的眷恋之心就能写出好作品。真正的好作家应该有才华、有阅历，还应该读万卷书，行万里路。但是，仅仅靠这些好像还不行。个人对生活、对生命的体验与情感恐怕是一部作品成功与否的关键所在。因为艺术活动出于直觉。靠读万卷书所获取的知识一旦大于对生活和生命的体验就会变成累赘。正像王兆胜先生在论及当前中国散文的文化选择中所讲的那样："知识如同棋子，它必须借助思想的头脑才能生动起来。知识也颇似木材，它只能在思想和感情之火的点燃下才能发出光和热。"在河湟谷地，你会在寂寞的旅途中猛然听到一个拦羊汉子自编自唱出一句"山挡不住风来雪挡不住春，神仙也挡不住个人爱人"。他也许一天书都没念过，哪里会有知识，但他有体验、有感情。我讲这番话的意思是，我在《生命本色》的细节中读到更多的是对生活、对人生的真切体验，是发自心灵、带有炽热感情的咏叹。我觉得他的散文自然朴素，清新流畅，像歌坛上的"原生态"拙朴而质直。窃以为：此论精当而传神。

他从河湟谷地起程，一路吟唱走到今天，肩头上落满了风尘。作为同道，我能给茹孝宏的也只是一句鼓励：让我们在树阴下歇歇脚，然后将腰带扎紧，继续赶路。

流星闪过之后留下的耀眼光芒

—— 简评余聪和他的散文

张臻卓

一

余聪，原名海显澄，海东市乐都区人，70后作家，2013年5月6日病逝于北京。生前曾在《人之初》《北京青年报》《楚天都市报》《江淮晨报》等报刊杂志发表百万文字，已出版的长篇小说《你的灵魂嫁给谁》《丫头，你怎么又睡着了呢》。

其实，我从不知道余聪，更没见过余聪。知道余聪，纯属偶然。2017年，海东市文联准备与《青海湖》杂志社联合出版一期《青海湖·海东市70后作家作品专号》，由我负责征稿、统稿。征稿截止的时间是5月2日，5月3日起开始选稿。5月7日早晨，我在微信朋友圈里看到"青海四月天"微信平台推出的"人物‖青海乐都，曾有这样一位有才华的少年，他凭本事走出了大山却再也没有归来……"。我看到"余聪，又有笔名夜梦，天涯著名版主、网友，专栏博客作者，网络作家。1979年出生，青海海东乐都人，毕业于北京科技大学，著有《你的灵魂嫁给谁》《丫头，你怎么睡着了》等。2013年5月6日，因消化道出血等疾病，医治无效，不幸去世。"在为他英年早逝感到惋惜的同时，我也为自己身为市文联和市作协负责人之一却不知辖区内有这样一个文艺人才而感到深深自责。我心里产生的第一念头就是，立即找到他的家人，要几篇他的作品，纳入到《青海湖·海东市70后作家作品专号》之中。我把这条微信，立即发给了我朋友圈中的所有乐都人，几经周折，终于联系上了余聪弟弟海显斌和"青海四月天"编辑朱丹青（笔名）。

在与海显斌的交谈中，得知余聪（海显澄）病魔缠身、一生坎坷。18岁在乐都一中上高三时，就已经得了消化道出血病。北京科技大学毕业后，他先后在某出版社、某信息中心工作，这期间撰写了大量的电脑方面的专业书籍（程序）；辞职后，专门从事文学创作，成为自由撰稿人、网络作家、天涯社区版主；转辗北京、西安、三亚、深圳、杭州、海东、西宁等地，一边治病、一边创作，与病魔抗争、与时间赛跑。让他难以承受的是妻子带着年幼的女儿弃他而去，后来结识的河南女友请长假甚至辞职来青海照料他，直至他辞世……

余聪出版的长篇小说《你的灵魂嫁给谁》《丫头，你怎么又睡着了呢》专业著作《电脑入门》《电脑实用工具软件》《电脑升级与优化》《电脑硬件采购》《全国计算机等级考试习题集——二级C语言程序设计》《AutoCAD2005中文版标准教程与实训》《通用办公软件技巧》哲学著作《一生要领悟的易经与道德经智慧》《孔子智慧全集》以及发表在《人之初》《北京青年报》《新快报》《大学生参考》《涉世之初》《打工妹》《楚天都市报》《江淮晨报》等报刊杂志上百万文字，我连只言片语也没看到过。仅从朱丹青女士这次发过来的余聪的四篇散文和作者简介，可以感受到余聪是一位热爱生活、热爱生命、热爱家乡、热爱文学的科技青年。

余聪是海东人民的好儿子，是海东人民的骄傲。他的早逝，是电脑界的一大损失，是文学界的一大损失，更是海东乃至青海的一大损失。

余聪是不幸的，长期病魔缠身、求职不顺、婚姻中断、英年早逝；同时，他又是幸运的，毕业于名牌大学、出版专著多卷、女友照顾入微、朋友遍及天下。余聪辞世已经快四年了，但是有很多人因他的科技著作而受益，因他的哲学著作而顿悟，因他的文学著作而振奋，还有很多人在怀念他、纪念他。如果有灵，他应该含笑九泉、安息地下。

二

土豆，在青海叫洋芋，在青海东部农业区广泛种植，产量高、质量好，是青海人的主食；面片，是青海人因陋就简的创造发明，是在青海最普通、最常见而又最受欢迎的食品。土豆和面片，都是居住在外地的青海人的牵挂、乡愁。

"我们的生活都跟土豆有关，只有你想不到，没有老家人做不出的土豆菜肴，什么蒸土豆、煮土豆、炸土豆、炒土豆……光就这炒，又有土豆丝、土豆片、土豆块、土豆条之分。想想也是美事一桩，大清早地，端一碗土豆丝，再拿一个馒头或花卷，每人吸溜着土豆，喝着熬茶，那是一种习惯，更是一种饮食文化吧。离开家的日子里，土豆丝其实成了一个符号，关于母亲，关于乡愁，或者，关于那山山凹凹的记忆。"《老板，再来一盘土豆丝》）海东市乐都区南部山区的城台乡山城村是生他养他的故乡，这里的山山凹凹、一草一木给他留下了太多太深的记忆。在那个偏远的山村里，他吃着土豆、住着土房长大。大山、土豆、土房、农民、农村给予了他朴实的品质、务实的精神、宽大的胸怀。睹物思亲，一盘土豆丝，就会引爆他对母亲、对家乡的思念之情。

"为了吃一顿炒面片，我从北沙滩坐车到沙河，一路拥挤加颠簸，再赶上夏天的热流……"（《我占了人间一条命》）虽然面片，是青海常见的普通的食品，但是对于青海贫困山区的孩子来说，炒面片是一种奢侈。只有在逢年过节或者其他遇上什么大事要事时，家庭主妇才会炒一锅羊肉面片。不畏路途遥遥，不畏转车的麻烦，他去吃一碗带着家乡味道的面片。其实，他吃的，不只是面片，还有思念——想家了，想妈妈了。这正如他在《说说面食》中写的"因为家乡的面，在很多时候代表了故乡的味道，母亲的味道，我们只要奔波在外，就会思念故乡，思念母亲，而最最能体现他们的，便是这胃口上的满足了。"

是游子，就少不了乡愁。只不过是不同地域的人，具有不同特色的乡愁。余聪通过写青海地方饮食，恰如其分地写出了久居外地的青海人独具青海特色的乡愁。这是作者自己生活经历的真实写照，也是其哲学思考的提炼升华。加大传统文化保护力度，增强河湟乡土文化自信，建设良好的乡风乡俗，保留青山绿水，让众多旅居外地的游子有一个美好的记忆、永久的乡愁。

三

长期与病魔抗争的余聪，对"生"与"死"有着深刻的认识和感悟的。他不怕死，却不愿死。活着，就要爱生活、爱家人、爱工作，好好地活着。

"生死本就是一个程序，干吗搞那么沉重，干吗说我没良心？""我的二伯母和二姑父比起这位老寿星就没那么爽快了。一个是癌症，一个是全身瘫痪。对他们来说，生命的终结反而是一种解脱。从此，踏上新的征程，在锣鼓唢呐的喧嚣中离开人世，渐行渐远。那条路上，他们是轻松的。"（《死不了，你就好好活着》）他对死已经很淡然了，把死看作是重症病人的一种解脱，这与他自己多次在死亡线上挣扎过并且还多次耳闻目睹过死亡有关，更是他对死的哲学思考。

"不论今生的伤口有多深，来世，大家都有机会重新再活一次吧。""我们得面对这一轮里，你积攒的累生累世的恩怨。不想带到下一个轮回里，不想魂飞魄散。"（《死不了，你就好好活着》）冤家宜解不宜结，冤冤相报何时了。余聪宽容那些伤过自己的人，希望能够和好如初，体现着他的仁爱思想。这与他编著哲学著作《一生要领悟的易经与道德经智慧》《孔子智慧全集》有很大关系。

"生命有时候就像一架马车，有时候让人昏昏欲睡，有时候却让人惊心动魄，甚至车毁人亡。但你我都是这架马车的主人，有义务做好从一而终的护航"（《我占了人间一条命》）；"自杀容易，可是你能杀得光你那张关系网里诸多亲情对你的牵扯之心、之情吗？了不了，还得继续。只是，要珍惜，一定要珍惜"（《死不了，你就好好活着》）。是的，生命不是自己一个人的，还是父母的、配偶的、子女的，是兄弟姐妹以及其他亲戚朋友的。活着就是承担责任，死亡就是逃避责任。

"死不了，你就好好活着"。这，肯定是余聪与病魔抗争 16 年之久的精神力量之一。

四

余聪在《我占了人间一条命》中对生命的大量思考，对生命充满敬意和爱意。"你得活着""你得干着"，劝导鼓励溢于言表。

"对生命的渴望，或对光明，或对妮子的渴望，即便到了天荒地老，也不会更改。"好死不如赖活着。无论动物还是植物，无论健全人还是残疾人，普遍渴望活着、渴望光明、渴望美好。这，是天理。

"但有一点可以肯定，我跟那些瞎子、聋子、老年痴呆或大病卧床的病人们一样——我占了人间一条命。诚然，我敲下这些字的时候，丝毫没有讽刺的意思，只是觉得自己比起他们当中的大多数，已经幸运无比了。"当你抱怨自己没有鞋子穿的时候，却发现有些人没有双脚。虽然余聪重病缠身，但和那些瞎子、聋子、老年痴呆或大病卧床的人们比起来，他觉得自己还是幸运的。良好心态，正是他能够与病魔打持久战的重要基础。

"院子里的牡丹盛开的时候，这几年都只有父母在家，那满院的芳香只有父母两个人在享受，今年多了个我，又是拍照又是浇水的。父亲说，今年它们多了个看的人……实际上，你欣赏或不欣赏，它们的生命本就在那里，顺其自然地绽放，努力地绽放，不为别的，只为它们的使命。它们也占了一条命不是？"花朵为谁绽放？生命为谁活着？不为别的，只为它们的使命！只有那些富有使命感、责任感的人，才能做好事、活好人。

"生命也是，风调雨顺了，就好好活；不会活了，就坚持。坚持的时间长了，自然就有了头绪。但是，首先，你要活着。""只要是命，天生就要努力，楼顶的花草、石头缝里的花草树枝、戈壁滩上的生命残存等等，只要有一丝可以活下去的希望，它们就要努力，哪怕被狂风暴雨摧残，哪怕被严寒酷暑折磨，无所畏惧是生命的本色，直到最后那一口若游丝一样的呼吸停止了。可是，那要等很久很久。一件事，会干了，好好干；不会干了，乱干。干的次数多了，自然会干。但是，首先，你要干。"要想活好，首先你要活着；要想干好，首先你得干着。这是朴素道理，浅显易懂。但是，很多人却做不到！

五

文艺是时代前进的号角，最能代表一个时代的风貌，最能引领一个时代的风气。谱写中国梦需要文艺来聚力、来鼓劲；树立中国好形象，需要文艺来滋润、来塑造。使命和责任要求我们，坚持以人民为中心的创作导向，将正确的价值追求同高尚的艺术追求统一起来，将自己的兴趣爱好与人民的艺术需求统一起来，服务人民、服务社会，努力做一个政治坚定、引领时代、业务精湛、作风优良的"德艺双馨"的文艺家。

身为凡人，写凡人凡事、小人小事，这是很正常的，关键是要能够以小见大、以俗见雅，点滴见水平、片语见真情，"一滴水能够反映出太阳的光辉"。

余聪的散文很朴实、很真实、很真诚，但读着却很感人，其感人的力量正是来自他的朴实、真实和真诚。他的这种风格和我十分相似。我写文章，追求的是：要么给人以知识常识，要么给人以经验教训，要么给人以生活道理，要么给人以人生哲理。反对胡编乱造、矫揉造作；反对花前月下、卿卿我我；反对低俗媚俗、低级趣味；反对无病呻吟、自娱自乐。如果我拿这些与余聪交流，想必他会认同的。

作家只有自己爱生活、爱生命、爱事业、爱社会，才能写出有血有肉、真实感人的好文章，才能教育人、启发人、引导人。否则，社会责任、社会效益将无从谈起。余聪不向命运低头，"含着眼泪、面带微笑"，写出"贴近实际、贴近生活、贴近群众"的感人作品，以久病之躯，传播正能量，以尽作家的社会责任，这是需要很多人反思的。

生命的意义不在于生命的长短，而在于生命的内涵。积极向上、向善、向好，不断拼搏、创造、奉献，为给社会增添一点光彩。余聪的生命是短暂，但在短暂的生命中，却留下了丰厚的、永久的精神财富，像流星闪过之后留下的耀眼光芒。

未曾懈怠也将不遗余力

雪　归

　　这天下午，正在报社忙得不可开交时，我接到蓟荣孝先生打来的电话，提出让我为他的散文集作序。

　　我得坦承，不论是实体的纸质书本，还是网络平台，我对于印有自己姓名的文字，始终心存惶恐。这大概和我的性格有很大关系。我的敏感、脆弱、怯懦以及自卑，让我始终对这个世界，对于活着这类含义深广的词汇有着极度的敬畏，乃至恐惧。

　　所以，对于写序一类的大任，我有限的资历和水平，深恐辜负了这样的信任和托付。

　　当我们被柴米油盐的生活麻木了神经，被不得不从事的工作磨掉了激情；当我们在感觉无助时心力交瘁、心灰意冷；当我们被一些不良的情绪不断逼近并压迫，时间却在毫无意义的琐碎与无奈中无情流逝……这个时候，我们是什么样的表情？

　　在翻看电子版文稿时，我看到了一些表情，丰富又玄妙，细致又绵柔，值得反复揣摩和体验。这种表情传递出这样的内容：我们的生活在不停地撕碎我们的梦，时间无法涂抹，记忆无从缝补。体味着生命的真实时，经受着理想、现实和宿命的交错揉搓和捶打的生命个体，"就这样逐渐积累着超越孤独和绝望的海拔"。

在这些文字里，我看到了这样的蓟荣孝：他曾撑一把半旧的伞，穿行在雨脚走走停停的回廊里；他曾双臂交错，放在头下，在野地里仰望苍穹；他曾逐一盘点《私留地里的植物》，借助那些芹菜、甜菜、菠菜、萝卜和芫荽，以及地埂周缘的一绺儿红花，给胃肠寡淡的岁月增添色彩与希望；他曾观察一朵花，想象一株植物的心思；他曾坐在布满兔子粪便的土地上，让太阳将自己还原成一抹枯坐的影子……

他说：从此，神游在夜色的殿堂，夜色缭绕的香雾中，我蓦然听见冥冥之神喃喃的箴言。

他说：翻动至爱的书页，我并不奢望留下感动天地的文字，只为触摸到缪斯的指尖。

他说：日日夜夜在文字的田间地头默默耕耘，不为"文学，就是我的宗教"这般厚重的信仰，只想体味着生命的真实。

他说：文字落在纸上，灌满季节的声响，间或还盛装着鸡鸣犬吠的乡间音符，不由畅想起夜的浓郁，风儿吹来的清幽里还氤氲着谷物绵延的熟香和甜饴。

他写湟水河、水峡、武当山，他写村庄、野鸭、苹果，他写秋雨、夜、打碗花，他写水井、清明节……他的笔下，有南山积雪，有羽之杂咏，有柳色青青，有玉米的舞蹈，有回家的石头……

"这些生命猝然一头栽进历史长河的波浪里，栖栖惶惶，经久不息地占据历史真实的项背，占领往来行走其间的人们的心田。"在《深呼吸，为那一地的幽怨》等篇什中，这种深厚流淌在字里行间的家国情怀，让人肃然起敬。而《那年那月》中，这种执著于理想，不畏艰辛的追求，更让人由衷感佩。在瞿昙的十年，可以说是他在文学路上坚守的一个缩影。而他，始终不张扬，不炫耀，静守内心一隅，在纷杂的世俗中默默蓄力。

他的许多游记文字，不止于见山写山见水写水，跳脱而出的是更为开阔的视野、更为高拔的境界。诸如《回家的石头》《行走在村庄边缘》等文，更具鲜明的哲学思辨特征，让这部书有了厚重、深邃的文化内涵和美学质地。

"超脱于世俗的判断之上，就是文学的魅力。"不久前见到我喜欢的海外华人作家张惠雯，她曾这样说，我深以为然。

在蓟荣孝的文字中，我尤为喜欢的，是这样的描写：

可能是一只绿头鸭吧。那绿，在阳光下，泛起油油、亮亮的金属光泽；这绿，让人惊愕，让人不由得倒吸一口冷气……它游动时，头顶处的空气里就像绿色的火焰在燃烧；它静泊时，那绿就像是自然之母留在这片水域里的一块绿宝石；它飞翔时，如一道绿色的闪电，洞穿黑色的眼眸，划破蓝色的天空；它睡眠时，把绿色的头掩藏在羽毛里，蓬松的羽隙之间呼出绿色的气息，氤氲在鸭群的周遭。这绿是流淌着的，充斥着金属的秉性，散射光一样的凌厉，在鸭群里分外地眩目。（《那些野鸭》）

这就是存在与消亡之间的轨迹，只消在对应的方程中蹿逸曾经的芳香和甘饴、晦涩与瑟缩，彰显消遁的昨天，姗姗来迟的明天……

暂短的年华，经历风霜雪雨的洗礼；更漏的岁月，走过青涩，走进甜饴香醇的境界；沧桑的生活恣意生命盈盈笑意，掬起雍容俏丽的面庞，正视从高处走下来，果敢地迎接和牙齿一样坚硬的生活，营养人们以及岁月的心性。我们品咂苹果的味道，苹果却回味自己的生活。（《苹果的逻辑》）

父亲亲手栽下的幼苗、呵护着长大的果园，又在父亲积攒下来的剪刀、斧头、木锯、铁锹的轮番"轰炸"下轰然躺倒、支离破碎……此时此刻，沉默的父亲更加寡言少语。他铁青着脸，手背青筋暴突，可劲儿地挥动着铁锹，挥汗如雨；一会儿又蹲立在已经躺倒的果树旁吧嗒吧嗒不停地抽起烟卷儿，眼睛盯着横陈的果树和挖掘出来的土坑

默默无语……（《苹果之殇》）

同为写作者，在阅读这类文字的过程中，我很自然地产生出一种超验的惺惺相惜。是的，在不断地被碾压与触痛过程中，也许我们可能会被写作时那种漫无际崖的孤单不断击中，被孤军奋战的艰苦不断折磨，但这些在我们身心两累时依旧坚持的文字，给了我们最大的支持和最好的安慰。

文学和写作，给了我巨大的精神力量，让我的内心世界更为丰盈。我相信蓟荣孝也不例外。因为热爱，所以执着；因为执着，所以坚持。当我们用多年的时光在自己倾情的文字里潜行，最终结集出版时，其间的苦乐悲喜，自然只有自己最为明了。

阅读这些文字的时候，我正在宁波参加文学周活动。活动间隙，我抽空阅读。我记得网络文学作家蒋胜男发表获奖感言时说了这样一句话："我愿为它（写作）孤守独单，因为它带给我浩瀚长河。"

我相信所有热衷于写作的人，同时也是孤单地着力于内心世界之路的一名开掘者。这条路上，我们未曾懈怠，也将不遗余力。是的，这应该就是我们活着的表情和姿态。

权代为序。

用心灯照耀精神的明亮

——读马国福《在尘世的烦恼里开怀》

李 晋

"开怀"是个好词语，似乎如自由之风，把人生的一切乌云雾霾吹至九霄云外。作家马国福把他的新书定名为《在尘世的烦恼里开怀》，显示了他的乐观积极，正如封底上摘录他的文字，"苦中作乐的人，是生活中高明的哲学家"。这种积极的人生态度，被他融入文字，传至尘世，如心灯一样，能够给读者带来精神上的明亮。

做到开怀，要有海纳百川之胸襟。卑微渺小的草木、蜗牛、燕子等，都是马国福身边充满灵性的"朋友"，尽管与它们无法交流，但马国福还是用向美之心，拉近了与它们的距离，直至它们成为自己的精神知己。

盛夏的一个夜晚，他在小区与一只蜗牛相遇，他停下脚步，打量着小生命，"它高昂着头，缓慢而又优雅地扭动脖颈，以回望的姿势，审视刚刚移动的步履，它短短的角，在灯光下清晰，仿佛是从它的肉身中刚刚萌生的两根新芽"。被我们视而不见的蜗牛，经过他全景式的描摹，竟如此鲜活可爱。马国福继而观察了蜗牛的行走轨迹，那缓慢而无畏的移动，让他无比触动，给他深深的心灵慰藉。那只和他相遇、并最终在命运的茫茫风尘里和他告别的蜗牛，是当天夜幕中的一个闪烁的亮点。

在外生活工作的马国福，和所有游子一样，难以割舍对父母亲人的牵挂。母亲从老家给他寄来了布鞋，他数了数，上面有 2600 个针眼，他觉得这是母亲 2600 个日夜的注视。他想到自己曾经不懂事，读高中时为穿上皮鞋，故意把母亲做的布鞋划破，但母亲没有打骂他，为他重新缝好布鞋，教育他上学不是为了穿皮鞋，而是为了求学改变命运。多年后，有了体面工作的他穿到皮鞋后很不适应，又穿起了母亲的千层底布鞋。朴素的布鞋上，密密麻麻的针眼灌满了母爱，默默地支撑着孩子在岁月中稳步踏实的行走。

人生的深邃哲理，被马国福以简朴的笔墨加以叙述。《最美的彩虹》写他的女友教师，长时间用粉笔写字，使她手上生出老茧，冬天开裂，沾染粉笔灰后经常流血。当她再次回教室上课时，发现学生们给每支粉笔穿上"外套"，那一支支用彩纸裹着的粉笔，让女友潸然泪下。马国福饱含深情地写下了这听来的故事，并总结说"孩子用心给老师画出了最美的彩虹，用爱给他们未来交出了最美的答卷"。这种师生之爱，是可以衍生到人间的每个角落，它值得每个人去创造和守护。

马国福的文学性、人格性写作，显然要高于那些心灵鸡汤类的说教式读物。散文集《在尘世的烦恼里开怀》中，我们仿佛遇到了熟悉的自己与他人，看到了来处与未来，这些由文字引发的意象，汇聚灿烂星光，再现出了一片灯火通明的世界，我们置身其中，呼应寒暄，温暖相依。

回归途中的眷恋

——评马国福《在尘世的烦恼里开怀》

萧　萧

　　真正认识与洞悉一位作家，需静心阅读他的作品，且要摒弃对日常生活中的那个人惯常的看法和了解，现实的遮蔽往往会让我们忽略一个人真实的、隐秘的心灵密码。在马国福最新散文集《在尘世的烦恼里开怀》（江苏凤凰文艺出版社 2019 年 11 月出版）中，我们看到一个既沉重又轻盈的灵魂在尘世穿梭，顿悟、疼痛、欢乐、羞愧……很多我们共有的情绪在书中奔泻、倾诉。而作者握着一支敏感的笔，试图缓释生活中的漩涡。

　　作者以往的作品空灵、绚丽，充满哲思，这些特质依然在这本散文集中出现，让人读来身心愉悦，但又不仅限于此，其中多篇文章已退去表面的浮华，深入现实生活肌理，挖掘出不同寻常的疼痛与温暖。全书共分为七个章节，五十来篇真情流露的散文：有的写田园风光、自然景物、植物、农作物的鲜活清丽；有的写故乡人情冷暖、旧时山村的特别情调；有的写多年来印入心里的事件和故事；也有的写时代的变迁、山村以及城市的变化带来的影响。这些混杂着光和尘土气息的文字，让我们领略到生活的纷杂真义，也说明作者正自觉深潜，以掘煤的低俯姿态向生活致敬，努力做一位接地气、诉真情的作家。

对自然万物的敬畏和喜爱，似乎是一个心存纯真的人必有的情怀。风云雨雪以及蚂蚁、蜗牛和燕子等，在他笔下皆有了灵气。他与它们对话，与它们相认相知，从它们身上学习生活智慧，领悟生命的奥秘。《一窝批判主义的燕子》令人印象深刻。当城市阳台上的燕子窝被邻居调皮捣蛋的小男孩捣毁之后，作者执意告诉其家长，再发生类似事情就告诉老师和学校。家长都觉得他有点小题大做。从这憨憨的微小举动中可以看出作者对万物生灵的爱不是虚假和矫饰的，不是附庸风雅的宣言，而是怀着无比真诚的心敬爱着，不以卑弱而藐视。

对故乡的牵念和回望，永远是一个游子内心反复吟咏的绝句。作者对于故土的记叙，往往从一事一物中生衍铺陈，眷恋而又纠缠的爱与忧愁，弥漫在字里行间。《跟着炊烟回家》《井房兴衰记》两篇，通过对逐渐退出历史的炊烟和井房的叙述与描写，既反映出时代的发展变迁，又从个人情感视角对故乡印记给予了人文关怀，而它们"必将以另一种形式，在我体内升腾、奔涌，衍射出我对它最原始庄重的依恋和怀想"。

有良知的作家，他的目光不能只仰望星空，更应该拿出他的善良、悲悯，温暖那些少见阳光的角落。很显然，作者具有这样的底层写作意识，书中收录了诸多关注小人物生活状态的文章，无论是《探路者》中穿梭在城市喧嚣里的盲人，还是《屋顶上那些人》中专修屋顶漏水的师傅，抑或是《在尘世的烦恼里开怀》中在公交车上互相开玩笑的民工，还有《忘不了那无邪的眼神》中追着女作家看背包上小绒熊的男孩，作者都饱含悲悯和关切，一方面浓墨重彩地为他们撑开一片天空，使他们得到文学的映照和尊重；另一方面作者试图用文学的力量来促进他们生存环境的改善。

散文集《在尘世的烦恼里开怀》的主旨是爱和美、眷恋与祈祷，这也是作者不断回归的一个脚印，既见证他的成长、惶惑，又像一簇迎春花等待着春天的怒放。

流淌的真情

——唐涓散文集《从西向西》阅读小记

茹孝宏

　　女作家唐涓的散文集《从西向西》是一部关于作者在西方和中国西部行走的书，不仅书名极具个性化，而且以《半途而始》冠名的自序更加耐人寻味，它的内涵可以理解为作者的心灵之路永远没有终结，即她对生活、对人生、对自然、对社会、对人类生存状况和对人类命运的思考和关照永远不会停歇。在这种人文情怀的观照下，不论是《西方篇》中每一个篇什，还是《西部篇》中的文字内蕴，都充盈着拳拳之深情，飘溢着殷殷之真意，这种从作者血管里汩汩流淌的真情实意浸润着读者的心灵，濯洗着读者的灵魂。

　　《西方篇》叙写的是作者在大半个欧洲行走期间的所见所感，有描写自然风光的，有叙说社会景象和人情世态的，更有抒写她痴迷于建筑、绘画、音乐等不朽艺术的。作者写自然风光不是表面的浅层次描写，而是将自己的一片情愫自然有机地融入所写的景物之中，并将发自内心深处的感受倾注于笔端。如写布加勒斯特远郊的秋色，不是着意写那秋色的美丽迷人，而是饱含深情地赞赏那种很难见到的"秋色"的"纯粹"，在这种"纯粹"里，"游人并不如织"，令人真真切切品尝到心旷神怡的滋味,而作者"心仪"的美景,恰恰是"远离尘嚣,饱含静谧,完完全全融入大自然的"。作者叙说社会景象和人情世态,不是从所谓的"大"处着眼,泛泛而言,笼而统之,而是通过精致的细节描写,既凸现欧洲文明进步的一面,也暴露出它的某些畸形和变态。由于作者叙说的是鲜活的感受,颇具现场感,形象感,因而真实感人。如读完《我的罗语老师们》一文后,一个个性情不同、气质各异的罗语老师的形象栩栩如生,跃然纸上,给人以如见其人、如闻其声之感;同时对他们的某些不幸遭际给予了殷切而诚挚的人文关怀。作者抒写欣赏伟大建筑、绝世绘画、不朽音乐的作品占据了《西方篇》中的较多篇幅,这些篇什同样写得极具个性,富有特色。这主要表现在作者写出了自己独特的感受和体验,倾诉了极具个体思悟内质的心曲和情感,字里行间流露着对文化的敬畏,对世间至美事物的挚爱和深情。这和我们看到的许多知识繁多而体验有限,理性有余而情感不足的同类散文相比,就显得秀逸出尘,独具慧心了。

　　《西部篇》是作者在西方行走之后又在中国西部行走的发现和感悟。如果说,西方之行为她曾经狭窄的生活打开了另一扇窗,那么西部之行则使她发现了文化的根脉,并寻觅到了心灵的皈依之地。对西部的高天后土,对西部草原辽远而舒展的使她"痴迷"的景色,对将被城市污染的心灵晒得红润、干爽和透明的花土沟的阳光,对与海的蓝色一样能慰藉心灵的青海湖之蓝色……都怀有一种敬畏之情、深爱之意,并为曾经的敬而远之而自责和忏悔。作者的西部人文情怀中,常常与西方文化发生碰撞和对接,通过这种碰撞和对接,使我们很容易发现西部与西方在某些方面的距离长度,为西部在某些方面指明了前行的方向。这一点在《有音乐会的晚上》《窗记》《写给深秋的香山》等篇什中表现得最清楚不过了。《西部篇》中也有些写人的篇章,这些篇章都写得感人肺腑,催人泪下。对海子英年早逝触及心肺的痛感,对老柴达木人失去女儿的同情,对儿子的母爱,对罹难同学及家人的怜悯，都表达了作者的悲悯情怀和善良爱心。这种源自心灵深处的情愫表达同样细腻入微，娓娓道来，有如"润物细无声"的滴滴春雨沁入读者的心田，使读者受到深深的感染。

《从西向西》中的每篇散文的文本结构也都是极具特色的，书内篇篇文章结构迥然，章法各异，都是源自事物和情感表达的需要，自自然然，水到渠成，天衣无缝。然而，在这背后却渗透着作者的独运之匠心，精巧之构思。如在《注视我生长的城市》这篇散文中，作者从眼前的许多年前"我"读完中学，现在又目送儿子去就读的这个城市一所中学的教学楼起笔，接着写从学校大门向外望去，是一条短短的观门街，走出街口向西一望，就是市中心，然后宕开笔墨去写这个城市的方方面面，写它的美和缺陷以及作者的美好期望。这样的文本结构方式不但把"我"与"完全覆盖了我整个成长岁月"的城市很自然地联系到了一起，而且把读者的视线在不经意间引向了这个城市的中心，进而使读者意兴盎然地跟随作者"注视"的目光去观照这个城市。另外，从文章内核来说，也没有拘囿于"卒章显志"的传统章法，而是情因景而生，理因情而显，所露之心曲，所表之情理，都是自然天成，不拘一格。

一部《从西向西》，印证着唐涓女士生命的心灵轨迹，延展着她生命的密秘生长，就其文本构建的特质来说，既充满着生活厚度、生命维度和与全人类相通的精神向度，也闪烁着哲思，飘溢着灵秀，飞扬着诗意。读这样的佳作美文，不但是一次极好的审美愉悦享受，而且孤独的人生不会再孤独，骚动不安的灵魂也会得到平静和救赎。

对这片土地的恒久关注
——读葛建中散文随笔集《最后的藏獒》

茹孝宏

葛建中的散文随笔集《最后的藏獒》由"走遍青海""精神的旅途""幸福在路上"三辑编成，集子里绝大多数篇什的书写内容都与青海这片土地有着千丝万缕的联系，都彰显出作家对这片土地的钟情和持久的关注。

从具体的书写内容来看，有西宁的人、事、景物，也有河湟山水的展履印痕，而他最多的写作资源来自青藏高原，来自三江源大地。虽然书写游走的篇什所占比重较大，但这些文章绝不同于那种仅满足于游山玩水之乐趣的篇什，而是充满着对这片高天厚土的敬畏、膜拜、悲悯和诗意与理性交织的人文观照。阅读他描绘的壮丽山河和生动的万事万物，让我的心灵和他一样不由地陶醉歌唱，如同饮下清冽的青稞酒，忘记了时光和庸杂的念头；倾听他诉说远方的炊烟、敞开的心扉、风雪中转场的牧人、孤独冷峻的雪峰以及美丽的神话与传说、舞蹈和歌谣、自然和生灵，令我不禁心驰神往，并和他一样激情澎湃；追寻他穿梭于草原、湖泊、戈壁、农田之间，徜徉于高山大野、苍茫雪原之中的足迹，我有了和他一样的开阔心胸、呼吸自然、头脑清静的感觉，也和他一样似有神灵在耳畔低语、呢喃和召唤；鉴赏他文字中活灵活现的众多无闻的人们脸上真实的笑意、唇齿间流淌的话语、山野间回旋的歌声，我和他一样触摸到了大地的灵魂、人民的心声。

葛建中在常年的游走、探访中，始终关注着与青藏高原严酷的自然环境相默契的一种精神。这种精神就是生活工作在青藏高原的人们不顾环境之恶劣，不畏条件之艰苦，不断地创造新生活，激昂地创造事业新辉煌的乐观向上的生活态度和甘于奉献的时代精神。《到雪山之乡去》中写到的先后在拉加乡、雪山乡任党委书记的豪放热情的万马昂欠，《结古纪事》中写到的玉树诗人昂旺文章，《群山中的画景》中写到的绘画（唐卡）技艺精湛的艺僧周洛，《这里有大雪》中写到的年轻的中学教师黄秋岚等等，就是体现这种时代精神的代表。其中昂旺文章在诗歌创作上成绩颇丰，《妈妈的羊皮袄》《遇上你是我的缘》《爱琴海》等风靡全国的歌曲就出自他的笔下，而作者每次到玉树，昂旺文章都是谈笑风生，还要相邀痛饮一场。黄秋岚是从省垣一所高校毕业分配到遥远牧区小县城中学不久的年轻教师，见到相知但没说过话的校友"我"时显得兴奋、主动、热情、活泼，她远离家人，在这偏远的地方工作，总感到寂寞，但她有时又觉得"这种寂寞是美好的"，因为有"很听话"的学生们陪伴着她。乍一看，作者写这些人事好像并没有什么特别之处，但仔细咀嚼，这些文字中折射着崇高的时代精神，也饱含着作者对他们深深的敬重之情。不仅如此，作者对所有在青海这片土地上奋斗过和正在奋斗的人们都怀有一种钦佩之心、崇敬之情。第三辑"幸福在路上"中的多数篇什就集中记述了一批文化人在这片土地上的奋斗足迹，讴歌了他们的奉献精神。

葛建中不仅钟情于神奇的山宗水祖和独特的民族风情，关注着生命、生态状况和人们的生存环境，感受着人间真情，赞美着崇高的时代精神，而且尽可能地关注着所能接触到的一些为一般人所不屑的东西。在《结古纪事》这篇散文中，记述了从省垣西宁到玉树州府所在地结古镇的行程，并将从湟源到结古镇的 17 个地名全部罗列了出来，这实在是难能可贵的。也许在有些人看来，在一篇散文中罗列这么多地名有啰嗦之嫌、累赘之弊，我以为则不然。地名本身属于社会文化的范畴，有些地名还蕴含着重要的历史事件和有趣的故事传说。文中罗列出这么一长串地名，不但在文本中融入了地名文化，储存了珍贵资料，而且给读者、尤其给将要去那里游走的读者以一些很有用的信息。《河源纪事》《地图上的足迹》两文中所写的"我"对鄂陵湖（东面邻近乡政府）、扎陵湖（西面远方靠近河源）的地理方位做了实地考察后，发现 1975 年以前出版的地图上仍标示为"西鄂东扎"，并导致今天仍称为扎陵湖乡（本应称为鄂陵湖乡）时，作家喟然而叹："这真是积重难返。"从中突现了作家对这片土地恒久而执着的关注和一往深情。这种关注还表现在他在南国的一些城市游走时，看到那里巨大的建设工地和日新月异的发展变化时，对西部某种现状的不满和忧虑。

葛建中关注这片土地上的一景、一物、一人、一事，都能敏锐地发现蕴含其中的善与美，并以富有哲学思辨色彩的语辞或振聋发聩的篇章昭示于读者。在冷峻、悲悯的笔调中寄托了作家对真善美的呼唤和浪漫的理想情怀。

这部文集的许多篇章中都引用了一些相关诗句和文献。这些诗句和文献取舍得当，并与他睿智的思想感悟和独特的情感体验融为一体，不但毫无拼凑、堆砌之感，而且大大丰富了作品的意蕴和内质，有着田野考察的意趣和文化思考的视角，增加了作品的审美价值。这在《雨雪风花老爷山》《藏獒话题》《结古纪事》等篇章中可以看得一清二楚。尤其是他在许多文章中还插入异域探险家、文化考古旅行家的行走笔记。这样，就使他的文章与原先西方人的行走笔记形成了某种比照和交织，这种具有时空跨度的比照和交织，就使他的文章比其他一些庸常的游记多了一些异质的内涵和别样的趣味，耐人咀嚼和回味。

显而易见，他的知识内存是很丰富的，有些知识也可能是为完成某个作品而有意做了储备，但不论怎样，这与他信奉的"读万卷书，行万里路"的古训是分不开的。他于 2000 年冬季的一次行程就达 5700 公里，在此次行程中，他对青海的 20 个县 51 个乡进行了实地采访。他曾在 2002 年、2004 年两次深入到海拔高峻、被誉为"天路"的青藏铁路沿线（最终到达拉萨）采访，合写出了著名的长篇报告文学《青藏大铁路》。他是否读了万卷书，我不敢妄言，但读了他的这部文集后，我敢断定，他的一生都在朝这个方向努力着。

纵览这部散文随笔集，先有一篇从宏观上绪论式地记述青海特有的地理情状和山川风物的《走遍青海》，接着是抒写在某地游走的所见所闻和独特感受的一个个篇什，再后是相关的其他篇什。其中开篇之作《走遍青海》还向读者含蓄地透露了后文所要书写的主要内容，抒发了作家乐于在"青海大造化中"游走、寻访、探视和书写的豪迈情怀。这不仅攫住了读者的眼球，增加了读者的阅读兴趣，还使文本彰显出一种独特的结构美。他的有些文章很短，但短而精，富有诗歌的品质，一如优美的散文诗。这当然是对生活提纯、升华和淬火的结晶。他那深刻、精致、老到而富有灵性和立体感的艺术化语言，更使我们享受到了阅读的快感和生活中的美感。

充满诗意的语文人生

——李天华和他的《品读经典》

茹孝宏

    我和李天华同在一个县里教书，只是不在同一个单位，交往不多，仅仅认识而已。然而新近读了他的教研随笔专著《品读经典》后，对他不啻刮目相看，而且钦佩至极了。

    中学教材所选课文，大多是出自古今文化大师、文学巨匠手笔的名篇佳作，大多是精深的思想内容和高超的艺术形式完美统一的经典之作。李天华在多年的高中语文教学生涯中，与经典课文四季相伴朝夕相处，同先贤大师相对而坐，近距离交流，如是春去秋来，经年累月，在不经意间生命得到经典课文的滋养，性灵受到经典课文的浸润，思想受到经典课文的启迪，进而使他对经典课文产生了愈来愈浓厚的兴趣。这种浓厚兴趣使他对经典课文产生了一种再阅读的冲动和激情，这种再阅读不是被动的、一般的、肤浅的、生吞活剥的阅读，而是亲善的、个性的、诗意的别具慧心的品读，这种品读使他对经典课文的理解和感悟产生了飞跃和升华。他边读边品，边品边写，对一篇篇经典课文的品读，便成了一篇篇有韵、有味有情有致的教研随笔作品。集腋成裘，聚沙成塔，这些教研随笔汇集起来，便有了他现在的《品读经典》这本书。《品读经典》是作者以一个文学爱好者的视角，以一个研究型教师的感悟，对经典课文思想意蕴、精神内涵和审美价值的解读和诠释，是一本具有教研价值的随笔创作，也是一本富有随笔情趣的教研成果。

《品读经典》中，李天华几乎将每一篇经典课文都置于当时的历史大背景和社会大环境中来解读，都联系先贤大师的生命轨迹和人生遭际来诠释，这样所解读的思想意义，所诠释的精神内涵就有了某种普遍性和必然性。同时，在对每一篇经典的解读和诠释中，李天华都观照着国家、社会和民族的重大问题或人生的重要命题，凸显着对真善美的张扬和呼唤，对假丑恶的鞭笞和唾弃。这也是作者结合对哲学的、历史的、现实的许多重大问题思考后必然产生的人文情怀。由此看来，"文以载道""有补于世""文章合为时而著"成为他这本随笔创造中自觉贯穿的一个理念，这种理念中也寄寓着作者的爱国情怀和社会责任感。《品读经典》没有空洞抽象的说教，没有学术论文的冷涩，没有粘贴拼凑的粗疏，没有克隆复制的痕迹，而是个性的、人文的、别具慧心的品读和作者才情发挥相得宜彰的结晶。从他飘逸洒脱、酣畅淋漓的文字表达中，可以明显感觉到他对经典课文的熟稔和对经典课文语词的化用功力；从他富有诗意、别具情趣的叙写风格中，能够清晰体会到他的知识积淀和才情。他灵动的诗情、飞扬的才思使一篇篇作品一气呵成，浑然天成，甚至顾不得对一些语序排列的悉心揣摩和调整，来不及对一些语词搭配的仔细推敲和锤炼。阅读《品读经典》，不仅能重温经典的魅力，引发对许多历史和现实问题的思考，而且能得到精神的愉悦和享受。

《品读经典》是一本具有独特价值的教研成果。我从事高中语文教学工作多年，总觉得与高中语文教材配套的《教师教学用书》资料性有余，人文性不足。当然，这些资料作为重要的教学资源，为教师研习教材、理解教材、掌握教材、准备教案提供了极大方便。它在教学中发挥的作用怕是其他任何资料都无法替代的。但这种缺乏人文性的由若干片段汇集起来的资料对教材似乎有肢解之嫌，割裂之弊，甚至对一些难点问题有回避之疑，尤其是在《再别康桥》《面朝大海，春暖花开》《致橡树》等课文的教学参考资料中，只对其中几个句子的涵义作了象征性注解，而没有作比较完整的人文的解析和阐述，这使许多教师感到困惑、尴尬和无奈。而《品读经典》则可填补一些《教师教学用书》的缺陷，可为语文教师提供某些方便。首先，《品读经典》的每一个篇什都具有一定的人文性和相对完整性，它能帮助同行比较完整地把握经典课文的思想内涵。其次，作者极具个性化的品读心得会使同行受到启迪，激发探究兴趣，催化教研氛围。其三，对学生来说，阅读《品读经典》可激发学习语文的兴趣，加深对经典课文的理解，提高审美趣味。

现在撇开《品读经典》的文本，来说几句非文本的话题。李天华只是众多语文老师中的一员，但他能想一般老师之不想，为一般老师之不为，并在这种"想"和"为"中找到了融融乐趣，使他的语文人生充满了激情和诗意。同在一片蓝天下生活，同在四季轮回中行走，我想，我们这些语文教学同仁也应该学点李天华，用自己的勤奋和努力创造美好的语文人生。当然，我并不是说只有弄出一本书，才算美好的语文人生。重要的是要做一个有心的语文老师，要以积极向上的乐观态度、孜孜不倦的探求精神做好语文教学工作，从而创造出属于自己的诗意的灿烂语文人生。

小说评论

我看《马兰花》

刘晓林

马兰花,一种常见于田间地头的丛生植物,低矮、耐旱、耐践踏,生命力顽强,它对生长条件没有苛求,但凡能够存活的地方,都会不时展露平凡却又不失娇艳的姿容。以"马兰"或"马兰花"为题的民间故事和各种体裁的文人写作不绝如缕,创作者大体赋予了这种植物勤劳、善良、忠贞等品质,进而据此建构作品的文化寓意或哲理内涵。在林林总总的文学"马兰花"中,李明华的长篇小说《马兰花》又有怎样别开生面的开掘?又为这普通平常的花卉注入了何种新鲜的精神质素?这足以唤起对"马兰花"的寓意有所了解,同时熟知作者写作经历的读者的阅读兴趣。

这是一个命运多舛的河湟女人的故事。富户闺女马兰花嫁给了家徒四壁、身体残疾的贫农李解放,为的是改变阶级成分。她容貌娇美,却身体瘦小,从她进门的那时起,所有的人对她都持有一份怀疑,她能否挑起一家人生活的担子,能否生儿育女?她凭借着自己的勤劳、坚韧与聪慧,回应了人们的质疑,不仅让这个一贫如洗的家庭度过了困难时期,而且将四个儿女培养成材。为此,她付出了沉重的代价。

DA DAO ZHI JIAN 大道至简

111

在人民公社时期，她为了取得男女同工同酬的权利，改良镰刀，放弃工间休息，终于在集体割麦劳动中击败了村里的庄稼活老把式石娃子，从而赢得了赞誉。但更长的时间里，为了在困难时期保全家人的性命，她把从木匠父亲那里耳濡目染得来的技艺转化为挎篮、衣服中的机关，用来偷窃粮食，被人拿获之后，不得不长时间背负着"偷嫂"的狼藉声名……一生为生存苦苦挣扎的马兰花，在青春年少的 18 岁嫁给 35 岁懒得出奇的李解放，被村人理所当然地视为高攀，因为她可以通过婚姻获得一个贫农的身份从而免遭歧视，而在特殊年代为活命费尽心机的无奈的偷盗行为却成了她一辈子也难以洗清的污点。一个落入尘埃的乡村女人的命运，无可选择地与一段国家历史发生纠葛，显得苦涩、沉重。

李明华在本书的"后记"中说，此书的写作是为了纪念母亲，回报母亲的养育之恩。他认为，曾经在世上有过特殊经历的人，后人理应用文字留下他们生命的痕迹。这是一个虚构的文本，"马兰花"身上有作者母亲的影子，但又不是自己母亲的真实经历，事实上作者力图写出一个与河湟的山川村落融为一体的充盈着母性气息的形象，这个形象代表了千千万万河湟流域土地上的母亲的精神与气质，她们虽普通平凡，日子过得拧拧巴巴，却以自己的勤劳、坚韧、与苦难倔强抗争，赓续和养育着生命。她们因富有隐忍、牺牲、忍辱负重的品性而显现出高贵的光芒。就像是开放在河湟两岸田野上的马兰，紧贴着土地，看似谦卑，却有着重压之下不曾减弱的求生意志。

如果说李明华笔下的"马兰花"是河湟母亲的象征，那么这位"地母"却少有各个民族童年时代的创世神话中"地母"的庄重肃穆和道德的纯粹性，显得不那么"正"，倒是有几分"邪"，有几分鬼怪精灵，骨子里潜藏着近妖的成分。作者没有为马兰花的偷盗行为进行道德层面的辩诬，反而不吝笔墨花费大量篇幅，甚至带着欣赏的态度描述马兰花与石娃子的割麦竞赛、巧布十二口储存粮食木箱的位置等暗藏心机的种种盘算设计，在这现实层面可以解释为出于活下去的考量，但在精神层面上则是一个女人向体力和智力的极限挑战，是制约与反制约之间的舞蹈，是在与生活的撕扯牙啮过程中呈现的强烈的原始的生之欲望。李明华似乎并不愿意从传统文化对于理想女性的角度，给自己笔下河湟母亲的形象贴上温良恭俭让的道德标签，而是让马兰花以"邪"的方式呈现抗争的意志和蓬勃的生命力。这一形象无疑丰富了河湟文学的女性人物画廊。

河湟文学自 20 世纪 80 年代中期兴起，延续至今，建立了极富地区文化特征的文学地理景观，用写作实绩证明了一个拥有本土话语方式的乡土文学流派的存在。河湟文学的写作者惯常采用写实的手段进行苦难叙事，其中的女性形象大多承受着生活的重轭，时常在自由追求感情幸福的路途中折戟，在男女尊卑世俗观念的桎梏下泯灭自我的意志，逆来顺受、听任命运的摆布成为"文学河湟"中过去时代女人的共有品性。作为"河湟文学"写作群体中的重要成员，李明华在 20 多年的时间里，以长篇小说《默默的河》《夜》《泼烦》和为数甚夥的中短篇小说，矢志不渝地为世代耕耘于此的河湟乡人们塑形。但他不满足现有的成绩，不懈地探究如何将河湟文学的触角延伸到更为深广的地方，《马兰花》的写作便显示了新的探索，尤其在女性形象的塑造上，一改以往河湟文学的女性形象的软弱与悲切，为河湟女性注入了与现实和命运抗争的勇气，以及强劲的带有原始气息的生命力量，浸透着对于母性土地深切的情感。从这一角度而言，称《马兰花》是河湟文学的新收获，并不为过。

李明华正在成为一个自觉的河湟文学的实践者，就我通常的理解，一个自觉的写作者与一个本色的写作者最大的区别就是，不再仅仅关注写什么，更在意怎么写。《马兰花》显然在"怎么写"方面下足了功夫。

翻开《马兰花》的册页，可以明显感觉到作家在有意识突破长篇小说的成规，甚至在挑战长篇小说的"文法"。小说以马兰花的名誉作为核心，将她生命历程中获誉毁誉的生活故事串联在一起，形成了一种冰糖葫芦式的结构，或者也可称之为"橘瓣"式结构，打破了时间线性结构。这种结构可以对主人公生活带有戏剧化的场景作集中描绘，事实上，马兰花与石娃子割麦子的较量，马兰花夜间炒炒面被发现之后纠葛、马兰花在手提挎篮上暗设机关偷粮食的情节，都给人极其鲜活的印象，这显然得力于李明华对乡土生活与人物的稔熟。但问题在于，这种结构方式是否更有利于河湟地母形象的塑造，以及是否有利于凸显这一形象应当具备的文化内涵？20世纪以来，进行过无数次的小说叙事革命，传统的复原生活，按照生活的现实逻辑、规律、经验组织结构的小说叙事已经不再是牢不可破的圭臬，而是打破时间与空间，现实与超现实、人与物的界限，用变形、夸张、荒诞、冥想等方式切割传统写作者全知视角下的控制力，呈现出了小说叙事的无限可能性。但文无定法并不意味着没有"法"，而是在任何一种创新的背后都有一种观念的支撑，具有内在逻辑的自洽性。可能看似凌乱无章，事实上却有一个建立在特定理念之上的整体性视野，包含了人们经验中的普遍性或最重要的因素。我相信，李明华选择这一种小说组织的方式，自有自己的考虑，但忽视时代语境的规定性，对马兰花由重视社会身份和公众评价，到违背遵行的道德观念成为一个惯偷的心理变迁处理得较为草率，未作更符合物理人情的描述，显然影响到了形象的饱满度与深刻性。情节是人物性格的历史这一传统的艺术观念之所以至今为写作者所尊重，原因是时代、环境、个体身世交错的自然流向以及由此构成的完整的生活图景决定了人物性格的生成，而断片式的叙述结构有可能损害历史的纵深感，切割人物性格的浑融性。

在我看来，小说语言不能过分进行情绪的宣泄，而应当是精确、内敛、克制的。《马兰花》充斥了太多跳出情节的情绪化议论，或许是作者急于为挣扎于生活泥淖中的河湟女性发声，于是不加克制地将激越情感和盘托出，但不能否认其中夹杂着明显的语言狂欢的欲望。

对于一部着力表现与时代、现实有着太多纠结的女性命运的小说来讲，让生活本身去呈现要比作者直接议论更可贵，在小说中注意控制作者情绪的漫溢是古往今来成功写作的定律，我们强调创新，但首先应当守正，我以为，善于控制即为小说写作必须恪守的"正"之一。

瑕不掩瑜，《马兰花》虽说尚有一些不足，但这是探索中的不足。总体而言，小说实现了为母亲、为河湟地区所有的母亲立传正言的创作目的。需要补充的是，阅读《马兰花》的过程中，我的脑海里不断回旋着留存在几代中国人记忆中的那首童谣，"马兰花，马兰花，风吹雨打都不怕，勤劳的人在说话，请你马上就开花"，马兰花开意味着生活的理想和对一切善意美好事物的憧憬，对母性的土地上充满敬畏感恩之情的李明华，他笔下的马兰花也绽放了，摇曳在河湟的微风中，散发着淡淡幽香。

二十世纪的乐都县小说创作概貌

葛建中

　　青海的小说创作自近代便已开始。青海近代文人谢善述（字子元，
1862 年~1925 年，乐都瞿昙人）平生倡办新学，著作颇丰，主要作
品有小说《梦幻记》、诗集《梦草山房诗稿》等，他的诗文纪实性较强，
内容大多揭露了社会阴暗面，记述了人民群众的艰辛生活，对研究地
方历史很有参考价值。

　　20 世纪 30 年代末，一些著名的文艺家也先后到过青海，有力地
推动了青海的新文化运动。在这期间的小说创作中，以乐都河滩寨
人萌竹（？——1953 年，本名逯登泰，又号尹湟）的创作成绩最为
突出。他在 20 世纪 40 年代就读于上海复旦大学时，与贾植芳、胡
风、路翎等人结识，并受"七月派"影响，创作出了一批小说、散
文等文学作品，发表在《西北通讯》《希望》等杂志上，其中以小说
的成就较高。他的《青驴》《大青骡》发表于胡风主办的《希望》杂
志上。1949 年发表了《炒面的故事》。解放初期写有小说《血红的草原》，
描写了马步芳军队对草原部落的血腥残杀。20 世纪 80 年代末，他的
一些作品重又被选入"七月派"的小说选集中，得以重新面世。可

以说，在当时的青海作家群中，萌竹小说的成就已达到了很高的水平。1949 年和 1950 年，萌竹分别担任过青海省垣文学艺术工作者协会（也称西宁市文协）理事和省文联筹委会副主任。

李生才于 1938 年出生在青海乐都县一个普通农家，毕业于青海师范学院中文系，1960 年毕业后到果洛草原，在牧区生活了 20 余年。他的作品大都以草原为背景，表现藏族人民的生活。20 世纪 80 年代初，李生才在小说创作方面比较活跃，曾发表《青苔》(《瀚海潮》1981 年 1 期)、《火光跳荡》(《青海湖》1982 年 2 月号)、《翠色的山峦》(《瀚海潮》1982 年 1 期)、《活佛留下的箴言》(《瀚海潮》1982 年 3 期)等作品 20 余部，短篇小说《靴子梦》(《青海湖》1982 年 8 月号) 获青海省政府颁发的优秀文艺作品奖。

《含泪的云》(原载《青海湖》1981 年 10 月号、11 月号。青海人民出版社 1982 年 11 月出版单行本) 是作家李生才对牧区草原上的政治运动反思的结果。这部长达 12 万余字的长篇小说的副题是：大头人逸事。小说以龙木切草原上的大头人贡布达杰多年之后平反回乡为线索，描写了贡布达杰一家人的悲欢离合以及藏族人民的生活与命运、劫难和幸福。从中我们可以看到，由于历史的误会，造成了贡布达杰的冤案，使得他的女儿对他产生了极深的误解和怨恨，不正常的政治生活在遥远的草原上，同样也结出了恶果。《含泪的云》反映了龙木切草原上，藏族人民走向光明的艰难历程，塑造了一个正直、善良、拥护中国共产党的民主改革政策的上层头人现象，情节曲折，颇有悬念感。

乡土作家逯有章 1933 年生于青海乐都县河滩寨村，他长年坚持业余文学创作，先后出版了两部长篇小说《河湟风云》(青海人民出版社 1995 年出版) 和《王府恩仇记》(青海人民出版社 1998 年出版)。

《河湟风云》共 28 万字，作品以青海河湟谷地为背景，以陆、巨、王、黄四姓人家为主线，描写了跨度达 40 多年的青海社会的历史变迁，展示了社会各阶层人物的世相百态，诉说了发生在青海高原上的历史悲剧。小说以曲折复杂的故事情节，刻画了善良、质朴、勇敢、粗犷的高原人形象。《王府恩仇记》共 32 万字，小说情节曲折跌宕，具有传奇色彩。骆驼客的高原生活与悲惨身世和复杂动荡的社会风貌交织在一起，构成了悲壮传奇的西部生活。

多向度地消费故事和生命的灵性

——雪归小说漫谈

王建民

一篇小说中写了这么一个人，即便他奔向那种连微信都懒得传播的"会议现场"时，他的影子也有可能跟不上他……他对会议现场趋之若鹜，可是对任何会议而言，他实在是可有可无。所以，只求在会议中"在场"，仅仅是他个人的生猛渴望，以至于他的影子对他有诸多抱怨。如果我是会议组织者、主持或演讲者，不论会议在宫殿，或是在破产工厂的某个角落，相信我能看见他就在会场不远处背光而立，拿他落寞的阴影来笼罩整个会场。对我们所有信誓旦旦的会议而言，他真是个威胁呢。

至少，我看到"他"从小说《请让我开一次会》中疾驰而来，然后像无头苍蝇，找不到任何会场的门道。与此同时，神州大地上数千万场会议正在进行。一下子，我感同身受，眼睁睁看着他消失在现实生活的同类人群中。我之所以感同身受，全因为他让我也想起了讨厌会议的人、不在乎会议的人、在会议现场无所适从的人、不得不与会却只能或只愿带着耳朵的人……他与这些人有异曲同工之妙。谁说我或者你不是其中的某一类人呢。

　　写出这篇小说的作家，是雪归。如果一个作家身上标签太多，最好统统拿掉，让作家铅华落尽，素面朝天，以便批评老老实实进入其作品中。"女性视角的作家雪归""打工作家雪归""关注底层的雪归""歌唱小人物的雪归"——我对雪归的生存状态了解不多，从报刊上看到这么丰富的雪归，令我好几个月不敢动手写这篇评论。认真读完雪归的大部分作品后，我感到她身上的标签只是贴标签者的方便之符，与她的作品没有本质关系。

　　作家是以人性的明暗来分辨人群的，作家不会把雷锋看成小人物，也不会把贪官看成大人物。同时，"打工"曾经与"铁饭碗"对应，后来迅速地与老板对接，眼下，铁饭碗萎缩，老板林立，打工的内涵、外延也不断膨胀，追究下去，全世界打工者与老板的比例，总是跟财富的分配比例成反比；是否"打工"，也只与财富挂钩。那么，"打工作家"是不是"世界人民作家"的意思，抑或是不是"无产阶级作家"的意思呢？这些问题真是无聊。另外，在性别为女性的雪归的叙事中，且只在其叙事的细节中，我找到一些女性独有的感觉，那是天然的产物，并未刻意放大或交由类似"女权意识"的东西来主导。

　　所以，我无法事半功倍、皆大欢喜地借用那些标签，来完成雪归小说的读后感。同时，我决定把现实主义、现代主义之类的标签暂时收起来，让作家雪归铅华落尽、素面朝天，以便让批评老老实实进入她的叙事文本，说一些与她的叙事同质的理性言辞，以期在欣赏和挑毛病的同时，与雪归共同探讨她未来的作品的内涵、方法或其他。

　　汉语言文艺批评中，"时代"一词被广泛使用。但"时代"可谓社会政治经济潮流的代名词。"时代"一词的社会政治经济属性，即使文艺批评走样，也使文艺作品走样。这也许是给作家及其作品随意贴标签的滥觞。荣格说："就艺术的本质来说，它不是科学；就科学的本质来说，它不是艺术。两者的思想领域都有其各自的特性，只能用各自的理论来解释。"(《人、艺术与文学中的精神》)及至文艺批评"当代"一词的时空属性也时常被"时代"挤占时,"紧贴时代的作家""专注当代题材的作家"等,就有诸多歧义。

但雪归的确是紧贴"时代"、倾心于当代现实的作家。为了节约文字,避免歧义,我决定用"时代"一词来指称政治经济现状和趋势,而用"当下"一词,来表示作家关注的方向。雪归的小说紧贴当下,其与当下密不可分的方式,完全具备文学叙事的合理性。就是说,雪归是以一个作家的本分来构建她当下题材的小说的。凡此种种,足够把雪归引入作家的行列,且不需要其他标签。

如果时代的大叙事是洪流,雪归让其流入她的叙事时空中时,其支渠就是河湟流域的习俗、行为模式和人际关系格局,场景是乡村农家或正在发育中的县域城镇。再行分流时,就渗进个人的生命状态里。

在一切品质较好的作品中,时代的热点话题会迅速被生命的混沌、混沌中的欢乐和悲哀淹没,时代则成为一种历时的痕迹。如果时代注定了要漠视个体,以便摧枯拉朽、开拓未来,作家的当下则必须讲好个体故事,留存个体生命退化、进化或异化的情状,同时摸索生命的其他可能性,既打理从未离开我们的历史,也打点也许美好的未来。这是人类以文化面目存续的两条线索,也是诸多相辅相成的线索中的经典线索。

从这个层面上说,雪归的《请让我开一次会》《欲说还休》《绽放》《饥者饕餮》等,是有张力且不乏现代意识的作品。

《欲说还休》中,方玉林的临街铺面在拆迁范围,方玉林决心当钉子户,他有那个心理素质。拆迁是热点。拆迁仅仅是当下的热点。千年前的拆迁何尝不是千年前的热点。对个人而言,谁也无力跟这类热点背后强大的政治经济力量持续对话。所以,古今中外,不论拆迁的力度多大、手段有多野蛮,都不会把天拆塌。因为面对拆迁时,纠缠更多是在被拆迁的人的内部展开。钉子户在媒体中很热闹,但钉子户在全世界都是少数。余大海的家就在方玉林的铺面后边。方玉林的铺面拆了，余大海的家就临街了。于是方玉林是否拆迁的博弈，在这两个邻居间展开。博弈的方法论很筋道，既有古老的温情脉脉的民间智慧，也有农民独特的狡黠和当下的道德纠结。余大海在方玉林的铺子里干活，拼命搬水泥，且（有意）不做任何劳动保护，大口大口地吸粉尘。最终，余大海的妻子小袁在丈夫（不乏或然性）的暗示下，与方玉林苟合而且得到了快乐。方玉林拆迁了。久婚不育长期遭丈夫白眼的小袁也有身孕了。这让我想起学者姜伟的一句话："先生们自己选择了做皇帝，而女士不经选择就成了皇后。"（《追忆吾师》）

其间，道德与仁慈遇上生存，相貌变异，以扭曲的方式连锁呈现。包括被拆迁工作搞得焦头烂额的公务员在内，人人都解脱了。人世间许多事就是按类似的方式了结的——"妥协"成为一切，得失各取所需，伤害的只是口头或内心曾经的神圣，从而皆大欢喜。同时，生命中令人沮丧无奈的因果线索不断潜伏下来、累积起来，必将在下一个"热点"上，呈现出一言难尽、"欲说还休"的人格面目。

《绽放》有种雪归小说中不常见的传奇品质。其中的人物除了"我"，都有两套故事。一套来自他们初始的社会身份，一套来自他们游离原来身份后的生存境遇，后一套故事往往具有私密性。他们就这样携带着秘密故事，回归到初始生活场景中，用前一套故事来延续生活，却用后一套故事来指导行为。他们那些不同以往的惊人之举，比如嫂子果决的刀子、矬子的自我牺牲……是他们后一套故事的果实。我曾经说过这么一句话：家园的叙事永远有两套，一套是用来传说的，一套是用来沉默的。

同时，外面的世界也不动声色地深入进封闭的世界里了，于是，时代自己演绎了当下，人物使当下扑朔迷离。雪归也就可以不去做社会学经济学该做的事。毕竟，小说不是社会学论文，过度去贴时代的热屁股，多少会削弱小说的生命力。雪归对此不乏理解，这让她的当下题材一开始就立足在人本的起点上。一个好的开始。

小说的本质，是多向度地消费故事以及生命之灵性。因此小说是有趣的，有广大的读者。《饥者饕餮》中，匮乏的生命反噬自身时，不会留下"荣光之脸"。《请让我开一次会》告诉我们，希望缺失时，承载过希望的废墟也可成为希望本身。《隐深》却说，自我可以在一阵清风中没来由地确立。《飞翔的日子》里就连无脚鸟都在天上飞翔，只是无脚鸟的翅膀不得消停片刻⋯⋯

雪归的《饥者饕餮》是篇有滋有味的小说。叙事流畅，寓意丰富。如今出土的先商时期的陶器盖上，就有貌似饕餮的纹饰图案。关于饕餮的解释，《吕氏春秋》曰："周鼎著饕餮，有首无身，食人未咽，害及其身，以言报更也。"现在，饕餮是贪得无厌与吃货的代名词。印度文化中，它是"荣光之脸"。印度《往事书》之《室健陀往事书》讲述：湿婆之子恶魔宿王怂恿朋友罗睺，替他去引诱雪山神女与他媾合。雪山神女是湿婆之妻、恶魔宿王的养母。湿婆得知后，从慧眼中生成一个专门用来吞噬罗睺的魔。魔飞快地吞食罗睺，罗睺哀求湿婆宽恕他，湿婆接受了他的忏悔，魔便失去了命定的食物，转而自食其身，吃到只剩下头脸。魔的力量使湿婆无不欢欣，将魔仅剩的那张脸命名为"荣光之脸"，叫他永远担当自己门槛的守护神。

《饥者饕餮》里的中年男人陆马有个好胃口，有浅显的精神需求。是的，他有权利吃饭，也有权利食量很大，还有权利爱。可是最终，陆马不得不面对食物匮乏，以及类似后现代主义所谓的那种全面匮乏——给他满足感的客体神秘地缺失，包括他暗恋的金玲和相继死亡的麦穗鱼。于是，陆马把剩余的以往视如己出的麦穗鱼通通油煎，半生不熟一次性吃掉，吃相难看；他对金玲的思念和欲望这部分，他交由一个妓女下身病变的恶之花去吃掉。到此，故事戛然而止。匮乏的生命吞噬自己时，首先吃掉的，是其仅存的那一点点脸面，所以不会留下"荣光之脸"。

如果雪归让金玲的"虚幻"更从容一些，让麦穗鱼的生生死死更恍惚一些，让陆马的朋友圈更实在些，同时减少陆马去洗头屋的次数，从而增强故事末尾陆马的外在行为的突发性，我猜想，"原型分析"大师荣格会喜欢这篇小说的。

《请让我开一次会》揭示的不仅仅是下岗职工的怅然若失、无所归处，真正使"在场"成为信念的，是人物曾经的信念，这才是人物的内在逻辑。"人物狂奔，影子痛惜"，营造出这种情状，人物内部不断分裂又自我弥合，人物去找寻希望的废墟，影子占领人物的日常用品，叙事在封闭中自在成型，塑造出了当下的中国式的亚精神分裂人格类型。

《隐深》中的年轻夫妇生活拮据，丈夫是普通技工，妻子崔美兰来自偏僻山村，在杂乱的商业市场有个锁裤边的露天摊点。崔美兰是小说的主角，丈夫眼里的败家婆娘、有妇科病、时常跟丈夫乞讨些小钱贴补娘家、在丈夫洗过澡的水里洗澡、不敢给自己的摊点购置蒸汽熨斗……因为没有蒸汽熨斗，她把某客户的裤子烫坏了，挨揍不说，还得赔钱，可是她只有一百多元钱。长期帮助她也对她心怀不轨的刘二胖，替她偿付了另外五百元，然后趁机强奸了她。此后，事情没进入社会预设的轨道，没有诉讼，也就没有审判。崔美兰隐瞒了一切。晚上，丈夫洗澡后，催妻子去洗。此时的崔美兰坐在窗台上。清风吹过，崔美兰决定不再用丈夫洗过的水洗澡，还要买一个蒸汽熨斗！这种描写，让我相信，生命的秘密，清风知道的比我们知道得多。同时，那些清风，也许只是崔美兰内心风暴的"粉丝"吧。

农业滋养的理想主义者肖蔚，看似的确长着不怕折腾的翅膀，所以她有"飞翔的日子"。可是，农业场景中随处可见的"世守耕读"，足能够给肖蔚一对天使之翼，却无法给肖蔚一两只足爪。于是，"去耕守读"的天使肖蔚在城市盘旋时，无法落地，只能不分场合，顾不上昼夜晨昏地飞啊飞，反倒形如鬼魅。地球是有引力的，本能促使肖蔚盼望有个男性"公家人"，拿出他公家人身体里一个小小骨节，做她的足爪，让她栖落，让她也能小鸟依人。然而，让"公家人拿出一个骨节"的梦，比梦更天真。

如此解读《飞翔的日子》，不知是否恰当。不过，街市间的确漂浮着许多外来的无脚鸟。比起"漂"这个词，雪归的"飞"更多梦。小说中，农家、城市两种生存境遇交叉叙述，使肖蔚在懂事中恣意、在无奈中无畏。即便哪天肖蔚半空折翼，跌落在城市的脚手架上，她飞翔过的天空，会收纳她的彩虹的。

通过蒲松龄、博尔赫斯、罗兰·巴特、胡安·鲁尔福、昆德拉、卡尔维诺、托马斯·品钦、杨争光等等举不胜举的作家，也透过许多不大有名但灵气十足的作品，我所理解的小说的本质，是多向度地消费故事以及生命之灵性。小说因此突破时空局限，成为最为"有趣"的文本。其中使用"消费"一词，是因为比起诗歌等，小说更需要也更容易得到批评和读者的参与、评说、再创造。没有标准的故事，也没有预设的性灵。雪归面对"小说"本身时的自由心态，难能可贵。

虽然雪归小说的反讽意趣充分，但这并未妨碍雪归与人物不断达成谅解。这种谅解是作家的情感。洞察力方面表现较好时，便是"悲悯"。但有时，雪归的"不落忍"也给她的作品带来硬伤。

从作家的情感角度看，悲悯是一种情怀，且时常受到吹捧。怜悯、同情，甚至不落忍加诸于小说也未尝不可，但是会让小说及其人物的格局变得不好把握。尤其是，作家的这些情怀、情愫、情绪都会把道德评判带进小说里。这让文学的"悲天悯人"变得格外复杂。昆德拉说："搁置道德评判不是小说的不道德，而是它的道德。"（《被背叛的遗嘱》）实际上，做到这一点的作家寥寥无几。昆德拉对叙事纯粹性的追求，看上去更像其在时代价值观洪流中的挣扎。如果单从技术的角度看，昆德拉的追求是可行的。那些有洞察力、有定力、有高超的言词把控能力的作家，可以把叙事搞得好像没有道德评判。不过，时代、不少批评家、大部分读者和作家周边的亲朋，总是要求作家具备旗帜鲜明的道德判断。

怜悯能产生由事件主导、人物清晰的小说。比如雪归的《窥隙》《春尖尖》《片羽零光》《不是麦子就是豆子》等。这类小说很快就会被精彩纷呈的现实事件淹没，也容易被各种事件类型的叙事超越。母爱或感恩题材，是人们倾泻情感的疆场，怎么书写都不会遭受诘难，以至于在有些人那儿，这类题材成为选题的策略，但是，也越来越难以看到这类题材更伟大的文本。所以《春尖尖》是成立的，也只是雪归偶然的选题。

这几篇小说中，最有可能脱颖而出的是《片羽零光》。《片羽零光》开篇饱满，站大脚的梦想家与眼前的鸽子互动，隐喻得体，梦想家甚至收藏了一片自由的羽毛。梦想家决心骑自行车去环游全国，找广告公司帮他策划，只上过小学的他拿出的那份个人简历极具喜感，不但显示了他站大脚过程中的心智成长，也反证他的梦想的合理性、可行性。从广告公司开始，作家对主角的怜悯，促使其道德评判过度介入，使《片羽零光》差点崩溃。为了使小说主角的"自由之殇"成立，作家笔下的广告公司从上到下都唯利是图、冷漠、装逼，其实在当下，这样的公司应该活不过半年；其父母的信念（迷信）顽固到不可逆转。如此脸谱化的、舞台小品一样的外在因素，让主角的梦想不了了之。

类似的情况，比如《窥隙》中，针对"丫头"的灾难的始作俑者老奎，其行为之前的酒、孤单等等铺垫；《欲说还休》中，方玉林行为之前，对其老婆的骄横丑陋的描写等等，都在伤害小说及其人物。

由此可见，作家伤害其人物是多么容易。有些人物是成功的，却不能使他成长得恰到好处或更不可思议。其实，我们所谓的小说的主要人物，只是我们精力所及的人物，我们所谓的配角，也许在别的视野下同样精彩，同样需要怜悯。

所以，悲悯在小说中的可行性，在于它不仅仅是情怀，更是洞察力。无洞见便无悲悯。雪归的反讽意趣充分的小说，并未妨碍雪归与人物不断达成谅解。在洞察力的作用下，使雪归具备了一种悲悯情怀。

"悲悯"一词源于神性思维，常用来表达儒释道洞悉人间疾苦，尤其是人性之恶的苦难从而大爱的精神。现在，"悲悯"是一种建立在复杂洞察力之上的慈悲、怜悯、痛惜的情怀。所以，悲悯能产生人性主体的小说。在雪归这儿，有《八月雪》《请让我开一次会》《绽放》《欲说还休》《饥者饕餮》等。

在这些作品中，雪归为人物的终极行为所做的铺垫，虽然不乏怜悯情愫，但是也不缺有效的节制，同时实现了道德评判上的节制。

虽然语言是评论绕不开的话题，但在这篇评论的原定计划里，我没打算谈论雪归的语言。印象里，雪归的叙事语言正在积极探索中。读到《八月雪》这个短篇后，我改变了计划。

《八月雪》如同有人在长久观望黑冷寂静之湖，突然那湖中跃出一尾豁亮之鱼，然后定格。这样的叙事结构举重若轻，语言也很充盈。小说约一万字，前九千多字，看上去都在极力证明这是一篇散文，最后七八百字让通篇成为结结实实的小说。小说写"我"一家四口在筛粮食、磨面时节手忙脚乱的生活。大量的言辞空间给了那些生产方式、农具、麦子从麦穗到面粉的各种性状。就连筛粮食时筛出的昆虫尸体、面口袋上的碎花布补丁、村子夜路上迎面而来的飞虫……都有优裕自如的言词空间。

一切看上去很"田园"——在一家人筛粮食的节骨眼上，家里名叫小虎的狗突然发疯，咬伤了父亲和弟弟，父亲没事儿似的继续干活，我带着弟弟去省城治疗。在省城，我与同村的桂桂偶遇。桂桂跟我一样，也是大学毕业，可是桂桂在省城亲戚的帮助下有了体面的工作，我没有。对此，弟弟很纳闷。我家在磨坊磨面的那个晚上，桂桂家的面粉被弟弟偷偷扬撒在院子里，好像下了一场雪。

整个事态中，似乎只有疯狗咬人是个意外，但是从"疯狗咬人"前后冷静的叙述来看，在那样黑冷寂静的板块里，狗是可以发疯且可以咬人的，狗很坦然。这篇小说最后的叙述尤其是小学生弟弟的打油诗，一下子将小说的全部负荷砸向读者，却使叙事陡然升腾。同时，并不宽敞的文字之马车，也实现了对"沉重"的严重超载。

这是小说的结尾：

我家大门的门板上，还有几行歪歪扭扭的用粉笔头留下的字迹，那是我弟弟海林的杰作：

小虎像老虎，就是爱咬人。要是再咬人，那也没办法。

打油诗相当精彩，紧紧咬住了小说的主题，也使人恍然大悟——原来，一应农家人事、物事，只是不可或缺的铺垫，"生命中不可预期之疯"才是小说的主题。语言本身的能量也就一览无余。

《八月雪》在言辞布局上很成功，但是，《八月雪》的语言仍然有进化空间。比如上述那几句，可调整为，"我家大门门板上多出几行粉笔字，歪歪扭扭，显然是弟弟的杰作……"省下八九个字。

当然，我指的不仅仅是遣词造句。我是说，汉字叙事语言的考量，在每个字上都不可或缺。《八月雪》中，除了发疯的土狗，除了标榜那只豢养（安全系数高的）宠物犬的桂桂，其他人的名字皆可省略。五金店老板和老板娘的关系虽然笔墨不多，但是有冲淡整体的嫌疑。如何使"生命中不可预期之疯"更有意味，是这篇小说在选择字词时，最该掂量的。

类似的"略欠考量"，在雪归其他较好的作品中也存在。《请让我开一次会》中，讽喻的语言风格是贴切的，无可厚非。小说的主角，是大集体工厂改制后的下岗职工，名叫何楚珪。如果这个名字来自"何处归"，作家不该偷懒，应该把创作初期某种情绪化的东西处理掉。如果这个名字有半点"何处归"的暗示，显然是多余的。根据本文此前对这篇小说的解读，不难看出，这篇小说的人物，需要一个更平常的称呼，比如"老何"，或者在其称呼中带点集体工厂的残留物，比如"何工"或"何组长"或"何保安"。故事中"影子"言词的语气、时空感、自由度等，还有潜力可挖。

汉字在许多方面的自足性，作家该时时警惕，哪怕是无伤大雅的人物的名字，都有可能在读者那儿节外生枝。不过，更多时候，汉字的自足性能给作家和文本带来意外收获。

面对言词，不论作家（尤其是现代主义以来的作家）有多少挣扎和愤懑，都无法改变一个基本事实——小说是言词之子。雪归的小说语言已经有过多种实验和揣摩，也不乏感悟，这至关重要，相信她能一字一词地续接出她的语言风骨。

鉴于雪归尚在言词之路上奔走，不知疲倦；预感中她会拿出更有味道的小说，所以本文只是跟雪归及其读者间的聊天，无主题无结论，直言漫谈，随意率性……

扎实的写作就是最好的纪念

——李明华长篇小说《马兰花》简评

刘大伟

对于"八零后"或者更年轻的读者而言，长篇小说《马兰花》具有一种新鲜而又真切的代入感。那些曾被父辈和祖辈们讲述过的苦难人生和荒诞岁月，经由作家的精心构思和准确描摹，一代人的生动形象、一时代的基本状貌便跃然纸上了。事实上，我的母亲曾多次讲述过她们那代人的遭际，其中的恐惧、无奈和悲苦与《马兰花》中所写的情景并无二致，因此，我在阅读过程中很快与作者产生了强烈的共鸣。作家直言，这是一部用以"回报母亲"的小说作品，字里行间渗透着深沉的怀念之情。我相信每一位母亲都会为自己儿女的"作家身份"感到骄傲，如果母亲已去，扎实的写作就是最好的纪念方式。

毋庸置疑，这篇小说的成功之处便是塑造了马兰花这位"河湟母亲"的典型形象。尽管她有着身材瘦小的先天不足，然而她吃苦耐劳，娇弱的身体里常常蕴含着惊人的能量和韧劲；她时常遭受周围环境的挤压、村人的怀疑和嘲弄，然而她心胸开阔、宽厚待人，进而让那些流言蜚语在事实面前不攻自破；在其艰难的人生旅途中，总有贫穷与灾祸与她为伴，然而这些苦难却不断激发着她内心深处的智慧与勇敢，促使她不断成长。生活的磨砺使得原本不被人看好的马兰花，最终成为劳动妇女的榜样，面对生活的苦难和艰辛，命运的馈赠，她都能够坦然接纳，然后用自己的方式坚持到最后。

　　在那个缺衣少粮的困难年代，作为妻子的马兰花要用自己的肩膀扛起一家人的生活，而作为母亲的她则不惜冒着身败名裂的风险，用一件"充满智慧的衣裳"从生产队的打碾场上偷回粮食，才使一家人不至于饿死。这一行为最终被民兵连长张大炮发现，马兰花因此在小孩子眼里成了一名"偷嫂"，甚至被自己的儿子误解为"坏人"，在受到生产队长的惩罚而晕倒之时，"她抬头眯了一下枫洼村的万里晴空，天空中挂满了无数个五颜六色的火辣辣的太阳，辐射着刺人眼目的光芒。麦场周围高耸的杨树在天空倒挂着，惊慌失措地旋转起来，麦场上金黄色的麦子像河里的水一样流动起来，发出哗哗的声响，她母性的本能突然想起了还在吃奶的孩子，就把自己置之度外了……"这样的描述让我想起了刘恒《狗日的粮食》中的"瘿袋"，尽管马兰花是"偷粮"，"瘿袋"是"丢粮"，然而共同凝结在粮食上的渴望与恐惧，实质上写尽了生活中的无奈与挣扎。"偷嫂"这个骂名背后，站立着一位受尽屈辱但仍不肯向命运低头的河湟母亲。如果将其所作所为放在当时的道德层面加以评判，那自然成了婆婆口中"很不光彩"的事情，但若从人的生存及其抗争的意义层面而言——显然，马兰花已然完成了一位"伟大母亲"的自我塑造。从她身上投射出的那份倔强劲儿和无畏气质，明显传递出了一种健康而旺盛的生命意识，作为一名母亲，她不惜牺牲自己的一切来完成尊重生命、繁衍子嗣的重要使命。

　　作为一部长篇小说，《马兰花》成功塑造的典型人物当然不止主人公马兰花一人，整部小说中，与马兰花坎坷一生多有关联的人物诸如丈夫李解放、婆婆马大嫂、计工员老顽头、民兵连长张大炮、公章专管员王连兄等，都能从现实生活中找到原形，个个形象丰满，令人难忘。

除了成功的人物形象塑造，小说《马兰花》的另一闪光点表现在语言层面。通读全篇，读者会明显感觉到小说语言使用了大量的比喻、暗示和反讽等手法，这些手法的运用生动、真切、形象，带着毛茸茸的原生意味，既粗粝鲜活，又复杂多义，进而使得小说文本具有了多重解读的可能性，并由此展现出了丰富的审美内涵。譬如在某个深夜，马兰花锁了院门，忐忑不安却又抑制不住兴奋之情悄悄炒麦子吃的细节："灶膛里捩满了麦草，金黄色的火焰尽情舔着锅底，胖生生的麦子宛如无数个救命的小药丸，宛如滴血的活奔乱跳的生命，在铁锅里发出细水长流的声响。"此时此刻，灶膛里的火焰散发着迷人的光芒，而铁锅里的麦子犹如"滴血的生命"，噙满了生存的艰辛与无奈，同时又像是"救命的小药丸"，给深陷绝境的人以活下去的可能。这些夺命的麦子，能带给人灾祸和希望的麦子，被马兰花小心翼翼捧在手上时，像极了她无可预知的命运——祸福相依，生死咫尺。

在描写炒熟了麦子散发出的香气时，小说语言尤其生动，意义的传递也非常到位，不由令人品读再三，击节叫好。"顷刻之间，在马兰花和两个孩子面前灿放出一缕缕无法抗拒的香气。那从未有过的香气像春回大地，像花儿无声地开放，越来越浓，也越来越冲，宛如长了翅膀的空气，渐渐地无孔不入地弥漫了每一个角落。已经沉睡在屋檐下的麻雀和躲藏在木头缝隙里的蛀虫，都开始欣然苏醒，翻了一个舒展的腰身，开始活动手脚了。"这样的叙述语言又让我想起了阿来的《尘埃落定》，其中麦琪土司家炒麦子的情节瞬间被调动出来，毫不夸张地讲，读者似乎也能听到麦子在铁锅里迸裂腾跳的声音，也能闻到弥漫四周的炒麦香味。

在"斗私批修"会的现场，众人机械而又戏剧性地聆听着来自"日报"的学习文章，并开着恶俗的玩笑，"只有在这种时候，马兰花才会暂时被人们遗忘，她瘦小的身影消失得无影无踪"，似乎一旦有了可以说笑的谈资，或者更有兴味的话题，马兰花便会很快被人们所遗忘。然而，"这是大是大非问题，她怎么会说走就走呢！她只是，做她该做的事情"。这样的叙述语言集悲悯与反讽为一体，读来令人心痛。作为一名贫弱者，最可怕的是被另一些贫弱者嘲弄、欺凌。面对这些，马兰花并没有悄悄逃走，她只是暂时被人忽略了，她只是本能地"躲在了菩萨的身后"，做着自己该做的事情——那个疯狂的年代，再疯狂的人，对菩萨还是略有敬畏的。此外，小说对乡约民俗的展示，方言俚语的使用，准确、鲜活、生动，增强了小说的可读性，同时也具有一定的民俗史料价值。当然，也不是说这部小说语言没有任何瑕疵，苛刻一点来看，有些比喻句式的运用略显繁复，有时候一种意思的表达会出现两个并行的比喻句式，作家若能打破两个比喻句式的平行关系，将其处理为情感的合理递进和意义的深层挖掘，那样会更加出彩，否则容易出现语言层面上所指与能指的偏差。

须得承认，"以轻写重"的叙事策略使得这部小说在保证可读性的基础上，获得了某种历史的厚重感和生活的饱满度。希望与绝望、尊重与践踏、饥饿与死亡、爱与恨、灵与肉……这一切分明都是严肃沉重的主题，然而作家在叙事时却别出心裁，巧妙启用了"轻"和"灵"的写法，有些地方甚至带有浪漫诙谐的语调，貌似轻松，实则沉重，真切地写出了生活的痛感。小说叙事节奏上的轻重缓急、情感分配等拿捏得恰到好处。这样的笔触实际上带有一定的批判性——针对时代的荒诞和人性的复杂。

评论家王建民在其评论文章《河湟文学论》中提出，"袒露真实、直面苦难，批判立场"应当是河湟文学具有的现代精神内核，如果这样的概括与指向能够为河湟文学的持续发展提供一条有效路径的话，那么毫无疑问，长篇小说《马兰花》确实具备了这样的特质。小说的很多场景和细节几乎都是对那个年代真实生活的还原式书写，作品人物能够直面苦难、不断抗争的人生之路非常清晰，作家含而不露的批判力量透过隐喻和反讽得以呈现。纵观青海文苑，河湟文学视域中的诗歌创作因杨廷成、周存云、刘鹏、刘新才、邢永贵等诗人的长期坚守而脉相不断，散文创作也因有了王文泸、王海燕、李万华、茹孝宏等作家的河湟主题创作而受到评论界的重视。相对而言，长篇小说创作似有后劲不足之嫌，继陈元魁《麒麟河》、井石《麻尼台》、王月邦《曾国佐将军》等力作之后的一段时期内，鲜有代表性的长篇问世。因此，《马兰花》的出版，可以说是河湟文学创作的重要收获。当然，从创作初衷这一角度而言，作者无疑"了却了一个心愿"，作为长篇的体量虽不是很大，但整部作品笔力丰沛，字字含情。从这个意义上讲，《马兰花》应是一曲敬献给河湟母亲的深情赞歌。作家的创作态度以及秉承的原则，应当得益于良好的生活教养，如同母亲在田间劳作，小说中每一个形象的塑造、每一个细节的呈现，都遵循了原生的生活经验和基本规程，创作过程十分扎实，纪念意义由此彰显。

现当代撒拉尔生存与发展的本色书写

——韩庆功小说《黄河从这里拐弯》评论

郭守先

《黄河从这里拐弯》以奥斯曼家族为主干，书写了高原省积石山县撒拉尔民族半个多世纪以来的生存发展图景，对撒拉尔民族的抗战，公社化时期的大食堂、大垦荒、学大寨，改革开放后的采金致富，发展皮货、羊绒、客运、货运等民营经济，以及基层基础教育建设，县乡政府处理草山、宗教纠纷，进行干部调配、开展民主选举等均有真切的反映。小说以散文化的叙事风格讲述了奥斯曼、韩来福、穆沙、艾撒、哈牛、雅亥亚、沙巴尼等四代人生产生活情况，展示了撒拉族婚丧嫁娶等独特的民族风情，揭示了撒拉尔好面子、重声誉、敢闯荡、讲仁义、能恕让的民族性格及无法回避的人性欲望。小说用传统现实主义的本色书写，给单薄的撒拉族小说创作注入了生机，尤其值得一提的是，就如何立体呈现多民族杂居地区的乡土生态和人文环境进行了大胆尝试，是青海现当代撒拉族文学从诗性抒情向散文叙事拓展的重要文本。

韩庆功是海东撒拉族代表性散文作家，此前出版过《故乡在哪里》《边缘上的思考》两部散文集，从来没有尝试过小说创作的他，在文化使命的感召下，于知天命之年，以丰厚的生活积淀、广博的知识储备和无畏的担当胆魄，"志兴"（小说主人公官名、经名艾撒）了这项令人惊诧和感佩的文化工程。小说《黄河从这里拐弯》虽然在情节设计上矛盾冲突不是很激烈，故事性也不是很强，有其散文创作的惯性和承继，或者说他的小说创作是一种超越和背弃小说结构和叙述方式的写作，譬如第七章青海解放时，奥斯曼曾砍倒自家的大白杨树搭起便桥，帮助解放军过了沟。当时解放军营长留了个记功便条，小说没有给后来的写作留下峰回路转的伏笔，而是直接在该章中说"这张条子，让奥斯曼躲过了按旧军官定罪的一场劫难"；又如小说也没有深入描写困难时期奥斯曼如何通过"小聪明"养家糊口及发挥保管员权力庇护家人度饥荒之事，而在第二部第二十五章，去世前讨"口唤"（谅解）时，方才集中进行了追述：奥斯曼伸出舌头舔了舔干瘪的嘴唇说："想起来，这辈子阿爸做过的一些亏心事……当年，阿爸使用手段骗瞒了量粪员，原本是二等的肥料，给划了头等。这些年，这事搁在阿爸心头，羞愧啊""还有哇，阿爸当保管那会儿，兴许随手给咱娃娃们抓取过一半把麦子也说不定，记得不大清楚啦。阿爸寻思着，趁还有一口气儿，跟众人家讨个口唤去！"

表现在小说人物关系的设置上，也不是很复杂，人物与人物之间不是纵横交织的网状结构，而更像主干与枝丫分明的树状结构，许多"绿叶"完成对"红花"的陪衬之后，便自动隐身，譬如奥斯曼的战友、韩来福的岳丈达乌德，陪衬奥斯曼完成抗日战事、回到故里后就不曾再次直接出现；又如韩志兴的初恋情人、美丽的茹姑娅及其吹笛子的二流子黑蛋，完成韩志兴的初恋故事后，也就退出了"积石"舞台，这些都有悖于"关系越复杂、小说越丰满"的小说理论。不仅如此，小说在写到积石山县有关水利、教育、林业、经济等情节时，必先来一大段综述交代历史沿革，说到精彩处还要插播一段议论或抒情，尤其值得一提的是讲到撒拉尔的"经济基因"时，整整发表了近两千字的议论，小说散文化叙事、史志性书写的特点比较明显。小说直到写到孙子辈后，方才花开两朵、各表一枝，当以"工作尕娃"艾撒为核心的公务生活与以"厂长尕娃"穆沙为核心的民生经济交替讲述时，小说方才有了一些悬念。但令人欣慰的是，这种创作方式凑巧契合了小说散文化的世界性趋势，当代中国作家高行健、徐星、王蒙、韩少功、张承志在这方面都有成功的探索。"常行于所当行，常止于不可不止"，汪曾祺先生认为苏轼这句文论应该成为散文化小说结构自觉遵从的原则。

需要指出的是，《黄河从这里拐弯》虽然有作者家族及个体生命的自传性色彩，但作者竭尽全力想展现的是黄河沿岸撒拉尔民族现当代立体的全息图，忧患的是整个民族的衍生和进步，而非致力于典型人物形象的抟塑，亦非想讲一个跌宕起伏、感人至深的故事。另外，值得肯定的是，韩庆功在人物塑造方面不存在脸谱化的问题。写正面人物穆沙时，也不忘记写他贪占、偷腥、虚荣等人性的弱点。写反面人物哈日目时，也将其在特殊年代不过分折腾"旧军官"，就其虚应故事、不贪图村社妇女便宜的"善举"予以彰表。评论界将类似于韩庆功这种返璞归真的融合家族历史叙事、个人经历纪实的"审美化记忆"的小说称为"成长小说"或"私人叙事"，笔者则更愿意称其为本色书写。

之所以说《黄河从这里拐弯》是现当代河湟撒拉尔生存与发展的本色书写，是因为韩庆功原本就属于那种靠生命体悟写作的本色作家，而非属于靠娴熟技艺书写的性格作家。他的写作既没有像先锋派作家那样过分迷恋语言和句式，也没有像一些新写实派作家那样热衷于表达欲望和幻觉，他致力书写和呈现的是原汁原味、没有添加任何添加剂和色素的黄河沿岸撒拉族的文化形态和生活方式。写散文出道的他，强化细节，淡化情节，以汁味纯朴、色泽素雅的笔触，给我们讲述了祖孙四代的生活史，他创作的不是撒拉尔的英雄史诗，他绘就的是撒拉民族的民俗图和风情画。譬如，第一部第四章写奥斯曼扬场时，作者描写道："场院里刮起凉快的东南风。奥斯曼说了一声'好风'，起身拿起木锨，稀罕地舀上一锨看起来满是麦糠的料儿，顺风儿'嗖'地扬向空中。那一瞬间，他趁势把手里的木锨柄转动一下，使本来朝着他的锨板不觉间改变朝向，好让甩出去的麦料对着风儿，斜斜地飘散开来，在风儿的驱使下像瀑布般均匀地散落下来。待麦子落地前，麦皮儿、混在期间的尘土或其他杂物被风带走了，拖着长长的尾巴，在几米开外飘飘洒洒地落下，越积越多……"在作者细致入微的描摹下一幅秋收打碾风情图便赫然入目，如果没有农村打碾生活经验，这样的描写是无法想象的。又如第一部第二十九章写到追随穆沙的民工到牧区打工、领到工资准备回家时，作者讲述道："昨天夜里，有人把钱儿塞进贴身的内衣口袋，别上别针，或干脆拿针缝死；有人把钱儿分成几份，分别装在最隐蔽的几处衣兜；也有人干脆把一部分钱塞进袜子，然后穿上笨重的大头靴。有人提醒说，城里上茅坑时，小偷从屁股底下的坑洞内会摸走手腕上的手表，你一点也防不住。也有人说，在你提起裤裆的当儿，小偷能把你身上的钱儿都掏了去。于是，几个人又把缝在兜里的钱转移到上身口袋。为防不测，还束了腰带，把藏了钱的上身箍得死死的。"小说将计划经济时代农民工的窘迫境况刻画得一览无余。

本色书写表现在文本中，小说对话语言中采用了大量的本土方言，譬如"因敢""自顾""踢踏""麻达""砝码""粮子""狠人""执把""公家""弹嫌""宽展""纳闷"等等，开卷阅读，就好像是在品咂我们这些河湟农家子弟昨天的生活。身为撒拉族儿郎，作者在叙事中还穿插了众多本民族语言，如"哈拉姆"（非法）、"尼卡亥"（婚礼证婚词）、"都哇依"（祷告）、"把加"（朋友）、"伊玛尼"（信仰）、"赛摆卜"（办法）、"巴巴斯"（长官）、"日孜格"（福气），等等。不仅如此，小说中还运用了大量河湟本土极具表现力的俗语箴言，不仅增加了叙事的形象性和生动性，还强化了民族和地域色彩。譬如"韩来福在村人面前丢尽脸面，气得脸儿都走了形，不住地自顾着骂：'心比天高、命比纸薄的混账东西，没有金刚钻，谁叫你揽那瓷器活啦！'"又如"韩大顺说，'别等着人家锅台凉了你再去蹭饭，那就没意思了，要去，还是人家指望你的时候去，人家灯盏熄灭之后才去添油，那不叫个事儿'"；还有"人外有人哩，汤瓶里有水哩""马儿没跳，鞍子倒跳起来了""大处不大丢人哩，小处不小受穷哩""打墙的板儿上下翻，阴洼沟里的草儿也会有照见阳光的时候""庄稼收成好，麻雀儿吃掉多少哩"，等等举不胜举。尤其值得一提的是，小说在塑造人物形象时，还运用了大量的以一当十的绰号，譬如第二部第五十一章，老耸出场时，作者写道："老叶是韩志兴一位同学的父亲，年过五十，算是老乡镇了。他每说一句话，就耸耸肩膀，爱开玩笑的乡干部给他起了个绰号——老耸。韩志兴在林业局工作时曾见过他，并不熟悉，想不到现在成了同事"。在第二部第五十三章：选举日马全祥莅临时，作者交代说：马全祥是县人大常务副主任，人称"马切嘴"，什么样的事情都敢切一刀。他不太关心选举细节，选谁不选谁好像跟他没关系，他关注的问题是选举办法和程序是否合法。他逐句看了一遍选举办法后，皱起眉头，满脸不悦地说："你们这是啥选举办法？不让人家动笔，不是剥夺了代表权利吗？都啥年代了，还搞这个……"寥寥数语，将老叶和马全祥的形象勾画得淋漓尽致。除此之外还有大牙齿马天福、半瓶子优素福、喇叭嘴索娅姑、尕日鬼沙班、猴子连长哈三、没把柄书记哈日目、老把式苏莱曼、大汉舍伊布、大蒜伊德日、塌鼻胡塞尼、荒唐撒利赫突、鼻子团长、野牛团副、老实阿吾、山羊阿里、排长阿娜、六指阿爷、长脸师傅、皇上娃、知事婆、歪鼻子、菜瓜脸、油大豆、油爷等勾画人物肖像和性格的绰号。

　　青海是一个多民族杂居融合的地区，所以青海知名评论家马钧先生、小说家龙仁青先生认为，如果小说能深入反映"杂居融合"的特点，才能成就我们"人无我有"的特色。因此，他们对青海各民族作家自弹自调的作法深表不满。而韩庆功的《黄河从这里拐弯》，对"杂居融合"的特点有了一定的彰显。譬如奥斯曼在河南抗战时带来的夫人金花（麦姆娜姑）是中原的汉族，邻居哈丽麦祖根上是流落的四川籍西路军红军。而韩来福打的铁件经常要卖到藏乡：韩来福喜欢去清静、少是非的藏乡转悠，爱喝用茯茶熬成的当日鲜奶茶，藏乡的酥油糌粑养肥了韩来福。韩来福的大儿子穆沙 10 岁就和藏族娃娃玩在一起，一口流利的藏话连当地藏族听了也都点头咂舌，首次出门带人搞副业也是去牧区圈草库伦、修路。二儿子韩志兴在林业局当秘书时，挂职副书记的岗拉村又是一个田间地头栽满树冠巨大核桃树的藏族村，藏族书记加羊是一个说汉话和撒拉话都顺溜得没有一点堵挡的主，韩志兴后来任职乡长和书记的三岔沟乡背靠青南和甘南两大牧区，管辖的行政村除大部分是撒拉族村外，还有五个藏族村和两个汉族村。三儿子哈牛在格市收购牛羊皮、四川跑客运时，与蒙古族的小寡妇热吉、川妹子柳儿又有染。总之，全书虽然以展示撒拉尔风情及"儿子娃娃"们的心灵史为主体，但对高原多民族杂居共生的特点有比较深入的彰显。希望韩庆功在接下来的创作中，能够在组装和精简生活积淀的同时，进一步强化精神人格的书写，能够在强化伊斯兰宗教文化伦理的基础上，还能注入更多的现代社会的理性认知和价值判断。

　　一个民族不能只有传说，还应该有史诗；一个民族不应该只有财富，还应该有文明。但在韩庆功逆风前行的身影里，笔者看到了撒拉尔的拐点和希望；在韩庆功卷帙浩繁的创作中，笔者看到了撒拉尔的活力与未来。

守望故土的河湟之子
——李明华近期长篇小说创作蠡评

阿　甲

　　长期生活在河湟谷地的李明华是继王文泸、井石、陈元魁等之后青海乡土文学最具代表性的作家，他的长篇小说创作，无论是家园回望中的诗性书写，还是"现代化"进程中河湟乡村社会变迁的深刻体察，都每每让人掩卷沉思，让人惊叹于作者难以割舍的故土情怀和无法排遣的"深广忧愤"。在十多年的时间里，他创作了《泼烦》《马兰花》《冰沟》等多部长篇小说和一系列中短篇，他用饱满的情思、透达的文字极力贴近乡村生活的根底，勘察了一个长时段内农村生活的严酷现状，它既是献给即将消失的乡土文明最后的"挽歌"，也是对日益远去的"故乡"的一次"招魂"之礼，其情也真，其寄也深。他对传统人文情怀的孜孜坚守，有让人泪涌的力量。

　　"乡愁"是人类文明中最朴素的情感，也是高贵的情感。

　　青海河湟谷地是青海主要的农业聚集地，先民们一代代刀耕火种，薪火相传，在与外来文化的一次次碰撞与融合中，在与严峻自然环境的对峙与和解中，形成了自己独特的"河湟文化圈"，它以农耕文明为主体，尊崇孔孟之道，一直有"诗书继世，耕读传家"的传统，在日常生活中保留着"进退有据、礼数悉备"的各种规矩。由于独特的地理位置，边地的游牧文化和外来的伊斯兰文化及其信仰也杂陈其间，因此文化形态上又有着一种"混血"的意味，他们既尊崇尊老爱幼、勤俭持家的美德，还对各种文化信仰充满敬畏之心。

但在近世百余年以来的社会变革中，随着土地的征迁，生存方式的改变，民俗民风的变异，传承已久的河湟农耕文化体系正处于巨变和消解之中，这既是一个传统的农耕家园丧失、覆没的过程，也是"现代化"裹挟下，一种文明结构、社会结构转型变迁的过程，这种"千年未有之巨变"以不同的方式影响着一个区域社会中的群体和个人，对于一个有着美好乡村童年记忆的人，一个对古老文明怀有虔敬之心的人，这种变迁显得那么痛心疾首，五味杂陈。乡土社会的解体，人文价值的衰落，正在成为触目惊心的景观，而"故乡"的消失，身体和心灵"胞衣之地"的流失，导致的传统价值尺度的位移和内心阵痛，也正在成为影响深远的"大事件"。

李明华的长篇小说《泼烦》，通过一个下乡挂职的"村干部"的视角，对当下的农村生活进行了审视，小说中作为"挂职村干部"的"我"被轮流安排到农户家中吃"派饭"，"我"也借此触到了貌似平静的农村生活中暗含的隐秘真相：如村委书记刘天来滥用职权，大搞权色交易；屠夫王马达为了赔偿款没日没夜地开荒地，妻子却跟别的男人跑了，王家大爷去世后，四个儿子相互推脱不肯抬埋等。小说通过白银香、王家大爷、五保户张家阿奶和村长四个人的死亡带出了当下乡村生活中平静表面下人心的浮躁不安，面对现实利益的困惑迷茫等等。正如作者所言："桃花乡的千户台村只是当今中国农村的一个截面和缩影，小说里的一些场面和境遇，在当下中国绝对不是偶然的，其真实性已远远超出了小说本身。"

长篇小说《马兰花》是献给河湟地区"母亲"的一曲赞歌。

这部小说里，作者用"马兰花"生命中主要的几个事件作为结构小说的叙事线索，引出了"马兰花"智慧、坎坷而艰难的一生，她智慧伶俐，用自己的智慧和勤劳，一次次帮着这个家庭度过了生死难关；她不畏强权，极力争取，一次次改变了枫洼村婆家的许多陈规陋习；她牺牲了自己的名声，让一家人免于挨饿，从此背上了"偷嫂"的骂名；她忍辱负重，把四个儿女培养成了出类拔萃的人才，充满了远见卓识。这是一部"还愿"之作，整部小说情感饱满，光彩四溢，其中《迷人的香气》《日饱》等篇章书写困难时期的经历和生产队开大会"马兰花"被"陪斗"的经历尤其生动精彩，有感人肺腑的力量，饱含了作者对辛劳一生的"河湟母亲"的深沉情感。

《冰沟》是李明华沉潜多年，创作的一部令人震撼的大作，小说近一百万字的篇幅。这部小说以河湟地区冰沟成氏家族七八代人的遭际，百年的兴衰，讲述了冰沟成氏家族由兴盛走向衰败，最后在工业化进程中消失的命运。整部小说以 96 岁的成家老奶奶看似混乱其实充满智慧的叙说中展开，小说紧贴着一代又一代人物的命运去写，在娓娓道来中有一种从容不迫的大家气度。这部小说容量极大，几乎囊括了一百多年来跟河湟地区农耕生活有关的，关于地域的、时代的、家族生活的方方面面的知识。这既是一个大家族的命运之作，也是一部河湟人百年遭际的反思之作，更是一部中国传统乡土社会逐渐衰退的警醒之作。

任何时代里面，有根的文学才是真正有生命力的文学，文学的根就是生活，有生活的文学才有生气。李明华善于观察生活，积累生活素材，长期在河湟谷地的农村生活，让他熟悉农村的一点一滴、一草一木，他的生活经验特别宽广深厚，他的小说创作有一种少见的源于生活的"宽度"和"厚度"。他的作品密集地展现了春种、秋收、打碾、狩猎、祭祖、木工做活、社火调演、社员开会、政治学习的乡村生活场景，使作品显得有血有肉，充满来源于生活的烟火气，读起来亲切感人。他的作品中还保留和还原了青海河湟谷地乡土生活特殊的历史记忆，如《冰沟》中成稼茂去陕西、甘肃参加科举考试的经历,如乡绅地主"荒年"里放"舍饭"的经历,如河湟山区里乡绅修祠堂、办学堂的经历,如"耧摆"这一农具进入青海东部农村农业生产的经历。再如《马兰花》中"吃食堂"的生活经历,《泼烦》中抓农村计划生育超生妇女的生活经历,这些饱满的乡土生活经验为李明华的小说创作提供了无尽的生活素材,同时也为一个世纪以来河湟农村生活的那些特殊经历留下的重要文献史料。这些经历,这些创作前相关资料的搜集考证,使他在小说中书写乡村生活时,显得内容翔实、史料丰赡,行文游刃有余。

在体察生活的深度上,李明华也是非常优秀的,他不仅善于观察生活,还勤于思考。当下的一大批中国作家都在书写"乡愁",书写故土的消失,家园不在的哀痛。的确,这一主题也从来没有像如今这样尖锐过,但大部分作家往往停留在"工业文明"和"城镇化"进程对传统乡土社会的蚕食,对传统人文价值的颠覆这一层面上。很少有作家将这一反思的维度延伸到整个"现代性"兴起的开端,延伸到"乡绅社会"逐渐解体的时刻。这需要罕见的洞察力和"长时段"反思和考量社会文化变迁的能力,这点上李明华恰恰具有非常惊人的洞察力。当然,他的这种见识不是从大量史料的勘察和理论研究中得到的很明晰的一种观念认知,而是来源于对脚下这片土地真正的"贴近",是从日常的人伦遭际的"贴近"中看到了深远"历史"的投射。在对乡土过往"历史"的"贴近"中,他又触到了那种变迁之因。在他看来,传统乡土社会及其人文价值观的衰落,不是从"城镇化"开始的,也不是从"工业文明"的兴起开始的,而是从一种稳固的乡土价值秩序的改变开始的。

李明华的小说创作,从整体倾向于现实主义文学中"家国""历史""人伦"书写这一维度,是从宏观视野里对大时代下个体命运的关注和眷顾,在小说创作中他自觉地承担了一个时代见证人的身份,具有一个作家担当时代命运的品格。他以"小人物表现大时代"的创作取向，着力还原着河湟地区乡土经典生活的原貌，追摩着生活在这片土地上的农人的喜怒窘穷，忧悲愉快，为河湟乡土立传，为湮失的古老文明招魂，体现了一个作家的文化良知和社会担当，有唤醒记忆和反思现代文明的力量。他的小说写作，生活经验丰厚，情感饱满。他丰厚的史地、民俗、乡土知识，他对这片土地上生活的农人的悲辛的关爱，使他的写作获得了相应的"宽度"和"厚度"，充满了"博爱"的胸怀，许多作品，有着关乎自身命运的尖锐痛感，有着对造物生灵，对挣扎于尘世社会的民众的悲悯之情，作品有着真正来自于中国西部农村生活经验的"肉身骨骼"。

自由路上的挣扎与浮沉

雪　归

"生存还是毁灭"，当莎士比亚借哈姆莱特之口提出这一终极问题，多少年来，对于活着还是死亡，许多人纠缠其中，演绎出或传奇，或庸常的一幕幕。

而当乐都籍作家王建民先生在其小说《那花姐》（《安徽文学》2018 年 12 月号）的开篇中，借地方的口音吆喝出"死来！活来！"时，小说中有些人差点从马背上跌下来，相信我们的读者，应该也如我一般吃惊不小。

然而，如此重大的哲学命题，被王建民以方言的"洗""喝"发音所取代时，作家的如此设置不禁让人会心一笑，为其匠心独具的巧妙设置，更为其含意深刻的隐喻。

《那花姐》是王建民先生的中篇小说。小说以民国时期丹噶尔古城中的民众在动乱时代的遭遇为线索展开叙事。小说中的那花姐，是一个因亲属遇难而有着严重自闭倾向的女子，小说以其一生的多舛遭际为主要内容，通过她惨淡的成长与戏剧性的婚姻家庭，以及悲惨的死亡，向读者展示了既有独特性，又有代表性的一个民间奇女子。

一个是"连点虚套话渣渣都没有的"只说实话、没一点城府、连半句谎言也说不出来的、只会讲真话的傻犟娃；一个是"满嘴神神道道没个准信儿的"常与鬼说话，最后却变成东家出西家进的媒婆。这样的两个人走到一起组成家庭，自然有故事。这样的故事，增强了这篇小说的可读性的同时，也让这个小说有了丰厚的质地和多维的面相。

值得一提的是这篇小说的语言。因为方言的运用局限，相较于大众化传播的普通话来说，决定了方言类作品的受众只能局限于方言使用区的民众。如何让文学作品中的方言既突出地域特色，又突破地域界限，这是许多作家思考的问题之一。鲁迅的《风波》、老舍的《家》、贾平凹的《秦腔》等都有方言的运用，充分地表现了各个区域的地方色彩，在增添文章的风土人情味的同时，读起来颇有趣味。在创作过程中，作家如何在普通话和方言之间找到一个平衡点，显得尤为重要，而这个平衡点，在很大程度上取决于方言成分在文学作品中的运用方式。

方言对于语言生动性的提升有着不容小觑的作用。当我看到《那花姐》中"心思秀琉""牙花子""倒皮换毛""皮谎"等方言时，作为土生土长的青海人，自然就有亲切之感。而当作者将这些方言游刃有余地运用于小说中，既给小说增添了独特的韵味、趣味，也有了别样的美感和质感。

当然，优秀的小说作者的叙事风格，除了方言的运用，也和作者理性、睿智的笔触分不开，而在这篇小说中，更是缘于作者对丹噶尔古城的熟悉、理解与渗透。

在这篇小说中有许多带着明显地方特色的东西，如沙枣花、馒头花、红嘴山鸦、堆绣褡裢、杏干等，这些西北人并不陌生的东西，会让阅读者对家园、对故土、对乡亲产生一种更为深厚更为绵密的情愫。由这些因子构成的小说世界里，当作家把历史的真实与小说的虚构相结合，于是带着作者烙印的丹噶尔古城不再只是个地域概念，而是有了温度、质感和层次，并且活色生香。

有些作家，或者干脆摒弃环境描写，或者环境描写与人物设置脱离，严重损害了作品。而有些作家却十分重视创造意境诗化小说，也有人认为，（诗化小说）抒情性的因素撑破了严密的结构框架，冲淡了完整的情节密度。在这篇小说里，诗化的抒情写意，显然十分契合小说的叙事节奏，也让小说张力十足。"屋里的光线不再紧致，几只飞绕的瘦苍蝇拿小翅膀就能把光线一点一点扇走。"这一句中，用紧致来形容光线，苍蝇的翅膀扇走光线等描写，显得十分独到且意味深长。

我们再看这段描写，"秋天说来就来。秋天一波接一波地来。来一阵风，灌木橙红；又一阵风，树叶金黄；再一场风吹过，那些浆果眼看着要拿大红大紫把它们自己撑破了。"

还有："沟岔自西向东伸来，由两道舒缓低矮的山岭夹着，不是那么促狭。一沟丝丝缕缕柔曼的月光，似乎伸手就能攥住一咕噜。原来，峡谷的圆月在后半夜是松弛的，随意悬停在西边树梢上，稍做休息呢。"

又如："某个时刻，牛马驴骡驮着一年四季的货物，一下子涌进门来，东来的行商衣衫轻飘，西来的蒙藏商皮袍厚重，让人觉得太阳把厚厚一沓日子一下子就操给你了。"

再如："峡谷上空的月亮，总是牢牢地焊在天际，生怕它不小心掉进峡谷，再也不能升起。星星只在山峦、峭岩和树冠的轮廓上闪烁。那些深入进来的光线，都有点心不在焉，反而使暗处更暗，使明处模糊。"

除了语言，我更在意并且喜欢的，是这篇小说的开阔叙事与精神向度。小说中，当"我终于融入芸芸众生中，跟大家一样隔着脑壳、隔着肚皮，想啊想，就是轻易不说话。""我"开始从实话实说到不再轻易说话，这个"我"不再是曾经的那个"我"，令人唏嘘。

小说中的月姨娘，与我们在传统文学中所见的媒婆截然不同。她固然用"倒皮换毛"的方式拆散一桩婚姻，但是，在另一桩婚姻里，当东家提供丰厚的报酬时，她说："给我跑腿腿的酬劳太不合情理，我担不起的。惹出不少闲话哩。"她与那花姐情同母女，当她促成少东家与那花姐的婚事时，她轻声而又果决地说："少东家，对这丫头，你若有半分轻薄、若有略微的瞧不起、若不能贴骨挨肉疼到心里，你就别娶她！"这个不唯利是图、有情有义，且情深义重的媒婆，令人肃然起敬。

而小说中的那花姐，那个不怕鬼，却怕孤单、怕兵祸的那花姐；那个失了魂生存着，与鬼魂交流的那花姐；那个最终变成丹噶尔最伟大的"媒儿"的那花姐；那个聪明伶俐甚至八面玲珑的那花姐，让人怜、让人爱，更让人敬。

当商城遭难，在"商城成了一座互不往来、街市上很少有人走动、没有言语、没有哭笑的死城。"兵祸后最终发疯的那花姐一直喊叫，这种突然的发声，应该既有曾经压抑多年的大悲恸，也有对当时无辜民众遭遇惨祸的大悲悯。

当小说中的"我"最终与发了疯却又有了真魂的那花姐在商道上交合，这段描写，虽然有着情色意味，却并不淫邪放荡，反而让人心头一凛，感慨顿生。

这篇小说中，对人的本性认识与开掘耐人寻味。小说中这样说人——"人就像被老天撕碎然后抛洒至大地的雪片片"，"人呐，太可怜了。世上活物，要么草木一样没开窍，要么神仙一样通天彻地，可是人呐，在中间悬吊者，实在可怜。"

我在前面说过这篇小说的开阔性。最明显的表现当是那花姐说出"有些话是要到心里走一圈的。有些话被心情留住了，有些被心眼儿改一改。大部分想说的话都被心给锁起来了。"其中所彰显的智慧，这自然亦是作家的智慧。小说中借人物之口说出"你不能确定你听到的看到的是真的"，其中包含的哲学意味，让人深思。

是的，"话从心里出来，无论真假，都会令说话的人舒畅、松活、痛快。"可是，谎言遍布的现实世界，我们的真话在哪里？我们的心都给锁起来了，被光怪陆离的社会，也被复杂多变的人性所封锁。通往自由的路上，难免羁縻与崎岖，因为许多的人已然习惯了戴着镣铐活着，习惯了沉浮不由。要摆脱这样的镣铐与束缚，不仅需要拥有超常的决心和勇气，更需要具备过人的眼光和胆识。是的，小说中的那花姐只能以死相抵，而你和我，也许都有不能摆脱的充分理由，但笔者深信，总有人能够。

张力叙述与乡土经验的书写

——李明华长篇小说《马兰花》叙事分析

冯晓燕

    李明华的长篇小说《马兰花》是河湟文学中第一部以女性个人史为书写脉络的小说。从广义的概念上说，河湟区域涵盖了今天青海省的海东、西宁地区和黄南、海南、海北藏族自治州，以及甘肃省的临夏回族自治州和甘南藏族自治州等地。在这片广袤的土地上，自秦汉以来，由于汉代赵充国的屯田，汉族作为移民大规模进入河湟流域，与当地族群进行了生产、生活交流，自此农耕文化的气韵在河湟谷地逐渐形成。小说的文本内容正是在这样的地理文化背景下生成的，在后记中作者记述成书的初衷时说，一生在这片土地上劳作的母亲百天祭日的情境给予作者的创痛需要通过小说的写作，"一个字一个字来化解着痛苦难受的心结"。显然这部具有回忆性的创造文本的书写，对于作者而言，具有文学性的疗愈作用。对于读者那个从泥土中走来又最终划归泥土的河湟乡土女性，如植物般生根，这个在《马兰花》中，在沟沟坎坎上谋吃食的女人，在文本的字里行间鲜活地跃动起来。

　　小说开篇通过一个秉有全知视角的叙述者，对主人公马兰花进行终极回顾式的评价"骂名和好名一样能让一个人出名，就像一枚石子扔在平静的湖里，响声过后一圈一圈的波纹还在继续着"。这是一段具有张力和隐喻性质的书写，关于人物的矛盾性捏塑我们将在后文分析。这里先看关于"水纹"的隐喻。费孝通先生在《乡土中国》对"伦"的释义，即是"从自己推出去和自己发生社会关系的那一群人里所发生的一轮轮波纹的差序。'释名'于伦字下也说'伦'也，水文相次有伦理也"。马兰花一生的命运即是在乡土"差序格局"的水纹中延展开来的。李明华在乡土中生长，真实经历过在土地上长期谋生存的艰难和其中藤蔓错结的人伦情感。

　　作者将如泥土般朴实的个人经验和以母亲为原型的女性形象的塑造深刻交融在了一起。这种贴合泥土的"在地经验"，在乡土小说中看似平常，但随着城市化进程的不断推进，真正地在生活中掌握土地耕种劳作、生产的完整经验，并能将其有效书写的作者将日渐稀少。传统粮食生产从选种、育苗、施肥、除草、灌溉到收割、储藏一系列的环节中，对节气、时序、天象的感知是一整套神秘的完整的乡土经验。而这种经验很难从今天大多数的知识分子和作家的习惯性知识获取渠道中取得。"在地经验"的缺失，乏整体经验不可阻挡的碎片化，使得"劳动"这个曾经赋予变化和鼓舞人心的场景，在文学文本中的书写会越来越因为或缺而显得珍贵且感人，马兰花的形象就是在这样鲜活生动的乡土劳作中树立起来的。

　　记得十几岁读汪曾祺的《受诫》，开篇有一段话印象深刻"就像有的地方出劁猪的，有的地方出织席子的，有的地方出箍桶的，有的地方出弹棉花的，有的地方出画匠，有的地方出婊子，他的家乡出和尚。""弹棉花""画匠"的手艺在生活中常见，唯有"箍桶"和"劁猪"感到神秘。直到读《马兰花》，箍桶的是马兰花的爹，马兰花的嫁妆里有一对木桶，为了结实木桶被箍上铜圈儿。"人们亲眼看见她刚才还在泉儿眼上踏着旱船步儿挑水，水桶上的铜箍儿放射着夺目的光芒"。而掌握"劁猪"技能的妇人竟然是马兰花，她用一把火柴棍大的刀子劁猪，而且准确干净毫不含糊。小说中对马兰花从捉猪到迅速准确的劁猪过程描写得生机活现，对于劁猪的俗语"奶劁""伢劁"的差别，"跑劁"的可能性津津乐道。一种对于古老的世俗乡土文明的接续，对于乡村农事的熟稔，使乡村技艺至今悠远而鲜活存在于乡里的日常生活中，作者用文字的形式让这些手艺停留在了时光里，这里是一种对于传统古典主义"可以感知的形式"的延续。

塑造人物，尤其是乡土小说中有一个前提，就是作者必须有能力写出与人物身份相匹配的劳动。李明华在母亲离世的一刹那，对母亲复杂的情感，在文学中是将其回归到乡土生活的切身经验的书写中。马兰花的形象是伴随着她的劳动一点一点建立起来的。她因为身材弱小挑不起扁担，便卸下扁担环来继续挑水，因为盛水的缸太高无法倒水，则挖地埋缸，她因为要多割麦子而半夜起身磨镰刀……李明华在农事的描写上放慢笔触，一样一样地写马兰花挑水的旱船步、割麦的镰斩麦落，嚼茯茶代替喝水的休息方式，如春天布谷鸟般磨石的热情……如此这般，读者闻到了马兰花手上麦草馥郁的香气。强烈的乡土意识，丰富的乡土经验，感受的敏锐捕捉，都让李明华笔下的马兰花朝气蓬勃的立于河湟大地之上。

二

前文引述小说开篇即写"骂名与好名一样能让人出名"的"预言"，对于马兰花形象富有张力的矛盾性刻画，是小说的一条隐线，同时也是成书的基础架构之一。小说是在马兰花娘家大树桩村里第一富户，杀一头举村无双的肥猪的情节展开叙事。丰收的盛况与随后而来的饥馑年代形成鲜明的场域对比。富农家的马兰花从乡土家族教化的传承中，形成了一整套价值体系和行动方式，将在未来的家庭生活中发挥至关重要的作用。家族传承中的乡土文化，具体到作为木匠的父亲的巧手和巧思，传统乡土代代积累的勤俭品质，都在马兰花身上鲜明地彰显出来，成为她在风洼村赢得尊重、艰难求生的根基。

马兰花自我意识的发现和形成，在两次揽境自视中得以表现，第一回在出嫁前，母亲为她"开脸"，马兰花在自己的小厢房里偷偷看了一眼镜子，此时的她意识到作为女人，自己独立的个体命运即将展开。等待她的是比自己大十七岁的贫农李解放的家，这个常年没有窗户纸，炕塌下窟窿宁可掉进去也不去修补的懒汉之家，因为马兰花的到来而幻化生机。十八岁的马兰花被襄床的人们视为瘪尻，在河湟文化中，这是对女性生命力与生育能力的质疑与否认。马兰花的柔弱娇小与她的巧思和巧手构成了人物形象的两端，提不起水桶她便卸扁担的铜环，水缸太高她便挖地为坑把水缸放进去。马兰花由此开始了在陌生的枫洼村，在丈夫家艰难谋生的生活。用巧劲儿胜蛮力是马兰花赢得尊重、建构自我形象的核心。于是读者看到了劁猪的马兰花，黎明时分磨镰刀的马兰花，轻盈爬树的马兰花，干净利落割麦胜于壮汉石娃子的马兰花，一种勤劳的、有无限蓬勃生命力的，机巧中渗透着因劳作而散发浓烈汗腺味的马兰花，跃动在河湟大地之上，在生活的严酷磨砺下，在岁月星河流转中，诞下龙凤胎的马兰花，像三月里含苞欲放的杏花。孤独此时的她无意间再次看了一回镜子，却把自己吓了一跳，此时因母性催生的马兰花，强健的生命力正在澎湃生长。

随着困难时期的到来，个体生命被抛掷在荒谬的社会现实中，马兰花在枫洼村建构起的美名在与饥饿的抗争中被解构。而这种结解恰是对当时社会环境的反讽。依旧是巧思与巧手，马兰花精巧制作的三层芨芨草编织的挎篮，在田间地头完成着偷偷为家庭收集粮食的任务。

挎篮上担起的是公婆、丈夫和孩子的生命线。而她却因此背负上"偷嫂"的骂名。自尊的马兰花,忍受着精神的重压,依然为"吃"想尽办法,而此时小说中的男性——马兰花的丈夫却始终缺位。从叙述者视角,类似画外音的言语中,读者可以看到,之所以多年之后四个儿女成才,不仅是母亲给予的粮食的哺育,更多的是这种坚韧气韵的传承。马兰花一直以隐忍克制的方式对待自己,高强度的劳动中,她用干嚼茯茶的方法恢复体力,这一具有象征性的情节,可以看出他将水、粮食视为生命之源。她把自我需求降到最低,直到生命的最后一刻,才要可饮故乡的泉水,才将自我的生命舒展,最终划归乡土之中。小说中对马兰花的性格和形象进行富有张力的刻画,并没有把她作为"母亲"而一味美化,而是写马兰花私存粮食,因高强度劳动如男人般汗味弥漫,且与自己的丈夫自始至终没有情感的交流,但终其一生她无怨无悔侍奉公婆。如费孝通所言,在乡土社会中,家中的主轴是父与子,婆与媳。夫妇只是配轴,夫妇之间感情的淡漠是日常可见的现象,而学是一种心安,是摸熟父母性格承成他们的欢,在这一系列的乡土伦理中走出的马兰花,顺应天命中却有着未知生与命运不竭的抗争。

三

生与死是文学作品所要探寻的终极价值之一。海德格尔在《存在与时间》中曾经论及动物的死亡与自身无关,动物消亡只是自然的终结,而不是本己的死亡,只有人才是向死而在。人是面临着死亡来看生存。小说中当人们面临饥饿而濒临死亡的书写,是马兰花形象塑造最丰满的部分。一向柔弱的马兰花,突显了女性柔弱却坚韧的生命状态,与石娃子的强悍却易折形成对比。"天地不仁以万物为刍狗",在食物匮乏的年代里乡村大地的死亡,甚至用尽了村里所有木板将死去的生命抬出村落。因此生的意义就显得尤为珍贵,在此基础上,"吃"

的主题便从作者褶皱般的文风中显现出来。

马兰花想到可以为家人牟取粮食时"眼睛里放射出一道兴奋不已的光芒，宛如饥饿的婴儿，看到母亲取之不尽用之不竭的乳房，顷刻间他脸上的表情是兴奋的，有些癫狂和疯傻"，当孩子们嗅到炒麦的香味儿时，"他们扬起别开生面的小脸，宛如听到惊蛰的雷声，从地洞里爬出的两只旱獭，眼睛机灵地转动几下，准确地做出了一个惊喜的判断，是炒卖的香气，然后就对着锅灶的方向贪婪地掀动着小小的鼻翼"。只有经历过饥饿，在生死线上徘徊并面对死亡来临而升起巨大求生欲的生命才有机会将对寻找食物，将对吃的渴望，用工笔式的笔触刻写得如此精微而生动。

"天地之大德曰生"，李明华笔下的马兰花，生命的原发力和终其一生为家人谋生存的历程，在鲜活流动的表达中窥其实质，即生命的文学性和文学的生命力。《马兰花》中即是隐含在一个家族的、一片土地的生生不息的传承中，全部灌注在了女性马兰花的身上，让她变成了河湟大地的精魂。

生命归属于黄河边的撒拉族母体

——浅论韩庆功文学创作

李明华

莫言在高密东北乡建立了他的文学王国，他历数了许多作家关于故乡对创作非同小可的意义，譬如汪曾祺的"江苏高邮"，陈忠实的"关中平原"，路遥的"陕北黄土高原"，这是作家的故乡。生我也故乡，育我也故乡，故乡是作家至死不变的母体。

每一个作家，都在寻找自己的精神"母体"，力图找到自己独特的发声位置，不然写得再多，也只能东奔西离。对于韩庆功而言，这个精神"母体"就是黄河边的撒拉族之乡。

对于以再现人类感情世界和精神及物质生活为己任的复杂的文学创作活动，这个"母体"远不止是空间的、生理的概念，更是作家整个精神生命和内部世界的"母体"。每一位作家从自己的"母体"出发，往往依托的不仅仅是集体面相，还是一个个踽踽独行的个体。不管是最初的磕磕绊绊，还是大步流星，无论行走多远，也许终身漂泊异乡，故乡如同血液永远流动在他们的血管里，挥之不去地萦绕在他们作品的字里行间。

居住在青海东部黄河边的撒拉族作家们，不论是从循化走出去的早已功成名就的韩秋夫、马丁、韩文德、翼人等，还是一直没有走出循化的韩庆功、奥斯曼、韩原林、马明全、马秀芬、牧雪们，他们的人生，他们的作品也许早就超越了故乡湛蓝的天空，但只要稍稍究其故里，不论是韩秋夫、马丁、韩文德、马梅英、韩原林、马明全、牧雪的抒情文本，还是韩庆功的长篇叙事文本《黄河从这里拐弯》，最终还是鬼使神差地殊途同归，回到肉体和精神的"母体"，精耕细作自己故乡这片无比爱恋的土地。也许他们带着某种特定的使命与对本民族精神归宿的探究，或激情澎湃，或沉重凝思，或昭彰他们高贵的灵魂与苦难的命运，即使自己的文字哪怕就是黄河里一朵微不足道的浪花，在时代的变迁和潮流中，总是发出对自己母族纪念式的声音。

这个春天，因为疫情的缘故我很少出门，用了很多时日阅读韩庆功的长篇小说《黄河从这里拐弯》。当我面对一个人口较少民族、一部小说、一个人的小说世界时，慢慢地被一些过往的人和事，情与爱，思与想，还有杂驳的气息里一些鲜活的生机，一些苍劲的身姿里显现出来的人生质地所感动。在这样一个喧嚣浮躁的浅阅读时代，能静下心来进入一个人的精神世界，文字的意义早已和作者神合。徐徐打开百万余字的书页，当主人公喜怒哀乐地漫步在字里行间，半个多世纪的风云和生活在黄河边的撒拉族奥斯曼家族史便从一个强烈的场域中呼之而出。韩庆功，这个做人非常低调、看似漫不经心，像苦心经营一门生意一样经营小说的撒拉族作家，就这样，穿越笔下纷纭变幻的形形色色的人物，以及平静而不平常的日子，以一以贯之的沉静步伐，从黄河边的清水湾自信地向我们走来。这种自信源于他对自己民族的自信。

其实，在文学的道路上韩庆功不是临阵磨枪、仓促上阵，这条路，他已走了很久。在《黄河从这里拐弯》之前，他就发表和出版了散文集《故乡在哪里》《边缘上的思考》等50余万字的散文，这些对撒拉族历史、民俗、宗教、信仰、伦理、价值观念碎片化记录的散文和随笔，情真意切，不落俗套。这得益于他善当生活的有心人，勤于观察、记录和思考，因此一些篇章信手拈来，遣词造句活色生香，偶有妙笔生花，做到了言之有物。也许他一直生活与工作在基层，与撒拉之乡的民众有着水乳交融的血肉关系，因此生发在文章中有关黄河边的清风丽影，甚至微不足道的一朵浪花，清晨的一束阳光，总是充满着赤子之心，也总是别样的鲜活灵动，用笔也总是那样温情和纯净。不难看出，他的心底是干净的，善良的。

值得关注的一点是，韩庆功一着手写散文，尤其是在涉及撒拉族历史、民俗、宗教、信仰、伦理时，不是一味地站在黄河的清风明月下高歌抒情，不是一味地发表激昂的议论，而是有一种一般散文作家没有的东西：从小处入手，十分注重民俗和日常生活里细微的东西。这个细微的东西就是小说家笔下最不能或缺的，那便是被文学评论家们千遍万遍一再提醒的问题——细节。有了细节支撑的故事情节和演义，想必就是一篇小说的基本模样了。

这是一次对撒拉族生命历程的巡视，韩庆功特别关注内在的生命细节，如"母亲拿起我放到桌子上的碗，用右手食指把碗里残留的粥痕一下一下蹭起，将蘸着米糊的手指放进嘴里舔舐"。他尊重生命，对生命的理解是宽泛的，包括人、生物甚至自然界，最让人怦然心动的，无疑是他对生命顽强不屈的赞美。他的散文在散发与释放"疼痛"的语言容忍背后，有一片澄清、美好的领地。这跟他后来创作的长篇巨制一脉相承。一个作家从内心流淌出来的文字，不管是诗歌散文，还是小说戏剧，基因不是随随便便说改变就改变的。韩庆功的散文创作无疑是小说训练和卓有成效的一次有意义的助跑。正是在对散文散点式的不成系统的"游击战"中，成功地成为旷日持久的阵地战和攻坚战。

因此，韩庆功的散文集《故乡在哪里》《边缘上的思考》《大河东流》，为大部头的长篇小说《黄河从这里拐弯》的呼之欲出，及其后期的打磨做了文字上的准备和思想上的沉淀。面对撒拉族在各种文化强烈冲击下，作为一个人口较少民族的生存和未来的担忧，面对撒拉族民族文化在历史发展进程中所面临的困境与迷茫、纠结与困惑，疼痛与失落，及其信仰精神和气节的衰退，他在"忧郁与孤独"中并没有惊慌失措，而是在人性的蜕变中非常自信地用一双聪慧的眼睛观察，用一颗淡定的赤子之心，在虔诚与坚守中，悉心打量着已经发生和将要发生的一些人和事，悄然地用文字延伸出一条路来——撒拉族的生存和黄河般自强不息的奋斗之路。

这是撒拉尔的自信，更是中华民族大家庭百年回望、百年追梦之中的自信。

长篇小说作为文学的重要体式之一，在反映现实、建构历史、铺陈叙事方面有着独特的优势，从某种程度上说，长篇叙事文学代表了文学创作的成就，成为衡量一个民族文学水平高低的重要标志。从这个意义上说，《黄河从这里拐弯》是继韩秋夫、马丁、韩文德、翼人等之后，撒拉族文学长期以来从单一的民族抒情文本走向宏大的民族叙事文本的一个鲜明标志，标志着撒拉族文化还乡的文学叙事追忆刚刚拉开序幕，是撒拉族文学的重要收获，也是"河湟文学"的重要收获之一。从目前的反响与关注度来看，其文学的意义和价值，也许只是开始。

长篇小说具有容量大的优势，韩庆功充分意识到这一优势，力图在《黄河从这里拐弯》的创作中比较全面地表达自己对于本民族（撒拉族）深刻的思考，因此有着史诗性、家族叙述的特点。小说以奥斯曼家族史为主线，描画了撒拉族半个多世纪的风云变化，从整体倾向上看，小说在自觉地倾近奥斯曼、韩来福、穆沙、艾撒、哈牛、雅亥亚、沙巴尼等众多人物形象和四代人的生产生活及生命情状，力图呈现河湟地区多民族杂居的乡土生态下独特的人文环境，破解这一地区几百年来民族团结和谐进步，你中有我、我中有你的生存密码。小说开篇，在战争中生还下来的奥斯曼从中原带回来一个汉族妻子，在黄河边开始了一个家族的生命繁衍，奥斯曼与张金花的结合与相依相存，暗含着汉文化与撒拉族文化相互间的接纳与包容。

小说中众多人物的设置，也比较清晰地贯穿了这一思想。柳惠明、何立明、吴建林、郑刚、郝书记、卢正邦、岳兴武、彭浩、郭炳南、党爱国、阎兆阳等这些汉族干部形象，给新生的撒拉之乡带来了勃勃生机；正是这些人带着韩挺进、韩大顺、马天福、马克福、马德江、韩辉、马尚清、马俊杰这些撒拉人的先进分子进入了一个改天换地的时代，连名字都有了汉文化的烙印；在这些先进分子的带动下，奥斯曼、穆萨、艾萨、尕三、哈克姆、伊奴斯、伊德勒们，也融入了时代的潮流。从此，撒拉族几十年的家园建设拉开了序幕。

韩庆功以史志性的书写，散文化的叙述，自觉地倾向于"家国""历史""人伦"的书写这一维度，是从宏观视野里对大时代下个体命运的关注和眷顾，自觉地承担了一个时代见证人的身份，有着"补正史之阙"的雄心抱负，具有一个作家担当时代良知的品格和意义。显然，韩庆功有着为撒拉族立传的"史家胸襟"和"野心"，这也是《黄河从这里拐弯》出版发行后在循化撒拉族民众中产生强烈反响的原因所在。

小说创作是有规律可究的。短篇小说呈现的是作家瞬间的灵感，是轻巧的、一针见血的、出人意外的，即是故事的叙述，也是为灵感服务的。而长篇小说是考验一个作家肺活量的文本。长篇小说一旦出现宏大的故事，一定就蕴含着一定的思想内涵。当然，有时候思想也需要灵感作先锋，灵感也需要思想打掩护。但不同的是，灵感是一条小溪奔流大海，而思想是百川归海。思想形成慢，成长慢，成熟更慢，有道是"桃三杏四梨五年，想吃核桃十八年"，说《黄河从这里拐弯》是王母娘娘蟠桃园里的桃子肯定是言过了，但她一定是一颗黄河边土生土长出来的脆皮核桃，黄河质地，循化味道。

撒拉尔是个划着羊皮筏子在黄河里乘风破浪的民族，因了这样约定俗成的秉性，在我最初的判断里，《黄河从这里拐弯》应该是在叙述风格上像张承志的《北方的河》一样充满着黄河一样激情澎湃、波涛汹涌的，故事和情节也应该是跌宕起伏、感人至深的，但韩庆功似乎更喜欢黄河在流经循化清水湾时的波澜不惊和孟达天池的微波荡漾。

他毫不吝啬地将自己内心的所思所想娓娓道来，独特的内心体验使得文体在故事情节的驱使下开拓出一个自由的阐释空间。日常化语言在自由的叙述空间中突显出高度的缓慢与柔韧，一个个熟悉与惯常的生活情节，宛如游丝般穿插在小说的每个角落，有点慢，有点让人着急。正因如此，才显现出农业文明在工业时代一步步消失的柔韧性，在无限制的自由叙述空间中，让读者也重新找回了日常生活语言的力量，回味行云流水般的牧歌，真真切切地感受到了一种强烈的"生活在场感"。

小说的风格和结构像在黄河的清水湾里轻轻抛出的鱼网，从牵引在鱼夫手里的一个网领，即奥斯曼家族和四代人的成长进程，向着更加广阔的生活河面慢慢地、四平八稳地撒开去。然后春种秋收，打情骂俏，分房另住，生儿育女，贩牲口，挖金子，做生意，等等类类，他把写作之前的思想悄然放至在流畅的文字背后，以散文化的叙述语言让思想和观点闪耀着智慧的灵光，让鲜活的生活场景和撒拉人的生活情状及生命深处的文化基因呈现在读者面前，证明文学原本不是高高在上、曲高和寡，而是鲜活地贴近世道人心，劝人向善。故事的展开和情节的叙述简洁自得中透露出朴拙的文风，流畅而不华丽的语言中平心静气地开始铺陈撒拉族的民俗风情，在春种、秋收、祈雨、浇水、割麦、打碾、背草、上粮、说媒、娶亲、生娃……惯常生活的描述中津津乐道，不能自己，我们也在作家的描述和引领下领略着黄河边撒拉族独特的民俗风情，并陶醉其中。

小说排除了撒拉族生活表层因素的干扰，从撒拉族民间生活的底部和根部入手，让他笔下的众多人物和几百年来缓缓流动但生生不息的风俗文化和心理状态融为一体，还原了撒拉族在民间日常生活中的本来样态：日出而起，日落而归，不慌不忙中，有一副"和谐"的民间日常生活图景。围绕着奥斯曼家族和四代人的命运，那张结构性的渔网在清水湾的蔚蓝中徐徐展开，情节、人物、背景在"垦荒""大食堂""大跃进""大政府""学大寨""平整土地""土地联产承包""淘金""跑运输""搞建筑"等诸多重大社会事件和日常的生产生活中向前推进。国事和家事交错，时代风云和家族命运纠葛，在历史的景深中为撒拉族立传的"史家胸襟"和想法越来越清晰起来。好面子、重声誉、敢闯荡、讲义气、求谅解的撒拉族民族特征，在惯常的生活和无法回避的欲望中表现得淋漓尽致。五十余年的跨度，年老的人已经驾鹤西去，年轻的一代不断诞生，留下的是历历在目、铭心刻骨的一群人物，一群黄河边的风月，还有无边的沧桑和回望。作者带着一种复杂的情感，在审美的层面上对故乡的爱恋进行了尽情地倾诉，读者也在这种倾诉中打捞了一份历史的厚重，领略了审美的愉悦。

韩庆功把真实的状况和需求遮蔽在抒情的姿态之中，特别指出的是，从撒拉族民俗风情的具体细节、从知行合一的层面，对奥斯曼家族和四代人青春与成长的记忆安顿，对后农耕时代撒拉族弱小民族心理结构与伦理秩序变化的切身体认，构成了惜别时照耀《黄河从这里拐弯》时的那束温暖的光芒。黄河之水天上来，东流至此不复回。黄河是中华民族勇往直前的象征，黄河之水没有拐不出去的弯，新的生活正在从黄河的拐弯处起航，新的可能性正从云开雾散处徐徐生长。牵引在渔夫手里的那个大网已经完全打开，网领还没有收回的征兆，这只是《黄河从这里拐弯》的前两部作品，后两部还在写作中。

我们期待更加精彩宏大的叙事。

为黄河浪尖上的筏子客存照

——韩庆功长篇小说《黄河从这里拐湾》印象

谢彭臻

韩庆功老师的长篇小说《黄河从这里拐湾》去年付梓，厚厚两大本，七八十万字数，体量之大即给人以非同寻常的震撼。

在以河湟农耕文化为主题素材的长篇小说序列里，《黄河从这里拐湾》不是青海文坛上的第一部，之前的乡土作家陈元魁、井石、李明华笔下已见成功的佳作，但《黄河从这里拐湾》是更见独特性的一部，它的独特不仅体现在叙事的宏大，更主要的是全景式呈现了撒拉族这个青海独有民族的生存状态，一种有别于汉族文化习俗的西部少数民族风情。

撒拉族是青海海东地区独有的一支民族，大多数信仰伊斯兰教，但他与同样信仰伊斯兰教的回族、维吾尔族又有血统基因、生活习俗等诸多方面的区别。撒拉族先民自元朝从中亚迁徙至河湟乡土上，迄今已达七八百年的历史，经过长期的宗教皈依和生活方式的融合，这个素来以勇敢团结著称的民族，历经多个朝代更迭的颠踬磨难，在积石山黄河之滨这个狭小的缝隙中艰难地生存了下来。

《黄河从这里拐湾》对撒拉尔文化所做的全景式展现，缘于作者丰厚的生活底蕴和念兹在兹的乡土情结。小说中作者花费大量的笔墨载录了这个青海少数民族在长达半个多世纪社会变迁中的生存状态，勒铭着历史演进中的诸多事件，比如马彪暂编骑兵第一师东出抗日，1947 年的新疆北塔山事件，20 世纪 50 年代农村家庭单元的集体公社化以及后期集体食堂的捉襟见肘，再到后来改革开放风气甫开之时，乡民的身心俱得到了前所未有的松绑，自由选择权力带来了农村生产力的急剧释放，由此撬动农村发生迅捷而巨大的变化。嗣后撒拉汉子以能于吃苦、敢于犯险的民族秉性参与了西部采金热潮、竞办乡村企业、主导"天路"运输，站上了西部高原的社会经济舞台。

　　《黄河从这里拐湾》由几代人的故事串联，描画了他们中的一些特征型人物在时代潮流中搏浪击水的身姿，呈现了迥异江南中原汉地的青海高原一隅的地域性、民族性社会风俗。基于作者非常丰厚坚实的河湟地区撒拉族的生活底蕴，小说的细节，物质生活情景和精神生活状态，饱含情感色彩的情节演绎，都呈现出细致而鲜活的状态，尤其对具有鲜明民族特色的婚庆、丧葬习俗，教门中的各种规程礼仪等等都有纤毫毕现的描摹，因为这些风俗浓重地蓄含着这个民族的历史性积淀，也最能体现这个民族的心理定式和崇仰价值。小说在撒拉尔民族村落之间的精神依存关系、政府施治力量与乡民血缘宗教情感之间的调和关系、村落生熟人际之间的血缘宗法关系、"公家人"与农民之间的服从与对耗关系，不吝笔墨施以立体的演绎，绵密地展现了撒拉尔的坚实特质。确实，任何一个民族的文化都不可能是完全封闭的，小说呈现的撒拉尔民族文化特征既有对本民族文化基因的顽强坚守和执着传承，也在漫长的历史进程中融合了其他兄弟民族特别是汉文化的优长。在这里值得注意的是，对汉族儒家文明中尊师长、重承诺、恤孤苦等传统价值观的接纳和消化。不仅如此，作者对相关的气象、地理、历史、水系、物产、教义阐释、文化渊源等等方面也一一作了不厌其烦的铺陈，令阅读者感觉在作者试图囊括自己生活经验的努力中，跳荡着的为本民族树碑立传的雄心和使命感。

自然，传统的现实主义小说创作的成功与否，主要得看人物形象塑造是否丰满立体，人物之间矛盾关系设置的对撞与消解是否得体。在这个主体层面，《黄河从这里拐湾》有诸多成功之处。比如时代的旋涡里秉持信念而精神屹立不倒的人物形象奥斯曼老人，放下身段调停忌于亲家两方的口角颜面而不能正常合拢家庭的小两口儿哈希热与艾赫默德苦涩的爱情和婚姻，在儿子韩来福与皇上娃发生冲突、事件发酵之后，苏莱曼协同沙班阿訇来劝和时说的一席话尤为令人动容。被时代的风潮裹挟而首鼠两端的人物如哈目目的形象，并未在奥斯曼旧军官的历史问题上过多纠缠，病危讨"口唤"之日不无忏悔的痛哭，都析离出人性的复杂。善于投机营巧的马红旗，也夹杂着伶俐的一面。又比如不可或缺地调停人事关系的奴海阿爷形象很是鲜活，读到这个人物似乎就能感觉到老人温厚的微笑。以及苏吉里村的苏莱曼队长，农场的同事马克福，虽然着墨不多却又拒绝脸谱化的塑造，显得鲜活而亲切，这些都是作者在人物塑造过程中值得称道的地方。倔强、敏感而又好学进取的韩志兴，外表沉稳谦谨、敏感，骨子里潜藏着撒拉族人敢于犯险的民族精神。悍勇、野性又不失基本的生存道德和宗教持守的哈牛，还有那些骨子里萌动着冒险精神的撒拉族"野子客"们，一旦体制的枷锁松动，他们就敢于试吃市场经济的螃蟹，所以在20世纪末，地处黄河边积石山下偏僻一隅的循化县，创造了民营经济一枝独放的奇迹。

对于事件情节的布排，尽管剧烈的矛盾碰撞的地方并不多，但也煞有意思，例如韩来福与皇上娃因羊闯麦地而引发冲突，这场冲突或隐或显地包含了这样的几重意义，农村闾里矛盾缘起并非那些义正辞严的大题目，而更多的是一些鸡毛蒜皮的随机性事件，村人好抓耳朵、为"一口气"活着的略显畸形的尊严感，最终凭借传统道德和宗教的力量被消弭的矛盾，都有言外之意。

前段提及作者丰厚的生活底蕴，正是因为有了这个底蕴，小说叙事的"颗粒度"细密、紧实，农耕播种，麦熟秋收，开荒地、打庄廓、上粮、磨面、榨油、捻皮绳这一系列河湟农事，炸馓子、沃浆水、油搅团、面片、凉面、酥油、炒面这些耳熟能详的吃食，皆能被作者熨帖地调遣到笔下，几乎覆盖了绝大多数河湟农村的生活状态，从而使小说似乎具有了某种不可替代性，当然，笔者所言的这种不可替代性更多的是河湟农耕文化意义上的泛指，而不是小说技巧意义上的示范性。

细读之下，笔者也感觉出这本巨著因体量庞大抟弄的难度可想而知，兹抉取几处笔者认为的遗憾，与韩庆功老师共同探讨：

一、小说的体量过大问题，有部分原因是铺垫性、背景式文字过于冗长芜杂，使小说在某个章节的阅读中恍然感觉虚构文本和纪实体文本二者兼具的特征，从更宽泛的文化视角来观察，这并没有大的问题，问题在于在实施大量的文字铺垫时，小说本身的艺术规律作为一把尺子衡量着其艺术含量，小说的艺术性会被打折扣。

二、某些章节文字上不够精萃，枝蔓过于繁杂的问题，以笔者促狭的阅读量，感觉在同一类题材的长篇小说创作中，迟子建的《额尔古纳河右岸》删繁就简，比较好地解决了载录繁琐生活枝蔓过多的问题。

三、价值观和精神视野问题。小说后半部分在以"韩志兴"为人物主体展开的诸多事件演进中，兼容了某些反思，也即作者在小说文本中，通过撒拉汉子办企业的盲目跟风陷入恶性竞争，教派之间的明争暗斗，长途客运行业的械斗事件等，袒露了撒拉族"人尖子"们敢为天下先的悍勇褪尽之后思想贫乏、视野短浅的现实状态，对自身所在族群的撒拉族创业者的不足作了诚恳的反思。

四、方言俚语在小说中的遣用问题也感觉有可商榷之处，"卡码""懒干""儿子娃"等等这些方言的调用自然没有问题，"野子客""贼大鬼""嫖妗"这样的俚言土语，多少有些率意。"嘚瑟""兔崽子"等这些中原语汇应当规避。俚语的调用，最好遵从"约定成俗"的原则，生造往往会产生歧义。某些宗教概念、地方习俗、特定的地理概念、俚语等应作必要的注释。因为这本著作本来就不仅仅是写给我们身边读者的。

现实主义小说创作是一个伟大的传统，给延宕了数百年的文学世界留下了经久不灭的经典作品。毋庸讳言，中国文学中的现实主义小说创作无论从质量还是社会影响力方面还无法与西方文学想匹敌，这受制于中国文化传统中人文精神的后发与迟滞，尤其是我们深刻地认识到在汉语小说的序列中恢弘而深刻的史诗性作品的确拎不出几部来。《黄河从这里拐湾》是一部现实主义巨著，囊括了青海东部20世纪40年代到世纪末的时间长廊中撒拉族人民的社会图景，这使笔者更加坚信，在现代主义、后现代主义成为文学河流滥觞的时候，在卡夫卡、加缪、米兰昆德拉、博尔赫斯成为小说新范式被群起效仿的今天，现实主义的创作思路和手法，仍然能锻打出经典性的作品。

尽管存有这样的缺憾和那样的不足，但《黄河从这里拐湾》仍然是青海文坛极具冲击力的一部煌煌巨著，或许更应该将它放置在整个中国少数民族文学的序列里加以比较、省察，开掘其丰富的价值。

以上求全之说，不是苛责这本书写得不够好，实际已经够好了，笔者直拙地表达这些意见，更主要的用意在于私衷以为这部小说还可以达到更好，实际上其成为经典作品的基本要素显然已经具备，如果作者不厌其烦，迭经打磨，应该会成为更高文学平台上的标高性作品。

唯其如此，方能不辜负作者令人惊叹的生活底蕴。

一部颇具审美价值的叙事文本

——读陈华民长篇历史小说《瞿昙疑云》

茹孝宏

陈华民先生的《瞿昙疑云》是一部以明代第二个皇帝——建文帝逊国后的历史传说为主线，穿插一些史料进行创作的长篇历史小说。阅读《瞿昙疑云》，其感人的故事给人带来精神上的愉悦享受，还获得了历史知识等多方面的信息。集故事性、知识性为一体，可读性强，使这部小说具有了突出的审美价值。

《瞿昙疑云》的叙事涉及了广阔的时空视域。从洪武元年写起，到宣德二年，涉及了大明王朝五十余年的历史，其间先后经历了太祖朱元璋、惠帝朱允炆、成祖朱棣、仁宗朱高炽、宣宗朱瞻基等五代皇帝。从空间上来说，直接涉及了南京、北京、河北、湖北、甘肃、青海等地域，间接涉及了湖南、蒙古等地域，可谓上下数十年，纵横几万里。而且小说中大的历史事件、时间、地名、主要人物都与历史相吻合。作家如果没有深厚的历史文化学养和丰富的地理知识储备，面对如此广阔的时空视域，其书写过程就很难驾驭。由于大明王朝五十余年的一些历史事件都融进了纵横驰骋、恣肆汪洋的小说叙事之中，所以读者在一种审美的愉悦中了解了明代的许多历史事件和传说掌故，这些历史事件和传说掌故也从某种程度上反映了当时社会的风云变幻和状况。小说中还穿插了明代以前的许多历史事件，丰富了文本内蕴，彰显出一种张力。在穿插明代以前的历史事件时，为避免堆积史料之嫌，作家匠心独运，巧妙处理史料与小说叙事的关系，譬如凭借朱允炆的想象交代隋炀帝征战西北、狩猎乐都拔延山这一历史事件。再如，第十八章中，通过朱允炆与建文朝时的锦衣卫指挥使李强的一段对话，交代了明代以前几位皇帝皈依佛门的情况。这就使历史知识化作了小说元素，历史知识和文学书写水乳交融，浑然一体。换言之，尽管书中历史知识丰富，但我们阅读的不是枯燥索然的历史教科书，而是趣味盎然的小说文本。作为历史题材的文学叙事，写作者应该把握住这个向度，但写作者面对如此广阔的时空视域，真正能做到这一点，也绝非易事。

这部小说最大的亮点是巧妙设置引人入胜、扣人心弦的故事情节。小说的第一章和第二章交代大的背景之后，从第三章建文帝朱允炆谋划并实施削藩，继之发生的"燕王靖难"开始，围绕建文朝江山社稷安危和建文帝朱允炆个人命运造化的一个个故事情节即紧张而有序地向我们展示开来。其中建文帝朱允炆逊国后假扮难民从皇宫密道出逃以后，一行人尽管或阴阳颠倒、昼伏夜行，或专寻偏僻隐秘的山沟蹊径绕道而行，但燕王朱棣派出的杀手还是步步紧逼，追杀不舍，造成一波三折、险象频现、悬念迭出，有时主人公简直就是命悬一线。尤其是几次在夜间遭到像魔鬼一样的黑衣蒙面人来行刺时，读者手心里不能不为朱允炆的造化祸福捏上一把汗。

小说设置的故事情节除能紧紧地攫住读者的眼球外，故事情节的设置也做到了有源有流、有头有尾、合情合理。虽说燕王朱棣派出许多亲信和杀手四处搜寻朱允炆，但为何屡屡无以得手呢？这是因为朱允炆逊国出逃时，其一奶同胞的弟弟吴王朱允通施出妙计，让建文帝朱允炆扮作难民从皇宫密道潜逃，逃出京城后再寻密径或远出南洋，或密遁武当。而吴王朱允通自己削发扮作建文帝的替身，在锦衣卫将军的扈卫下故意试着去鬼门出逃，中途果然如他所料，建文朝的叛将、后成为燕王朱棣亲信的李景隆把守着鬼门，于是急忙潜回，替了皇上葬身火海。这种假象对燕王朱棣及其亲信们只能骗得了一时，骗不了一世，但毕竟在短时间内迷惑了燕王朱棣及其亲信们，从而为建文帝比较顺利地逃出京城畿辅赢得了机会和时间。燕王朱棣的亲信们在其后追杀的紧要关头，燕王朱棣得到密报，说是朱允炆逃至暹罗、爪哇一带，这使朱棣派出的追杀者们偏离了追捕的路线。后面逃至兰州，在朱允炆的皇叔肃王府居住了一些时日。肃王朱楧虽然态度暧昧，怕自己受到牵连而引火烧身，不可能死心蹋地地替朱允炆着想，更不可能帮助朱允炆夺国复位，但一路疲于奔命的朱允炆毕竟在肃王府得到了暂时的保护，身心得到了休整。到了碾伯以至瞿昙以后，还是遇到两次黑衣蒙面人的"造访"，不过都躲过劫难。直至后来，曾为稳定大明王朝西北边陲做出重大贡献并被太祖皇帝朱元璋封为大国师的三罗喇嘛给成祖朱棣写信，朱棣才停止对朱允炆的追杀。作为从南京紫禁城九五之尊的皇位上沦落到偏僻荒蛮的西北一隅的朱允炆，联络旧部、夺国复位的想法一直未曾泯灭。但最后三罗喇嘛从夺国复位会又一次造成同室操戈、战火纷飞、生灵涂炭等方面加以劝说朱允炆，加之朱允炆失去心爱的吐蕃姑娘多吉拉姆，万念俱灰，便下定决心遁入空门。朱允炆失去江山社稷，失去相互深爱的皇后马雪援，失去儿子（临死前尚不知道隐姓埋名的大儿子文奎还活着），最后也失去了和他相亲相爱的吐蕃姑娘多吉拉姆，本就生性柔弱的朱允炆不堪屡屡遭受如此之多如此之重的打击，四十几岁便溘然早逝，结束了他充满悲情的一生。而这一切都显得有因有果、真实可信。

《瞿昙疑云》的叙事中，也不乏感人至深的细节描写。譬如在建文帝朱允炆逊国出逃前，对皇后马雪援的言行描写，对方孝孺就义前的言行描写等等，其中对方孝孺的言行描写尤为突出。当朱棣强令方孝儒为他起草即位诏书时，方孝儒不但掷笔于地，誓死不从，还用一句句义正辞严、掷地有声的话语奚落朱棣"毁坏朝纲、谋朝篡位"的狼子野心，尽管恼羞成怒的朱棣令人将他的嘴角割到两耳根，但口不能言的方孝儒挣扎着在地上写下"燕贼篡位"四个血淋淋的大字指给朱棣看。这些细腻的立体可感的言行描写，突现了方孝儒的铮铮铁骨和视死如归的男儿气概，令人过目难忘。再如，第十三章中，对碾伯街道集贸市场的描写，对当地学馆组织青少年读书习字场景的描写，不但符合这方地域开发很早、文明悠久的实际情况，而且生动有趣，读来意兴益然。

　　这部小说虽然不是以倾心塑造人物形象见长，但主人公朱允炆生性柔弱、优柔寡断、刚愎自用、用人失察而导致逊国出逃、客死他乡充满悲情色彩的形象；次要人物方孝儒临危不惧、永葆节操、大义凛然、视死如归的形象，纯属虚构的蕃族姑娘多吉拉姆美丽善良的形象，都清晰可辨。小说中多吉拉姆的出现给人以眼前一亮的感觉。具有汉人血统的多吉拉姆的母亲是一位出生江南名门的淑女，多吉拉姆是汉蕃两种血统的混血儿。在母亲的教导下，她读过许多儒学经典，知书达理，又有吐蕃姑娘的率直。自从淑妃死后，已对女人不感兴趣的朱允炆，在蛮荒的西北边陲一隅偶遇"奇女子"多吉拉姆，竟坠入爱河而不能自拔。可是天有不测风云，一个深夜，朝廷锦衣卫派来的一个黑衣蒙面人向朱允炆行刺，多吉拉姆为保护朱允炆献出了年轻而宝贵的生命。无疑，多吉拉姆也是一个具有悲情色彩的形象。遗憾的是，由于作者没有刻意倾心地刻画这一人物形象，没有将多吉拉姆的美丽（这里主要指心灵美）、善良表现到极致，从而削弱了多吉拉姆的悲情色彩。何为悲剧？悲剧是把美丽撕裂后给人们看。所以说，只有在前文中把多吉拉姆的美丽善良写得很足很充分，写到极致，多吉拉姆的死才能彰显出浓重的悲情色彩。况且，多吉拉姆的死使朱允炆感到万念俱灰，所以多吉拉姆的死也是导致朱允炆四十几岁就早逝的原因之一，倘若多吉拉姆的悲剧色彩浓重，也会加重主人公朱允炆这个逊国皇帝的悲剧色彩。一言以蔽之，如果作者的构思维度能把握住这一点，多吉拉姆这一艺术形象则会彰显出震撼人心的力量，从而也会为这部小说增添更多的光彩。

这部小说在语言运用上的一个显著特点，就是善于化用史书文献中的四字格短语，语言典雅，华词丽句比比皆是，尤其是对皇家宫殿的描摹，可谓铺彩摘文，不厌其烦、不厌其细，真正写出了皇家宫殿的大气和豪华，给人以身临其境之感。倘若作者的语言运用更精准一些，叙述逻辑更严密一些，这部小说将更具魅力。

梦幻世界里的现实主义心声

——谢善述小说《梦幻记》透射的人生如梦主题

李天华

在乐都传统文学中，诗歌和散文的创作较为丰富，但小说却非常稀缺，仅有清朝乐都本土作者谢善述创作的一篇章回体自传小说《梦幻记》流传于世，填补了乐都乃至青海小说创作的空白。

谢善述一生命运多舛，生活艰难，但是坎坷的生活经历却为他积累了丰富的人生体验和心灵碰撞。他在六十岁人生梦醒时分，回忆自己走过的人生道路和遭遇的艰难命运，终于深刻地领悟到人生就是一场南柯大梦，空灵虚幻，并且在不同的人生阶段会产生不同的梦境。他按照夜晚的时序把梦分为五个阶段，认为在三十岁以前是梦的第一阶段，是一更时的梦，是刚入睡时的梦，有着美好的憧憬；三十岁到四十岁是梦的第二阶段，是二更时的梦，是进入梦乡的梦，人沉迷在名利的虚幻里；四十岁到五十岁是梦的第三个阶段，是三更时的梦，梦逐渐进入了昏睡的状态，梦有了苦涩的味道；五十岁到六十岁是梦的第四个阶段，是四更时的梦，梦逐渐褪去了迷幻色彩，接近了现实；而六十岁以后是梦的第五个阶段，是五更时的梦，天将要亮了，梦也就结束了，人也该清醒了，人终于认识到人生的真正要义。

因此，谢善述在六十岁回归家园，静下心来回顾自己的一生经历，写出了二十回的章回体小说《梦幻记》，用自己一生的坎坷经历和多舛命运解答了人生如梦的感悟。

《梦幻记》小说中，谢善述讲述的一更梦是一段幸福美好的梦，是激发起谢善述积极追求功名的一段人生经历和传奇。他在父亲谢典臣的教导下，勤奋学习，奋发有为，14岁就能写应试科举的八股文，16岁便考取了童试第一名，在参加县试和府试时也是名列榜首。尤其是在23岁参加科考时名列第一，选为乙酉科拔贡，在家乡名噪一时，人们尊称为谢拔贡。这时，他的学识才华得到了充分的彰显，开始做起了积极上进、追求功名的美好梦想。于是，25岁时，他满怀信心进京赶考，希望获得美好的前程和功名。但是这次未能考中，无奈地回到家乡，去官亭教书。一段求取功名的美好梦想，只能暂时搁置起来了。

谢善述的二更梦是一段不断奋斗的梦，是谢善述在克服现实困难中执着追求的一段人生拼搏和抗争经历。他30岁时，父母去世，家庭重担都落在谢善述一人身上。他已经娶妻生子，需要赡养家庭。此时，社会又逢动荡不安，发生了叛乱。他参加乡里团练，想去保护地方安宁，但在平定叛乱中受了伤。后去讲约局办理民讼，因办案有力，受到县府赏识。期间，他去兰州读师范，后来又去平凉府任教员，艰难度日。不久，他回到碾伯高等小学堂做教习。一边教书，一边学习。虽然生计艰难，但他仍然执着地做着追求功名的梦。

谢善述的三更梦是一段徘徊在仕途边缘的梦，是谢善述远离故土到四川求官后补仕途梦想破灭的一段痛苦经历。宣统元年，谢善述进京参加了最后一次科举考试，虽然名落孙山，但是却得了一个去四川后补直州判的仕途希望。当他在宣统三年携带家眷满怀希望赴四川候补却没有如愿，反而在四川的谋生经历中，见识了官场的黑暗与社会的险恶，并把长子遗失在四川。真如他所说"带家眷赴川候补，入官途枉道求人"，在官场梦碎中，伤痛地回到了家乡。

　　谢善述的四更梦是一段酸楚悲伤的噩梦，是谢善述经历亡妻丧子家庭变故的一段人生黑暗时期。谢善述从四川回来后身体染病，只能勉强做教员，后来又去官府任议长。进入民国时期，他顺应形势，剪去长辫，希求安心地养家糊口。但是自己的二儿子和女儿却相继得病去世。加之，大儿在四川杳无音信，妻子因思念儿子忧郁成疾，不久也去世。五十多岁的谢善述虽然在碾伯县艰难教读，勉强维持生活，但是自己的仕途之梦和生活之梦都已破碎，是自己人生经历中最黑暗的时期。噩梦连连，谢善述心灰意冷。

　　谢善述的五更梦是一段回忆与反思的梦醒时分，是谢善述经历人生顺境和逆境后顿悟和总结的时期。在亲人相继离开后，他也辞去了在碾伯县城的公务，与继室回到了老家。面对凄凉的晚景，他开始回忆与总结，懂得自己的一生就像南柯大梦一样，真真假假，虚虚实实，恍恍惚惚。于是，谢善述将自己的一生经历用小说形式写成了章回体自传小说《梦幻记》，并用诗歌深刻地总结道："昏昏迷迷度时光，终身不啻梦一场。求名求利遍他乡，忙忙碌碌空自忙。乐天知命好，贫苦又何妨。"在梦醒时分，谢善述终于看透了人生，看淡了名利。

　　这是谢善述用自己真实的人生经历生动地表达着人生如梦的传统主题。《梦幻记》虽然没有创新的主题，也没有着意虚构的情节，但他却把梦按照夜晚的时序分为五个阶段，并映照人生的不同年龄阶段，进行了真实地描述，表现了如梦似幻的人生。虽说是谢善述的人生如梦，但如梦的人生却处处凝结着谢善述现实生活的血痂。

　　谢善述通过将自己的人生经历小说化，自然地描述了人物活动的社会场景，表现了作者所处河湟地区的社会生活现实，反映了河湟地区及四川等地在清末时期的社会现实，具有浓厚的河湟民间特色，突出了鲜明的现实主义特色。

　　首先，《梦幻记》反映了乐都在清朝末年到民国初年民生凋敝的社会现实，是了解乐都近代历史的一个重要佐证材料。小说详细叙述了乐都地区遭遇重大冰雹灾害后，官府强征粮食，引起群众聚众抗争的事件。光绪十二年（1886年）六月二十七日，乐都地区遭遇了一场巨大雹灾，"雹雨大如鸡卵，打到之处，草根枯干，树皮剥落，庄稼颗粒未收，又有山崩地裂之村庄，房屋埋于土中，田园陷于河底"，百姓生活遭受了重大损失，但是时任县官袁沂溪却以修享堂桥为名逼迫百姓捐资。最终逼迫南山十三堡一千多名乡民到县府请愿，而袁县令却组织衙役设计打伤十余人。伤人事件惊动了省府，派来新任碾伯县令王毓章，处理善后事宜。最终免除了乡民的布施，撤换了县令袁沂溪，释放了谢典臣等群众。小说反映的这次事件弥补了乐都文献的空缺，也反映了当时乐都地区人民经历的社会现实，具有河湟地方史的特色。

其次，《梦幻记》从侧面反映了乐都人民艰苦的生活现实。谢善述为了求取功名，债台高筑，苦境备尝，举步维艰。谢善述25岁进京赶考时，父亲借了白银二百两。谢善述为父母办丧事欠了外债。又遇大旱，秋粮无收，家无余粮，生活艰难，沿门借粮度日，备尝了世态炎凉。后来去四川候补时，又借了三百余两银子。在四川花光了银两，在朋友济助下，凑了一百多元大洋，才返回了家。虽然后来回家做了教员，有了一定的薪金，但仍是勉强度日。谢善述求取功名的道路充满了艰辛，谢善述梦幻的经历尝尽了苦难。谢善述的艰难一生，从侧面反映了当时乐都地区民不聊生的社会现实。

第三，《梦幻记》记述了清代末年和民国初年动荡不安的社会状况。光绪二十一年冬天，为保护地方，谢善述督办团练，组织乡勇，在平定平戎堡中腿部受伤，回家养伤。小说还反映了1900年八国联军入侵后对社会的影响。小说写道："庚子之变，两宫西狩，辛丑岁回銮，变通科举。各省开设学堂，不用八股试帖，专奏义论策问取士。癸卯岁后，科举全行停止。甲辰春，行文各府、州、县选送师范生到省肄业，以备各学堂教习之用。"谢善述因为这个变化，碾伯县举荐他到省府兰州读师范生，为后来在碾伯、宁夏等处做教员打下了基础。

第四，《梦幻记》描述了在四川候补时官场的腐朽黑暗。谢善述借了三百两川资携家带口到了四川，但是现实很残酷，后补的人员很多，只有荐书和要函的人得了候补的官缺，而谢善述既无荐书又无要函更无银两，只能四处求告，耐心等待。在多方委托，苦等了六个多月后，无奈回家。这次四川候补，谢善述目睹和亲历了当时官场腐败、吏治混乱的黑暗现实。每一次生活经历，都像一幅幅生动的社会生活画面，真实地折射了当时乐都以及中国的社会现实。

总之，《梦幻记》作者谢善述用个人的丰富人生经历记述了河湟地区近代的社会生活画面，反映了河湟地区近代官场、教育、民生及民俗等社会状况，具有浓厚的现实性和极强的历史性。从小说中，我们可以窥见河湟地区尤其是乐都曾经的近代历史沧桑，洞察乐都清末时期真实的人民生活。作者用自己一生的成长经历，真实地记述了他生活的内外部环境，小说既是谢善述一生的真实写照，更是河湟地区近代社会的一个缩影。小说中的人物姓名、身份、语言、思想及经历都有鲜明的河湟地方特色，没有丝毫的虚构。可以说是自传性质非常浓厚的一部小说，也可以说是用章回小说的形式写的一部人物传记，因为作者的一生就是一部内容丰富的小说，因而作者不用虚构就能如实写出一部情节生动、人物形象突出、社会环境复杂的原生态小说。这是《梦幻记》最具历史价值的地方，也是作者将真实生活化为艺术真实的可贵品质。

而作者借用章回体这种中国古典的小说形式，反映了作者较为深厚的文学功底。小说结构布局合理，按照主人公谢善述的人生轨迹、时空变化不断推进故事的发展，引出一个个人物及事件，读来引人入胜，视野开阔。通过人物的命运变化深刻反映了社会的演进，揭示了小说的主题。小说的章回体目录严整凝练，点明了每个章回的主要事件和内容，上下衔接自然，结构严谨，思路明晰。语言质朴自然，凝练简洁，通俗易懂，富有地方特色。

当然，《梦幻记》作为小说还有这样那样的不足，但是在文化相对落后的河湟地区，在诗歌散文创作众多但小说创作几乎一片空白的青海古代文学史上，《梦幻记》则是一件非常稀有的小说珍宝，开创了河湟地区小说创作的先河，弥补了乐都乃至青海传统小说的创作空白。尤其是借助梦幻的外衣揭示了惨痛的社会现实，如梦的人生折射着浓厚的现实主义光芒，映照着鲜明的河湟地方生活色彩，传播着清末时期乐都知识分子与现实抗争的浑厚声音。

理论与文化、文丛评论

河湟文学区域的界定

李明华

这是一个老概念，又是一个新话题。

河湟文学在青海文坛的倡导，大约是 20 世纪 80 年代的事情。它的自觉发育和生长，是与新时期中国乡土文学的发展几乎是同步的，或者说，20 世纪 80 年代河湟乡土文学的起步和发轫，无论是叙事的小说文本，还是抒情的诗歌和散文文本的本土醒悟和认知，决不是一种孤立的文学现象和存在，也不是天外来星，更不可能离开中国乡土文学的大环境而独成气候。它是中国文学"寻根"和"反思"热中，本土化意识的萌芽和觉醒，是个人身份与地域身份及其区域性民族意识在河湟谷地醒悟的标志。

河湟文学是青海文学的有机部分，是青海文学生态体系中的一支劲旅。它的脉搏是随着青海文学和中国文学的脉律一起跳动和成长的。

何为河湟文学？这一文学现象目前还只是一个不十分清晰的命题，还没有一个文学评论家进行过系统的论述。回望青海文学的当代历史进程，关于河湟文学，在 20 世纪 80 年代的青海文坛引起了纷纷扬扬的一些争鸣：或以题材划分，或以地域界定，或以人文环境和文化色彩论述这一文学现象和文学存在，我认为都是有理由的。这种仁者见仁、智者见智的争鸣，本身也就不断丰富和完善了这一命题的内涵和外延。现在看来，这是一件十分有意义的事情，也是十分必要的。从另一个角度说，通过充分的争鸣，我个人认为，可能在一定程度上获得更有意义、更有价值的发现，从而不断拓深河湟文学的内涵，延伸河湟文学的河床。

河湟文学有没有存在的理由？如果存在，那么其产生的环境是什么？特征又是什么？认知和研究中应遵循怎样的规律和价值取向？在没有开篇之前，我们有必要进行学理性的探讨和分析。

一种文学现象和流派的形成是有历史源流、地域特征和文化特质的。因此，河湟文学首先应该是有地理标志的，这个地理标志表现在河湟文学的地域特征和文化特征。目前，有关河湟的地域概念学界有大中小三种之说。从广义上的地域概念来看，河湟应该包括大通河（浩门河）下游的甘肃天祝、永登，兰州红古区等地和甘肃大夏河、洮河流域，考虑到实际的行政区划和历史沿革，本人主张时下的河湟应特指青海东部湟水流域以及大通河上游以南的山区和贵德、同仁等黄河沿岸的农业区。而研究一种地域文学，应该把握的是潜在的地域文化特征和面貌，或者说是品相，因此，我认为传统意义上的河湟文学，就是以河湟地域为范围的区域性耕读传家、诗书继世的农耕文学流派，属于乡土文学的体系。换言之，应该以青海东部地区为中心。更具体地说，河湟文学的腹地应该在湟中——湟源——西宁——大通——平安——互助——乐都——民和这个文化带上。

由此看来，从目前的行政区划来看，海东（包括西宁）应该是"河湟"的中心地带，同时也包括这个中心地带的辐射区。

一方水土养一方人，一方人造一方文化。所以地域文学中的地域文化很大程度上是以其地缘人文因子的隐显起伏，以细雨润秋的方式调节着一个地区文学的风气、时尚和审美风貌。因此，我们就不难理解在河湟文学的许多文本中为什么有那么多的作家和诗人钟情于"花儿""贤孝""社火"等诸多文化元素（比如井石、陈元魁、李明华、武泰元、李成虎等的小说文本，比如王文泸、马学功、周存云、李万华、刘大伟等的抒情文本），并将这些民俗风情和乡土记忆纳入了自己的叙事和抒情文本。我的看法是，一种文学现象的出现，一种文学流派的形成和发展，一般都是以地理生根的，然后以作家为干，以文体为脉络的。

提出河湟文学的地理概念，就是要对河湟文学地域性和民族性进行丈量、发现、定位和描绘，从而进一步丰富可开发的文学资源，揭示河湟文学的生命特质、审美形态、文化身份，从而使河湟文学在健康的轨道上走得更远，长成一棵婆娑起舞的大树。同时，有了"河湟文学"的理论基础，就能对后一辈作家起到示范和引领作用，一路充满自信地走下去。像柳青的《创业史》和王文石的文学创作引领着陕西作家路遥、陈忠实、贾平凹等，在现实主义文学之路上一路坚挺地走下去一样。

河湟文学的品相应该是乡土文学。当然，河湟文学的地理标志还表现在其独特的民族性。

河湟地区历史十分悠久，从民族构成来看，有汉族、藏族、土族、回族、撒拉族、蒙古族等，从宗教信仰来看，汉系儒释道文化、藏传佛教文化、伊斯兰文化并存。因此，探讨河湟文学存在的意义、成就、特征、审美属性和价值取向，就是要准确把握、认知和弘扬这一地域的文学坚守和文学精神，促进河湟地区的社会和谐发展与经济建设不断繁荣，在青海乃至中国文学的大视野中来认知河湟文学，理清河湟文学和青海乃至中国文学传统的关系，以及和中国乡土文学的传承及其拓展，是本文所要深入分析和探讨的问题之一。

文学是一个民族、一个地域群体的历史记忆，是一个民族、一个地域群体的真实生活写照和生命传记。透过文学的璀璨星河，我们可以形象逼真地看到一个民族、一个地域群体的生活常态和生命历程。同时，也是河湟地区地域和民族精神与灵魂的缩影，是生活在这片土地上的人们想象力与情感感知力量的形象表现，没有更强大的东西能代替这种力量。从这个意义上说，河湟文学是河湟多民族人民的传记。

一个民族、一个地域的群体，如果不知道自己是谁，从哪里来，到哪里去，曾经发生和经历过什么，就不知道如何选择前进的道路，不知道如何对待过去，也不知道如何对待未来，更不知道哪些东西应该抛弃，哪些东西应该坚守和发扬广大。有学者研究表明，今天生活在河湟谷地的土族就是中国历史上虎踞北方、龙蟠西北长达 350 年之久的吐谷浑民族，在历史的某一个阶段（明末或清初），朝廷的地方官员为了上报名册的简单和方便，大笔随便一挥，将吐谷浑民族简写成了"土民"或"土人"，从此割断了土族的群体记忆。这是一件多么悲哀的事情。万幸的是，建国后在党的民族政策关怀下，河湟谷地的"土人"才有了一个有尊严的名称——"土族"，也成了中国五十六个民族大家庭之中的一员。基于这样的情况，我认为关注河湟谷地的地域性和民族性文学创作，探讨河湟文学存在的理由、成就、特征、审美属性及其价值取向，是必要的，也是刻不容缓的。

这是一个变革和飞速发展的时代，不仅是文学，许多社会现象连哲学和社会学都无法准确把握和概括。这是一个物质特别丰富的时代，又是一个精神空乏的时代。这样一个纷繁多变的时代，为文学创作提供了丰富的资源，也给文学创作带来了前所未有的困境。这个世界好快好眼花缭乱，快得连随波逐流的年轻人都跟不上时代的节奏，人们要在衣食住行、生老病死的细微里体验一下真正的生活和生命常态，已经成了一件像沙子里淘金一样奢望的事情。人们直奔金钱、财富和荣誉的目的地，上了高铁、上了飞机、上了信息高速，绝尘而去。面对西方文化无孔不入的侵食，传统变得如此脆弱不堪，不要说处于边缘的地域和民族能留住自己"根"性的东西，连传统文化根深蒂固的汉语也迷失了方向而找不着南北。怎么办呢？不能在指责和谩骂中对抗，只能放慢脚步，在宁静和温情中感悟人性和人情中的美好，在美好的回忆中体味历史和记忆。从这个意义上说，为处于边缘区域的河湟文学的存在提供了理由。尤其是独居此地的土族和撒拉族更是中国五十六个民族之中艳丽夺目的奇葩，丰富多彩的民族民间文化和虔诚崇高的民族信仰，为文学创作提供了得天独厚的土壤和养分。

水有源，木有本，唯有源头活水来。河湟文学作为一种地域性文学，其产生与发展是从属于中国文学的大传统、大环境、大趋势的，置大文学传统不顾，而只谈地域性、民族性的河湟文学如何了得，结果只能是坐井观天，或一叶障目，甚至会闹出牛角比牛大的笑话来。当然，作为地域性的河湟文学，并不完全是封闭的、凝固的，它是中国大文学中的一个子文学、一个小系统。

众所周知，从诗经开始，中国的传统诗歌逐渐发展成为传统文化的重要内容。在中国历史的绵绵长河中，青海东部的河湟地区远离政治和文学的中心，王朝更替，民族纷争连绵不断，经济文化长期落后，高贵的汉语言诗歌竟然也能徐徐抵达这片文明的边缘地带，并在这里得到继承、繁衍和茁壮，除了说明中华传统文化的根系无比强大和更加强大的民族凝聚力，没有更合适的理由。比如，河湟地区历史上出现的一大批优秀的本土诗人，他们的理想模式、文学观念、表达方式、审美情趣、价值取向，无疑来自大文学传统的影响——中原文化的影响。因此，河湟文学在整个中国文学史上只能是一个阶段性的历史现象，是边缘化的，是一朵迟开的花朵，只算得上是中国文学长河中的一朵浪花，甚至就是一个小小的涟漪。把她看成是中国文学大合唱中的袅袅余音，也未尝不可。这并不是说河湟文学没有文学价值和文学意义可言，我是说，只能在大文学的视野里才能看出河湟文学存在的理由和伟大。比如，从中国民歌的背景上看河湟地区的"花儿"，才能看出她特殊的艺术价值和艺术魅力，也才能看出她的生命所在。我在《乐都，文明的碎片》一文中说过，"花儿"是河湟这片土地上孕育的《诗经》，我还把"国风"中的部分爱情诗篇跟瞿昙寺的"花儿"进行了比照，现在我仍然坚持这样的观点。但在"花儿"中如何吸取营养，能够仁者见仁、智者见智，有机注入当代文化元素，展现时代气息，做到水乳交融，又是一个长期进行探讨和实践的话题。

河湟谷地有黄河和黄河上游重要的两条支流——湟水和大通河，是山宗水源之地。在偌大的青海版图上，河湟谷地的面积只有 2.5%，却密集着青海四分之三的人口，集中着 80% 以上的工农业产值，因此，青海文学无论如何不能忽视这片土地的。这里又是青藏高原和黄土高原的过度带，处于中原通往中亚、西亚、西藏的通道上，聚居着汉族、藏族、土族、回族、撒拉族、蒙古族等多个民族。千百年来，多种民族在这里杂居，多种文化在这里相互碰撞、交汇，孕育出多种文明，多种文化形态在这里交替出现。

当下，河湟文学作为一种地域性文学，不论是作家队伍，还是创作实践和成就，已形成了一种比较客观的规模，或者说是一种体系。文学成就丰硕，文学创作日益成熟，并越来越彰显出地域和民族的特点，各种文学形式越来越发挥着无可替代的功能。因此，只能把河湟文学放在一种地域文学的定位上。比如说以张承志为代表的宁夏西海固文学流派、以汪曾祺为代表的江苏里下河文学流派一样，用理性的视角来探讨和认知一种文学现象和流派，才能做出一些客观的评价。

《笔耕集》序

蒲文成

　　吴惠然先生，出身于乐都书香门第，医学世家，自幼好学，次第毕业于乐都中学和西宁国师，后赴化隆等地，教书育人，并绍继家学，自攻医术，悬壶济世，利益苍生。生平对中国传统文化情有独钟，凡律诗绝句、各种词牌、对联艺术、曲艺小令，无不通达。工作之余，勤于笔耕，或触景生情，或因事述怀，多有佳作。更喜读史，资鉴世事，常搜集地方典故，荟萃成文。今年届耄耋，仍不甘伏枥，自奋扬蹄，始终乐观向上，善度人生，堪为乡人楷模。今辑录其生平主要笔稿付梓，以为子孙后嗣修身自省、处世做人之鞭策，用心可谓良苦。

　　拜读先生之作，无论学术知识，还是情操修养，受益良多。论其《笔耕集》深感有以下突出特点：

　　一、内容丰富，涉及多科，小说、诗文兼备，知识性强。文稿总体上按文体形式排序，从介说文体入手，分辑所作。从内容而言，《诗文稿》则描绘自然人文景观，抒发赞美家乡和祖国山河之情；评说历史人物事件，以史为鉴，启迪后人；讴歌中华盛世，缅怀邓小平等伟人功绩；回忆母校育才往事，记录自己教书学医生涯；纪念师友，述

大道至简
DA DAO ZHI JIAN

189

其学德，直抒友情，聊寄情思；悼祭至亲，追念懿德，续谱述怀，收族敦孝；辑录春节婚丧、寿器墓碑、屋室药房等所撰各种楹联；散记历史掌故、家乡传闻、故事断想、清史鉴略等，涉及多种文体学科，内容不乏相关基础知识的阐述，很利于初学者仿效习作。诗文语意明确，含意深刻，尤其各种楹联，对仗工整、言词优美，堪为佳作。《若梦记》记述了先生一生的坎坷经历，是一卷年谱琐事，动人心弦的记实性章回小说。

二、文风朴实，直抒情怀，爱憎分明，襟怀坦荡。先生诗文体现出耕读传家的传统和较深的儒学文化底蕴，也反映出一个饱经沧桑老人对世间善恶、人生哲理的深邃理解。语言质朴、感情真切，是非爱憎，不遮不掩，表现出襟怀坦荡的个性特点。他歌颂诸葛亮、文天祥、岳飞、史可法等历史人物。"英名耀青史，精神沛乾坤"，抨击清末政治腐败，导致山河破碎，欢呼中国共产党领导下香港、澳门回归。有的诗篇声讨日寇侵华罪行"血债深似海"，警告日相参拜靖国神社"想借尸还魂"，是白日做梦，天理不容。他对祖国山河、家乡风光的描绘赞美，更体现了爱国主义的情怀。

三、信守传统，以德立身，知恩图报、尊师重友。先生自幼受到儒家传统文化的熏陶，治学先做人，注重自身道德修养，处世待人，以诚信为本、仁义为重，滴水之恩，涌泉相报，尊师重友，德行高洁。诗文多次感怀培育他的母校树杏坛学风，桃李遍天下，撰校志、贺校庆，表现出饮水思源的品格。写原乐都教育家李景伯先生"诲人教书良师表，妙手回春名郎中，两袖清风寒儒本，一生贡献在乐中"，寥寥数语，评价其事业人品，表达出敬仰之情。对李鸿炎先生失偶，"见尔伤悲我也愁"，劝导他"保养精神贵自悯，寄借楮墨自慰神"，寄予无限同情和关切。与砚友谢尔师，称"人生难得同窗缘，同桌共砚几多年，切磋琢磨相激励，取长补短共向前"；与吴景周先生"促膝倾谈话相投，褒贬善恶论春秋，一壶浊酒话今古，忘却人生几多愁"。这些都写得情切意笃，感人至深。

四、慎终追远、孝悌重伦，教育后嗣，耕读传家。先生以孝为立身之本，认为孝乃天之经、地之义、民之行。在续谱自序中，追述先祖来青戍边、化育西荒，湟滨建宇、躬耕瞿昙，"甘棠留爱七百载，兰桂衍世代代传"，从不敢忘祖功宗德；哭诉先母苦节，催人泪下；敬吟先父生平，令人起敬。这些全为孝子行止，为当今不少人汗颜。尤多次怀念贤妻勤俭理家、侍奉婆萱、养育儿女的淑德和与他相濡以沫的岁月，痛哭蚕死丝尽、再无知音的悲哀，将这些情思寄望于家庭和顺、儿孙成器，胸怀壮志，"大游广寒宫"。

诚如先生所愿，吴氏子孙耕读传家，贤孝盛名闻遐迩。据我熟知，吴君新民，志高聪颖，苦学成才，供职省医，医德高尚，医术精湛，患众称颂，誉满省内，为国家突贡、特贴专家，联想其家学渊源，岂是偶然？今逢盛世，中华复兴，愿我同乡，携手共勉，自强不息，振兴青海，以遂先生宿愿。

是为序。

青春无悔

——《湟水之子》序

蒲文成

"滚滚长江东逝水，浪花淘尽英雄……"，翻阅文斌同志《湟水之子》影集样稿，不禁掩卷沉思，感慨万千。

文斌是我中学时代的同窗挚友，从 20 世纪 50 年代到如今，我们相交 60 多年。世事沧桑巨变，往事如诗如烟。看着他的影集，我们的学生生活、多年的交往友谊以及文斌当年政坛工作的身影仿佛就在眼前。

文斌和我都出生在人杰地灵的乐都县。故乡是青海开发最早、自然环境最好的地方，有"青海江南"的美称。这里自古英才辈出，文化底蕴深厚。文斌自小聪明好学，受到外祖父书香门第家庭的熏陶，他饱读诗书，最终凝就了无怨无悔的青春人生：在事业上，他是一位勇于探索的领导干部，曾创造出无数辉煌业绩；在生活中，他广泛涉猎诗歌、书法、摄影等艺术，是领导干部中不可多得的才子。尤其是书法作品炉火纯青，堪称大家。

回味他的一生如同品味一坛醇厚绵长的美酒：

1960 年他以优异的成绩高中毕业，破格成为一名人民教师，在被称之为青海"人才摇篮"的乐都县第一中学任教。之后，他以卓越的领导才能成为乐都一个大学区的负责人。1977年，他正式步入行政领导岗位。从1984至1995年，他先后在乐都县、湟源县、平安县担任县委副书记、县长、县委书记等要职。主政期间，他以严谨的作风、超人的胆魄成为改革开放的排头兵，为造福当地百姓立下了汗马功劳。但凡接触过文斌同志的人，无不为他在工作中勇于开拓、求真务实、敢作敢当、干脆利落的性格所折服。

2003年春天，文斌因年龄到限，从青海海东地区副专员的岗位上离岗退休。对于大多数人而言，该是颐养天年的时候了，但是对于他，青春的脚步才刚刚开始。

离任后，他调整思路，开始了新的青春马拉松：先后亲自担任乐都县老年福利服务中心主任、县关工委常务副主任、乐都凤山书院院长等数十个职务，致力于家乡的公益事业。经他多方努力，从社会各界争取资金88万元，首家建成乐都地区第一个老年福利服务中心，开展了当地老年人的各项活动；成立乐都文化艺术团，长期坚持开展"三下乡"活动；成立老教师关爱团，组织关工委成员单位尽职尽责，致力创造有利于青少年健康成长的社会环境，并组织老年中心县级以上退休干部帮扶贫困儿童完成九年义务教育。

他所作的公益事业得到了社会各界广泛的认同，当地群众亲切地称他为"我们的毛专员"。

被称为彩陶之乡的南凉古都——乐都县现已撤县改区，成为海东市所在地。文斌同志出于对家乡的挚爱，在文化领域对乐都和河湟的历史文化资源进行了抢救性的挖掘。近年来，他多方奔走，倾注了大量心血，争取资金262万元，建成了前无古人的《青海河湟碑林》，成为当地旅游业一大景观。同时，在他的努力下，组织文人学者深挖河湟地区民族历史文化，历时6年完成《河湟民族文化》丛书和《乐都历史文化》丛书的撰写出版工作，为后世子孙留下了宝贵的文化遗产。目前，他雄心勃勃，正组织人力着手编撰《乐都通览》《河湟历史文化通览》，部分文稿已准备出版，真可谓老骥伏枥，志在千里也！

毛文斌同志常说："我是湟水河的儿子，是湟水养育了我，给了我取之不尽的精神财富。"是的，从当年风华正茂的领导干部到古稀之年的老人，他留给我们的不仅仅是做人的高度，更是一种奋斗成长的境界。

毛文斌同志不愧为河湟之子！谨以为序！

人生贵在价值体现

——铁缨先生《行旅忆史》序

蒲文成

　　铁生玉女士拿来铁缨先生的遗作《行旅忆史》，向我征求意见，并要我写几句话。铁缨先生是我的老朋友，不幸离开我们已两年多了，看着老友的遗作，再次引发我对他深切的回忆和思念。我与先生同乡，但相识是在上世纪80年代。当时我在青海社会科学院从事社科研究工作，记得一次他拿着一篇有关青海祁土司的考证文章来和我讨论和交流，征求我的看法和意见。土司制度是明朝在少数民族地区施政的重要内容之一，祁土司为青海十六土司之一。铁缨先生虽非专业研究人员，但对祁土司的渊源、影响、统治范围、府邸状况等情况了解清晰，且精于田野调查，文笔犀利流畅，不由使我肃然起敬。他勇于探索、勤于思考的治学精神更给我留下了深刻印象。从此，我们相交往来，数十年不绝，从学问研究、社会人生，到为人处世、家事生活，可以说无话不说。俗话说"人生难得一知己"，铁缨便是我的知心朋友之一。

　　铁缨先生是一位敢于创业、有很强事业心的人。先生一生经历丰富，曾当过生产队会计、共青团支部书记、基层教师、建筑工人、牧场职工，也担任过县纪委干事和副书记、县委党校副校长、县体改办主任、县志办主任等多种职务。无论在哪个岗位上，他都是兢兢业业、尽职尽责，干得十分出色。1997年他退休之后，老骥伏枥、壮志凌云，自发成立河湟文学学会，自筹资金创办《河湟》杂志，并担任杂志社社长。直至离世。他为了《河湟》杂志的生存和发展，白天东奔西走，协调关系、筹措资金;晚上挑灯夜战，呕心写作、修改文稿。16年来，可以说筚路蓝缕、费尽心血，使《河湟》杂志由最早发行仅130多册的季刊，变为集文学、学术、书画、摄影等为一体的综合性双月期刊，共出89期，发行总量突破24万册，填补了青海海东地区无文学期刊的空白，丰富了人们的文化精神生活。同时，他像辛勤的园丁，培养了一大批文学新人，他是"领头羊"、带路人，带领他们一步步迈入文学的殿堂。世人誉他"旗竖河湟，情钟翰墨，领翰苑风骚"。称他的这种创业精神为"铁人精神"或"铁翁精神"，并不为过。

铁缨先生是一位勤于学习、知识渊博的人。他是一位意志坚强、有理想、有追求、有抱负的学者。尽管他在人生的旅途中，没有过严格学术训练的经历，但他是一位学习十分勤奋、注意知识积累的人。他在文化领域兴趣广泛，文学、史学，均多涉猎，尤擅长散文、诗赋。他从1957年开始文学创作，先后出版《铁缨报告文学集》《铁缨诗词集》《一个军统上校的传奇》等著作，发表小说、诗歌、散文、报告文学、评论、游记等200多篇（首）。这些基本上都是他进入老年后业余完成的，且对于知识贫乏、意志薄弱的人来说是不可想象的。现在奉献给广大读者的这本《行旅忆史》是他在国内外旅行的游记，里面有行踪记述、异域风情，所见所闻、观感联想，文笔生动，记述流畅，具有很强的知识性和可读性。每篇文章都体现出作者观察细微、随处学习、积累知识的特点，仿佛是一盘录像带，给读者展现出一幕幕难忘的镜头；又好像是一本百宝箱式的百科书，装满了当地的历史、人文、宗教、风俗。它既是游历者的导游图，也是无缘外出人们的一桌文化享受餐。我读着先生的行旅文章，不由想起个别的观光者，耗费巨资、时光，一趟回来，全无所获，与铁缨君的出行相比，是多大的反差！

铁缨先生是一位生活朴实、关心别人、道德高尚的人。他出身于农村，且有农村、牧区生活工作的经历，他和广大穷苦大众有着天然的联系，在他的身上始终保持着一个普通劳动者的品格，他总是那么朴实、直爽、谦逊、诚恳，丝毫没有凌驾于人的傲气。他不媚世俗、淡泊名利，不卑不亢、一身正气；敦睦亲族、耕读传家，奉母敬祖、教养子女；结交挚友、推心置腹，团结同僚、同心协力；慈悲为怀、怜惜弱势，关心他人、胜过自己。他为文学会制定的"先公后私、先人后己、先忧后乐、先苦后甜"的会训，是对会员的要求，更是自己的座右铭。他想尽各种办法，不仅维持了刊物的正常运转，而且毫不利己，专门利人，为同伴们创造了外出考察采风、开阔眼界的机会。记得他带领大家，足迹踏遍国内新疆、西藏、湖南、江西、陕西、山东、内蒙古、云南、北京等地之后，他见到我，一方面畅谈出行的愉悦和收获，一方面筹划去西欧各国考察的事宜，我被他一心为同伴着想的精神所感动。人总是在社会中生活，和人交往、一同工作是一种缘分，视同伴为亲人，处处为他们着想，他们能不工作舒畅、尽心尽力！文学巨匠巴金曾讲人生的法则"就是互助，就是团结。人类靠了这个才能够不为大自然的力量所摧毁，反而把它征服，建立了今日的文明"。这在铁缨先生的身上得到了很好的体现。

铁缨先生离我们而去，自然规律谁能抗拒？人的生命有长有短，关键是体现怎样的人生价值！《菜根谭》中说："士君子……不思立好言行好事，虽是在世百年恰似未生一日。"人生不在生命长短，关键在于为后世益人的业绩。铁缨先生生前荣任海东作家协会主席、海东文联荣誉副主席，是对他文学造诣和成就的肯定。他驾鹤西归后，熟知他的领导、同事、朋友们，纷纷抒情作诗、撰写回忆纪念文章，高度评价他是"河湟大地的儿子，河湟文化的歌手"，是耕耘河湟乡土文学的辛勤园丁。"菜羹清茶尝世味，柔毫浓墨著诗文，半生心血《河湟》沃，一世英名翰苑闻。"他以对家乡的爱心、超常的勤奋和创造性的劳动延长了自己的生命，拓宽了人生的宽度，体现了人生的价值。我经常这样想，即使是荣耀一时高官大员，未必会有这样的殊荣，人生一世，如铁缨兄足矣！还有让人羡慕钦佩的是，我每次见到先生的爱女生玉女士，她对自己的父亲血浓于水的深厚感情溢于言表，足见先生家教有方、后人贤达，这也是我中华民族值得继承的治家之道和传统美德。

先生西去前夕，我曾亲往送他一程。之后，虽常缅怀，却因百事缠身，未能以文述怀。值先生遗作出版之际，有感而发，作此涂鸦，寥表思情，权为序。

家园情怀的多样式表述

——李永新《白草台文丛》读后

刘晓林

李永新先生将自己经年撰写、拍摄的有关河湟文化的思考和咏怀家乡风物的各类体裁作品编选成了《白草台文丛》，凡4卷：《文穹视野》《白草心语》《天命悟境》《图说乡园》，即将付梓。这对于留心青海本土文化特别是河湟文化建设发展的人们来说，无疑是一件值得欣喜的事情。

翻阅这一叠叠凝聚了李永新长期思索和心血的文稿，一种诚挚炽热的家园情怀扑面而来。李永新是河湟农家之子，大学研习农牧专业，毕业之后又回到了家乡，在基层摸爬滚打三十年，其间在多个岗位磨砺，但都与农村生产、乡村行政管理相关。而今，他已升任海东市主持文化工作的领导之一，又开始关注这个建立在深厚农业文明基础之上的新兴城市转型期的文化建设问题。李永新的出身、教养、阅历，无一不与河湟地区的山川土地根脉相连，这决定了他泥土般质朴、坚实、执着的气质和心寄乡土的情感方式，同时也决定他思考的方向与文字书写的旨趣。

李永新是一个勤于学习、思考的人，善于总结实际经验，将其提升到理论层面进行探究。当年他从事组织人事工作,便撰写出版了《组织工作研究》《基层党建研究》等著作,作为一个农村基层党务工作者,想必日常事务相当琐屑与繁重,但他却抓住光阴的缝隙或牺牲睡眠时间,挑灯展卷,笔耕不辍,并形成多种成果,这不能不让人佩服他的定力与毅力。我不能断定他辛勤著述是否怀揶古代儒者"立言"的宏愿,但将自己的体会和思考付诸笔墨且行之于世,在更广泛的领域与同道者对话交流,努力使之在实际工作中发挥更大效益,无疑是一种职业操守的体现。随着岗位的变动和职位的升迁,如今李永新站在一个新的平台上,与海东的文化建设发展事业发生了密切联系,他聚焦于文化问题,源源不断地书写出一篇篇切入海东文化历史肌理,展望海东文化发展愿景的极具深度的文字,这既是他惯常的理论钻研的兴趣使然,也是他富有使命感和责任感的爱岗敬业秉性的自然流露。

《白草台文丛》中的《文穹视野》一辑,是李永新近年深入思索海东文化历史的流变和未来走向的结晶,既有对积淀深厚的河湟传统文化遗存与记忆的梳理和挖掘,又有对传统文化的当代转型的探索;既有对文化发展之于一个新建制的城市社会事业建设意义的认知,又有对文化本质的透彻理解,使之关于文化问题的思考呈现出全面性、整体性的特点。在他系统审视海东市这一行政区划内的文化品质时,首先注意到的是对累代层积的文化土壤的勘探。在《文化海东的基因》一文中,李永新如数家珍般盘点了海东地区的历史沿革、能够成为地域符号的文化、自然景观,以及海东当代文化建设新的亮点,篇幅不大,却不啻一部小型的文化方志。资料详实、线索清晰、归类精当,显示了作者对本土文化构成的熟稔,对文化海东的历史和现实状态了然于胸。值得注意的是,支撑李永新修志般严谨的叙述是一种强烈的文化自信,这种自信来自河湟作为华夏民族发祥地之一的悠久历史,来自彩陶流成河似的绵绵不绝的文明传承,来自农耕文明和游牧文化交汇之地色泽斑斓的多元文化形态,拥有如此优秀的文化基因与丰厚的人文资源，使得李永新有理由相信通过创造性的转化，在这片沃土上定能形成生机勃勃的与时代精神相适应的海东新文化。

相比溯源寻根，李永新更在意新型海东文化的创造如何顺应新形势的要求，在海东社会经济发展中贡献一分切实的力量。在《谈文化及文化建设战略》《文化海东发展战略思考》《海东文化创意产业发展战略》诸文中，将文化建设纳入海东地区发展的总体格局中进行考量，涉及了河湟文化走廊的建设、打造精品文化工程、创立"花儿之都"等众多话题，围绕塑造海东的城市形象，提升海东的综合实力，创建尊重自然、人与人和谐相处的社会氛围等工作目标进行讨论，这些文化建设蓝图的勾描自是李永新工作职责范围的应有之义，所不同的是，他非常注重必要性和可行性，而拒绝装点面子政绩工程、拒绝夸夸其谈不切实际、拒绝市场逻辑的功利性，在他的心中有一条重要的判断文化建设意义和价值的标准，那就是能否惠及本地区更广大的群众，所以他建议文化建设应向偏远、设施滞后的乡村社区倾斜，保障群众的文化权益，让他们真正分享文化建设的成果获得精神的愉悦，这是他一贯坚持的公正公平观念的体现。

李永新不仅在现实层面思考着文化建设的实施问题，同时也关注着文化的终极价值，他坚守着"文化是民族的血脉，是人民的精神家园"这一理念，在《培养和体现文化海东的十大特征》《建设社会主义精神文明战略思考》等文中，一直强调了文化与社会群体、个体在精神取向、人格养成、生活态度、生活方式等诸多方面的密切关联。在文化研究领域，有这样一种观点，认为特定文化的形成是由一个地域、一个族群特殊的历史境遇和生活态度所决定的，虽然"文化"一旦成为规范，便具有了"观乎人文以化成天下"的功能，但最初的缘起则是依据人们内在的需求。"文化"的意义在于特定的文化形态是否与人们生存的现实结合，是否具有为人们提供认同感、归属感和幸福感的内在质素。李永新对此应当有着比较深刻的理解，文化的根基在人，所以他在谈论海东地区的文化性格塑造，着眼的更是生活于斯的人们一种健康的、优雅的、富有尊严感的精神风貌的培植。在他看来，一个地域文化的创造和发展，自然离不开本土历史的讲述、文化遗存的保护和实体化的文化设施的建设，但这一切理应由一种原则来加以统摄，即充分尊重人的精神和情感需要，为人们提供安身立命的基础。这一看法触及到了文化建设的本质，显示了李永新思考的深度。

如果说《文穹视野》是李永新立足本职岗位，通过关于海东文化建设的理性思考用学理的方式表达自己的家园情怀的话，那么，《白草台文丛》其余三辑则以艺术的形式更自由率真地表述了对于乡土的赤子深情。《图说乡园》是一部散文摄影集，图文互读，相互照应，提供了一种直观鲜活的乡土形象，蕴含着一份沉甸甸的家园情谊。李永新热爱摄影，这是他与生活交流对话的一种方式，他虽钟情于山水盛景，但更愿意把镜头对准迅疾变化的现实，让那些看似平淡无奇但随着时间推移会愈发显示历史记忆价值的时空画面定格。《图说乡园》以图文并置的形式展示了李永新家乡乐都的历史沿革、人文景观、农事活动、风土人情，其中让人感慨不已的部分是对胞衣之地白草台村的前生今世、沧桑变迁的记录。在他的记忆中，这个贫瘠村庄却是一个充满趣味和诗意的所在，每日清晨牵着牲畜去山沟驮水仿佛晨练，一盏昏暗的煤油灯让枯索的夜晚变得有滋有味，孩子们爬上高坡眺望远处火车的飞跑有了对外面世界的向往，于永久接受着乡土的恩惠时常怀有感激之情的游子来说，这种将乡土浪漫化认知显得情通理顺。李永新还通过家谱考查了自己的祖源，这个自明代初年迁居河湟的农耕人家，延续数百年恪守着仁义礼信的传统，在婚丧嫁娶、老者寿庆仪典中呈现的对生命的敬重感，以及父慈子孝、长幼有序、和睦融融的家风。文中还提到家族一个在困难时期做过生产队小队长的李万清，为村民争一点口粮拒交公粮而被惩罚的往事，显露了家族性格中倔强和正直的品性。白草台村如今已整体搬迁到更适合人居的川水地区，去实现"融入城市"的梦想，他们带着浓重的乡愁告别了老村，怀着对未来的期待投入到新白草台村的建设之中。一帧帧记录乡村物象和乡人容颜的照片，一段段要言不烦却又诗情盎然的文字，图文并茂构成了一个村庄发展衍变的志书，描述的虽是一个普通河湟村落的历史，折射的却是整个河湟农村沧海桑田的变化。

《白草台文丛》中的《天命悟境》《白草心语》二辑，为诗歌卷，前者收入了作者格律诗创作，后者则是一部现代诗集。李永新在《天命悟境》"自序"中坦陈，中国传统诗歌体式对自己有一种难以抵挡的诱惑力，迷恋其格式的工整、韵律的优美、文辞的典雅。事实上，在现代中国文学进化观念的冲击下，古体诗确乎在一定程度上被边缘化了，甚至一度还被视作"骸骨"，但却没有断流，以顽强的脉息在那些富有古典情怀的文人笔下赓续，成为他们抒情言志、酬唱自娱的方式。李永新以艺术学徒的姿态，揣摩研习，尝试写作，与其说是对平仄粘对声律世界的向往，倒不如说是在向充满荣光的古典诗歌传统和悠久文明历史的致敬。他的旧体诗主要是近体诗的七绝、七律，力图在严格的格律规约中寻求自如表达情感的路径，在规范和自由之间寻找着平衡，在"克难"之中享受创作的快乐。诗歌的题材较为广泛，举凡行旅、咏古、抒怀、赠别等均有涉及，力求在已经烂熟的题材领域翻出新意，传达个人的志趣与襟怀。他以二十四个节气为题所作的"节气歌"，融历史、传说、民俗事象为一体，又结合现实抒怀，既显沉稳深厚，又不失清新自然，显示了他扎实的学识和把握旧体诗的能力。

就我的阅读兴趣而言，我自然更为欣赏李永新的现代汉语诗歌写作。在《白草心语》中，他以更为坦荡率真的词语呈现内心的真实，以更从容自若的姿态表达自己的性情。他的诗句朴实真挚，娓娓铺陈中见出抒情主人公的真性情，宛如一条河流，虽蜿蜒曲折，却清澈澄明，有一种浪漫主义的无所讳掩、直陈胸襟的品质。这部诗集里集中反映了在城镇化进程中诗人复杂的情愫，作为一个参与到这场前所未有变革中的政府机关公务员，他自然明白走出传统的生产生活方式迅速进入现代文明的重要意义，但作为农家之子，他将情感的根须深深植入乡村的消失表示叹惋，诗人不回避内心的矛盾、困惑，用诚实的诗歌表白心灵的挣扎。《白草台心语》一诗应当是祖居村落整体搬迁之时，诗人百感交集心理的呈示，"仅仅因为我的一次转身／你就消失在苍茫的尘世间／没有任何的预见与提示"，"我走出大山迁居川水融进城市／那些说不清的冲突与挣扎／让我倍感困惑和艰难／徘徊取舍／我不停地奔波在思念的边缘"，这种撕裂般的痛感是一切与乡土家园告别的"地之子"集体的体验，但诗人并没有在感伤中沉沦，因为他知道在追求人类恒久幸福的路途上，这种阵痛是必须付出的代价。

《白草心语》与李永新其他形式的文字一样，表达了浓重的家园情怀。河湟的人文历史、自然形胜、河流、土地、庄廓、春种秋收、夏雨与冬雪，还有胼手胝足劳作的父老乡亲，构成了他诗歌的主体形象。从这个角度来讲，他的诗歌可以纳入在青海诗坛延续已久颇具声誉的"河湟诗"写作序列。"河湟诗"产生于农业文明的土壤之中，以乡土伦理和情感建立了审视世界和生活的尺度，追求一种乡土生活的质感。李永新诗歌也具有同样的特点，《红坡村地契》一诗便显示了他立足乡土立场的道义感，他由一张光绪年间有关土地和树木买卖的契约联想到现实，"在工业化加速发展的进程中／记录着土地和树木庄廓被征用的故事／即使有这样的契约还会见证什么／但存方寸地留于子孙耕"，他的这种愤慨显然出自对乡土未来的忧患。

李永新诗歌舒朗明澈，亲切温暖。他拒绝浮泛的抒情，他善于用细节来勾描饱满的生活场景。"哥把姊妹们邀请到羊圈过羊年／其实羊圈里没有羊／羊圈就是一个村子的思想／哥把姊妹们挂在牵挂的线绳上晃来晃去／我把属羊的内荆带到这里／正旋转落成的粉红色新楼／烤箱上跳跃着热气腾腾的羊肉包子"（《羊圈里过年》），密集的细节联络成一幅温馨、快乐的俗世风俗画，年节的热闹气氛跃然纸上。这首诗当然不仅仅是李永新诗歌惯常手法的一个例证，而且典型地体现了他诗歌的情绪基调，那就是用温润的眼睛与温和的态度对待生活，用期待和希望照亮未来的道路，这就是他的诗歌为何具有一种温暖人心力量的原因。

　　秋天，河湟的太阳干净明亮，田地山野金黄灿烂。这是收获的季节，庄稼人用收割的勤苦换来颗粒饱满的粮食，《白草台文丛》出版了，李永新也收获了思想的果实。粮食丰收是上苍对庄稼人最好的奖赏，《白草台文丛》在人们的期待中呱呱落地，可以说是对情寄家园，经年累月用心来思考勤于笔耕的李永新诚实劳动的肯定。粮食入仓，庄稼人要盘算来年的农事安排，李永新一定也在拟下一个目标，他的眼睛一定凝视着前方。

《剑胆诗魂》阅读随想

刘晓林

　　郭守先的思想随笔和文学评论，在青海文坛有着不可小觑的意义。他的文字泼辣、率性，有着强劲的冲击力和震撼力。每每阅读他的那些爽利明快的文字，都会生发许多联想，会想起《皇帝的新装》中那个童言无忌的小男孩，会想到鲁迅笔下那个毅然向无物之阵举起投枪的战士，这种无机心俗虑，竭力撕开因袭惯性帷幕，刺破矫饰谎言伪装的言说姿态，在文风偏于持重温和的青海评论界，确乎显示了一种特立独行的品质。

　　继《士人脉象》之后，近期，郭守先又推出了文论专著《剑胆诗魂——锐语写作的倡导与实践》，如果说前者是他秉承知识者的独立精神、恪守现代性启蒙立场，对当下种种文化现象以及青海本土作家创作鞭辟入里的个案剖析。那么，后者则试图对当代文坛的整体景观进行描述，耙梳其发展历程中出现的诸如"说破为浅""装神弄鬼""文诡义隐""缄默阳虚"等病症与乱象，挖掘其"锋消锐损"的根源，进而提倡直面人生、直面现实的写作以纠其弊，呼唤建构理性与良知兼具的公民表达和公共书写方式。可以说，此书的写作不仅是郭守先对本人一贯坚持的人文理想与批评立场加以体系化、理论化建构的尝试，而且是一次履践自己观念的自觉的批评活动。

《剑胆诗魂》一书的关键词为"锐语写作"，即"以真情、真知、真诚为根本的写作"，其中体现了三个维度的含义，一是言说的方式，直言不讳，拒绝曲言隐语；二是言说的态度，真挚恳切，公正守诚；三是言说的动机，去伪存真，直抵本相。郭守先在理论层面界定"锐语写作"概念并进行深度阐释，并非发布了什么独家秘籍，不过是陈述了一种"常识"，所谓"千古文章，传真不传伪"，传达真情、真相、真知是一切写作的价值保证，任何一个以文字书写为志职的写作者对此莫不心知肚明，但实际的状况却是许多人基于现实利益的考量，有意无意放弃了在文字与真实之间建立联系的努力，郭守先挖掘写作者漠视"常识"的根源，积极倡导"锐语写作"，自有一种振聋发聩的力量。究其实质，"锐语写作"的核心是强调知识分子的言说介入、参与社会历史进程的必要性与可能性，其精神底色依然是郭守先一贯坚持的知识分子的责任担当意识。在公共知识分子的价值一再遭遇质疑的当下语境，能不易其志，砥砺而行，无疑是一种孤独却又执着的坚守。

郭守先用"六经注我"的方式成就《剑胆诗魂》，全书旁征博引，古今中外丰富的文化元素融汇其中，目的不在考镜源流、辨章学术，而是强化说明直言不讳、直指人心的写作脉息不断、源远流长，是用古往今来的经验证明"锐语"存在的意义。郭守先不屑于通过推导，建立一个由概念到概念的严密逻辑结构以增强所谓的学理性，他更愿意在吸纳人类文明成果的同时，将自己的思考与情感进行一次淋漓酣畅的表达。他之所以选择了随笔式写作方式阐扬理论话题，不仅在于这是一种殊少格套限制，能够更自由表达思想和情怀的文体，更易于将饱满激越的情绪与穷究事理的思索融为一体，而且有着向 20 世纪 90 年代以来的以林贤治等人为代表的思想随笔写作致敬的意味，因为在他看来，这些呈现了高度社会责任感和真知灼见的文字正是自己心向往之的写作境界。

一种独立的批评视野在显示了独特的锋芒的同时，往往也存在其无法审视到的盲区。笔者曾给《士人脉象》写的评论中，说到任何"批判的武器"都有其局限性，将它挥向所有对象时，难免有误伤的可能，另外，知识者并不具有"我启你蒙"的优先权，更需不断进行自我启蒙。在此旧话重提，是想提醒郭守先留意，在坚持自己确固立场的同时切莫陷进绝对化的泥淖，在保持批评锋芒的同时也应融入理解与同情的元素，这样，可能使笔下的文字更具精神的包容性和宽阔度。

文化现代性的批评视野
——郭守先的文学批评

牛学智

《士人脉象》(兰州大学出版社，2014) 一书是郭守先第一部文学批评论集。因为是第一部，他像照顾自己的独生子一样，极尽智力和编辑处理，显得非常精粹而集中。因此挨个儿读下去，反而好像是一个成熟批评家最后的思想总结，没有半点儿雏形或初试牛刀的稚嫩之感，非常成熟。"嘤其鸣矣，求其友声"，我把它当成了我所追求理想批评境界的典型文本来看待。可以想见，也自然是我穷极近 10 年时间梳理当代中国文学批评后，对"缺憾"的有力补充。如此说来，谈他的批评世界，只能放到"当前中国"这样的一个框架，否则，就事论事，是得鱼忘筌的做法。

一

按照通常的身份划分，当前中国文学批评界，自然无非是学院派、作协派、网络媒体和自由评论这么几种，但如果以思想状态来论，我则认为可以重新做一些归纳。大致会分为以下突出的三种类型。

其一是文化传统主义批评。这一路批评的批评实践一般表现为两个方面。一方面以中国古代传统人文文献资源和价值资源为主要依据，包括对作家作品的感知方式，也主要取自中国传统所谓"天人合一""道法自然"和个体"性灵说"的妙悟方式。结论与其说是从古代找论据论证今天，不如说是根据今天材料佐证古代文论话语及其方式，具有天然的连续性，进而夯实今天社会现实中亘古"未变"或"永恒"的一部分内容。如此，不考虑"回不去"的文化寻根路径，剩下的恐怕只是一些言人人殊的古典情调了。另一方面，则是以传统宗法文化的具体道德伦理方式方法阐释当今时代，乃至得出结论说今天社会的所有问题只在个体的道德伦理层面。言外之意，个体的道德伦理问题一旦被解决，社会秩序就会马上得到根本性改善。他们的价值直接奔向这样的一个终极，即文学艺术的境界之所以不高，原因盖在于没能以自觉的传统宗法程式中等级制的道德伦理文化做支撑。

其二是安全的文本消费主义批评。本来这一路批评可以称作"审美主义"，因为他们十分欣赏李健吾的"审美是心灵的一次奇遇"，或沈从文、汪曾祺等现代作家的人生趣味论和张爱玲的"好人亦有坏人之心，坏人亦有闪光之处"的说法。不巧的是，这种批评审美观一旦遭遇当今社会的巨变，"美"好像被突然打破了。既然"美"不复存在，"审"的行为也就因没了目标性而表现得非常涣散，乃至于无美可审而文不对题。异化导致他们只能变成及时行乐、随意赋形的安全的文本消费主义者。也一般表现为两种常见形式。一种是以"文本细读"为圭臬，眼光基本不出文本世界。不出文本世界，批评便只是一点勉为其难的文学性或艺术性阐释，抽象说教也就成了其主要构成内容。而此内容中，道德伦理成分则几乎成了其他所有功能的替代品，这样转一大圈又绕回去了，道德伦理文化其实充当了文本细读式批评的当然依据。另一种是反读文本。以自我化的中产阶级生活经验丈量文本世界，文本世界被缩减为自我内在性的心灵遭遇，他人世界及纷繁的外部世界，自然不在批评的观照之内。不消说，这类批评中极端者，已经演化成今天充斥于各种版面的关于文学的花边新闻和消费文学价值观的资讯、笑话。

其三是文化现代性批评。这一路批评可谓当今批评界的"另类"，不但人数少，而且还会经常遭遇来自各方面的非议与白眼，觉得不够成熟、不识时务、不与时俱进。然而，以我的考察和研究，别的崇高的话不用多说，这路批评起码也是感觉系统比较正常的，也是基本尊重常识说话的批评。当然，这路批评之所以是另类，是稀有品种，盖因它们仍相信康德对启蒙的最初定义，即"人能够合理使用自己的理性"；也信赖黑格尔对"内在性"的界定，即"'内在性'首先应该置于'外在的'之中，用'外在的'来支持'内在的'"，"内在性"才能得到伸张的道理；更追求现代社会人的基本诉求的完善，比如泰勒的"人是现代化的目的，而不是手段"、哈贝马斯的通过建构"公共交往理论"来建立共识平台进而构筑现代社会机制的理想，等等。总之，把文本看成是思想的实体，紧接着在社会现代化、启蒙现代化的层面，首先讨论人的现代化问题。因此，艺术性、文学性成了丰富、充实人如何坚实的内容。这种把人的具体语境作为批评基本流程的实践，亦可称之为"文化批评"。不是说，这种批评一定要剿灭文化传统主义或文本消费主义，而是说，这种批评是深刻根植于中国当代社会、中国当代文化和中国当代文学，并且以敏锐触角和领悟性直觉、主体性感知，发现当代中国社会、当代中国文化和当代中国文学在惯性滑行中，已经进入某种思维误区和思想瓶颈，需要从机制上乃至整体境界上有所突破、有所矫正。那么，现代社会机制及其中人的现代性程度，必然逻辑性地构成了这路批评的终极关怀。相信文学艺术乃至文化的功能，理应成为社会建设的重要组成部分，它们怎么可能是经济社会的边角料呢？

二

郭守先的批评实践，属于第三种情况。

简而言之，首先，他有个总体视野。之所以叫"士人脉象"，是因为在他的眼里，青海文学，特别是青海当前文学运行中所表露出来的青海整体人文现状，具有普遍性。也即是说，在新型城镇化过程中，作为地域文化之一种，青海作家作品在价值取向上，整体呈现为对人所遭遇的基本生存、身份认同、文化认同等疑难问题的书写，彰显的是青海现阶段的普遍性，而不是个别性。这样的一种批评能力，需要文化现代性的思维，而不是个体本位的感性认知和自我为中心的私密经验。其次，他有鲜活的文体支撑。无论作家论还是作品论、思潮论，他的立论一般是通过对象世界的具象研究上升到人文普遍性，践行对话的沟通的诗意话语方式，甚至有时候是诗化语言和小说家、散文家语言，灵动、轻逸、内化。比如对周存云、许常绿、蓟荣孝、九雅弃官等散文家和网络文学作家的论评，即是如此。先进行绵密温软的对话交流，过滤出对象世界的价值根基，然后把根基置于当前的政治经济话语语境再度审视，其得与失，也就不单是个人的，而是整体人文的了。如此做，其实是对主体感知性人文直觉的理论化凝聚，避免了"好处说好，坏处说坏"的浅层次局部性批评模式，恰当放大了文学叙述的社会功能，文学思想也就突出于其他学科话语能量了。所以从思想力量来说，他的文本或许更接近邓晓芒、王晓明和秦晖等人的路径，而不是他所喜欢的朱大可、李敖、熊培云等。

再次是他有切实的现实生活语境支持。阅读他对摩罗的批评，对曹谁的语重心长和对李少君的委婉指责，最令人信服的倒不是他掌握了多么惊人的新知识和新理论，而是对于当前中国普遍性社会现实生活，特别是对基层日常生活一般观念、信仰和知识的透彻分析。在此基础上，所谓国家主义、专制主义、民粹主义和以本土文化为旨归的"草根性"，便一一露出了马脚，显得非但动机不纯，而且多有狡辩之嫌。

最后，他所谓的启蒙现代性批评话语体系呼之欲出了。他清晰地勾勒了作为地域的青海人文现状。概括说，即重传统而轻现代文化，重审美而轻现代性思想，重历史钩沉而轻当下人的处境眷顾。他又深入地分析了文化传统主义产生的语境原因，有历史惯性，亦有文学传统因素。但表露出来的结果一再证明，普遍面临个体精神张扬到一定时候，特别是当遭遇今天城镇化的现实后，无力向前走，反而倾向于回到"回不去"的过去神秘文化的趋势。这一点，在西部尤其突出。他精准地提出了在西北重建启蒙现代性思想的意义。具体表现在，农耕文化的惯性还很重，现代城市文化还很不发达，人的主体意识觉醒程度还很不高。

经过这样一番总体性论述，郭守先的文学批评，实则变成了文化批评。由于他的视野一直在普遍的社会现实层面，所以他的批评最终接近了文化现代性批评视野。显而易见，这是一种思想论述的路径，而不是具体学科规定性的专业技术例行作业。在多数西北批评还停留在乡土的、民间民俗文化的和少数民族知识的转译与誊写之时，或还停留在以个人的名义换取普遍性信仰、替代价值错位而来的古代道德伦理的时候，郭守先的眼光已经盯在了现代社会、现代文化和现代如何自觉的高度，这不啻为西北批评界的一道耀眼光芒。

凤山书院历史贡献及时代价值刍议

李永新

习近平总书记在党的十九大报告中指出："文化是一个国家、一个民族的灵魂。文化兴国运兴，文化强民族强。没有高度的文化自信，没有文化的繁荣兴盛，就没有中华民族伟大复兴。"强调指出："坚定文化自信，推动社会主义文化繁荣兴盛。"这些重要论述充分体现了我们党对社会主义文化重要地位和特殊作用的理性认识和清醒把握，有力彰显了我们党坚持和发展中国特色社会主义的责任担当和坚定意志，是中国特色社会主义道路、理论体系与制度内在统一的价值表达，对全面建成小康社会、实现中华民族伟大复兴的中国梦具有重大而深远的意义。因此，我们要充分把握新时代的内涵，审势度时，抓紧时间打造河湟文化的时代品牌。鉴于此，我想着重考虑凤山书院的历史及现实价值。

在清代时期，青海设有三川书院、青海书院、凤山书院、河阴书院、崇山书院、五峰书院、泰兴书院等。凤山书院是清代远近闻名的河湟地区"四大书院"之一。现重点回顾和展望凤山书院的历史贡献和时代价值。

凤山书院位于青海乐都，原名乐都书院。清乾隆二十六年（1761年）知县何泽著建于碾伯城西隅，旋废为圃。道光二十一年（1841年）知县冯燨重建于城东厢文昌宫旁，因其地背倚凤凰山，乃更名"凤山"。前为厅舍，古树荫翳，花竹丛植；后为圃，榆杏交柯，环境幽美。

凤山书院以书院为"国家培才之地"，招收汉、土、藏、回等民族学生，延请名师授课，敦勉弟子"习诗书，亲师友，励名节"，采取讲学结合的原则，教育诸生认真学习，努力成才。何泽著、唐以增、冯燨三位知县在任期间都非常重视凤山书院的教学活动，常去书院督查、训导和勉励，其中何泽著还写有一首《仲秋夜示书院诸生》诗："遥闻桂子落尘埃，为问诸生拾几枚？今夜天香怀满袖，明秋连根拔将来。"勉励诸生读书学习要由表及里、由浅入深，从根本上掌握知识为我所用。自雍正六年（1728年）创办社学、义学到光绪十年（1884年）时的凤山书院，乐都地区共考取举人9名、贡生39名，考取的秀才更多。光绪三十一年（1905年），旧式的凤山书院完成了漫长的历史使命，改为乐都县高等小学堂。

墨香萦绕、书风昌盛的凤山书院给河湟文化的传承提供了滋养，培养了一大批具有人格力量和精神感召力的有用之才，为促进当地文化教育事业的发展做出了积极的贡献，在河湟地区不同时期发挥了独到的教书育人和文化人的作用，直至今天，全民崇尚文化教育的社会风尚蔚然成风，在这片热土上还流传着"官不重教、民不投票"的古风，培养出来的学子源源不断地走出青海、走向全国，为社会主义文化强国贡献力量。

2005年，原海东行署副专员毛文斌退体后，经过近一年的极力倡导和不懈努力，使沉睡了100年的凤山书院得以复苏，遗风流韵接续发力，浓浓的墨气书香飘然而至。在他创建的乐都县老年福利服务中心里，凤山书院闪亮登场，成为挖掘、研究、弘扬和传承河湟历史文化的群众团体。其领导机构理事会吸收了乐都已退休和在职的中老年文化精英，还聘请蒲文成、谢佐、马光星、李逢春等一批省级著名专家为顾问，毛文斌先生被推选为第一届理事会会长。2005 年 8 月份，占地 70 亩，坐落在乐都老年福利服务中心的青海河湟碑林正式开工，于 2008 年底竣工。这项工程历时 3 年多，耗资 192 万元，制作碑刻 360 块，修建碑廊 323 米、碑林墙 152 米，修建了南凉亭、鄯州亭等富有当地历史文化内涵的仿古建筑。走进青海河湟碑林，首先映入眼帘的是毛泽东《沁园春·雪》的手迹碑刻，其豪迈的风格、磅礴的气势不由地激起人们对伟人的追思、缅怀和敬仰。整个碑林中诗词、书法、雕刻艺术的有机组合，各种书体及其不同风格流派的呈现，使整体环境彰显鲜明的地域特色和浓浓的河湟文化。

凤山书院的恢复及河湟碑林的建成，得到青海省及当时海东行署、乐都县有关单位和社会贤达的大力支持。凤山书院顺应形势和潮流，开始组织省级专家和理事会部分成员组成编辑班子，编写的《河湟民族文化丛书》(《河湟史话》《河湟人物》《佛道文化》《青海回族》《土族民俗》《三川纳顿》《撒拉族民俗》《热贡艺术》《化隆行旅》《河湟诗词选》《河湟古建筑艺术》《河湟"花儿"赏析》)12 本和《乐都历史文化丛书》(《乐都史话》《柳湾彩陶文化》《瞿昙寺与卓仓文化》《西来寺与水陆画》《乐都名胜古迹》《乐都诗词选注》《乐都民俗文化〈上、下卷〉》《乐都民间文学〈上、下卷〉》《乐都民间戏曲》《乐都社火集锦》) 12 本，得到了社会的广泛关注和各界的普遍好评，为传承和弘扬河湟文化凝聚了正能量、唱响了主旋律。

当中国特色社会主义进入新时代，我国社会主要矛盾已经转化为人民日益增长的美好生活需要和不平衡不充分的发展之间的矛盾的今天，我们更要从党中央关于"坚持文化自信、推动社会主义文化繁荣兴盛"和"必须把教育事业放在优先发展位置"的高度和角度思考，努力将凤山书院放置在乐都区域这个大平台，赋予更广的地域概念和更宽的文化范畴，着力把乐都打造成为海东文化繁荣兴盛发展的"五个基地"：

第一，把乐都打造成为海东培育和践行社会主义核心价值观的重要基地。以培养担当民族复兴大任的时代新人为着眼点，强化教育引导、实践养成、制度保障，发挥社会主义核心价值观对国民教育、精神文明创建、精神文化产品创作生产传播的引领作用，把社会主义核心价值观融入书院发展和碑林建设尤其高职学院青年学生头脑等方面，转化为人们的情感认同和行为习惯。坚持全市倡导、全民行动、干部带头，从乐都兴起，从家庭做起，从娃娃抓起。深入挖掘河湟文化蕴含的思想观念、人文精神、道德规范，结合新时代要求继承创新，让河湟文化展现出永久魅力和时代风采。

第二，把乐都打造成为海东深化中国特色社会主义和中国梦宣传教育的重要基地。弘扬民族精神和时代精神，加强爱国主义、集体主义、社会主义教育，引导海东人们树立正确的历史观、民族观、国家观、文化观。深入实施公民道德建设工程，推进社会公德、职业道德、家庭美德、个人品德建设。学习海东民族团结"十大感动人物"事迹，激励人们向上向善、孝亲爱幼，忠于祖国、忠于人民。弘扬科学精神，普及科学知识，开展移风易俗、弘扬时代新风，抵制腐朽落后文化侵蚀。推进诚信建设和志愿服务制度化，强化社会责任意识、规则意识、奉献意识。深化群众性精神文明创建活动和"五星级文明户"示范引领，提高海东人民思想觉悟、道德水准、文明素养，提高全社会文明程度。

第三，把乐都打造成为海东繁荣发展社会主义文艺的重要基地。乐都是河湟文化核心，这一点为文艺事业繁荣发展提供了毋容置疑的基础条件。要坚持以人民为中心的创作导向，在深入柳湾彩陶文明、汉三老文化遗风、南山射箭、北山跑马、瞿昙宗教文化、黄河灯会、河湟社火、生态文明的火热生活中进行无愧于新时代的文艺创造。要繁荣文艺创作，坚持思想精深、艺术精湛、制作精良相统一，加强现实题材创作，不断推出讴歌党、讴歌祖国、讴歌人民、讴歌英雄的精品力作。发扬学术民主、艺术民主，提升河湟文艺原创力，推动文艺创新。倡导讲品位、讲格调、讲责任，抵制低俗、庸俗、媚俗。加强文艺队伍建设，造就一大批德艺双馨名家大师，培育一大批高水平的文艺创作人才。

第四，把乐都打造成为海东推动文化事业和文化产业发展的重要基地。要深化文化体制改革，完善文化管理体制，加快构建把社会效益放在首位、社会效益和经济效益相统一的体制机制。完善乐都文化示范点服务体系，深入实施文化惠民工程、医疗健康城建设工程、宜居养老工程，丰富群众性文化活动。加强文物保护利用和文化遗产保护传承。健全现代文化产业体系和市场体系，创新生产经营机制，完善文化经济政策，培育新型文化业态。广泛开展全民健身活动，加快推进文化体育事业，办好河湟射箭邀请赛、攀岩精英赛、农展会、河湟花儿艺术节等。加强中外人文交流，以我为主、兼收并蓄，推进传播能力建设，讲好海东故事，展现真实、立体、全面的海东，提高海东文化软实力。

第五，把乐都打造成为海东推动新时代文化教育和理论教学研究的重要基地。加快构建海东特色哲学社会科学，加强海东特色新型智库建设。借海东市委、市政府住址东迁，为乐都成为文化教育中心提供的机遇，高度重视传播手段建设和创新，提高海东文化教育中心的传播力、引导力、影响力、公信力。落实意识形态工作责任制，加强中小学校、凤山书院并青海高等职业技术学院等阵地建设和管理，完善职业教育和培训体系，深化产教研融合，办好继续教育，大力提高国民素质。落实立德树人根本任务，推进教育公平，注意区分政治原则问题、理论是非问题、思想认识问题、学术观点问题和教学研究问题，用习近平中国特色社会主义思想旗帜鲜明地反对和抵制各种错误理论、庸俗思想和狭隘观点。

情浓最是吾乡与吾土

雪　归

　　悠悠天宇旷，切切故乡情。一个人对于家园故土的深厚情谊，如果必得要凭借某种具体的介质来表现才能得以充分的体现，那么《白草台文丛》应该就是李永新先生对于家园故土最最浓情的凝结。对某种事物的持久关注，最能成就一段精彩华章。如今这套文丛的出版发行，可以说是最为恰切，也更见深意。

　　因为工作的关系，我曾有机会接触白草台、平地岭、架梁顶、大哇湾等等这些质朴中透着乡村气息的名称，它们曾经出现在一首首隽永而深情的诗作中。这些诗的作者就是李永新先生。

　　也因为工作的关系，我曾有机缘走进这个名为白草台的河湟谷地东部的自然村落。干涸、贫瘠、偏远、落后，是白草台的代名词。不是我吝于将溢美之词献给这个村子，而是我坚信所有和这些村庄有过一面之缘的人一定不能否认，这里根深蒂固的贫乏和困窘是几代人都难以脱掉的沉重枷锁。缺水干旱，朴素的乡民世代过着靠天吃饭的日子，为吃一口水都要走出十几里山路，或者依靠单薄的双肩，或者依靠牛马的脚力。

　　李永新先生就出生在这样的一个村落。黄土夯就的院落，关不住寒门学子走出大山改变命运的迫切愿望。年少求学，他经历了现在的学子难以想象的艰辛，饥饿和寒冷一起逼近的岁月里，生活的困窘如影随形，周围十余个村落，坚持读书的孩子如凤毛麟角。也许直观而真切的苦难体认，更有助于灵魂坚挺，思想深刻。凭借勤奋好学、刻苦钻研的精神，李永新先生不仅走出了那个小小的村落，还走向了更为广阔的天地……

　　2012 年，海东成立了文联。在这之前，有人曾这样说："长期以来，海东的文学艺术事业主要靠海东文化人的自觉。"这种直言不讳的说法，虽然听来不免刺耳，却也着实触到了海东文艺发展的软肋。没有文联组织，许多文艺爱好者处于散兵游勇、单兵作战的状态。自担任海东第一届文联主席以来，李永新先生便殚精竭虑于海东文艺事业的发展与繁荣。如今，海东新人佳作频出，文艺队伍不断壮大，文艺创作成果喜人。在为文艺人才搭建展示才华的平台，提供更为广阔的空间的同时，李永新先生积极听取文艺人才的呼声，竭尽所能为文艺爱好者提供支持和扶助，海东的文艺人也因此发出由衷的感叹：海东文艺的春天终于来了！海东的文艺人才终于集结在一起，吹响了冲锋号。

　　而同时担任宣传部门领导的李永新先生，在海东撤地设市，宣传工作面临着前所未有的机遇和挑战时，胸怀大局，着眼大事，因势而谋、顺势而为。他从舆论引导能力的提升、中心工作的突出和宣传特色的彰显三方面入手，针对宣传思想工作的一系列重大理论和现实问题，提出了诸多具有针对性、可操作性强的观点，对于明确海东市宣传思想工作的根本任务、工作导向，进一步做好海东市宣传思想工作极具指导意义。

　　工作的繁杂而琐碎不言而喻，繁忙的工作之余，李永新先生一直不忘自己钟爱的写作与摄影。他笔耕沃土，硕果累累，除了摄影、文学作品集以外，还有组织工作、党建研究等方面的理论著述，内容涉及政治、经济、文化、生态等多个领域。他纵横捭阖，激扬文字，既有"向我借用去年大雪时的记忆的"浪漫，也有"以镍的高贵品格再次面向世人"的金石之声。

也许正是因为深切关注着所魂牵梦萦的乡亲父老，切肤体验过还在那里苦守岁月的艰难，虽然已然走出山村，但李永新先生似乎从未远离。在一首写给白草台的诗中李永新先生这样说："旁人无法触及我却在那里将你一览无余"，而"无法言说的眷恋成为我最沉重的叹息和无奈"。李永新先生以手中的笔饱蘸心中的炽烈，不断书写，呈现给家园故土的《白草台心语》《夜登蒿花顶》《鲁班亭咏叹》等诗文，不时见于省内外各级书刊。他写平安古驿，写威远小镇，写乐都新区；他写打麦场，写山雾，写老宅，他倾心书写他所生活并深爱的土地。这些颇显才情的小文，散着清新、优雅的气息，仿佛涌出地表的脉脉清泉，既有悦耳的淙淙之音，也有着奔流向海的雄壮气势。这种书写，一如他的作品集《河湟寻梦》一书所表达的，他在不断寻找梦想栖息的地方。细读这些深情的、透着泥土芬芳的文字，打动读者的，便是这难解的故土情结。

如果仅仅停留在书写的层面，只是在眷恋与热爱中将自己一次次放逐，在功利而世俗的世界里自然可贵。而尤为可贵的是，李永新先生不仅仅停留在那些诗意与温情当中，在他的全力筹谋与不懈努力下，白草台这个靠天吃饭的村落，实现了"走出大山、迁往川水、融入城市"的跨越式搬迁，实现了几代人的梦想。

搬迁，自然难免一些东西的流失，其中不乏大量承载记忆的物事。此时，李永新先生又做了一件事，他用相机镜头和手中的笔，记录下乡园里的过往：那一只只打着补丁的簸箕和背斗，承载的是过往岁月的艰辛；那一扇扇木制的古旧大门，在闭合与敞开中，迎送今朝昨日；那一具具犁铧与磨耙等农具，在耕耘与收获中曾与土地如此亲密……

在迁居后的新村，当村民翻看李永新先生用相机记录下来的村庄的人物与旧事时，这些朴实的乡亲的眷恋与感怀，被一一捕捉，久久难以忘怀。

一个灵敏的主体，一个不寻常的感受者，努力承担理想性的东西。李永新先生用他的独特方式实践"作品和作者互相印证"，让这种实践体现出一种难得的、感人的见证性力量。

诚如李永新先生所主编的《海东情文艺丛书》序言所说，"我捧起黝黑的家乡泥土，仿佛捧起理想和希冀"。

如果说曾经贫穷落后的村庄不得不退出历史舞台，许多曾经和村庄血脉相连的人们因为种种原因再也记不起曾经的村庄，幸而还有这套文丛，忠实地"为土地和生命书写最美书卷"。

当村庄里的炊烟散尽，曾经的欢腾归为长时的沉寂，永不褪色、最最浓情的，当属这份对于故土家园最深挚、最持久的情感。

飞翔于生活土壤中的文学梦

——读铁缨诗文集《文学旅梦》有感

李天华

　　铁缨先生的《文学旅梦》是一本如实记录自己 20 世纪五六十年代追寻文学梦想的作品。

　　上了年纪的人喜欢回忆自己年轻时纯真而热烈的追梦年代，尤其是有着文学美梦的人。写诗、写小说、写散文的执着追求一直温暖着自己的火热青春，激励着自己的艰难岁月，也慰藉着自己的躁动心灵。铁缨先生的执着文学梦就像一股清溪，潺潺地流淌在 20 世纪五六十年代那些自己经历过的现实土地上，清澈、原生态、没有虚幻，让我们后来人真实地认识了曾经在这些年代这段中国政治和经济大变革时代有过的那些人、那些事、那些梦。

　　20 世纪五六十年代是一个爱做梦的年代，一切在新中国的初期建设中干得热火朝天，做得热情澎湃。虽然生活很贫苦，物质还不富裕，但是人们的精神却很高扬，人们的心思却很单纯，人们的梦想都很执着。铁缨先生那时正值意气风发的青春岁月，正是做文学美梦的黄金时代。从青海的河湟谷地到新疆的西陲戈壁，不定的命运，让铁缨先生品尝了远离家乡的思念，也坚定了建设祖国边疆的信心，更历练了

大道至简
DA DAO ZHI JIAN

追求文学的毅力。于是他真实地记录下了生活中触动自己心灵的日日夜夜，勤奋地书写下了在工作中激发文学美梦的点点滴滴。那些杂记，虽谈不上有很浓的文学性，但是它们却真实地述说了铁缨先生悲喜交加的文学创作事件。那些诗歌，虽然带有鲜明的时代烙印，但是它们却自然地喷发了铁缨先生爱恨交织的文学创作激情。那些小说，虽然人物形象单薄，但是它们却真切地反映了铁缨先生真善相融的文学创作理想。不论是生活随笔，还是诗歌小说，《文学旅梦》展现在我们眼前的都是铁缨先生文学创作的原生态，是铁缨先生人生经历中最值得回味的一段追逐文学梦想的真实创作历程。真实是《文学旅梦》这部书给我最强烈的感受。就如作者自己所说，真实地描写生活是作家的天职。作者毫不做作地将自己在20世纪五六十年代的所见所闻所感真实地记录了下来，毫不夸饰地把自己青春年华时的生活现实与文学梦想的碰撞如实地记录了下来。不管是反映生活真实，还是表达艺术真实，作家就是靠对文学的虔诚心灵和执著追求创造文学艺术的永恒魅力。铁缨的小说具有现实主义精神。首先表现在反映生活的真实性与深刻性。他的小说，敢于面对现实，按照生活中的本来面目再现生活；同时又注意开掘生活深层，向现实深化，不断提出一些农村中普遍存在而又令人深思的社会问题，以引起人们重视。描写他在生活中真实感受到的东西，不说假话，不对生活做浮夸、虚假的描叙。

可以说，《文学旅梦》中的生活杂记是文学创作的粒粒珍珠，那么书中的小说和诗歌就是由这些珍珠串联起来的精美珍珠项链，而积累和串联起珍珠的就是铁缨先生对文学的不懈追求和执着梦想。当铁缨先生每天从自己的生活中勤奋地捡拾起如太阳般温暖又鲜亮的人和事，他就拥有了如珍珠般美好而晶莹的创作灵感。在铁缨先生的杂记里，他粗线勾勒了一些典型的人：有犟脾气的工人、有好生疑惑的姑娘、有虚伪的甜嘴儿、有文雅的摄影师、有热情的下放干部、有食堂里的乞丐、有牧场的家属们、有社教的大学生、有结过婚的姑娘、有悲哀的妇人，还有很多人际交往中三六九等的人进入了铁缨先生的日记里，他们就是现实生活中真实的人物众生相，他们构成了纷繁复杂的社会关系，他们成了铁缨先生乡土小说里鲜活的人物形象。在铁缨先生的杂记里，客观地记录了一些典型的事，青年突击队在寒冷的清晨拾粪为农业社积肥，两社之间为合并发生的冲突，社里来拖拉机后社员们的兴奋，春耕夜战时我接受任务后的紧张与激动，在建设兵团对兵团现象的迷茫与思考，在牧场对自己工作的反思与批判，参加社教时对群众生活的关心与同情，还有很多生活经历中杂七杂八的事都进入了铁缨先生的杂记里，它们就是现实生活中自然的事件原生态，它们组成了丰富多彩的社会画面，他们成为铁缨先生乡土小说里生动的故事情节。正是因为扎根于现实的乡村生活土壤中，铁缨先生的小说创作具有赵树理一样的乡土风味，故事性强，语言质朴风趣，他的作品真实地反映了农村的社会生活和农民的精神面貌，具有现实主义精神。铁缨先生一切从生活真实出发，真实地反映了 20 世纪五六十年代农村正在发生的伟大变革。首先由于作者熟悉农村，作品中描写的人是地道的湟水谷地农民，描写的事无论是矛盾冲突还是风土人情，都具有湟水谷地农村的气质与特点。在语言及表现形式上以广大农民的思想、心理、习惯为基础，使作品充满了浓郁的河湟谷地泥土气息。

铁缨先生的诗歌创作也有贺敬之、郭小川一样生活抒情诗的特色。当时他还年轻，充满革命豪情，他的生活抒情诗洋溢着真挚的革命激情，不但有力地表达了当时的时代精神和历史脉搏，在总体上表现出诗人的精神崇高境界和广阔的思想视野，充满了战斗的激情和对于美好生活理想的强烈向往与追求。满含着昂扬的革命激情和理想精神，歌颂党，歌颂新社会，歌颂新的英雄人物，在继承古典诗歌和民歌传统的基础上力求民族化、大众化。

总之《文学旅梦》真实地还原了一位文学事业者从追梦到圆梦的生活原貌，客观地记录了一位文学青年在特定时期从迷茫到成熟的人生轨迹。

DA DAO ZHI JIAN 大道至简

225

书画评论

李积霖画作小识

马　钧

　　先是看了李积霖的画展，接着又在电脑上反复看他传来的图片，算是咂摸出了一些感觉。在画展现场，虽说可以眼见真迹，但乱哄哄的现场很难让人对自己的诸般感应来一番剥茧抽丝。赏艺之道，我崇尚密会、幽会，而且要慢慢悠悠，既上心又不能太上心，像半睡半醒的猫犬，一旦有什么动静，立马警觉得焕发起能够遥感的耳鼻。

　　我看着看着，忽然间大脑的中枢神经传感出一个信息：李积霖真正的作品尚在化育之中。在他具有成熟的和风格相对稳定的作品诞生之前，目前的这些作品，都可以笼而统之地视为他书画创作的胚胎期。

　　我所说的"胚胎期"，绝对不是一种基于价值判断的描述——倘如此，这种说法就会被"直译"为具有贬义指向的幼稚这层语义，我发明的术语意在对李积霖创作前期的书画状态、性质、特点进行一种描述，正像生理学上说"雏体"，决不包含对胎儿的贬抑。

　　明白了这层意思，我便可以顺畅地从李积霖绘画的"胚胎期"，观察、分析出若干创作脉络。

　　从题材上，李积霖目前的绘画创作有这么一些样式：一类是摹拟前贤在笔墨上的技法，像摹拟八大山人笔下的兰花、怪石、游鱼；一类是着意传统民间题材，喜欢以粗拙的笔法描绘钟馗、和合二仙；一类是着眼于类属胞衣之地的北土画意、画境，多表现雪域的藏族或青海的乡土汉子；一类是南方的画意、画境，烟水缭绕，一派迷迷蒙蒙中自在自为的南国雨荷、水禽；还有一类是他"戏写"的绘画小品，偏重于旧式文人画的路线，注重即兴、随意、恣纵的笔趣、墨意。

仅就以上如此简略梳理出来的几个类型来看，我触感到了李积霖心眼与画风的丰富、充沛，其间必以他漾荡不住的才情为支撑，尽管那才情尚未舒卷自如。

一句话，他没有过早地规范自己，他想多尝试一些题材、风格，这些多样的类型，表面看起来有些繁杂，没有明晰的主攻方向，但细细考量，作为一位青年画家，一上手不是只种一种艺果，而是来了一番"间作套种"，暗自揣摩，其中必然隐伏着画家意在厚积薄发的长远谋划。因为意在多方摄取、多方摸索着走一些路子，为此李积霖的艺术面貌便因为多面而疏离了单纯与清晰，因为艺术表现的不确定性，而给人预留下对他来日的推测与期待。

以我个人的偏好、趣味，像《秋实》这样的小品，藤蔓纯以草书笔法飘逸缠绕，寥寥数笔，就已综合了瘦笔、破笔、断笔来释放视觉美感，笔断意连的空间韵致，已经近乎上佳。但我喜爱的，不是他画的内容，而是如徐青藤水墨笔法一般的那股子疾劲爽利的力道。

我个人更看好像《奶茶飘香》《月夜》这样的作品，它们既有着轻盈、雅致的水墨韵味，更有着高原人固有的生命肌理、衣饰、姿态、表情还有与此地相感应的思恋、企慕、超然的宗教情怀。李积霖倘或要臻达未来的艺术大境界，是不能偏离他在这方面的悟性的，不仅不能偏离，还要强化、拓展这一方面的运思与营构。若是将此路作品再做铺展、延伸，形成系列性的观照，李积霖的水墨画必会别开生面。

好在李积霖极为清楚水墨画的大势与弱势所在，知道面对今天新的人文环境，传统的水墨意识与今人的感觉、意趣融合后，必能开启新的人物画表现语言。他对中国美术史极有见地的揣摩，已让他窥出今人必在水墨人物画上大有用武之地。需要补充一句，西部艺术里，从民间的鞋垫、衣领袖口、挂饰佩链，到宗教艺术里的唐卡、堆绣、酥油花，无不弥漫着响亮炫目的色彩，将这一元素堂堂皇皇地移植于水墨画，绝对是传递西部神韵所绕避不得的真实所在。期待李积霖在对墨彩的体悟、实践上，多一些切近高原的大胆探索。

艺术悟性有了，就得用一幅幅画作实践自己的艺术眼光和艺术抱负。正如他自己所言：他喜用淡宿墨，以水墨的墨性、墨意表现大透大厚。从他的艺术履历里，我不仅感到了他对吴越画家的倾慕，还看到了他在吴越之地缱绻的屐履印痕。有意思的是，他名字里的"积霖"二字，就已渴慕着久下不停的雨。铺开宣纸，淋漓渲染的，仍是满塘的雨荷，奇绝的游鱼。他本不属于烟水之乡，但水墨的无边妙趣，早已弥合了山地与水地的地理间隔。美的创造力这一回已经穿越时空，遥接宋人梁楷的泼墨，一路泅染，一路擦抹而下。这是我欣悦于李积霖画艺的大端。

但要提醒他的一点是，一时兴起的激情还需要一点把控，太过于任情任性，画面、笔触、细微处皆会浮泛燥气，妨碍画作的整体性之美。

李积霖目前是放，是渔人极尽最大限度撒开的网。在我静静等待他收网的时候，我不意之中见到报端刊发的几幅美术作品，细辨出那画上的题跋很有些令人寻味的地方，录在文末，与李积霖一同玩味……

"今人作书笔致乖张，气象萎缩，画亦如之，真唐突大雅也。"

"元明人简古朴厚，为后来学者所不及也。"

沉潜往复于水墨传统的源流

——观李积霖的京华新作

马　钧

　　三年前看过李积霖的画展之后，我写过一篇文字，主要意思是说他在那个阶段，呈现出一种"放"的状态，就像把网尽可能地撒开，以便网罗到更多的东西。所以那时候花花草草、山水、人物都会在他笔下杂然呈现。往好处说，这是他在艺术上多方摄取的结果，或许"其中隐伏着画家意在厚积薄发的长远谋划"。往坏处说，样样都来，会给人留下模糊不清的印象。

　　阔别三载，正是他去中央美院张立辰门下深造的三年。他把这期间创作的作品刻录在光盘上，让我看看。

　　我反复看过几回之后，第一印象和后面不断积累起来的印象叠加、补充，形成了一个特别清晰的判断：短短三年的时光，李积霖的画艺已经从先前"放"的创作态势，进入到一个"收"的创作态势。这意味着他的艺术目标从原先的模糊、扪摸状态，跨入到清晰、明理的状态。

　　而这一回的变化，从大处说，他是把自己的水墨画创作，与中国博大精深的传统绘画结结实实地来了一回"零距离接触"，可谓是当下与传统的一次衔接，一次在他艺术经历里刻骨铭心、开蒙启悟的深宵长谈。从小处说，他在笔墨表现的质量上，有了异乎从前的、令人眼前一亮的收获。

对水墨画传统的悉心体认，让李积霖摸准了自己的艺术取径。可以说，由当下逆向优游于水墨传统，再从传统的经典返回到当下，循环往复之间，他便建立起了自己的艺术脉络——青藤、白阳、八大山人、石涛、吴昌硕、齐白石、潘天寿、张立辰……这个还不算完整的"艺术家谱"，大致上反映出李积霖新近的艺术路径。这既是他的一次"认祖归宗"之旅，也是他为自己将来的艺术定位和艺术地位所建立起来的庞大的参照系统。这也是艺术法度所包含的应有之义。

在李积霖创作的这批新作中，有许多耐人玩索的地方。

其一，在表现题材上，不像以往那么"芜杂""丰富"了，而是基本上往花卉水墨写意这一绘画类型上靠。明清画家喜欢表现的紫藤、石榴、兰草、荷花、芭蕉、梅竹、葡萄等植物，一应俱全地出现在李积霖的这批新作中。受近现代画家的熏染，野蒲、玉米、南瓜、葫芦、白菜、丝瓜等更趋生活化、凡俗化、乡趣化的题材，已然成为李积霖水墨写意的标志性视觉符号。作为一位在乡土世界出生，饱受农耕文明滋养的当代画家，李积霖笔下的花草树木不再是一种痛苦的、怨愤的象征性视觉符号，也不单纯是一种独标的孤傲、苦寂之情怀，他的花花草草，更在意自然的生趣，表达一种乡野的烂漫和恣肆，一种花木成熟时植物与农人的欢欣与醉意（你看他多么醉意于描画秋天成熟的果实啊），一种泥土和花木谱写的大地之歌。我跟李积霖私聊时说过一个意思：艺术有一个神秘的功效就是能起到唤醒的作用，它会唤醒一个人最真切、最恒久的情感，唤醒人的集体无意识中携带的人与自然相互感应时方才焕发出的那么一股一股天真之气、野逸之气。

其二，他的笔墨更趋于精微化。与先前有些过分率意而少了含蓄的笔墨相比，新作中的笔墨质量已经远远优胜于从前。浓、淡、干、湿的水墨层次感，让笔墨中屡屡弥散出古意盎然的笔墨趣味和笔墨韵味。他惯常表现的藤枝、榴叶，在简劲自如的撇捺涂抹之中，在快速的笔锋运行当中，神采毕现，气韵生动，依我的视觉经验来看，李积霖不但熟练地掌握了物象的造型技能，他在笔墨中流溢出的风神气度，差不多可以和青藤之辈精妙的笔墨同列而观。

其三，在对传统水墨习而相化的体认过程中，李积霖对材料美学的讲究，也提升到一个新的层次。在他化用、拟用先贤笔意的诸多作品中，专门选择了一种仿古毛边纸，同时又在墨中添加进明矾、丙烯、胶等物质，其目的就是想把笔墨的肌理效果最优化。古代画家用生宣这种吸水性能较强的纸，就是为了追求水墨渗化之后的淋漓和湿润效果。可是，正如方家所言，"传统的山水画是以线条为主，而不是以渲染为主"，生宣和水墨接触之后，在纸上向四外散开或渗透，会出现诸多人为不可控的因素，而像徐渭他们，在纸中加入明矾等物质，会对水墨的漫溢起到收敛的作用，避免出现胀墨后造像的走形，不理想的水渍渗溢。作家兼画家阿城跟人讨论画材时说过，"东晋王羲之、王献之这些人，哪里会有一笔是洇开的，那是蔡侯纸啊"。正是因为有了经过处理后的纸张，笔墨的线条质感、墨韵才会完美地呈现出来。当代最富盛名的书画鉴赏家王季迁对中国画的笔墨有着过人的见识："石涛发明了一种新方法，就是在纸还湿的时候画上线条，因而创造出他独有的一种笔墨相融的效果""花卉画家，像赵之谦，他用生纸画花瓣，产生了扩散的效果，他用很湿的墨和水在生纸上渲染，完成了没骨的影响，并重新为花卉画开辟了写意的新方向。"王季迁甚至有过一个精彩的比喻，在他看来，淡墨与浓墨就像室内乐中一个响的声音和一个轻的声音之间的关系，它们不是谁把谁盖过、遮掩的关系，而是相互映衬、相互发明的关系。李积霖因为学过西画，他在色彩的丰富性上，也时常会把黑白之色外的一些彩色、杂色，恰到好处地带到他的笔墨之中，比如他用黑墨画出白菜，而把活动其上的蚂蚱用红色勾画出来，一下子就让画面透出吴昌硕、齐白石那样温暖透亮的气息。这样做的另一个好处，就是对笔墨线条的质量有了更高的要求，也就是说，画家要在纸、笔、水墨的相融中，寻找到精微而富有张力的笔墨综合效果。看得出来，李积霖新画中对线条笔触的色调变化，有了高度的自觉。

统观这些新作，乍看好像它们一派古色、古韵，似乎还没有淋漓酣畅地泼洒出李积霖的个性化风采，其实这是浮泛之见。因为一位目标高远的画家，会在沉潜往复于水墨源流过程中，始则饱吸深采，终则吞吐出卓异不凡的气息。李积霖深造归来之后，他的心性是沉静的，还有着开悟之后难得的定力，以此我们可以料定，他定会在水墨画的天地里涉远、攀高。而与他年龄相仿的一些画家，于画艺之道往往浅尝辄止，更有一些画家完全像黄宾虹所痛贬的那样——"当未得名之先，人未有不期其技艺之精美者。临摹古今之名迹，访求师友之教益，偶作一画，未惬于心，或弃而勿用，不以示人，复思点染，无所厌倦。至于稍负时名，一唱百和，耳食之途，闻声而至，索者接踵，户限为穿。得之非艰，既不视为珍异。应之以率，亦无意于研精。始则因时世之靥欣，易平昔之怀抱，继而任心之放诞，弃古法以矜奇，自欺欺人，不知所止。"

幸甚至哉，李积霖已经拥有了自己坚定而高远的艺术抱负。他能在心浮气躁的画坛中，把心气和才气逆向凝聚到水墨的传统里，在那里吸收养分，化育自己的才情。从艺术哲学上说，我愿意引用老子的名言："反者，道之动也。"这个"反"既有锐意革新之意，也有返回之意。君不见青海湖中的裸鲤逆流而上的时候，正是它们卵化新生命的时候。李积霖往返来回于古今之际，不也暗合着这样的天道与天机吗？

情绘于笔物染于墨
——评李积霖写意花鸟艺术

李　懿

　　十九年前与积霖初见，得知他与我在同一学校毕业，便有了许多话题，接触中发现他喜欢收藏，通览古玩杂项并具有一定鉴赏能力，这也使我们更加紧密地接触了。一晃也有近二十年了。积霖家住乐都，但隔些日子我们总要见面，每每见面我们总是聊着与绘画、收藏有关的事情，从彩陶到明清瓷器、从纺轮到明清玉器、从石涛到齐白石，从五代时期的"黄筌富贵，徐熙野逸"到宋代宫廷画的"致广大，尽精微"，如此等等。总之，都离不开中国传统文化发展与传承不变的主线，这么多年下来似乎也变成了一种习惯。

　　孟子所说："要善养吾浩然之气，塞乎天地之间！真奇与平淡固自不二。"积霖少年时受其父影响，练习毛笔字，而后进入大学学习油画，后又自学国画，并深深被中国画的博大所吸引。自大学毕业以后，积霖到处造访高于自己的人，正如古人云："读万卷书，行万里路"，画山水、人物、花鸟并勤于书法，悄无声息地行走在自己的笔墨之途，默默地描绘着他心中的一花一叶，其间出了一些作品，虽显稚嫩倒也拿得出手。但，可以看出这些年他不满足于现状，在内心深处积淀着一种真实而平淡的力量。一日，积霖突然提出要报考张立辰先生的研修班，那时他已接近而立之年，众人以为只是一时冲动，但不长时间他真的舍下妻儿老小，只身赴京，我想那时他从近年的实践中看到了置身于全国中国画发展的大环境中青海本土花鸟画的处境，也思考了自己身为青海本土培养的一名艺术工作者的责任与使命，所以想要走出去开阔自己的胸襟和眼界。

初到北京，李积霖从学于张立辰先生门下，从基础的梅兰竹菊入手，逐步开始创作，一直秉承谦虚谨慎的态度，这些过程加上他多年对书法的研习为他打下了极为坚实的基本功，也让他渐渐领悟到，写意花鸟代表着中国画笔墨结构所体现的概括性、写意性、精神性，其间集中着中华民族丰厚的文化底蕴、哲学思考和审美高度；在一幅好的写意花鸟作品中最能体现画家的文化思想，这也正是古往今来历代大师之所以对写意花鸟创作乐此不疲的重要原因。时光流淌，随着视野的开阔，他认识到一位优秀的写意花鸟画家必须坚持继承传统，并融入自己独特的性格气质和观念才能开拓自己的创新之路。翻开中国写意花鸟史，我们可以看出，写意花鸟画是中国绘画史上自明代以后的一个显要画种，但历朝历代的画家们所创作的每一幅作品都具有极为鲜明的艺术个性和属于那个时代的痕迹，无论是徐渭的酣畅、八大的简约、昌硕的文雅，抑或是白石老人在画中融入的情趣新意，大师们都展示着各自的风采。而今，他们的作品早已成为我国写意花鸟画历史发展的见证。积霖作为晚辈，虽与大师们相距甚远，但作为一个年轻的学子，他认识到了自己还有很多东西要学，所以，他经常问学于田黎明、姜宝林、于光华等名师，取各师之长，补己不足，他作为生活在当今社会的一名艺术探索者，既学习传统又思考与传统的不同，慢慢形成了自己在花鸟画大写意领域的一些观点和想法，并将其融于自己的绘画当中。孙过庭在其《书谱》一文中提到，"笔者；形质也，墨者；气韵也"。笔墨是中国画的灵魂，是画家绘画思想的载体，笔墨在写意花鸟中同样重要，笔法的千变万化，墨色的干湿浓淡润泽，都需依赖于画家思想的灵感去驾驭。"物染于墨情绘于笔。"李积霖同样继承先人所留下的纯粹的民族艺术精神，沿着先哲的艺术之路不断探索自己绘画的笔墨，并紧跟张立辰先生"一花一叶"的艺术力量，发展着自己的写意花鸟画的思想内涵和笔墨造型语言，使他的作品中无论是笔墨形式或是画面构成，一直继承着中国写意花鸟绘画体系中的传统思想。直到现在，我们也不难看出李积霖的作品更多的是在张立辰先生所创作的基础上加以提炼和自我塑造而完成，他很好地发展了张先生笔墨中对物象的高度概括和他所确立的大写意花鸟画的人文精神；他笔下描绘的物象透露出古拙厚重，而坚持以书法用笔，使得其作品线条生辣。由于其在李一先生门下做访问学者而为自己打下的良好美学基础，使他具备了强烈的自我意识，然而这种自我意识在画面中的吐露，在我看来，并不是简单地在作品表面描摹，而是他努力从"形质"与"气韵"两方面入手，努力达到自己所追求的笔墨境界，从其所画的《屈子之遗》《墨写氤氲李家山》中可见一斑。在这里已经很难找出张先生的影子，我们所看到的已是一种积霖通过缜密思考、精心变化后现出的属于自己的笔墨造物的境界了，与以往笔墨不同，由"稚嫩"逐步转向了"成熟"，这种"成熟"不单是技法的纯熟，更是笔墨造物的成熟。显然，这里的笔墨是依照内心感悟、自然的造化而得到胸中物象而产生的，在提炼物象的过程中是依物象的"神"而变化的，不是简单地将物象依附于笔墨，而巧妙地将笔墨融于物象之内，这些作品从另外一个侧面也反映出，他抛弃了之前所有你能看到的写意花鸟画的造型语言和笔墨技法，并已逐渐开始形成自己创作语言的端倪了，我认为这一点对于积霖来说是最为可贵的。也就是说，他的创作已经逐渐从开始的"有我"慢慢在向"无我"过度，从画面流露出的一些细节来看，他还是特别注意这种"无我"不是"玄妙"，而是依物写情，情由心生的过程。记得雷甲寿先生就曾经说过：

"他的花鸟画用笔厚重、凝练，高古清雅之致，别具一番情趣。从整体画面来看，他较好地掌握了传统笔墨技巧，而且在尽力展示自己的笔墨特征，用笔沉稳中见灵动，轻重疾徐运用恰到好处，用笔用墨到位，而且不死板，在章法布局上十分注重线、形及黑白的平面构成，使画面充满勃勃生机，并给人以现代感。"这样的画面笔墨形成是和他个人的修养与才情密不可分的，通过笔墨气象、画面意境在他的作品中透露出来更多的则是他的心性与对物象的情感诉求，与其说他是在画花鸟倒不如看成他是在与"一草一木，一花一鸟"的内心对话，画面则直接反映着他对话的内心声音，或欢乐、或忧伤、或浪漫，其本质为人之情感表现，而其结构、比例又合于常理，自然天成，自成其趣。

纵观积霖这些年的作品，可以看出他对自己画面中物象的造型要求很高，他一直在不断地探求写意花鸟画的更高造型艺术，一直处在一个不断提炼的状态中，他始终认为造型的提炼是没有止境的。观其作品也看得出他对徐渭、八大的作品浸淫甚深。对陈淳、林良、石涛、虚谷、吴昌硕、齐白石以及潘天寿等诸师的作品也有所涉猎与借鉴，笔墨语言的完善是建立在造型提炼的基础之上的，这使得他的作品物象造型生动而且具有一定笔墨内涵。他的用笔大胆泼辣，放笔直取物象，给人痛快淋漓之感。造型简约平和，略加夸张变形，自得物象之态。从他的物象造型中我们可以体会出画者描绘时的一份自信，这种自信并非盲目涂抹，而是他日复一日年复一年对中国传统绘画学习积淀的结果。为更好地传达物象的神韵，积霖平日里作了大量的写生，观察物象的各种形态，积累了大量的素材，而他认为，"写生不仅是为了捕捉和记录物象外在的形，更是为感受和领悟物象的意态，以便在创作中达到借物言志或借物寄情"。这种寄托又恰恰和我国的含蓄审美观有着巨大的内在联系。在创作时他并不因循守旧，我们可以从《秋水独立》中看到"八哥"是近一个时期他乐于描绘的对象，八哥的嘴、眼睛和爪子寥寥几笔，看似极其简单。这简单的几笔其实是对物象高度的概括，将这种概括的物象通过扎实的笔墨技法表现出来，可以说做到了"传神达意"，"八哥"的整个神韵通过这简单几笔由内而外地喷发出来，这种气韵贯穿于整幅画面的气息，具有很强的形式感，画中的"八哥"仿佛在接受时代的洗礼。

清代笪重光在《画筌》说："空本难图，实景清而空景现；神无可绘，真境逼而神境生。位置相戾，有画处多属赘疣；虚实相生，无画处皆成妙境。"从中我们可以体会构图中虚、实作为中国绘画艺术的形式语言的重要性，而虚实的根本则是"留白"，因此，"留白"是中国画的重要构图原则，从美学的角度审视中国画"留白"艺术，则可见其黑白互依的均衡美、跌宕起伏的节奏美、气韵灵动的空灵美，"留白"同中国哲学的虚实相生理论深度契合，也是中国传统艺术的典型审美特征。李积霖的画面构图上依法传统，其画面既吸收了元代王冕的简约空灵之气，又带有宋代院体花鸟之严谨缜密、清逸洒脱之风，让传统的营养滋润自己及对先生张立辰画面构图的学习和研究，使其画面已形成别开生面的构图风格。若仔细看过他的作品可以发现，每一张作品的构图都是费了一些心思的，在众多作品中很难找到相似的构图。为构图需要他很注重物象的加减，他创作的花鸟画构图平中有奇、奇中求险、开合顺畅，但又不失传统规矩，画面布局灵巧多变，构思独到，疏与密、繁与简、虚与实都恰到好处，常出现的大片留白，让他在画外有无限想象。有时常撷取树木的一枝，突出表现一鸟或一果，画面及其简练，然而简练之中跳跃着生命的载体，即使有的作品中没画鸟，画面中也会出现蝴蝶或飞虫之类。此时，画面中的静与动显得更加生动，常给人以勃勃生机的感受。忍不住要多看一眼，此时，你会感觉画外的空间大于画内的空间，达到一种纸有限而趣无穷的玄妙境界；除此之外他的画面常常经营于局部，而不失整体"势"的营造，以其"势"显出独具匠心，以其"势"深化读者视觉，常给观者极强的视觉冲击力，将画面"张力"扩大到极致。从其《迎风舞腰》中我们不难看出这种思想的一线，同时也隐含着一个北方汉子的豪爽与霸气。

李积霖的写意花鸟作品还处处散发着自然灵动的气息，这除了跟他对国画的深刻体悟有关外，还与他少年时长时间的学习素描训练与西画技艺的经历有关。凭借对造型、色彩、线条特殊的理解和体悟能力，他的很多作品中都有中西笔墨贯通，色彩丰富，线条简练的同时又蕴含时尚元素的成分。读其大画及小品，或紫藤，或丝瓜，或葫芦，或石榴，均有西学的影子存在——色彩丰富，有深、有浅、有浓、有淡，视觉效果极佳，很有吸引力。而《秋水无尘》中这种墨色交融，中西的巧妙融合显然已超脱了单纯的墨色浓或淡的层面。整体来讲，我认为李积霖通过对中国传统文化的深研，紧紧抓住了写意花鸟画的精髓，把西方艺术的现代表现形式和传统绘画相结合，并兼顾时代特色，已形成自己独特的绘画风格，甚至已成为青海写意画家的翘楚，但可以看出他并不满足现在的成就，也许对写意花鸟画的研究将是他一生的精神寄托。

作为朋友，祝愿积霖继续以大道从简的魂魄守望住自己的精神家园——那一方属于他也属于社会的花鸟画世界。

率性表达，趣味无穷
——评李积霖的花鸟画

冯民生

　　李积霖是一个充满才情的花鸟画家。他的花鸟画在继承传统的基础上加以开拓，体现出"守正出奇"的风格面貌。他的创作感情真挚，笔墨恣肆，格调高古，充满天趣。

　　李积霖的花鸟画实践走的是一条正途，他在继承中国传统花鸟画成就的基础上，求新求突破。在李积霖的花鸟画中我们可以感觉到白阳、青藤、扬州八怪等传统花鸟的遗风，在笔墨关系上十分讲究。我们从他的花鸟画作品中可以感觉到，他在花鸟画中追求的是笔墨和趣味的表达。除追求墨色的丰富外，紧紧与用笔结合起来，使得笔墨关系十分恰当。我们注意到，写意花鸟画最为不易的是用笔与用墨的有机结合，在追求墨色的丰富中会失去了活脱脱的用笔，造成花鸟画的气息的滞、呆、板的弊端，没有了花鸟画的趣味与格调。而李积霖却很好地驾驭了用笔与用墨的关系，使笔墨相互生发，相得益彰，画面生动而充满生气，给人痛快淋漓的视觉之美。因此，李积霖的花鸟画实践之路是一条正路，符合中国传统花鸟画的创作规律。

　　花鸟画的创作是最为依赖文化的艺术形式，她与中国山水画与人物画相比，反映生活的直观性不如人物画与山水画，再加上亘古以来题材、内容就是人们时常可见之物，这样就使花鸟画创作难度加强。一个想在花鸟画创作中取得建树的人如果没有文化修养，是很难有突破的。而李积霖正好有深厚的文化修养，对美术史以及艺术创造规律有着独到的认识，并与艺术实践结合起来，这使他的花鸟画体现出文化意蕴，增强了花鸟画的趣味。因此我们从他的花鸟画中感受到不俗的格调与趣味。

李积霖的花鸟画还有一个突出的特点，就是画面充满饱满的感情因素。观他的花鸟画给人有一气呵成的痛快感觉，其实这就是他在作画时感情饱满，充满激情。其实这点在我看来是最难能可贵的，这点也使他的花鸟画能够感人至深的根本所在。我们知道，当今许多画家在创作中，不太注重感受，常常借助照片，甚至参考画册，这样使得画面程式化痕迹明显，没有了情感。而李积霖在作画时充满感情，以情入画，畅快淋漓，达到气韵生动，趣味天成的审美效果。

李积霖在花鸟画上有着自己的追求和远大的抱负，他在继承传统的基础上追求新意。在表现中追求率性表达，寻求花鸟画的趣味与精神契合。

李积霖在花鸟画上将前途无量。

郭世清先生的画与情

李积霖

中国的民族文化历史悠久，博大精深，有着几千年的文化积淀，老祖宗给我们留下了浩如烟海的艺术精品，其中就包括许多的书画。

字画装裱专家洪秋声老人，被书画界称古字画的"神医"，他装裱过无数绝世佳作，如宋徽宗的山水、苏东坡的竹子、文明和唐伯虎的字画。几十年间，经他抢救的数百件古代字画，大多属国家一级收藏品。因历史原因被付之一炬。事后，洪老先生老泪纵横地对人说："一百多斤字画，烧了好长时间啊！"书画的毁坏就连文化欠发达的边陲青海也难逃一劫，乐都籍西北著名画家郭世清先生也是这样的宿命。

孙黎先生曾说"这是一个美好的、真诚的、善良的灵魂。他无负于国家民族，也无负于人民大众"。世清先生的艺术成就无须我重新赘述，他的《柳枝八哥图》是1964年去祁连采风时乐都姓张的文友赠送的，作品虽有所残缺，但蕴含的艺术情怀尽显其中。

画作主人家藏有两幅作品，一幅是黄胄的《赶驴图》；另一幅便是《柳枝八哥图》。两只八哥在小写意的基础上，做了个性化的发展，笔墨放任恣纵，清逸横生。画面杨柳垂吊，竹影绰约。两只八哥栖上枝头，一只似发现什么机敏地张嘴鸣叫。柳条上叶子稀疏，呈半枯状，显然已是夏去秋来时节。淡墨飞白笔画柳枝、叶，线条时有顿挫，给人以飘洒力量之感。柳叶用湿笔淡赭色虚远模糊，与八哥形成鲜明对照。整幅作品笔直简达娴熟，是世清先生的晚年佳作。款署："壬寅年秋月世清写生一九六四年夏游祁连……"显然是凭记忆把以前所见在萧瑟秋天的景物画了出来，在六四年夏天同游祁连时赠与友人，此画完全流露了画家与主人的深厚友情，可惜在那个时期悄悄挖取了主人名款，偷偷装在破梳妆镜子的背面，才留下了这种残缺的美。现画作主人早已离开人世。

20 世纪 80 年代后，文学艺术以空前的速度走向成熟，并迫使对中国当代文学艺术不屑一顾的国际文坛不得不刮目相看。文学艺术打破了过去凝固不变、老气横秋的沉闷状态，显示了它内部躁动不安、蓬勃向上的生命力。中国有着五千多年的文明史。众多的民族共同生活在这片土地上，他们以勤劳勇敢、艰苦奋斗著称于世。"居安思危、戒奢以俭"是中华民族在历史长河中总结出来的。

人生没有绝对的完美，只有不完美才是最真实的美；人生没有一帆风顺，只有披荆斩棘才能路路顺；人生没有永远的成功，只有在挫折中站起才是真正的成功；艺术没有永恒，只有闪光的艺术才算是生命的永恒。

今天我们的国家经济发达、文化自信。我们在坚持文艺大繁荣大发展的前提下，努力发展学术自由和创作自由，文学艺术"百花齐放，百家争鸣"。让我们携起手来共同努力，响应时代的召唤，让优秀的民族文化、民族精神传统的火炬一代一代传下去吧！

深受青海地域精神触动的艺术家

李积霖

在比较西方现代美术的发展趋势和当代中国油画发展的现状时，可以看到油画在艺术语言更新上的潜势表现在发掘艺术家感性特征的一面。然而，时至今日，尽管从西方舶来的油画在中国已经有近一个世纪的发展历史，中国油画也在各种风格取向、图式创造上纷纷涌现出一批批优秀的艺术家，但就其整体而言，在色彩语言上真正有所建树的艺术家还是比较少的。正是出于这个原因，我特别关注朱成林先生的油画作品，他的作品在任何一个展览场合出现，都会让人刮目相看。这也许是因为在我国西北青海成长起来的画家，对于边陲的风情有独特的感受。在炫目的景观下面，有艰辛生活构成的独特画面；也有画家让客观自然回到自己的内心时笔触表达的升华。这里的中西之辨和古今之别，在朱成林先生的疑惑和辛劳中获得了一种独特的解决。

我始终以为朱成林先生是一位具有独特艺术个性和创作活力的艺术家。前不久我观看了朱成林先生的一个画展，朱成林先生早期的油画作品，不管处理得繁复还是简洁，其个性特征都非常鲜明。在用色、用线、组织画面结构等方面，朱成林的油画与西方的表现主义也有区别，他并不是完全依赖色彩的刺激，而是已经开始运用色彩强烈对比，制造一种视觉和心理效果，着重突出画面的整体气氛，营造出一种既和谐、响亮、欢快、明朗，又抒情、宁静、温文尔雅、诗意盎然的氛围。这个时期朱成林先生在其艺术创作里，就已经开始了对表现形式、美感这一问题的思考。这个时期他对形体奇妙的夸张变形、略带中国画意味的线的运用以及对灰色系列的情有独钟的运用，都给观者留下了深刻的视觉印象。有不少画家将写意画的逸笔草草与油画的直接画法结合起来，力图改造出一种体现书写性的油画语言，尽管取得了不俗的成绩，但似乎牺牲了油画语言的厚重性，有简单粗率之嫌。俄罗斯美术大师瓦西里·康定斯基说：“色彩和形式的和谐，从严格意义上说必须以触及人类灵魂的原则为唯一基础，艺术的目的和内容是浪漫主义的。”而朱成林先生的油画作品中的色彩饱满、响亮，与富有韵律感的点线配合在一起，不但让人感觉到艺术家本人愉悦的心情，更让人品味到诗的意境。这一点与写意画的逸笔草草、与油画结合的画家作品完全不同，却与瓦西里·康定斯基色彩与情感的论述完全一致。我观他早年作品，他创造了一批带有鲜明青海地域特征的少数民族人物形象，我发现他更关注对人物个性特征的塑造。他描绘的藏族同胞，脸部刻画非常丰富，色彩、块面组合得很自由，明确地将特定的对象和身份凸现出来的同时，却控制着自己没有向完全夸张、抽象的方向演变，他也克制着不去过分主观地表现自己的激情，而是介于主、客观之间的自由描绘，这大概是中国的表现性油画的一大特色。

色彩作为独立的造型语言得到真正的解放可以说是从印象主义开始的。印象主义画家们为了表现瞬间的光色印象开始使用分色技术并加以短小的笔触，在画面上造成五彩斑斓的光色效果。从20世纪八九十年代朱成林先生的作品来看，画家开始厌恶没有个性的甜腻调子。他钟情于印象派之后的富有表现风格的作品。从他画的一大批用笔率真、色彩纯朴的写生作品可以看到艺术一定要"进去"，要表现对象和自己内在的心理和感受。1996 年法国之行归来，朱成林的作品展出时震惊了青海画界，也让我久久地思索，到底什么是中国人的油画？到底什么才是中国人的民族油画？到底什么才属于油画？法国之行成就了朱成林老师吗？他的《巴黎街头》《埃菲尔铁塔》等，这些作品尽管取材异域，却都是带着一种类似乡土的感情意识去表现，朱成林的画风幡然一变，集印象派、表现主义和抽象主义之大成，自出机杼，创造出了一幅幅耳目一新的作品。

画家从写实逐步走向抽象，它除了画面结构、色彩、造型发生变化之外，更出奇的方式就是笔触，其实更准确地说就是它们结合在一起了。这种笔触的丰富、千变万化与色彩的层层叠加是朱先生个人成熟的风格，其面貌是一个很重要的参数，或者是一个指标。这时候他希望完全和别人不一样，跟国内油画家不一样，跟外国油画家也不一样。如果说他完全有自己成熟的油画语言面貌，我觉得不同于印象派笔触首先就是一个叛逆性的标志，其次就是色彩的地域性特征。怎么讲，我觉得朱先生在创作过程中，基本上说是从情感上来的。但画家始终还是站在令他着迷的青海本土语言上升华的。这个时候我在想画家形成这种面貌一定去做了很多很多的尝试，比如挑战色彩的极限超过自己原来固有的这种色域的领域，他还从西方更多大师成就里去吸收营养，或者看到了青海本土地域吸引他的东西，某些精神的触动才使他做出了这个走向大师级品格画家的尝试。这样推理也就自然而然的形成了今天的朱成林先生的油画面貌。

多年生活在干净、空旷、博大的青海，青海的地域特征形成了画家的自信和野性，这也应该是朱成林先生对青海地域艺术美的理解逐步深化的一个过程。对青海的一草一木看得越久，朱成林先生就越着迷。在青海不长草的山上，朱成林看到了别的画家没有看到的东西。正如他所说："光线照在山上，有一种绸缎一样的美。青海的美，让我的内心发生了非同寻常的变化。"正是他与青海之间的那种无比的相爱，冥冥中必然会成就朱成林先生。从取材于家乡的《红桦林》《雨后深山》《暖冬》《红土山坡》来看，都是朱成林先生乡土情结的反映。如果我把他这些作品作为"原材料"做再度创造的时候，就如老牛反刍，在重新咀嚼中体味出全新的内涵。所谓"全新"，就是在他过去的作品中不曾有过的新的品质。这种不经意的对已有作品的"反刍"，就是构成他多年来表现青海的一个特色元素，也成为他的一种新的创作方法。先生为人低调，少言寡语，以一种极单纯的方式生活，以一种极平易的态度待人，从不多事，从不炫耀，从不张扬，更不会想到找找关系炒作自己。但他的艺术却耀眼夺目，光华灿烂。朱成林先生的个性色彩还有一个更重要的标志是对灰色系的大胆使用。灰色具有明度较低但也最沉稳、视觉效果最和谐但也最易安静的特点。然而，朱成林先生惯用大面积灰色作主色调，明度较低却层次丰厚，清雅静谧而又温厚润泽。这个时期朱成林先生艺术的突出特点是纯化了色彩这一油画造型语言。正如他所说："青藏高原的色彩是坚挺的、神秘的、高远而通透的，它给人更多的想象力和创造力。"如果说朱成林先生20世纪80年代末的作品还善于汲取西方现代艺术诸流派中的色彩精髓，诸如印象派的色块表现以及梵高、马蒂斯等的色彩表现主义在他的作品中有鲜明的印记的话，法国考察归来后的作品则放弃了印象派以来热衷于颜色对比而改用层次多变、复杂微妙的调和复色组织画面的色彩结构，同时以微妙的互补色使各种复色保持低明度、单纯响亮、和谐欢快的效果，而且在特定的环境下，他把色彩与情感结合得更加紧密，并形成一种热情而又温润的韵致，给人舒畅怡悦的美感。

杜夫海纳（Mikel Dufrenne）曾经指出，绘画不在画家的眼前，而在画家的手里。梅洛·庞蒂（Maurice Merleau-Ponty）通过塞尚的疑惑发现，画家总是希望能够揭示事物背后的某种东西，尽管对于那种东西究竟是什么会有不同的理解。杜夫海纳和梅洛·庞蒂的说法，为我们解读朱成林先生的绘画提供了词汇和理论支撑。与疑惑相应的另一个词汇，就是杜夫海纳反复强调的"手"或者身体。人们通常将中西方绘画传统的不同表述为心与眼的不同。借用郑板桥的术语来说，中国绘画侧重描写"胸中之竹"，西方绘画侧重描写"眼中之竹"。

朱成林先生很从容地从事他的油画探索，他在创作中是一个非常自由的人，没有拘泥于任何西方流派的约束。他没有在中西两种绘画传统之间做简单的嫁接，而是希望通过一种艰苦的劳动，来化解它们二者之间的矛盾，也为令他着迷的青海重新赋予了现代美学的绘画形式。近年来，朱成林先生却把日渐复杂深奥的技术，重新淬火，反其道行之，力求达到简约、朴淡、精粹。正是朱先生用一生的浑然修炼让他的艺术真正地达到了无求无欲而又随心所欲，淡化一切规矩而又自成规矩，形成充满生气，充满生命活力，属于他自己的视觉印象。朱成林先生近年来似乎远离了大家的视线，甚至有人说他是个隐身画家。他的艺术不仅表现在作品上，而且首先表现在心灵里，如果说金钱和权势容易获得人们的青睐，异化一个人的本来面目和自身价值，那么他无疑是彻底保持其艺术家本色的一位画家。这句话用在朱成林身上再恰当不过，因为他自己就是这样一位"具有伟大心灵的"画家，一位"彻底保持其艺术家本色"的画家。然而，朱成林先生跟很多同龄人一样，在特定的历史阶段中经历了属于他的人生。可能正是因为他属于青海的经历，因为他所接触的人，也因为他的天性，最终形成了他的油画艺术和油画语言。

一曲河湟谷地的水墨赞歌

李积霖

很多次在朱乃正先生水墨集里看到他表现河湟谷地的水墨作品时，深深地被朱先生驾驭画面水墨的气魄和胆识所折服。因为河湟谷地景色跟北方群山巍峨的气象、博大狂野的气势完全不同，也与云蒸霞蔚、锦绣江南的灵秀山水迥然有别。若画家无恬淡心境和妙裁造化的能力，很难将河湟谷地的文化精神表达出来。

今年机缘巧合，在西宁拍卖会上见到一幅朱先生用张扬激越的手法表现河湟谷地的水墨作品。这幅作品中朱先生很好地运用了他在草书上精心琢磨涨墨的笔墨内涵。于方寸间，墨香四溢，超然意象妙趣尽收笔底。看着这幅作品我想到了朱先生的一句话："我始终在探索源自中、西方绘画传统而又相互交融的一种山水画境界，并进一步追求'造境'的艺术语言。"首先这件作品的构图是正方形，也是朱先生常用的表现形式。前景是一片杂草纵生泥潭挤出流淌的小溪，疏疏落落的树木很好地表现了河湟谷地秋冬的潇条状态，远景只用非常简单的泼墨渗化，就把天色交融表现得淋漓尽致。熟知传统绘画的观者联想到平远山水中的层层远推的笔墨效果，可朱乃正先生以令人惊异的构图和手法表现了一个河湟谷地朦胧而又劲挺、温婉而又凋零秋冬季节的景象。中景由几处矮矮的、长满杂草的水中土塽形成。从造型来看，既没有传统山水画中的崇山峻岭、渔樵柴归、垂钓耕织，更没有西方艺术中所表现的具体物象，集中了某种情节、或叙事。但这个河湟谷地的小景又偏偏令人遐想万千，层层意味通过浓墨黑白对比表达出来。懂得书法用笔的观画者还能够从作品中看出他在勾勒这些树枝时不经意地流露出变化多端的用笔，严谨处做到了密不透风，整幅画面布白又恰到好处地完成了疏可走马的匠心。此幅作品表现的手法和意境均表达出画家不受他人约束，敢于突破传统，如同一位生活出离于尘世之间的修行者一样，达到了超然忘我的自由。

　　如果说朱乃正的水墨画与传统中国画家稍有区别（有时连纸都不是传统的宣纸）。虽然他用的是毛笔，但表现时完全是书法的用笔效果，朱乃正表现河湟谷地水墨作品在我看来产生的熟悉感、亲切感完全有别于传统山水的新奇观念，东西方绘画语言的交织使他的作品平添几分诱人的魔力。他用水墨画拓宽了河湟谷地中国画的表现语言，一系列河湟谷地水墨作品给我们拓展了河湟谷地完全可以用水墨表达的另一条路径。也就是说，要想达到想营造理想的这种视觉水墨效果，无论是构图还是笔墨都必须要有东西方两种视觉美术传统的深厚底蕴。也许我本人在河湟谷地生活了四十多个春秋，这里的一草一木、沟沟壑壑在我的脑海里打上了深深的烙印。在欣赏朱乃正先生一系列关于河湟谷地题材的水墨作品时，灵感的火花与意趣不由自主地与我产生了共鸣。当然，表现河湟谷地的画家很多，有本土的，也有留恋或震撼于青海特殊大美的，我觉得他们都尚未充分表现出黄河逶迤、丹霞翠峰、田园如诗、四季如歌的千年属性，湟水河千年不变的涛声；变幻莫测的光线下呈现出的超越具象形态的奇特面貌和纷繁的人间万象。只有朱乃正先生信笔点染的简约草丛枝叶，还是挥毫洒脱的湟水河的天光水色，纯粹直抒胸臆，即兴挥就。在他表现众多水墨作品当中，河湟谷地系列作品在我看来是最成功的，每一幅都能做到纯净轻灵，精神自得。表现河湟谷地的一系列作品也综合地体现了大画家对大自然的热爱和细微的灵性。

朱乃正的水墨作品犹如一曲河湟谷地的水墨赞歌。当然这种驾驭画面水墨的气魄与高度，在我看来，除了水和墨与纸以外，他强调了哲学于艺术的重要性。他借助自然的灵魂，与社会、历史、人生、万物的发展联系起来，游离于画里画外，竭力融情致于混沌的墨色宇宙中。以其敞怀浑化的深厚书法功力，恬静蕴涵的诗情，乘物以游心。他把众多流美的价值关联在一起，给人以启迪。以哲学入画一直是中国山水画至高的境界，朱乃正植根于古典文化传统，他又突破传统创造了水墨艺术的新境界。

水墨是中国传统文化的艺术语言，就像西方的色彩、构图、解剖一样，中国的水墨作为一种语言极具备科学的因素，也具备文化的精神。它代表了中国文化，也代表了书画艺术的精神和境界。正如石涛所言："画受墨，墨受笔，笔受腕，腕受心。""我之为我，自有我在。……纵有时触着某家，是某家就我也，非我故为某家也。天然授之我于古何师而不化之有？"认为"师古"更要"化古"。此时我也想到了一句话："万法无根欲穷者错，一源无迹欲返者迷，此禅宗大意，意在活参，不须拈滞。"朱乃正先生河湟谷地的水墨作品就饱含了这样高深的哲理。

或许有些评论家认为朱乃正的水墨画不是显得很"传统"。但是这个"很传统"的说法未必为国画界认可，因为这些作品的一招一式、即一根线、一块晕染，并没有使用任何程式化的皴法，在信手笔法之间没有习惯性的勾勒。而这种打破诸多画家多年才能够学得顽固不化的看家之法恰恰拓展了河湟谷地中国画的表现语言。所以说他的作品犹如一曲河湟谷地的水墨赞歌。慢慢欣赏着朱先生的水墨作品，我感触良多，遥远的边陲总是能够吸引哲人来探索来解读未知，朱先生本自出生在江南水乡之地，可他中央美院毕业后就深入边塞之地，探索青海的人文风情，挖掘这里的瑰丽奇幻，很难想象一个年轻的南方人却爱上了大西北的豪迈与激情。在他眼里河湟谷地的一切是新鲜的，河湟谷地打开了朱先生水墨艺术灵魂的窗口。在他的精神世界里始终涌动着一股热切的精神力量，这种精神也形成了朱先生在水墨领域中独特的情趣和理趣。河湟谷地系列作品塑造的中心是笔墨，它有着自己的图式和规范。在他眼里的笔墨图式规则蕴藏着一般画家无法感受到的深厚人文底蕴。一系列河湟谷地水墨作品不求笔墨华丽，潜心塑造景致的力度和质美，追求画面品格的纯正与质朴。在深邃沉静的作品背后，看得出朱先生对中国文化的坚守与执著，看得出他为光阴迅雷、岁长体虚，越发喜欢亲近自然，远离城市喧嚣。每每在河湟谷地游走时，朱乃正先生表现河湟谷地的系列水墨作品便浮现在我脑海里，生于斯，长于斯的我也偏爱重返自然。也许，在河湟谷地的春夏秋冬待得过久，听惯了汩汩流淌的湟水河，感触过疏疏落落的河湟谷地秋冬萧条，不由自主地进入到朱乃正先生表现河湟谷地画境里，洗去身心的尘垢，明亮迷离的双眼，让自己与河湟谷地结缘，与淳朴善良乡情为伴……愿朱先生的河湟谷地系列水墨作品，引导我惬意地与生我养我的河湟谷地做一场"庄周之梦"吧！

留在乐都的墨宝《柳燕图》

李积霖

我写这篇文字是因为这幅画寄托着无限美好的大美意象潜入文化的骨血，汩汩流淌，绵延不绝，它能够唤起更多人守护中华文化的根脉……

——李积霖

南来北往的燕子是春天的使者，承载和传递着人们的种种情感，或是春天和爱情的美好，或是思乡和怀旧的愁绪。"似曾相识燕归来"，打开《柳燕图》画卷，舒朗清新的气息引领画者进入恬淡幽静的春景遐思之中，画面描写春天两只燕子飞来之景。燕子低飞呢喃，整幅画用小写意手法表现，用笔圆劲秀泽，敷色浓淡相宜，尽显春韵，燕子的姿态灵动而有变化，颈部及腹部以朱砂点红，尾长呈深叉状，燕子的造型，拟古之笔由此可见一斑。《柳燕图》中柳条如烟，随风飘拂，丝丝缕缕将垂柳曳风飞扬的风姿表现得淋漓尽致，江南的春景尽收尺幅之间。画中的柳树轻盈娇柔，小枝向上伸展，展现出蓬勃向上、纯朴、坚韧的品格。《柳燕图》布局疏朗，用笔健劲粗放，多方笔转折，用笔润燥相间，色调清淡温和。构图疏密有致，用线粗细灵秀，圆润柔和，敷色明丽滋润。美妙的意境给这幅《柳燕图》更平添了几分神秘色彩，此幅画作时时触动着游子思念家乡的心弦！

《柳燕图》是郭世清的恩师张书旂大师留在乐都的一幅墨宝，我们能够从这幅画中感受其艺术魅力，真正地理解国画艺术的真谛。在漫长的艺术实践中，他创作了数以千计的花鸟画作品，在海内外享有盛誉。他以弘扬中西融合、革新中国书画的精神为己任。用他的艺术向世界传播了中华民族的优秀传统文化和东方艺术的神韵。

张书旂是我国现代美术史上著名的花鸟画家、艺术教育家。据西南大学美术学院教授、重庆现当代美术研究所所长凌承纬介绍，1940年至1942年间，张书旂先后将其创作的《百鸽图》《云霄一羽》《松枝双鹤》几幅作品分别赠送给当时的美国总统罗斯福、英国首相丘吉尔、加拿大总理麦肯金。三次赠送中国画给西方领导人，张书旂成为抗战时期在西方社会影响力最大的中国画家。他在绘画上求简去繁，风格独具。在用笔上，张书旂主张"重简去繁"，"简者"简于像，而非简于意。他认为："笔简是删去了可有可无的东西，保留最精华的部分，是高度的概括，一笔着纸，形神兼备。"这幅《柳燕图》寥寥数笔，以少寓多，笔简意繁，游刃有余，耐人寻味，更突出了画面的意境与韵味。他曾培养了诸如苏葆桢、宋省予、张世简、程本新、郭世清等优秀的中国花鸟画家，对中国当代小写意花鸟画发展影响至深。这幅《柳燕图》作品正是张书旂大师留给得意学生郭世清的墨宝。《柳燕图》历尽磨难，经岁月的侵蚀，如雨后的阳光分外耀眼。郭世清是青海乐都人，师从徐悲鸿、齐白石、张书旂、傅抱石等画界名儒。他与徐悲鸿合画的《猫蝶图》已成为闻名于世的画界珍品。尤其在张书旂先生的悉心指导下，对花鸟画的造诣尤为深厚著长。他经吕斯百推荐，在敦煌千佛洞与敦煌学专家常书鸿共事两年有余，经他手绘成册的《敦煌藻井图案》收入国家级画册，为后学者研究敦煌学提供了弥足珍贵的图文资料。他与方之南、张之纲、周宜遵并称民国青海四大画家，1949年组建了青海文联美术组。他婉言谢绝了徐悲鸿、张书旂大师邀他任教中央美院的盛情，一生倾力于青海美术事业，育人无数。郭世清和他的恩师张书旂先生一样，是一个热爱生活的人，一个生活情趣丰富的人，一个深爱故土的高原赤子，更是一位有灵根、有才气、有成就的著名画家。他有追求真善美的炽热情感，有明睿的思路，深厚的功力，有精湛的技艺，孜孜追求艺术真谛的品德。郭世清在有生之年的岁月里，秉承张书旂先生的教诲，不懈地探求艺术真谛，创作了许多立意新颖、秀丽洒脱的花鸟画作品。郭世清的花鸟画用色明快，情趣别致，简练生动，形神兼备，同样具有独特强烈的艺术个性。《花鸟四条屏》《阵风》《寒禽野集》等作品的神韵完全传承了张书旂先生的艺术精髓，给人们留下了难以忘怀的印象。

张书旂（1900—1957年），原名世忠，字书旂，号南京晓庄、七炉居，室名小松山庄。浙江浦江人。曾任南京中央大学教授，抗战期间去美国创办画院，讲学作画，后定居旧金山。张书旂充分继承了传神写照的创作方法，将唐宋时期的工整与元明时代的写意完美地结合起来。与徐悲鸿、柳子谷三人被称为画坛的"金陵三杰"。张书旂取法任伯年，先学西画，后转攻国画花鸟，作花鸟喜用白粉调和色墨，画面典雅明丽，颇具现代感。形成色、粉与笔墨兼施的清新流丽画风而独标一格。因其善用白粉，故有"白粉画家"之称。张书旂20世纪20年代初入上海美专学习，早年得高剑父指授，有日本画的面貌；喜用高丽纸作画，力求色彩与水墨的融合。又得著名美术教育家吕凤子亲授。1922年，张书旂从金华七中毕业后，曾报考过国立中央大学，但未被录取。殊不知，1929年，中央大学校长徐悲鸿竟邀请张书旂前往南京，任该校教授。在工作与生活中，两人建立了深厚的友谊。1935年在南京举办个展。吴茀之、潘天寿、张振铎到南京看画展时，住在晓庄新村张书旂家。几个人睡在一个房间里，书旂和宝莲睡床上，其他三人睡在地板上，无话不谈，还互相斗嘴。张书旂取笑潘天寿"寿头，寿头，只画石头。"潘天寿反讥他说："是啊，我的石头不值钱。你的画像花旦，涂脂抹粉，人家喜欢。"和平使者张书旂在四川重庆期间，饱受离乱之苦。怀着对和平的无比渴望，1939 年，他着手创作了《百鸽图》，被中国政府以国家名义作为礼物赠给美国总统罗斯福，祝贺他三次连任总统。为世界反法西斯战线的形成起到了推动作用。此画历时 3 天，经历了日军轰炸机 18 次投弹轰炸。当画到第 97 只鸽子时，日军轰炸机再次袭击重庆，炸弹像雨点般倾泻而下，寓所附近的许多房子被炸毁。但他置生死安危于不顾，在硝烟中完成了这幅杰作。第二次世界大战爆发后，英国首相丘吉尔向法西斯展开全面进攻，扭转了欧洲战场的形势。张书旂创作了一幅《云霄一羽图》，画面中在岩壁耸立的山脉上空，一只雄鹰展翅盘旋，似乎在洞察猎捕对象，以便随时攻击。这幅作品由时称"当代杜甫"的杨永玺先生配诗后，赠送给英国首相丘吉尔，以表彰他在反法西斯战争中所做的贡献。抗日战争时期，美国派遣以陈纳德为首的空军飞虎队来华支援抗战，在执行任务中屡建战功。张书旂画了两幅绢画赠送给飞虎队队长陈纳德和他的战友。1940 年，张自忠将军在抗战中壮烈牺牲。张书旂在重庆嘉陵宾馆举办个人画展，将 200 幅国画作品义卖，募集资金，作为以张自忠将军冠名的奖学基金。

张书旂在中央大学从事教育工作达 11 年之久，1941 年他以中国艺术使者身份赴美，肩负使命：一是不顾战争创伤开展文化交流，把中国的文化艺术带给美国人民；二是为苦难的祖国和人民募集资金，支持抗战。远赴重洋后，勤奋作画，在三年左右的时间内，先后在美国芝加哥研究院、旧金山美术馆、波特兰美术馆、西雅图美术馆、加拿大多伦多国立美术馆、渥太华美术馆等十余个地区的艺术场馆举办画展，义卖所得源源不断地通过中国救济总署寄回祖国，为支援抗战奉献自己的力量，为推动世界反法西斯斗争和维护世界和平做出了卓越贡献。

据不完全统计，张书旂通过中国救济总署先后寄回来的资金约 10 万美元。在西雅图，112 名中国留学生因战乱与家庭失去联系，经济来源中断。张书旂挑起重担，竭力帮助他们解决衣食问题，安心学习。然而，他自己的家乡沦陷，他在长达五年之久的时间内没有寄钱回家，家人生活极端困难，靠张书旂的母亲在家养猪、养蚕维系家庭生计。张书旂常常对子女说，一位艺术家就像一条蚕，吃下去的是桑叶，吐出来的是丝，必须把全部精力倾注在绘画事业上。1956 年在美国西部举办国际画家名作展览，其作品《雄鹰》获水彩大奖。他曾打算做一次环球旅行，经苏联再次回国，但这一愿望最终未能实现。他不幸得了胃癌，手术无效。在生命的最后时间里，编写完成了《翎毛集》《书旂画法十章》，本来还打算完成《花卉集》的编写，但生命之光已经耗尽。1957 年 8 月 18 日，张书旂病逝于美国旧金山湾东寓所，享年 57 岁。

张书旂绘画技术炉火纯青，挥手立就。美国人问，培养一个像他这样的画家需要多少时间？他回答："五千年的中华文明加上我的岁数。"张书旂在美国十多年，许多朋友劝他加入美国籍，以方便工作与生活。但他说："我有国籍，为什么要加入美国籍？"虽身在异乡，但他在作品上的题款总是"浦江张书旂"，足见其对祖国、对家乡的眷念之情。中央文史研究馆文史业务司司长陈思娣认为，张书旂是艺术传播的使者，虽远在异国他乡，却始终孜孜不倦地用他的艺术在开展世界文化交流。

中国花鸟画的魅力是独特的。张书旂绘画的色彩、布局不但具有很强的装饰性，其以形写神，能挥洒自如，收到形神兼备的表现手法也令其他画家难望其项背。中国画表现的鸟是活灵活现的。不仅刻画鸟的基本形态，而且抓住了鸟内在的生命，将鸟瞬间的微妙变化跃然于纸上，充分显示了中国画的真正价值。吕凤子对张书旂的花鸟画曾有这样的评价："书旂画花似闻香，画鸟若欲语，技法卓绝，当代无与抗衡者。"徐悲鸿也认为："其气雄健，其笔超脱，欲与古人争一席之地。""中国第一人，当无出其右。"在继承传统绘画的基础上，张书旂力求花鸟画派革新中国画的主张和融汇古今、推崇折衷中外的艺术宗旨。张书旂在创作中非常注重对物象的细致观察和对大自然生机活力的把握，强调在概括而又准确地刻画对象中，充分发挥书法用笔的表现力，借鉴西方对物写生法，笔下的花卉、草虫、禽鸟形象多姿，摆脱了既定程式，因此他的花鸟形象结构准确，动态逼真，摆脱了空洞单调的模拟风。他在笔墨勾画的同时，适当强调赋色的明艳、格调清颖，情趣别致，有很强的艺术个性。张书旂先生的花鸟画用笔很独特，富有时代的美感，清新不失华丽，淡雅不失脱俗，手法巧妙娴熟，别具一格。张书旂又吸收了日本画和西洋画的技法精华，兼取众家之长，把花鸟画推向了一个新的高峰。张书旂在艺术创作的生涯之中，可以说是将自己的一生都用在艺术上，也可以说是先生为中国的书画艺术付出了毕生的精力。

花鸟画的最高境界恐怕是很多艺术家为之追求的境界，也是艺术家为之努力的目标，作画的时候，陶冶自己的情操，感受祖国国画的魅力。先生的画笔虽也直撼胸臆，然而却也时时不忘以画中之情趣启迪观者心扉，使人发现未曾关注过的机趣，这幅留在青海乐都的《柳燕图》便是一例，每见其画作，总让人强烈地意识到似乎画家与观者间在无言地进行着对话，在交流着彼此的感悟。收藏这幅画的主人已经成为这幅著名国画作品的守卫者和保护者。当我与收藏这幅画的主人再一次轻轻走到画作前时，一阵阵暖流在心中激荡。我不由自主地会说："我看到了一种崭新的美和优雅，看着这里的叶子，从柳树上伸出枝杈的笔画柔韧而灵动，似微风浮动中跳动的音符，我的灵魂与这幅巨作一起共鸣。"仿佛静静的深夜看到了大师张书旂先生深夜作画的高大身影，他激励着一群群接班人在新长征路上茁壮成长……

鉴赏:齐白石画给黎丹的《紫藤图》

李积霖

　　直观感受而言，听歌观剧比较容易使人兴奋激动，因为其对感官的刺激比较直接。读文章也是如此，读者常常会随着情节、故事深陷其中而随之悲喜。

　　可观画让人兴奋就不那么容易了，因为美术作品平静无言，寂默无声，需要观者去体味、去琢磨。了解画作背后的故事，不失为寻求心灵契合，引发共鸣的直接途径。

　　去年，青海聚墨斋艺术品拍卖有限公司斥重金收购了旅居中国的著名反战日本作家池田幸子、鹿地亘夫妇旧藏的中国书画——齐白石画给黎丹的《紫藤图》。池田幸子、鹿地亘夫妇是中国人民的老朋友。

　　1930年来华之后，池田幸子积极参加各种反战活动。这期间，与宋庆龄、邓颖超、鲁迅、郭沫若、陈诚、萧军、白危等著名人士交善，曾受聘于国民政府军事委员会政治部第三厅第七处任设计顾问。

　　抗战胜利后，池田幸子受到了毛泽东、周恩来的亲切接见，获得高度评价。后回到日本，任中日友好协会会员，作为吴山贸易的代表促进了中日贸易发展，并收藏了数量可观的中国书画，如张大千、黄宾虹、于非闇、齐白石、吴昌硕、李可染等人的精品力作。

今天我要讲述的是其中难得一见的齐白石作品，它也揭开了齐白石与黎氏家族一段鲜为人知的感情故事。

一簇簇的紫藤花，就好似一串串葡萄挂在枝头一样，紫藤花那珍珠般的花瓣，一片接着一片，一串接着一串，叮咚作响。在太阳的照射下，反射出来五颜六色的光芒，晶莹剔透，闪闪烁烁。

这件作品中的紫藤较多用颜色来表现，几串紫藤争奇斗艳，它们在微风吹拂下，姿态婀娜地随风摇曳；淡淡浓浓、正侧俯仰繁复的叶子掩映在花与藤间，把画衬得更加娇艳迷人。

一片热闹中，齐白石不忘来一点重墨压住阵脚，纵横盘曲的几笔下来，不但画面层次更加丰富，色彩对比也更加强烈，整个画面繁而不乱，秩序井然，静中有动势，可见画家随意笔纵横，人眼听我手，"夺得天工"（齐白石印语）的本领。这件作品是齐白石1921年（辛酉）所作，当时57岁。这也正是他画借山馆后院的野藤鼎力之作。画面用草篆笔法题句"华民先生辛酉四月十七日，齐璜白石草衣燕京象坊桥观音寺院寄"，齐白石在某时期写某种书体，在其绘画的线条上就能反映出来。

他五十岁左右时曾醉心于金冬心书体，于是在绘画中所画线条亦多古拙，颇似金冬心画法。但六十岁左右时齐白石摹写了《天发神谶碑》，由于书法功力的加深，使绘画的面貌也为之一变，线条苍劲有力，如藤萝干、枝就明显用草、篆的笔法写出，如这幅五十七岁所作的《紫藤图》，藤萝干就显得更加古拙苍劲。齐白石曾在《白石老人自述》中这样写道："民国九年（1920年）春二月，画家齐白石带三子齐良琨、长孙齐秉灵到北京学习。"

来到北京后，由于城南的龙泉寺交通不便，所以迁居宣武门内石镫庵。因为石镫庵中的老和尚饲养了不少鸡犬，鸡犬之声不绝，齐白石早就想迁走图个清静。恰好齐白石的侧室胡宝珠托人找到象坊桥观音寺，齐白石遂迁居观音寺。但观音寺佛事多，佛号和钟声比石镫庵更多。所以便又迁居西四牌楼南三道栅栏六号……很显然这张画在燕京象坊桥观音寺院所作，并落了"寄"子，可见作《紫藤图》时齐白石是暂住象坊桥观音寺院毋庸置疑，画面也表达了齐白石对华民（黎丹）的感激思念之情。

在近代文人中，黎丹和齐白石的交往便是非常感人的一段佳话，有不少精彩的故事，也诞生了许多传世的佳作，很值得一记。黎丹（1873—1938年），原名泽润，字雨民、华民，湖南湘潭人。近代政治家、教育家、民族学家、著名书法家、诗人，清末副贡。曾官甘肃宁州知州、民国初谭延闿主湘间曾任督府秘书，1928年任青海省政府委员兼秘书长，1933年为民国政府监察员委员，曾受到国民政府党政首要人物林森、蒋介石、汪精卫等人的接见，擅长隶、草、行、篆等各种书体。著有《说文成注》《御海烈士传》《灵州杂吟》《珊瑚砚斋诗集》《拉卜郎谣》等，主持编纂第一部《汉藏大辞典》，曾为青海塔尔寺书写《塔尔寺四至碑文》、西宁东关清真大寺撰写三幅楹联均镌刻在石碑上；曾为甘肃省政府书写"孙中山纪念碑"八字榜书，该碑至今屹立在今甘肃省人民政府院内西北隅。

黎丹居官青海十余年，为发展青海地方文化教育、振兴青海经济，做出了重要贡献，对维护国土的完整和边陲社会安定做出了努力。黎丹的楷书在西宁颇负盛名，如莫如志、锺锡九等青海老一辈书法家均受过他的指点。黎丹其祖父黎培敬，号简堂，清咸丰进士，光绪年间官至江苏巡抚、河道总督。其父黎锦缬，官荫光禄寺署正，为文林郎。黎丹自幼天资聪颖，又承家学，熟读诗书，有"圣童"之誉。清光绪十六年，黎丹在舅父胡沁园家结识了同邑木匠、民间画师齐白石等人，后常在一起观摩书帖、古画、研习诗文，结为挚友。

黎丹不仅与齐白石亲同兄弟，之后又有黎氏家族多位族人与白石老人都有深交，一位长寿老者与一个家族数代人先后交密可谓罕见。

而黎丹家族更是齐白石在文学艺术上的启蒙老师，没有黎丹家族的支持，就没有后来齐白石的艺术成就。齐白石一生为胡、黎两家画过众多作品。辽宁博物馆所藏齐白石《黎夫人肖像》，其主人公黎夫人就是黎丹之母。齐白石题记：尊像乃乃翁少年时所创，为可共患难黎丹之母胡老夫人。

题记中对好友黎丹谓"可共患难"，寥寥数字便能隐述他们之间情谊非同一般。其中还有不少有意思的故事，发人深省。中国嘉德2017年秋季拍卖会1105号作品——齐白石《文天祥像》，上款人"华民先生"即齐白石好友黎丹。此作品为齐白石寄托之意，祈此像寄托黎丹怀文天祥忠诚之望，祝黎丹官运亨通，足见齐白石与黎丹之间的兄弟情谊。

1894年，黎丹常与齐白石、王仲言等七人一起煮酒赋诗、作画和造花笺，并在湘潭县五龙山大杰寺发起成立龙山诗社，号"龙山七子"。不久，齐白石、黎丹又与胡光、胡元兄弟（均为湘潭近代书法家）等七人发起成立后龙山诗社，号"后龙山七子"。齐白石曾在《白石老人自述》中这样写道："有位朋友黎丹（黎培敬长房长孙），号叫雨民，是胡沁园的外甥。到我家来看我，留他住下。夜无油灯，烧了松枝，和他谈诗。"黎丹小芝木匠10岁，酷爱诗书，知他勤学上进，也无门户之见，主动与其交友。齐氏有诗云："灯盏无油何害事，自烧松火读唐诗"亦可见他读书学习之勤奋。燃松枝促膝谈诗，黎雨民与芝木匠的友谊，应是激励这个乡间木匠继续钻研前进的动力之一。

"黎丹要我常与他书信来往，用心良苦，使我深藏在记忆中，这确实算我生平的一个纪念"，这句话非常中肯地表达了齐白石为此常记勿忘的友情，虽然后来齐白石与黎丹各奔东西，但纯真之友情始终未变。今故将齐白石与黎丹交往的旧事作其介绍，有助于读者对齐白石画给黎丹力作《紫藤图》品鉴及齐白石、黎丹之友谊有完整的了解。

齐白石在58岁所作的《藤萝蜜蜂》中回忆道："借山馆后有野藤，

其花开时游蜂无数，移孙四岁时，为蜂所逐，今日移孙亦能画此藤虫，静思往事，如在目底"。还在《紫藤图》中题有："家在借山馆后，四周藤萝如山"。齐白石还曾在画中题道："南岳山下最多，其藤多刺，结子似桑子，可食，子多似葡萄"。齐白石画藤萝源于生活。他通过观察，加以提炼，又高于生活。他早在借山吟馆居住时，经常题诗"借山四野皆藤海，樵牧何曾认作花"。

这些野藤虽不被樵夫牧人所重视，但却引起齐白石的注意，将其作为绘画题材。今天很多评论家钟情于齐白石虾蟹作品，在我看来他的紫藤、葡萄、荷花更能代表齐白石写意画的更高水平。今天我讲述这张画给黎丹的《紫藤图》正是齐白石57岁典型绘画风格成就的体现。

生命都是珍贵的，我们在欣赏美的同时，很快，花期过去之后，还要再等它的花期到来，这样的话，时间匆匆逝去，我们不如用画笔记录下来这般美景。画给黎丹的《紫藤图》，齐白石正是抓住了紫藤这种美景。他笔下的紫藤，无一例外与别的画家创作态度取向是一致的，都是源自于对自然的深深感受，遵循写意画规律删繁就简，表现了庭院深几许稀稀落落的状态，是一种自然而然从湘潭老家余霞岭上的梅花式的秀雅审美氛围中发展起来的，纵使其大刀阔斧式地笔走龙蛇或翻江倒海式的纵横铺洒，但骨子里，分明透着一种文人画那些高度程式化的勾染点画，这些都与他出生湘潭的自然景色，相辅相成。

一个时代，所对应的当有不同绘画风格乃至语言表达，不能以某个大师画法为圭臬，齐白石之前的八大，其郁结于心而勃发的笔墨，无论是枯荷、眠鸟都含有一种辛酸泪水，由曾经的贵胄而沦为清廷下的草民，这一荣一枯的身世不生出其郁闷不得志的笔墨才怪。

20世纪中后期，海派绘画对近现代写意画影响广泛，齐白石在不同时期的创作，已成为后学者竞相仿效的经典，其中糅金石味的如椽之笔，淋漓尽致书写植物的自然形态，在细腻多变的笔线墨块中，表达了枝繁叶茂相互盘曲的美妙形态，尤其他常作的藤本这一题材呈现齐白石强烈的个人大写意风格。齐白石从事于写意绘画，他离缶翁最近，受影响较多。

他怀抱一股钟情于自然、放荡于书写的艺术情怀，但又不同于八大山人大起大落的一生，也无徐青藤不时地疯癫举动，故在湘潭、燕京行走，看庭前院落花开花落，云卷云舒宠辱不惊，写出了其勃勃生机而有别于缶翁、八大、青藤的艺术风格。通过画给黎丹力作《紫藤图》来看，鲜活的生命气息、书卷气、金石味均能体现出来，他悟出画藤萝的枝干要有龙蛇的蜿蜒姿态，静中求动，方为上乘。

对此，齐白石在诗中写道："白石此法从何来，飞蛇乱惊离草莽。"他还说："胸中著有龙蛇，用之画藤，有时雷雨亦疑飞去。"齐白石对画藤情有独钟，紫藤、葫芦、葡萄等藤本植物都是他乐于表现的题材，在他的作品中屡见不鲜。之所以如此，原因固然是多方面的，但藤的适于笔墨的纵情挥洒，也是重要的内因。

齐白石认为藤不垂绝无姿态，垂虽略同，变化无穷也。齐白石画藤无数而变化多端，书法上的造诣在画藤中得到了精彩的体现，对生活的敏锐观察使作品意境得到了升华。每一件作品中如《紫藤图》一样，蜿蜒曲折的藤都会给人带来荡气回肠的艺术享受。

"丑书"与"创新"的边界

李积霖

中国书法，作为中华的国粹之一，已经有了五千余年的历史。在这条长河中，留下了数不尽的宝藏，为后人留下了极其珍贵的历史遗产。书法从其诞生那天开始就一直在当时的社会生活中占据着重要的地位，对时代社会的发展有着不可或缺的影响。近年来在国家的倡导下，重温传统文化，书法自然成为人们首选之物。这时人们开始源源不断地从书法这条艺术长河里汲取营养，殊不知这其中有精华，也有糟粕。由于人们的审美观念千差万别，使得当今的书法创作呈现出"百花齐放"的繁荣景象。而当下"创新"观念的提出，自然也会出现在书法创作当中并融会贯通。如同"秦书八体""新莽六书"一样，这个时代也有很多创新型很强的书体。"丑书"就是典型之一。那么今天，我们就来说一下"丑书"。

现代书法并不等于丑书、怪书，其背后有着深层次的美学和理论支撑。书法作为一门具有很深的中国传统文化内涵的艺术形式，其表达意象的高度抽象性，使审美主体在不同的视角中常常出现审美结论的极大反差：创新作者得意之处可能被视而不见或视为败笔。20世纪80年代以后，随着西方美学的普及扩大，"中西结合"之风盛行，书法美学也开始构建自己的理论体系。其特点是注重点、线、面的结合，注重几个因素的搭配加上中国书法的用笔结字，加强它的视觉性，强调章法，强调整体感，也就是我们讲的形式构成。这样书法的创作就是我们现在常说的"丑书"，也叫现代派。其审美超前的程度超过了我们的审美能力。而那些在网络上火爆的用针管写字，用头发写字的视频，第一个我真的百思不得其解，后者我能联想到草书大家张旭醉酒后喜欢用头发在墙壁上写字，也许书家可能是想模仿古代大家，结果可想而知，适得其反，东施效颦。这种"丑书"看似在宣扬中国书法文化，实则在哗众取宠，毫无美感，了无高韵，孰愈面墙！

　　"丑书"书家们大多认为批评者不懂传统，以大量俗书标榜书法传统，导致了俗书的泛滥。保守的书家们认为，整齐、方正、清晰、干净、容易辨认、结构平衡匀称等是我们传统的美学价值观。譬如二王的行书，颜、柳、欧、赵的楷书等。批评"丑书"者大多指责现在某些书法作品不按正规套路书写，漠视用笔，破坏结体，一味求新求奇，有意夸张变形，认为"丑书"在本体上背离了书法的传统。但是，即使在历史上，也有很多的伟大的作品是突破了我们传统审美价值观的，唐代孙过庭所谓："吾尝尽思作书，谓为甚合，时称识者，辄以引示。其中巧丽，曾不留目；或有误失，翻被嗟赏。"可是近年来，书法界出现的"丑书"现象以及由此引发的审美纷争，辩论双方以势不两立的姿态相持不下，这也集中反映了当代书法审美取向的巨大反差。虽然书法审美观的见仁见智乃正常现象，但是圈内认识出现严重反差，则集中反映出书法艺术在目标取向和审美趋向上出现了严重的导向性问题。我以为，书法"丑""俗"观的异化，是造成书法品评和创作出现上述现象的重要原因。

　　从历代审美风尚的流变看书法发展史，会发现"丑"的审美风格始终在随着人类审美经验的发展而变化。当一种风格被大家接受并被奉为美的标准时，凡是新生的，与之相反的风格必然会被视为"丑"。在书法史上，几乎每个时期都存在着"美"与"丑"的交锋，即使被后世至今奉为经典的古代颜真卿的祭侄稿、张旭草书，苏东坡的寒食帖、二爨碑帖，以及明清以后，张瑞图、傅山、王铎的草书、郑板桥乱石铺街的隶书、石涛拖泥带水的隶书、康有为草绳体隶书、金农的漆书等等，亦曾有过"丑怪恶札""变乱古法"的评价。用今天的话来说都是有重大的"丑书"嫌疑的。今之视昔，亦如昔之视古。当代"丑书"家们显然不满足于形式的平正和完美，而是突破传统的审美观念和创作方法，着意追求章法的险绝和极致，其"丑书"的实践大都具有强烈的创新意识，不会迎合大众的品位，当然，其成功与否最终要靠时间进行检验。从表面来看，"丑书"与俗书的审美争论似乎不是一种正常的艺术批评，而从辩证的视角看则是一种正常现象。书法作为一门高雅的艺术，前提是它具有美学价值。当欣赏者的审美期待与书法家追求的审美理想不相吻合甚至互相矛盾时，就会出现对同一作品审美价值的不同评价甚至相反评价，即书法受众所谓的"丑"或"俗"。辩证地看，"丑"的审美价值来自与"美"的对立和统一中，"丑"作为一种审美风格，呈现出多极化、个性化特征，其中蕴含着较强的创新意识；"美"则具有单一性、趋同性特征，其个性化的审美特性显然不足。在中国文化观念中，约定则俗成，众美则俗生，因而艺术上的"俗"多呈现出具有共性的审美风格，成为一种与"雅"相对的美学概念。所以，在传统审美观念与新的审美意识发生冲突时，不必因其不合多数人口味而视若瘟疫，更不能将其与江湖恶俗之书混同而封杀之。而艺术上的"俗"也是一个可随时空转变的概念，唐代文学家韩愈在其诗歌《石鼓歌》中曾评价王羲之书法是"羲之俗书趁姿媚"，当然，这种"姿媚"之"俗"有其时代审美特征，且对"姿媚"的审美风尚的崇尚与否，只是韩愈个人观点，并不能否定时代审美的价值取向。就像汉代崇尚"以瘦为美"，皇后赵飞燕自然成为美的标志；

唐代崇尚"以肥为美",贵妃杨玉环当然成为美的典范,都体现为一种时代审美风尚。"丑书"概念的提出比较权威的是出于傅山《寒山帚谈》中"四宁四毋"的提出,即"宁丑毋媚,宁拙毋巧,宁支离毋轻滑,宁直率毋安排"。其实傅山当年提出概念的背景是为了扭转当时董赵"帖学"靡弱书风的影响,并进一步提出了"碑学"之论。其特点是不做作,笔法质朴自然而不失法度,有碑学的阳刚之气。其后的清代大家们或多或少的继承了这个思想,于是一种合南北之风,质朴自然,憨态可掬的书法形态应运而生,士气满满。董其昌曾云:"绝去甜俗蹊径,乃为士气。"说的就是这个道理。当时傅山提出的"丑"并不是真的丑,而是"大巧若拙,大美若丑"。用京剧里面的行当来打比方,和"文丑"很相像,表面憨态可掬,而心里却有着深厚的文学功底和基本功,更接近于自然,更注重于内心情感的抒发。近代也是如此,弘一法师青年时书法秀美雄强,出家后书法完全换了一个风格,温文尔雅,如同谦谦君子,其貌不扬却熠熠生辉。这个时期的"丑书",对中国书法的发展有极大的推动作用,其贡献之大,无以言表。所以笔者认为,"从艺术本质上讲,书法只有雅俗之分,没有美丑之别",这一观点是符合书法本体特征的。面对"丑书"不断受欢迎并误导了越来越多的学习者的情况,笔者想说,要想辨别是"文丑"还是真的"丑",最重要的还是要自己提高文化底蕴,扎实书法基本功,提高自己的审美能力和眼界;与此同时还需要广泛的阅读和道德情操的培养。诗书画印,琴棋音乐,"字外功"显得格外重要。东坡有言:"古人论书,兼论其平生。苟非其人,虽工不贵也。"这与我们的品德、素质也有很大的影响。

写到这儿,我又不能不谈书法创新的问题,胡适在回顾白话文运动的艰难历程时,表达过一个观点:越是普及的东西越保守,发展起来阻力越大。我由此想到书法,它是中国所有艺术门类中最最普及的艺术,凡是会写点毛笔字的人都可以凭借最普通的常识、古人几句烂熟的口诀或者几条陈腐的规则，对任何自己不理解的作品指手划脚，群起而攻之，这在其他艺术门类，如绘画和音乐中是不可想象的，在科学领域更是天方夜谭，然而唯独在书法界情况就是这样。可见，书法的创新多么艰难。我觉得书法创作就是将时代精神灌注到对传统的分解与组合之中，在刹那间完成个人与社会、历史与现实的交融。书法传统就是我们对历史的主动选择，它因创新的需要而被重视、解读和阐释。当然优秀的书法家是有个性的，个性是每个人所具有的个人的气度。书法中的个性是指在学古能力具备以后所要养成的自己的书法风格。自古以来，古人所倡导的书法个性，都是有所不同的，这也就是说，即使有很多人都在学习王羲之的书法，那么，他最终与其他同时学习的人都有所不同，每个人都有各自的面貌。如米芾说："古人书各各不同，若一一相似，则奴书也。"古人强调学书时要以古人为基础，得到技法水平的能力以后，就要"自成一家"，这就是书法的个性。其实，书法的创作就是为思想感情寻找最恰当的表现形式，将传统中符合心灵诉求的造型元素从原作上剥离出来，通过处理，变为自己的风格语言。所以写书法就应该有"道之所存，师之所在""写汝离披，由我自在"的境界。

书法艺术从殷商发展到唐代，经历了重形和重势两个阶段，形和势成为书法艺术表现的两大内容。从视觉效果上来看，势产生的时间，展开过程当中的变化，它的接受方式、观看方式是历时的，要理解它的好处，理解它的微妙，需要一个阅读的过程，魏晋时期字体转变，对书法家提出了要求，如何在连续书写中进行艺术化处理，结果就产生了重势的表现，在连续书写的时候追求轻重快慢，提按顿挫，离合断续的变化。这样处理以后书法就有了节奏感、有了音乐性。到唐代的狂草连绵书写走到了极致，势的表现、节奏感的表现也登峰造极。所以古人悟笔法，可以通过"船夫荡桨""屋漏痕""锥画沙""闻江涛声""飞鸟出林"等自然现象是有依据的，书法的道理确实跟生活中的许多东西是相通的。因此，当时的张怀瓘就讲：书法是"无声之音"，是没有声音的音乐。

魏晋以后，书法创作的主题是文人，他们把写字跟诗文结合在一起，诗文是阅读的。书法因为强调势的表现，也是阅读的，慢慢阅读，慢慢欣赏，符合读书人悠闲的生活方式。但是到了今天，传统意义上的文人不存在了，书法家是艺术家，所写的不是自己的诗文，因此对写什么不太注重，更加关注的而是怎么写，怎么强化视觉效果的问题，而且当代书法的交流方式主要是展览会，千百件作品放在一起，要想脱颖而出，也必须依靠强烈的视觉效果，在刹那间让人感动。这种结果，创作上自然会强调形的问题，取法上自然会觉得要回到二王以前，回到六朝碑版、汉代隶书、秦代篆书，两周金文、殷商甲骨文，回到重新重视造形的时代。所以写书法看上去是写字，其实是写人，写你对社会、对历史和对人的关照和理解。

也有人提出"流行书风"一词，"流行书风"的出现一定是有原因的，"流行书风"将代表当代书法发展的方向，理由是：从整体的审美趋向上看，"流行书风"已经确立了完全不同于前人的面貌，而且具有较高的质量，足以使之"立足当代"。正如刘熙载所说："一代之书，无不肖乎一代之人与文者。""流行书风"它切合了时代的审美思潮，引起了很多人的共鸣。"流行书风"提出的"植根传统、立足当代、张扬个性"正是站在艺术的立场上，是符合艺术创作规律的提法。我认为符合艺术规律的事情是压不住的。流行书风的宗旨一定是"植根传统"，虽然人人都喊"传统"二字，但在不同人群的眼里，传统是不一样的。我们可以把古人的书法放进博物馆，但把古人书法看成凝固的、死的、永世不变的模仿对象，我看这样的话，书法可以休矣！因为模仿在艺术中是没有价值的，就连小王都不模仿大王。流行，在于有新意，也就是立足当代，注重创作。即前面所说，如果主流与艺术本体规律发展无关，那就是人为的一时虚象，骨子里是功利目的使然。刘熙载讲过："书者，如也，如其才，如其学，如其志，总之曰：如其人而已。"现在很多人太孤陋寡闻，局限于自己的专业，把学问分为正宗与非正宗、雅与俗，其实都是画地为牢，很可悲的。而且我发现许多人这样划分的动机都不是学术的，而是为了把自己装扮成正宗的、高雅的、属于精英的，高人一筹，心地都不是很纯净。我觉得时代不同了，每一个时代有每一个时代的高峰，而且这个高峰一定是在激进与保守两大板块的碰撞中凸起的。文化的发展，总是不断保存一些东西、增加一些东西。激进主义强调创新，保守主义强调继承，在文化上都有价值。然而一个时代的高峰以激进为代表，还是以保守为代表，取决于当时的文化生态，原因很多，非常复杂。书法史上宋代强调革新，以激进为代表，元代强调复古，以保守为代表，就今天来说，社会文化和书法艺术都处在剧烈的变革时期，可能会以激进的创新为代表。但是，真正的创新必须是建立在传统基础之上的，没有传统，意味着没有厚度，没有深度。厚度来自于对立面的兼融，在兼融中的矛盾、冲突与协调、统一。而且，没有传统，也是无法进入历史。历史是一环扣一环的，你这一环即使做得再完美，如果不跟传统链接，后人在整理历史的时候，也会无情地把你抖落掉。书法艺术的表现形式是形与势，一个时间一个空间，而时间和空间在中国人的观念中就是世界观和宇宙观，它是任何物质存在的基础。任何物质的存在都得占有一定的空间，任何物质存在都会消亡，是个时间过程。时间与空间在中国人的观念当中就是世界，就是宇宙。此书法艺术的形与势，时间与空间，既是表现形式，也是表现内容，反映的是中国人观察世界、理解世界和表现世界的方式方法。书法艺术通过形与势，以及阴阳对比的表现方式，可以与传统文化的方方面面贯通起来，成为一门博大精深的艺术。熊秉明先生感叹书法是中国文化的核心体现，我想大概也是由此而发的。博不能杂，博而不杂贵在通；约不能陋，约而不陋贵在大。因此做学问必须在求通和求大上狠下功夫。求大是抓本质，抓主要矛盾。求通是寻找各种问题的内在联系。现在我们对书法的传统与创新，包括书法表现形式中阴阳关系之间的内在统一，都力求打通了去看，不打通就有隔阂，有隔阂肯定就有问题，有问题就要去研究。

可如今，各种丑书、怪书挑战着人们的审美认知，"射墨""盲写书法"以及各类行为艺术屡见不鲜，这些难为大众接受的形式是对书法的创新还是对书法的亵渎，甚至，它们能不能称之为书法？其实这种以所谓的离开毛笔涂抹的"现代派"自称的"丑书"，不仅污染了中国书法的清流，还误导了一大批没有书法基础和文化底蕴的学者。它背离了中国书法文化的传统，从"四贤"到弘一法师、林散之先生、于右任先生，从甲骨文的天真无邪到草书的纵横开阖，在这几千年里，有谁见过这样的书法吗？抛弃了传统，我认为已经不属于书法的范围了。

丑的边界，其实也是心灵的边界。真正的丑陋与相貌无关，与处境无关，与人的心灵有关。美与丑之间，其实并没有明显的界限，很多时候只是一念之间便可转变的易事，只是取决于内心的清澈与温度，心美则美，心丑则丑罢了。丑与美是相对的，要说清楚丑书盛行的原因，首先我们要搞清楚什么是美和丑。在我们的传统审美中，视觉的美是方正的、对称的、明确的、干净的、光明的、平衡的、整齐有秩序的；反之，形状不规则的、不对称的、不明确的、污浊的、晦暗的、不平衡的、散乱无秩序的，都是丑的。其实，大自然本没有美与丑，是我们的主观感受和认知，界定了对象的美与丑。经常被大家愤怒、讥讽、揶揄、批判的丑书，其本质是因为这类书法作品突破了我们传统观念中书法的审美规则和书法美的边界。总之，我们要发展正确的审美观，共同努力让中国书法这条艺术长河重现辉煌！

印坛皓首刻文章 智慧入印谓殷贤

——王其贤篆刻艺术简评

李积霖

在漫长而璀璨的艺术长河中，随着文人书画的一次次蓬勃兴起，诸多舞文弄墨者总会兴致勃勃地参与到治印活动之中，这无疑也就加速了篆刻从秦汉规矩性向活泼艺术性迈进的步伐。曾有人认为明清时期的数百年称作中国篆刻艺术繁荣鼎盛的黄金时期，这一时期，流派纷呈，大家辈出，不仅自然而然地让官印与私印分离开来，还涌现出了诸多的篆刻高手与治印名家，他们在立足于"汉印"传统的基础上，也创造出了更具鲜明时代感的篆法、章法和刀法，并前所未有的总结出了一套充满艺术哲理的印学理论。

青海篆刻艺术家王其贤先生就是这样一位融篆刻技法与学理为一体的治印名家，当然青海篆刻艺术发展史必然离不开青海印坛石映浩、王云、王其贤等人，其中王其贤对篆刻艺术的痴迷与探究更是一种典范。这样一位治印如醉，把曾经在青海较薄弱的治印艺术，从小众视野不断推入青海大众审美视野，让青海当代篆刻走上了表达时代精神的高远平台，这是王其贤先生个人的修炼成果，也是他所处时代标榜篆刻艺术的丰盈资粮！

王其贤（启贤），号一丁，1941年生，河南长垣人。曾任青海印社副社长，书法篆刻艺术名家。幼时酷爱书法篆刻，师古不泥古，融形象与内容为一体，会理念与情义于一身。后师从付振江先生，又求教于河南大学著名古文字学者于安澜教授。作品几百幅遍见于《人民日报海外版》《书法报》杂志等30余家报刊。在全国书画展览中获奖多次，近30幅作品被全国多家艺术机构及档案馆和书法篆刻爱好者珍藏。著有《文字纲目》《周易祖本复原》《红楼人物印谱》《粥印存拓》等。

当我偶然在《同舟国际工程管理有限公司青海分公司》看到王其贤先生为郑永寿董事长信手而制的一方《曾经沧海》印章时，不由自主地被这方貌似平常却印文出奇的章法和刀法赞叹不已。郑永寿董事长很开心地告诉了我关于这方印章的来历，"我和王先生的儿子是有着二十多年交情的好朋友，老爷子七十多岁时为我特意制了这枚印章，它包含了王先生对我们之间患难与共、永远相扶相助的希望。"看似普通的一方印章所彰显的艺术魅力让我对这位青海治印大家肃然起敬。《曾经沧海》这一方印，带着秦骨汉韵之风扑面而来，高古之法不必言说，只看这《曾经沧海》中"曾经沧海"四字的独特智慧处理，就会惊讶！原来，印可以这样刻！印文是正宗的，刀法是正宗的，章法是正宗的，在正宗的品质里，却有以形寓意，有了一个省去平板的大智慧，沧海中盈水，水自流！形意之法，溯本逐源，会意之能，心有灵犀，这就是王其贤先生的智慧。良久凝视着这方印，我突然想到一句话"印坛皓首刻文章，智慧入印谓殷贤"是对他印风最恰当的概括。

王其贤先生在治印生涯中不断打破刻印的旧有范式，当然他没有丢掉范式的法度精髓，然后用另一种思维方式，构建了自己的方寸天地。所以他的方寸天地就是异相光辉的表现力。王其贤先生的诸多印文在章法的营造上颇见美术性，他注重字与字之间的揖让穿插、方圆配合，空间的疏密变化，以求浑然一体。其高古处能将古玺印中的大开大合、生动多变的章法安排得俨然一体。"古",一直是王其贤先生对印章的基本追求。无论是《园山翁》,还是《古稀今多之年》,他用自己对文学与金石学的双重谙熟,通过"印"为我们打开了传统文化审美的新视角!如果说《古稀今多之年》是他治印为小的文化小品,是耐于回味的价值,那么看他系列作品《年七十》却是印文化的磅礴弘观。细观之后,不由得让人再次发出惊叹!原来印还可以这样刻!把《年七十》三字刻成金石意观,但是心想唯有大智慧再加古文字深厚学养,才能暗含了一些玄机的,方可在青海篆刻艺术领域中有如此建树。这时我也想到了为什么他的治印风格有典雅朴实、高古庄重的神韵,而且还呈现出了更加灵活丰富的艺术气象。

笔墨入规矩　性情随时代

——盛增义书法观感及其他

谢彭臻

　　盛增义先生是蛰居在一座小县城里的书法家，他的书法艺术方向以书法爱好者对作品的认可度为最大公约数，很符合传统的审美需求，业已被许许多多的书法爱好者所激赏，乃至为省内外的书法名家们所称许。巡览当今书坛，像盛增义先生这样的书法家已经不是很多了，穷尽大半生在书法艺术的道路上求索，不为眼前的虚名浮利所左右，恪守正统的书艺追求，远离那些狂野怪诞的路数诱惑，性情之笃定、态度之虔诚，功力之深微确实让人叹服。

　　盛增义先生最为称道的书体是行草书，观其行草书作品，行笔每每意气灌注，技法纯熟，间或用涨墨以增添活泼生气，章法上类似于文征明，看似字字独立，不尚牵丝萦带，错落顾盼，间行间草，字法笔法上则类于怀素、鲜于枢、祝枝山。以笔者的判断，盛先生的行草书除了以临学晋唐书法经典打基础而外，于元明时期的书法传世名帖也下过不少功夫。

　　盛先生的草书作品嵇康《养生论》应能总括反映其书法艺术水准，其风格近于赵孟頫，草法规矩标准，又不失意气纵横，结字雍容大方，行笔收放有致，基本上找不出随意的结字和草率的用笔，是一件精品力作。楷书《若波罗密多心经》介乎欧柳之间，实际上还吸收了明人台阁体的体势和趣味，显得工整雅致。遍观当今书坛，动辄以名家自居的书法家们不惜假以江湖手段把自己的润格抬得很高，颇有"王婆卖瓜"的作派，商业潮汐对书法滩涂长期湍激浸淫的市场化症候无处不在，不可否认，当今相当部分的书法家或爱好者热衷于书法，除了个人的志趣之外，更重要的是着眼于现实的虚名浮利，作为"衣食谋"的一个选项。但在形形色色的书法大军中，能以娴熟的楷书过得了"童子功关"的书法家实在是为数寥寥。从这一点上看，盛增义先生的踏实认真，不追"展览体"之风潮、不务虚名浮利的求道精神是让人肃然起敬的。

盛先生的书法技巧是非常精湛的，在每个波挑处，每一个弯钩处，怎么书写，形成了一套非常圆熟的技巧系统。

当然，以我个人的认识，盛先生的书法也有其缺憾之处，结字与笔法的单调，缺乏应有的变化。具体地说，每逢某个字在不同的作品中出现，你就会预知书法家会怎么处理，缺乏更多的即兴变化。

单就书写的内容而言，我以为过多地将笔墨挥洒在伟人诗词之间，总是有弃兰蕙而拾草芥的感觉。书法家书写个人诗词作品自然是最佳的选择，许多古代的大书法家在书写自己的诗文时容易达到状态最佳，将个人的情绪杀入笔墨之间，吴昌硕、齐白石、黄宾虹、徐悲鸿等大师在别人画作上的题跋绝大多数是即兴而作的诗文，往前里说，被誉为历史上最好的书法作品王羲之的《兰亭集序》乃是为诗集即兴而作的序言，被誉为第二行书的颜真卿《祭侄文稿》是家祭书简，苏东坡《黄州寒食诗帖》被列为史上第三的行书经典，是谪居荒蛮之地的遣怀之作，杨凝式的《韭花帖》乃是收到馈赠美食之后的回函。这样为书法经典排座次的做法并不十分合理，大有可商榷之处，但上面述及的历代书法作品是经典中的经典，当不容置疑。从中可以归纳出一个共性认知，即应制的作品往往无法达到神妙的境界，而当情景交融，兴之所至，物我两忘的时候，不经意间会诞生伟大的作品，正如苏东坡所言"无意于佳乃佳"。

读别人的诗文，一首诗，一篇文章，有时会受到感动，感而发之，形诸楮墨之间，自然也会携带当时的心境情绪，书法的这个关系非常微妙。"无意佳乃佳"是对排除世俗功利的干扰，放得下挂碍的一种最理想的书写状态的概括。

我个人历来主张少写当代名人的诗词作品，原因并非单纯的厚古薄今，今人的思想和行为在很多时候不得不为过于偏执的意识形态束缚，缺乏胸罗万象的中和之气和天地感应的超卓灵气，反映到书法作品上面过于激厉，偏于势劲刚猛而弱于内涵蕴藉。此所以今人不若古人者。

我以为盛先生的书法既然已经到达了一定水平，作为同道兼乡党，应进刍荛之言，似有必要作更深更广拓展的必要，尤其需要捋一遍汉字迁变史，通过对文字学的串联了解两千多年来书体的演进，以及字形字义的来龙去脉，这样的话不仅能快速地拓展视野，营养自己的书法艺术，还可以自然而然抽象出规律性的东西。再者，对周秦古篆、两汉分隶，似乎也有染翰挖掘的必要，旁涉别类书体的本意并非强求捏合成一种怪诞的书体来哗众取宠，而是有利于从认识上深化对书法审美的本质化认识，增强书法的线条质量和蕴藉古意，所涉即博，所掘即深，书卷气自然而然会流泻在笔墨之间。

一味地在书斋中练字，累纸千万，最多至于能品，断难臻于神妙，且圆熟过甚则易流于甜俗。在一个书法家的书写技能达到一定高度的时候，他还能攀多高、走多远，取决于其学识修养。字的功夫在字外，这是中国传统文化艺术蕴含的朴素辩证法，书法所具有的诗性特征，也反推书法家应是一个诗性的人，一个诗性的艺术家才有可能创造浪漫的、狂狷的、诡谲的墨象和气场，艺术修为和人格修炼本来就有相互拓印的微妙勾连。

精务二王　神游魏晋
——李宛溪书法赏析

谢彭臻

说句大实话，当我第一次看到李宛溪先生临写的王羲之法帖，感到很惊诧。青海偏处西北僻乡，不但经济上落后，文化土壤的瘠薄也是无可辩驳的事实，反映在书法领域，碑学长久以来占据了书坛的主流，缺乏一股革故鼎新的力量，即便是地域性的碑学书风，也显得自闭，拘泥于张裕钊或赵之谦，鲜有从北魏墓志铭的原生态中挖掘乃至上溯秦汉孜孜求道，进而另起炉灶的开拓者。从20世纪80年代伊始，帖学渐盛，丰富了青海书坛的书法艺术品类，但也大多盘桓于《怀仁集大唐三藏圣教序》、王铎。但李宛溪的书法仍然让人眼前一亮，扑面而来的古隽典雅之气令人着实沉醉。

首先，李宛溪精深的临帖功夫让人称道，其临写的王羲之手札尽得精髓，从大处着眼，对王羲之书法在风格气息上的把握十分到位，几乎略无二致，妙到毫巅，在结字与笔法方面力求准确精到、毫厘不爽，做到了"尽精微、致广大"（徐悲鸿评画语）。比起文化发达、书法鼎盛的江浙豫鲁地区的名家们，堪称毫不逊色，在技法层面甚至感觉压人一头。说句题外话，我看过许多书法名家在电视上讲座临帖，其技法水准、对原帖精神的把握着实令人不敢恭维。

《远宦帖》是王羲之的代表作之一，李宛溪临写本顿折转锋处交代清晰，富于节奏感，上款的瘦金体七字健挺爽利，也从另一角度佐证了李宛溪临帖功夫的精深。

孙过庭《书谱》的临写笔墨精到，神采飞扬，细微处不稍苟且。从这件临书作品来看，李宛溪对于《书谱》是下了相当大的功夫的，已然烂熟于心。特别是笔锋使转拿捏得非常恰当，粗细润枯尽皆达于原帖，间或使用破笔断笔，并不一味追求裹锋，呈现出笔断意连的趣味，保持着浓厚的书写韵味。显然，李宛溪对《书谱》的结字、用笔、章法吃得非常透，而且对其作者孙过庭书写时的自然状态乃至于情绪状态，均有准确的体悟和拿捏。临帖不仅是技法层面的锤炼，也是浩瀚古籍中的一次次神游。到了李宛溪临写《书谱》的这个层面，已然具备与古人对话的境界了。

李宛溪的临帖给我不小的启迪，那就是临帖首先需要坐得住冷板凳、下得了大功夫，次之临帖绝不能苟且，以七八分相像为满足，一切投机心理、终南捷径终究会在严肃而精美的传世书法原作面前无所遁形。

竖式条幅魏体，也见趣味，但看起来并没有逃脱乃师胡立民先生书风的笼罩。在对碑学的理解、消化、吸收方面，启功先生的"透过刀锋看笔锋"之论，话虽简省，寓理至深。我个人以为，可资借鉴的当代书法家应推何应辉，何氏书法在深厚的帖学功底基础上，倾心于汉魏，将魏隶的审美感受化入行书格式的书写中，既有碑派书法的雄强奇崛，又不失书写的趣味，可谓别开生面。

书法家对一本字帖临习日久，自然稔熟在心，但是脱开碑帖来搞创作，多不能达到临帖的书写水准，这是普遍存在的现象。从这个层面看，李宛溪先生的临帖与其创作也是有距离的，而且这个距离是明显的，令人不无遗憾。行草书陶渊明诗《结庐在人境》就沾染了浓厚的流行书风，笔画的过分夸张、字形结构的过度疏散，显得多了一些燥气俗气，我推测这也是困扰李宛溪先生的问题。

从书风上看，李宛溪先生脱开临帖的行草书创作似乎受了书坛当红小生陈海良、龙开胜、李双阳等诸家的影响，其实潜藏在背后更为本质的东西是书坛评奖的导向。

回过头来看，远离流行书风的行书《山间林外》对联，纯以王羲之体为之，除了"詠"字稍显媚态之外，整体上显得沉着蕴藉，风神清朗，令观者有光风霁月之感。

音乐、戏剧评论

河湟大地上的秦歌风韵

李永新

秦腔是中国西北最古老的戏剧之一，起于西周，源于西府（核心地区是陕西省宝鸡市的岐山与凤翔），形成于秦，精进于汉，昌明于唐，完整于元，成熟于明，广播于清，几经演变，蔚为大观，堪称中国戏曲的鼻祖。秦腔流行于陕西、甘肃、青海、宁夏、新疆等地，明代万历年间（1573年–1620年）《钵中莲》传奇抄本中，有一段注明用"西秦腔二犯"的唱腔演唱的唱词，且都是上下句的七言体，说明秦腔在当时或在那以前不但形成，而且已外传到其他地方了。青海河湟地区，秦腔音韵流传至少也有二百多年的历史了。笔者小的时候也喜欢喊两嗓子，可惜后来没有坚持下来。当然，秦腔艺术在河湟地区的发展几经波折，才有了今天的规模，有了周尚俊编著的《大戏秦腔》。

周尚俊因为热爱宣传文化工作，因为热爱秦腔，因为情系乐都的文艺事业，着力推动秦腔事业发展，率先在河湟大地扛起复兴秦腔艺术的责任，创建剧团、组建协会，拿起秦腔这个传统与现代的结合棒，推动秦腔的演唱传承，推动秦腔事业的发展。周尚俊自己喜欢的同时还加以总结推广，宣传秦腔魅力，以风光无限的秦腔艺术事业奠基自

大道至简 DA DAO ZHI JIAN

己的人生。他潜心研读，悉心学习，在业余时间编著图文并茂的《大戏秦腔》，让我们仿佛看到了祖国文化百花园里百花争艳的图景，让秦腔大戏在青海尤其河湟地区重振雄风、迅速崛起。

从秦腔的历史、格局、角色、唱腔、脸谱、服装、伴奏、道具、艺术特色等方面进行架构，全方位介绍秦腔艺术；用直观的文字和优美的图片精心搭配展开表达，如此相得益彰地叙述秦腔文化的经典文本寥寥无几，《大戏秦腔》可以说是一本秦腔爱好者学习秦腔不可多得的工具书。

《大戏秦腔》分为两个部分，第一部分从十个方面介绍了中国戏曲与秦腔、秦腔的渊源与格局、秦腔的角色行档、秦腔的板式唱腔、秦腔的脸谱化妆、秦腔的行头服饰、秦腔的场面伴奏、秦腔的舞台布景和道具、秦腔的艺术特征、秦腔传统剧目与欣赏，让秦腔爱好者有个全面而系统的认识。第二部分选编了传统经典剧目《铡美案》《金沙滩》《三滴血》，让人们从中怀念沧桑岁月、追求人生真谛。

秦腔的很多剧目都是表现我国历史上反侵略、反压迫、褒忠贬奸、忠于祖国以及现代重大的或者富有生活情趣的题材，已经在河湟地区唱了数百年，其高亢的唱腔、丰富的曲牌、众多的曲目迷倒过不少痴情的观众。如今，在乐都南山等地有二十多个秦腔演艺团体，不仅就地演出丰富农村节日文化生活，而且走出去交流推广。老年人当"把式"教一招一试，年轻人学唱氛围浓厚。乐都举办秦腔大赛如火如荼，互助等地也纷纷成立秦剧团。乐都举办的秦腔大赛上，笔者也曾受邀参加过多次，有时甚至也想登台喊两嗓子。这种文化氛围确实影响和带动了河湟地区民间文化的发展，呈现出丰富多样的面貌。

河湟地区尤其是乐都人钟爱秦腔，秦腔也成就了不少英雄汉。从秦腔的故事情节里，他们懂得了历史烟云、朝野更迭、人间趣闻以及人生价值；在秦腔的唱、白、念、打中，他们学会了艺术生活，陶冶了文化情操；人们从生活的甜酸苦辣中感悟人生哲理，并恰当地应用秦腔的艺术调解心理，使自己悲而不沉、乐而不极，把握人生常态、成就生命辉煌。一句话，对钟爱它的人来讲，只要有了秦腔，就有了生命的一切乐趣。笔者认为，若是在选编经典剧目时配以音乐光碟，更是锦上添花。秦腔传统剧目博大精深，教育和影响了一代又一代中国人，这种态势不但过去有、现在有、将来更要有。由此，我们要紧紧把握优秀传统文化的根脉，不断挖掘和传承优秀地域文化，以中国精神为灵魂，弘扬社会主义核心价值观，牢牢维系河湟地区人民共同爱好的纽带，努力丰富人民群众的精神世界。

秦腔是属于黄土地的，它的性子野、旷、悍，需要更大的天地。河湟地区就有这样的天地。诚如周尚俊先生所说："秦腔，是一片没有河水的黄土地上一条四季奔流的大河，是天寒地冷的黄土深处一轮冉冉东升的红日，是那些淳朴的人们一生暖心的火焰。"一个真心热爱秦腔事业的人，也一定是为实现中华民族伟大复兴中国梦努力奋斗的人，笔者愿为周尚俊在壮大秦腔的征程中加的一把火。同时也相信，秦腔必将以崭新的姿态谱写华丽的篇章，以其多姿多彩在乐都、在河湟大地、在中华沃土上展示中华民族优秀传统文化的无穷魅力。

秦腔情缘

——《大戏秦腔》自序

周尚俊

　　青海河湟地区的人基本上是属外来移民。在远古时代，先民们带着对美好生活的向往，从遥远的中原大地，或从高远的草地牧土翻山越岭，千山万水，茫茫西行，或缓慢东移，来到这块黄河与湟水并行的河湟谷地生存。因为没有本土居民，因而也没有本土文化。

　　然而，这些移居来的先民们，从一开始就有着乐于开放、接受与包容的心态，所以这里，无论是什么文化，只要适合自己的精神空间，这种文化就有其生存的土壤和立足之地。

　　秦腔，便是其中之一。秦腔产生于古代陕西，是在中国古代政治、经济、文化中心的长安生长壮大发展起来的，在历史的不断演进和人类的默默交往中，流传到青海东部这块肥沃的土地。从八百里秦川进入河湟谷地，就与这里的人们不弃不离，形影相随，不露声色地融合在河湟文化的氛围里。山川不同，则风俗不同，风俗不同，则文化戏剧存异；普天下人不同貌，剧不同腔；京、沪、豫、晋、越、黄梅、四川高腔，几十种，唯有"大喊大叫"的秦腔能适合这种土壤，接受于河湟人们，便与同属西北的八百里秦川有着密不可分的关系。

走进陕西大地，进入八百里秦川，辽阔的地平线上，一处一处用木板筑成一尺多宽三丈高的土屋，粗笨而庄重；冲天而起的白杨，迎风摇晃，枝干粗壮如桶，叶却小似铜钱。这时就会觉得：这里的地形地貌、地理结构与秦腔的唱腔、旋律惟妙惟肖的融合！看看那些秦人，真是活脱脱的一群秦始皇兵马俑的复出：高个、浓眉，眼和眼间隔略远，手和脚一样粗大。他们背着沉重的三角形状的犁铧，赶着山包一样团块组合式的秦川公牛，或端着脑袋般大小的耀州瓷碗，蹲在或立的，或卧的石碌子碌碡上吃着羊肉泡馍。啊！这是块多么空旷而实在的土地，那晚霞燃起的黄昏里，五里一村，十里一镇，高音喇叭里传播的秦腔互相交织、冲撞，这秦腔原来是秦川的天籁、地籁、人籁的共鸣，这时便深深地懂得秦腔为什么形成和存在而占却时间、空间的位置。

返回青藏高原的河湟谷地，这里湟水两岸土地开阔，沃野千里，良田万顷；在晚霞的余辉里一户紧挨一户的庄廓人家炊烟袅袅，周边白杨盛长，草木葱茏，牛羊们悠游自得地穿梭于其间，飞鸟们不停地从一个白杨树头飞向另一个树头。湟水人家的远处那一座座红崖飞峙的山峰和丹霞地貌的层次在晚霞的照射下，层次分明，光鲜艳丽，忙碌而返的人们背扛着犁铧，手牵着耕牛，赶着一群酒足饭饱日落而归的牛羊们布满在黄昏的巷道。这时间或从那个巷道里传出两句"大郎替的宋王死，二郎短剑一命亡，三郎马踏如泥浆，四八郎失落在番邦"的秦腔唱调。这简直是八百里秦川的缩小版，难怪秦腔从一开始传入这里，就在河湟土地上生根开花，枝繁叶茂。与秦地一样，河湟谷地同样有着秦腔情缘。

秦腔一进入河湟谷地，就成了这块土地的主流文化。过年的时候要唱，一到春节乡乡扎戏台，村村学秦腔。"锣鼓不响，庄稼不长"，"有吃有喝不算年，舞龙唱戏才过年。"伴随着整整鞭炮声、锣鼓家什声，把一个春节唱得热闹非凡，把一个日子敲得和和美美，一直从正月十五唱到农历二月二。这还不算，二月二龙抬头，三月三清明，四月四月八，五月过端阳，六月十五有庙会，七月过半，八月中秋，九月初九，十月一过冬，腊八小年，每个月都有一个大节或小节，然而节节都在唱秦腔。一年四季，南北二山，秦腔嘹亮；湟水两岸，唱声不绝。这还不算，重大活动还要唱，每年七里店的黄河灯会，灯会办几天，大戏唱几天，还要唱本戏，不唱折子戏，为的是完美，其实质则是生活的完美、人性人情的完美。

河湟人钟爱秦腔，秦腔也成就了河湟人。从秦腔的故事情节里他们懂得了历史烟云、人间烟火，在秦腔的唱、白、念、打中他们学会了生活艺术、文化艺术，从而在生活的酸甜苦辣中恰当地运用秦腔的艺术调节心理，从而使自己们悲而不沉、乐而不极、把握人生、成就生命。一句话，有了秦腔，就有了生命的乐趣。高兴了，随便唱两句"欢音"，高兴得像烈性炸药爆炸了一样；痛苦了，唱几声"苦音"，揪心裂肺的唱腔却表现了多么有情有味的美来，这种美给了别人享受，也熨平了自己的心灵。

秦腔是属于黄土地的，它的性子野、旷、悍，需要大天地，河湟大地就有这样的天地。它属于土，土命。黄土地富含钙硒，秦腔的骨子里不缺构建风骨的材料，所以，秦腔剽悍、野性，它不作态，直来直去。狂风刮起，呼啦啦的尘土里，那野性的一声吼，随着散播，野的没有边儿。秦腔也属于河湟人，人生只有经历了风风雨雨的沉沉浮浮，才能静守在斜阳脉脉的黄昏，听懂那一声声时而苍凉时而豪放时而凄苦的唱腔中一个个古老的故事。那一出场久远、浪漫的古戏，其实它们只是人生这本大书上一个美丽的注脚，尊贵卑贱，忠烈邪奸，其实只是大千世界万千生命生存的射影、命运的寓言。此刻，你在戏里，也在戏外，远处滚滚红尘中那些脚步匆忙的男男女女，其实是生旦净末丑挂在脸谱上演着各自平淡或离奇、热烈或寂静的人生故事……秦腔是直率的表演，说得婉转些是唱得有劲；说得直率些是大喊大叫，走进那巷道戏台的身边，凝神倾听，正是那悠扬中荡开着层层波澜，吼声中力拔泰山的酣畅淋漓。它不似黄梅戏绵软，不似河北梆子苍凉，不似京剧凝练。那是信天游的随意自由，那是安塞腰鼓的奔腾喧闹。秦腔，是一片没有河水的黄土地上一条四季奔流的大河，是天寒地冷的黄土深处一轮冉冉东升的红日，是那些纯朴的心灵一生暖心的火焰。

秦腔，虽然是外来的，但它已成为河湟人精神空间的中流砥柱，河湟文化的擎天之柱，也是河湟人文精神的经典代表。

秦腔剧，其实就是河湟戏。

在河湟人眼中，秦腔是大戏，板胡响处，锣鼓起时，高亢的唱腔响彻云霄，那种气势豪情，与软语呢喃的剧种绝对是两种天。

秦腔戏曲的直观表述与经典文本

屈巧哲

盛世唱大戏，太平文化兴。

在青藏高原的东部，河湟谷地的沃土，在年轻的青海省海东市的核心区域——文化大县乐都，这块远离三秦大地，也远离秦腔音韵的热土，一位热爱文化、献身文化、宣传文化的工作者，一位炽热秦腔、钟爱戏曲的文艺事业推动者，率先在青海河湟大地扛起复兴秦腔艺术的大旗，建剧团、建协会，拉起一帮子秦腔爱好者演唱、传承、推动秦腔，使秦腔重新唱响在有着 200 多年历史的河湟大地。在统筹宣传文化事业同步发展的同时，以戏曲事业推动文化工作，为了推动秦腔在青海地区、西北乃至全国的传承与发展，为广大秦腔爱好者提供学唱秦腔的基本资料，也为了表述、总结、推广、宣传魅力无穷、风光无限的秦腔艺术，潜心研读，悉心学习，利用业余时间编著图文并茂、激情四射的《大戏秦腔》。拿着这沉甸、厚重的宏篇巨著，透过这文字鲜活、图片精到的艺术书籍，仿佛看到了秦腔大戏在青海的奋起勃发、在西北的重新崛起，仿佛看到了祖国文化百花园里万紫千红、戏曲是我国传统的艺术形式，也是世界文化宝库中一颗璀璨的明珠。中国的戏曲艺术源远流长，囊括了诗词、歌赋、百戏（杂技）、武术、舞蹈、音乐、美术……汇百川而成江河，形成了中华民族独有的艺术形式。

秦腔是我国重要的戏曲曲种之一，至今已有2200多年的历史，源于古代陕西、甘肃一带的民间歌舞，并围绕中国古代政治、经济、文化中心的长安逐步发展，经历代艺术家的不断创造而形成。秦腔形成于秦，精进于汉，昌明于唐，完整于元，成熟于明，广播于清，几经衍变，蔚为大观。

秦腔的很多剧目都是表现我国历史上反侵略战争、忠奸斗争、反压迫斗争等重大的或富有生活情趣的题材。秦腔唱腔为板式变化体，分欢音、苦音两种，前者长于表现欢快、喜悦情绪；后者善于抒发悲愤、凄凉情感。主奏乐器为板胡，发音尖细又清脆。秦腔的表演朴实、粗犷、豪放，富有夸张性。在陕西关中地区乃至整个西北，已经唱了数百年，其高亢的唱腔，丰富的曲牌，众多的剧目，不知迷倒过多少痴情的观众。

一声秦腔，两句台词，或远或近，或高或低，隔着一条又一条深巷，绕过一道又一道山梁，断断续续传来。那如丝如缕的旋律清风般徐徐吹着，池水般慢慢荡漾，就在你凝神捕捉的瞬间，又汪成一片晴朗的月色，沿着村庄的街巷游走，沿着田野的小径游走，沿着闪烁不断的灯火游走。碰到或高兴或悲痛，或如意或无奈，或忙碌或闲暇的人们之间，顿时眉开眼笑，怡然自乐，手之舞之，足之蹈之。平静了许多，淡定了许多。

秦腔是一部百科教义，它教你区分真假美丑，懂得是非曲直；秦腔是一个智慧老人，用故事启发你的心智，让你去体验激情人生和世态炎凉；秦腔是一种境界，让你体验"三娘教子"的苦心，"滴血认亲"的无奈，"下河东"的苍凉，"窦娥冤"的悲愤，"生死牌"的抉择，"苏武牧羊"的凄凉；秦腔又是一种综合艺术，使你感受到脸谱的价值、服装的精到、念白的韵味、做打的高深、旋律的激情、表演的快感，令你赏心悦目，五体投地。

"八百里秦川黄土飞扬，三千万老陕齐吼秦腔。"延续数千年的秦声秦韵，早已浸入每一个秦人的血液与骨髓之中，早已成为生命中不可缺少的一部分。那优美的带有地方色彩的唱腔浓缩了陕西渊源流长的文化，细听起来，象一杯浓茶，品之美味，让人回味无穷，荡气回肠，让人怀念沧桑的岁月和多彩的生活。一曲一调，浓缩着关中人对生活丰富多彩的感触。

秦腔作为优秀传统戏曲不但是陕西的，也是西北的。秦腔独特的喊唱法体现着西北人的豪放与直率，它不仅给人以听觉上的享受，视觉上的满足，还告诉人们流传故事、历史经典和英雄事迹。戏剧中的唱念做打，在秦腔中都表现得栩栩如生，淋漓尽致。秦腔舞台是另一个世界，在那里你可以忘掉一切，在那里你可以洗礼心灵。

这一切在《大戏秦腔》里表现得酣畅淋漓，入木三分。作为在全国有很大影响力的秦腔戏曲，有着无数的爱好者、探究者，各类资料与书籍琳琅满目，五花八门。然而从秦腔的历史、格局、角色、唱腔、脸谱、服装、伴奏、道具、艺术特色等系统性进行架构，完美无缺地介绍秦腔艺术的鸿篇巨制凤毛麟角，用直观的文字、优美的图片精心搭配高度性展开表达，相得益彰地叙述秦腔文化的经典文本又寥寥无几。而周尚俊这位地处青藏高原东部，青海河湟大地的秦腔爱好者、文化引领者却站高望远、别出心裁地创作了这样的经典文本，填补了空白，激起了秦腔戏曲的千层浪花，足见他对秦腔的热爱、对艺术的执着。合卷沉思，一种敬佩之心油然而生，激动之情情不自禁。

"日出江花红胜火，春来江水绿如蓝"。从青海大地的秦腔唱响，我们看到了秦腔艺术的活力；从《大戏秦腔》的闪亮登场，我们感受到了振兴秦腔事业的希望。实现中华民族伟大复兴中国梦的征程中，秦腔必将以崭新的姿态谱写华丽的篇章，必将以多彩的活力展示无穷的风采！

青海故事与河湟文化的交响

——观民族音乐剧《花儿·少年》有感

辛秉文

自习近平总书记强调保护传承弘扬黄河文化以来，青海省提出多项实施方案和举措，其中河湟文化建设战略和打造"青绣"品牌属主流活动之一。笔者作为文化工作者，常常探索思考如何有一创新"突破口"，融合青海文化旅游发展新概念，引领河湟文化发展新思路，展现新青海新姿颜。

近期观看西宁市艺术剧院出品的民族音乐剧《花儿·少年》（下简《花》剧）后，感触良多，稍作梳理成文，以供探索商榷。

讲好青海故事

自新中国成立以来，无数有志之士响应党中央的号召，放弃原有的优越工作条件来支援边疆，同时也出现了很多可歌可泣的动人故事。民族音乐剧《花儿·少年》运用"故事今绎"的多幕剧顺叙表现手法，表现了青年音乐人北翔和女朋友 linda 陪同爷爷沪生来曾经工作过的地方——青海，寻找往昔爱情的影子，结果却遇见了曾经的恋人，这段往事启迪了当今青年一代对工作、爱情和生活的认知。故事从顺叙到插叙，再到平叙，将 20 世纪 60 年代大西北支援者崇高的家国情怀与时代爱情故事烙印叠映，用最写实的艺术表现力，淋漓尽致地展现了两个时空的故事。

该剧采用时代史实故事背景。从 20 世纪 50 年代开始一直到 70 年代末期，全国各地有志青年响应党中央的号召，陆续到全国最艰苦的贫困地区、边远地区和革命老区，投身国家和地方建设事业当中。他们在工作中兢兢业业、任劳任怨、一丝不苟；在生活上艰苦朴素、不挑不拣、礼让敬贤；在爱情婚姻家庭方面，纯真朴实、互敬互爱。剧中的 706 机械厂确属青海省大通回族土族自治县境内，《花》剧中人物刘沪生和丁香的爱情故事以及当时的工作状态与环境条件，均属于历史史实，非突发奇想杜撰而成，人物名称与故事无需对号入座，内容梗概在时代背景原型下增加了音乐剧作品创作的艺术化、文学化渲染，在表现手法方面更加贴近了河湟文化、青海民族民间文化与上海地域性文化的联系。

唱响河湟之声

《花》剧以民族音乐为艺术基点，用剧情发展的形式发散出青海河湟花儿的和声，如该剧将青海河湟经典名曲《四季歌》采用交响曲手法导入剧中第一幕，给观众以重温经典之感，不由得拭目以待随后的剧情。

将第二幕的场景直接设在青海河湟民间"六月六"花儿会上，这是青海民间集休闲娱乐、歌咏比赛、访爱求婚、农商集贸、文体宣传等为一体的重要节庆活动。歌曲唱段中有河湟地区耳熟能详、众人皆知的《晶晶花令》《尕马儿令》《二牡丹令》《好花儿令》《二啦啦令》《白牡丹令》《仓啷啷令》《好心肠令》等，唱词又是展现当今新时代新青海风貌的内容，如"青海人的心气大，立志要把穷根拔；改革开放新时代，'一优两高'说的啥？""'一优两高'真不差，生态保护优先化；'高质量'加'高品质'，百姓生活美如画。"

全剧将河湟经典代表作《四季歌》用混声交响曲、变奏曲、合唱曲等多重形式表现，从第一幕引子到最后一幕的尾声共有十余次，让名曲贯穿始终，镌刻入观众之心，激扬起观众之情，贴近观众之生活。

这些河湟经典和声又与经济发达的上海城市歌曲形成了鲜明的对比，剧作者与导演刻意将上海城市音乐用快节奏的节律感表现出来，如第一幕中人群在繁华忙碌的大街上唱《上海，这里是上海》："上海，上海，这里是上海，人流汹涌，梦想如海。上海，上海，这里是上海，竭力拼搏，年轻人的舞台。""机会无限机会无限，梦想拥抱未来，机会无限机会无限，竞争激烈如海！""激情无限激情无限，激情喷涌而来，创意无限创意无限，机会就在眼前。""赶走疲惫，钻入人的大潮，一天很快，小心赶不上赶不上节拍！"

歌曲旋律反复中强调出上海发达城市中人们生存的紧迫感，这种紧迫感是高速发展时代的需求和人才竞争下的社会环境具象。仅第一幕就将上海城市音律节奏歌曲反复两次，这与第二幕之后的青海河湟地区舒适和谐的社会生活做了对比，也为展示河湟花儿做出了铺垫，强有力的展现出青海河湟人民的幸福之声。

展现高原精神

《花》剧通过社会主义建设者的奉献精神和爱情故事，与当今青年一代面对生活的态度做了一个不经意的简单对比，用刘沪生、李海青、建国、国庆、解放、丁香等人的社会生活实际，侧重突出了20世纪中叶中国人民的奉献精神，这种精神不是体现在特定的某一个人身上，而是全社会共有的爱国精神和家国情怀。

　　如第一幕中老沪生面对孙子北翔工作受挫说的："你一个音乐学院毕业的高材生，专业水平又那么过硬，不能碰到一点困难，就灰心丧气！""如果你这样下去，爷爷着急，爷爷愧疚！爷爷怎么对得起你已不在人世的亲生父母呀……"，以及他与老丁香都乐意收养的青年花儿新秀尕妹；第三幕1958年706机械厂场景中，工人联欢不忘工作学习，他们同在一个车间，具有同一个建设美好祖国的心愿。全体工友不论是劳动还是联欢，都唱响了世纪经典的歌曲《社会主义好》《咱们工人有力量》等原曲或变奏曲，没有中国共产党，就没有社会主义新中国，没有工人阶级先锋队，就难以大搞社会主义现代化建设，所有的社会主义建设者正如剧中所唱："我呀就是那永不生锈的螺丝钉！"剧情又峰回路转，将车间娱乐场景变成简单的花儿会，从严肃紧张的工作状态变成同志间和睦相处的友谊。其中，最为感人的是刘沪生拿到去苏联留学的"金"指标后，在事业和爱情的纠结中突出奉献的精神——将"金"指标送给别人；而刘沪生去苏联留学期间，丁香用辛勤劳动的工资接济着远在上海且未曾谋面的准公婆。当沪生回来后，带有肢体伤残的丁香又含泪退出自己婚姻家庭应有的席位，为了沪生更幸福的生活，情愿放弃自己梦寐以求的爱情。剧情至此，感人泪下！

　　剧情在故事发展中不断换境插叙，用时间、时空、场景连线情景，再现青海登高望远、不懈奋斗、团结奉献的高原精神。

打造人文品牌

　　在我看来，《花》剧力图突破青海河湟文化艺术仅仅局限在青海乃至西北的地域格局，始终用新的理念打造出青海河湟文化品牌。

　　首先，《花》剧在故事原型上采用青海实境，如"六月六"花儿会、706机械厂以及青海人民生产生活的真实环境风貌。故事内容中涉及青海河湟地区人文历史，语言色彩方面平铺地方特定称谓如尕妹、阿哥、尕马儿、好声嗓、流瓜嘴、尕娃等等，语句上直接对接民间俗语，如"憂把阿姐我漫散""唱花儿的下家""花椒树你甬上，上了黑刺儿挂俩；家里去了你甬唱，唱了老汉骂俩……"从剧情舞蹈、民族服装、道具来看，突出青海省内多民族多元文化交融并存的社会现象，如采用青海社火舞蹈中传统的十字步、小碎步、扇子舞、滚灯舞步等，还具有时代风貌的红绸舞。

其次，《花》剧中演唱青海花儿多个曲令和小调时，在传承传统曲令的基础上，对很多曲令的旋律和唱词做了大胆的改变，如对《四季歌》的演唱演奏，将主旋律和变奏曲在剧中贯穿始终。花儿唱词应时应景，如："祖国华诞七十年，山山水水换新颜；年年六月花儿会，新时代日子比蜜甜。""开遍鲜花的大草原，也曾遭遇暴雪袭过。美如仙境的青海湖，也曾有过惊涛狂波。你既然奉调去远方，肩担重任理当尽心图报国。"

再次，《花》剧在剧情方面，突出多重事物发展的矛盾冲突和心理斗争，用悲剧给人力量，让人沉静思考，最后用言尽意深、可歌可泣、悲喜交集的情感推上剧情高潮，从视觉、听觉、情景再现、历史构想和心理反刍方面获得了审美的怀旧感、舒畅感、满足感。改变了单一化的矛盾展现，用艺术性、学术性和用多重思维定位戏剧结构，用人文之美展现青海河湟文化的过去、当今与未来。

最后，《花》剧创作核心主旨在于让观众从五十年前的故事人生，分享人类永恒的爱情主题，见证了今天新时代新青海绿水青山、幸福和谐的人文环境。讲好新时代青海河湟故事，挖掘地域特色文化资源，传承青海历史文脉，坚定文化自信，构建青海大文旅格局，为实现中华民族伟大复兴的中国梦凝聚精神力量。打造青海河湟文化精品，为实现"两个一百年"奋斗目标而努力，凝聚智慧，开拓新青海精神，取得脱贫攻坚战的胜利，为建设最美青海而努力贡献自己的力量。

人与自然生命的再度考量

辛秉文

近观大型原创音乐剧《卓玛姑娘》，剧情以美丽的三江源——玉树草原为背景，用数个场景音乐和歌曲表现了卓玛与众多乡亲爱护动物、爱护自然生命的真实故事。剧中卓玛收养了幼小的黑颈鹤，救下了为孩子觅食的母狼，又因为给大雪封山的野生动物送草料坠下悬崖……好人自有善报，卓玛在狼群的护送下回归了家园。故事感人至深，音乐动听悦耳，剧情矛盾冲突之处，揪人心肺，常引观众无限期望，泣泪数次，尤其是很多唱段随情景而延伸至观众心中口中，剧作谢幕，歌曲传唱不衰。

就该剧对生命情感哲学而言，更让观众深思，恰如开设了一堂关于人与自然生命意义的重要教育课程，仿佛释解了众多观众心中尘封的疑虑，重拾生命的认知价值。譬如朱永新先生在《生命的特点及三重属性》中说："最好的教育应该是珍惜和尊重所有生命的教育，让人们认识生命、理解生命、珍情生命、呵护生命、热爱生命和成就生命，让每个生命活出自己，活得尊严，活得完整，活得幸福。"

笔者认为该剧有以下几个突出的亮点，值得借鉴与学习。

首先，从音乐剧《卓玛姑娘》原创源动力来讲，旨在讲好玉树故事，讲好身边的故事为首要，践行"绿水青山就是金山银山""青海最大的价值在生态、最大的责任在生态、最大的潜力也在生态""必须担负起保护三江源、保护'中华水塔'的重大责任""确保一江清水向东流"。

其次，将人与自然、人与动物和谐共处的真实环境，做出史实影像与艺术剧作相结合，提炼出一台具有舞台音乐艺术程式的视听盛宴。

再次，不论是该剧剧情中的人与动物和谐相处，还是人与动物的矛盾冲突，都是人与动物本性本能而为，正如"动物的命也是命"一样，是对自然生命进一步的认知和接纳。

最后，就剧情中卓玛、扎西、藏獒、小黑颈鹤、母狼、雪豹、野牦牛、土拨鼠等动物和谐相处的自然环境。尤其是2019年玉树州杂多县特大雪灾之时，牧民自发自觉自愿进入草原腹地，为野生动物送草料，让我们再一次深思生命的意义，也是对自然生命的重新考量。

就该剧中音乐特质来讲，笔者认为有以下几个亮点：

第一，从整台音乐剧的组织结构和音乐语境来看，可以做成一台如诗如画的交响乐音乐会，可将音乐剧《卓玛姑娘》的视听盛宴转化为如泣如诉的交响乐饕餮大餐。就剧作组织结构来看，有序、家园、情缘、巡山、团聚和尾声组成多幕剧；从音乐动机和发展的角度来看，《卓玛姑娘》音乐动机的发生发展到高潮，都具有音乐创作的系统性和完整性，从音乐风格来讲，更多运用了玉树本土歌、舞、民俗活动中的民族性音乐元素，又与当地的风情地貌相融，突出了音画效果。

第二，整台音乐剧中有好几处歌曲引人入胜，催人泪下。

如，在第一幕《家园》中牧民转场迁徙时的歌曲：

飞啊飞啊飞啊飞过万水千山，

却飞不过心中的山。

飞啊飞啊飞啊飞向海角天边，

却飞不出故乡的天。

当冬去春归来

格桑开遍山岗

我们一定会再回来

这是我们最后的家园

因为这是我的家园。

这段歌曲不仅很朴实地诉说了牧民对家乡的眷恋，也用最朴实的手法告诉所有观众：不论我们怎么"飞"，也"飞不出故乡的天"，正如离开了家乡，我们就像没有根的树叶。

我认为，原创音乐剧《卓玛姑娘》在人与自然生命和谐共处方面的意义，更具深度考量。

音乐剧《卓玛姑娘》其主旨呼吁人们认识自然生命的关系，保护自然等于保护人类，自然环境和人类社会的发展是辩证统一的关系，二者相互影响、相互制约、相互联系、不可分割。剧中卓玛救下了母狼，而母狼带着狼群也救下了卓玛，雪豹越来越亲近人类家园，这是人与自然、人与动物和谐发展的生动反映。通过音乐剧《卓玛姑娘》反映的真实故事，我们坚持人与自然是生命共同体，再次强调人类尊重自然、热爱自然，"人法地，地法天，天法道，道法自然。"坚决践行习近平总书记提出的"生态兴则文明兴，生态衰则文明衰"等重要论述，在继承发扬中华优秀传统文化智慧的基础上，实现真正的人与自然辩证统一的和谐共生法则。

如果说这部剧作存在不足，我首先说应该是原创音乐剧《卓玛姑娘》剧作经费的不足。没有足够的经费，使该剧作的进一步提升受到极大制约。

建议将这台剧作打造成文旅品牌和青海省玉树藏族自治州文旅融合的地标性艺术品牌，由政府出资打造实景剧，用专业团队的演员培养业余演员，为农牧民文艺爱好者提供就业平台，增收创收，传承弘扬民族文化艺术，提高人类对自然社会的认识，提升社会道德水平和人文素质。

以此为契机，再接再厉。

珠联璧合　优美动听

——歌曲《青海梦》赏析

茹孝宏

　　《青海梦》是环青海湖国际自行车赛主题曲之一，由长期在青海工作的诗人王予波作词，中央乐团作曲家张宏光作曲。这首歌歌词优美，旋律动听，尤其是富有诗情画意的歌词和充满青海地方色彩的曲调融为一体，珠联璧合，相得宜彰，产生了不同凡响的艺术效果。

　　"青青的山，蓝蓝的海，高天上流云映花开（飞旋的车轮竞豪迈）。遥远的青海，遥远的青海，踏着牧歌向你我走来（一路欢歌向世界走来）。在那遥远的地方，遥远的地方，金色的海洋拥有七彩的光芒（放牧的姑娘拥有甜蜜的愿望）。在那遥远的地方，遥远的地方，绿色的草原也有斑斓的梦想（拼搏的男儿也有胜利的方向）。"《青海梦》的歌词抒写了青海的山色湖光，描绘了青海的广袤之美、纯净之美，展现了在蓝天白云的映照下，在湖光山色和鲜花怒放的衬托下，在放牧姑娘的衷心祝祷下，环青海湖国际自行车赛车轮飞旋，运动员尽显豪迈的热烈场面，更表达了青海人民向往幸福生活，憧憬美好未来，渴望青海走出青海、走向世界的美好愿望，以及因梦想与现实愈来愈近而产生的荣耀感和自豪感。歌词虽然只有短短两段，但内涵丰富，意蕴深厚，充满质感，极具艺术感染力。从歌词的艺术特点来看，一是词作者借鉴了《诗经》中一咏三叹、复沓重唱的艺术手法，给人以荡气回肠之感，也突出了"青海梦"的主题。二是运用了长短句交错的艺术手法，并在两段歌词相同的位置换了相同的韵脚，既做到了形式为内容服务，又突现出歌词的形式美和韵律美，为作曲家谱好曲子打下了良好的基础。

　　《青海梦》的曲作者紧紧抓住歌词所表达的独特而优美的意境，结合环青海湖国际自行车赛所在的大美青海的背景和赛事本身的特殊场景酝酿谱曲，谱出的曲调不仅彰显了青海的地方特色，还巧妙而有机地融会青海民间音乐的多种元素而体现。作曲家给一首歌词谱曲，首先要定好基调，即要定好曲子的风味。"青海梦"毕竟不同于"草原梦""三江源梦"，也不同于"河湟梦"。如写"草原梦""三江源梦"，曲子定位可以是浓厚的藏族民歌风味，如写"河湟梦"，曲子定位可以是浓厚的河湟花儿或河湟小调风味，而给《青海梦》歌词谱曲，曲调风味就不能拘囿于青海的某一种民歌的风味，而最好是吸纳青海多种民歌的音乐元素，谱成一首富有大青海特色的曲调。要做到这一点，当然不易。而作曲家张宏光做到了。只要我们听一听《青海梦》的音乐，就能听出其曲调有青海民歌的风味，可就是明显地听不出它到底像哪一种民歌，既不像青海藏族民歌，也不像青海花儿和河湟小调，但非常优美动听、亲切感人。这正体现了作曲家高超的创造才能和艺术功力，他虽然吸纳了青海藏族民歌、青海花儿和河湟小调的音乐元素，但没有照抄照搬某一种民歌中任何一个乐句，而是将三种民歌的音乐元素加以糅合，融为一体，形成了一首紧密配合歌词内蕴和意境的舒展、优美而富有歌唱性的曲调。这是《青海梦》曲调的第一个显著特点，也是最主要的一个特点。《青海梦》曲调的第二个特点是前两个乐段都运用弱拍起始的手法，而后面两个乐段即高潮部分则运用了传统的强拍起始的手法，两种方法对比有致，同时在高潮部分大胆运用了高八度的大跳音程及上行音阶加下行音阶，旋律迭宕起伏，摇曳多姿；同时依据歌词复沓重唱的特点，开首一个乐段就定好了全曲的主旋律，然后由此延伸拓展，反复歌咏，既凸现了高潮，又强调了主题，产生了强烈的艺术感染力。

《青海梦》已成为宣传大美青海的一首保留曲目，也成为在社会上广泛流行，在群众中广为传唱的一首歌曲。愿有更多的像《青海梦》这样的好歌伴随宣传大美青海，全面建设小康社会的伟大进程，激发我们的豪情，愉悦我们的精神，抚慰我们的心灵。

信念是执着的守望

辛秉文

听到环保歌曲《难忘可可西里》首发,以迫不及待的心情急切聆听,反复聆听,再分析词、曲、演唱以及编曲、迷笛制作,有一种满满的感动。这种发自内心的感动,让我想到了电影《冰山上的来客》中的插曲《冰山上的一朵雪莲》:"你的友情像白云一样深远,你的关怀像透明的冰山,我是戈壁滩上的流沙,啊……任凭风暴啊,把我带到地角天边。"

在可可西里自然保护区内雪山林立,湖泊纵横,矿产资源丰富,多重地貌是野生动物的天然乐园。绿色、循环、持续、统筹的生态环境是人类社会赖以生存发展的重要条件,保护环境,人人有责。

"绿水青山就是金山银山。"拥有"中华水塔"的青海省对于三江源环保治理势在必行,锐不可挡,从这首生态歌曲可以看出,青海省政府部门对环保工作的重视程度。

很多歌曲在创作时,首先要有好的歌词,优秀的歌词能激发作曲家的灵感,能触动演唱者的情感,让听众心灵得到共鸣。

就这首歌曲的歌词创作而言,诗人尼玛江才站在可可西里环保工作者的角度,用最平朴的语言,诉说了心愿:"我和可可西里结下了生死之缘，她是我生命的江河源，是我故乡的美丽少女。"作为常年在可可西里自然保护区的工作人员，身处人迹罕至、野兽出没、气候恶劣、高海拔等严酷环境，却用一颗赤胆诚心热爱着这片土地，就像生命里流淌的血液，就像初恋的美丽少女，既是生命延续的原生动力，又具有情感炽烈的梦幻活力。

在诗人尼玛江才眼中，在环保工作者的眼中，可可西里自然保护区是"蓝天白云相恋，太阳湖落霞流金，那里是动物的欢乐谷，是我长江的彩虹家园。""藏羚羊回望，野牦牛欢奔。""弯弯的泉水，草尖上歌唱。"所有的艰难险阻和风云雨雪都绘成了自然唯美的经典画面，展现着可可西里自然保护区的生态景象，也是具有生态保护的战略意义。诗人又将笔锋一转，把难忘、怀念、思念、留恋等情结轻轻吐露，深情回旋成环保人的心声："难忘可可西里，难忘可可西里""雪山上一条巡山的险路，这就是我们环保人热恋的歌。""荒野上一条巡山的天路，这就是我们环保人心灵的歌，心灵的歌。"

"雪山""荒野"上有一条巡山的"险路""天路"，这意味着什么？这是一条生命危险之路，但可可西里环保人依然坚守信念，让生命化成一首"热恋的歌""心灵的歌"。战胜困难不仅仅靠的是力气和智慧，更多的是执著和信念，当我们拥有一个坚定的信念，即使再大的困难，也会变成一首首欢乐的歌。

歌词情真意切，饱含坚守的决心、信心和壮志，情到深处自然流露，这对于资深作曲家罗泽先生来说，无疑是保护家园的强烈呼唤和音乐创作的激情涌动。

罗泽先生是我国著名的作曲家，我特别喜欢他写的《天上的仙女》《吉祥和仙鹤》《月光下的布达拉》《怒江的回声》《姑娘次仁措姆》《思念》《雪山姑娘》等歌曲，这些歌曲在整个藏族地区堪称经典曲目，也荣获了很多奖项。

可可西里自然保护区的自然风貌是镌刻在罗泽先灵魂深处的故

乡。歌曲《难忘可可西里》中，罗泽先生采用 6 / 8 拍，音乐结构中的强弱规律为"强、弱、弱；次强、弱、弱"。这种节奏型演唱，如泣如诉，如歌如吟，与胸腹式自然呼吸相谐，同情愫相惬。歌曲前奏部分用小节强拍音符"66b7564326"展开旋律发展，加之女声合唱渲染，这样的音乐结构让整个歌曲很平稳，防止了深情乐句中音符的跳跃性。主歌部分用小调式，使歌曲旋律线行进在和谐音程区间，结束部分旋律又转落在五声商调式，从 6 到 2 用纯四度和谐音程，使这首歌悲切而不低沉、向往而不迷茫、有活力而不张扬、有动力而不爆发。

罗泽先生用 10 个乐句 2 段体式结构，即：引子 +A+B，完成了整首歌曲旋律曲式的"起承转合"，突出"环保人心灵的歌"。写这首歌曲时，他用满腔热忱和泪水凝结成晶莹剔透的音符，将可可西里自然保护区与歌词、作曲和演唱汇成一个不可分割的整体，这很符合罗泽先生的脾性——要做就做最好！

歌曲《难忘可可西里》采用大型交响乐伴奏，配器方面用小提琴、大提琴、圆号、大鼓、低音鼓、钹、锣、长号等多种乐器烘托出可可西里自然风貌的背景，疑似狂风暴雨下可可西里环保工作人员巡山的情景再现。加入女声合唱引子和伴唱楔子，让具有野性的可可西里地区焕发出母性的思维，让歌曲首尾呼应，旋律与意境回旋，映衬"是我生命的三江源，是我故乡的美丽少女"，点出主题"热恋的歌"，也是"心灵的歌"。

在我的印象里，张林属于"慢温性"的歌唱家。何为"慢温性"？那是因为张林的从艺经历具有周期长、频率高、故事性、戏剧性的奇异曲线。幼年的张林凭着身高马大的康巴汉子块头和对汽车的热爱，有过修理工、汽车司机、养路段工人、公安干警、副局长等工作经历，一次卡拉 OK 比赛获奖的欣喜，让他迷恋上了音乐。随着时间的推移，他对音乐的痴迷程度达到了让很多人难以接受、难以想象的程度，他甚至放弃了优越的工作条件和工资待遇，最终选择了提前退休，专修声乐的道路。自此后，他开始自修声乐大师温可铮的声乐教材，练声唱歌成了他每天的必修课。2012 年，他自费去西安音乐学院拜在郭钶老师（现任中央歌剧院低男中音）门下，系统学习音乐专业知识和声乐演唱技能四年，后到西藏大学去拜我国著名的男高音歌唱家多吉次仁为师，静心学习。期间，还不断去中央音乐学院、上海音乐学院、青岛、成都等地学习交流。多年的人生历练和声乐研习，让张林对歌曲演唱的情感处理、气息把握、情绪控制和舞台演唱等方面有了自由收放的能力，尤其在唱《难忘的可可西里》时，他用敬畏之心，内含深情地演唱着这首歌，歌声中充满忧伤，也充满了向往。磁性声线中将可可西里环保人的执著坚定信念层层绽放，特别是第一句"我和可可西里结下了生死之缘，她是我生命的江河源；是我故乡的美丽少女"的表现力，给人一种先声夺人的感觉，继而又怀念地唱起"雪山上一条巡山的险路，这就是我们环保人热恋的歌。"到二段的时候，张林对歌曲的演唱发生了变化，在第一段忧伤怀念的基础上，拓展了声音的厚度、广度和亮度，用坚毅豪迈的气魄唱到："这是我们环保人心灵的歌"。

在我看来，好歌就应该大家分享，好歌就应该留给世界，好歌也自然而然会经受得住时间的检验！

作家印象

耕耘于乡土田野

葛建中

与李明华相识已有十余年了，在我的印象中，李明华是一个少语而多思的人，在多人聚会的场合，他总是听的多说的少，而只要他说话总有精彩之论，且每每在浓浓的乐都方言中夹杂着有趣的故事、笑话，话语幽默机智，生动形象，颇有民间语言的特点。在以后渐渐增多的交往中，我也渐渐了解了李明华的文学追求和理想。

对李明华来说，文学创作是他对家乡父老的一种回报，是他面对青海河湟故土时的一种倾诉，是铭记在心的农村生活对他人生的引领。他说他的创作追求是：努力走出书斋、郊游，自作多情的写作模式，为正在经历着边缘化以及被知识摒弃的农村和农民阶层充当忠实的代言人，记录"转型期"历史的车轮碾过时，车轮下挣扎着发出的一切声音。

从李明华的文学追求上可以看到，是土地和农民给了他创作的动力和源泉，而文学是他回馈生活的特有方式。

出生于青海河湟谷地的李明华，挚爱着这一片曾给了他痛苦和欢乐的土地，他把对这片土地的爱化为文字，形成了散文诗集《家园之梦》，中短篇小说集《平常日子》、长篇小说《默默的河》《夜》，长篇报告文学《路》《鲁班的子孙》，散文集《坐卧南凉》等作品。可以说，他的这些作品在某种层面上提升了这片土地的厚度与高度，也将作家带到了另一种精神生活的境界，使河湟谷地的过去和现在得以真实而又艺术化地呈现。

多年来，我因驻队下乡、参加研讨会、审片会、采访等原因多次去过李明华的家乡乐都，在那里和他一起吃饭、交谈，一起去采访单位工作。作家王文泸在其散文《文明边缘地带》中是这样说到乐都的："这里的人好谈历史，热爱书法，崇仰文化名人，并且以对这方面的知识的十分有限的占有为自豪。即使是没文化的人，也不缺乏对文化的敏感，不缺乏对那些远远高出于他们的水准的传统文化的欣赏态度。"

作为县文联主席、县新闻中心主任、《柳湾》文学季刊主编，对文化的热爱和追求，李明华更是超过常人。他曾与友人共同主编了一套本县作家的文集《柳湾文丛》，对挖掘地方文化、推介文学新人颇有推动作用。对他来说，文学如同是他生命中苦苦追求的恋人。

对于自己的家乡（一个被人们习惯上称为蔬菜大县、文化大县的地方），李明华的确是了如指掌。十年前，我在乐都县亲仁乡阴坡村驻队宣讲中央文件期间，他和朋友结伴前来看望，晚餐时一起猜拳高歌，他总显得深沉、淡定；两年前，他陪我们在乐都拍摄电视片，在柳湾彩陶博物馆，他对彩陶的讲解明显要比专业讲解员生动和深入得多。在奶牛饲养基地、农机厂、农田里、蔬菜基地等地方，他陪同我们实地采访，为我们提供线索、介绍情况。可以看出他对县情、民情了解和熟悉的程度，我想，正是因为有了这种生活的积累，才使他写出了那些有着浓郁乡土生活气息的文学作品来。

李明华的作品风格确乎如他的为人处事一般，在平静客观中埋藏着对动荡起伏的社会生活的观察和倾向，在冷静节制的语言中夹杂些诙谐幽默，在朴实无华的叙述里渗透了深深的人文关怀，具有着敢于担当的社会责任感。在他的写作中，流露出对故乡的生活记忆和深情关注，倾注了对故土家乡的深挚情感，可以说，对河湟乡土的书写已成为李明华不可离弃的文学创作母题。

在功利思想盛行的当下，为了农村、农民而默默写作，这实在不是一件简单容易的事情。这需要毅力和眼力，需要对生活和情感的投入，需要一颗去除浮躁后的澄静持久的心，这些李明华做到了。他的作品已经说明：在任何时期，文学具有着独特的力量和魅力。我想，刚刚从鲁迅文学院走出来的李明华应该早就知道这些了吧！

诗歌是另一种生活

葛建中

在这个世界上，生活对每个人而言都是一条无法停息的河流，只能时而在狭谷、时而在平原、时而在荒原间蜿蜒蹒行……在这条没有航标的时间之流中，没有回去的可能，不管前方是鲜花还是荆棘。每个人都在选择自己的航线。当然，有时也被生活所选择。

在过去了的某一天，天光澄澈，季候适宜，当夕阳把位于青海东部农业区大山深处的瞿昙寺刻画得愈为灿烂而寂寥时，余晖也使周存云的脸颊深沉了很多。他对这座建于 600 多年前的古老佛教寺院历史文化的讲解，让来自省内外的作家、诗人啧啧称奇。同样的场景：在乐都县城的西来寺和凤山书院中我也领略过存云的文化积累和不俗口才。周存云的才情、激情和性情让我不由联想起这片土地上创造了丰富灿烂的彩陶文化的先民。我想：先辈们的艺术基因是否在今天的湟水谷地经由血脉已经得以传承？

周存云并不仅仅是一个地方文化的口头讲述者，他把更多的业余时间和爱好留给了诗歌。应该说，是诗歌让他葆有了激情，对故土的爱让他的写作有了不竭的动力。在农耕文化的陶冶下，多思、敏感的气质让他痴情于汉语言文字的阅读、写作。及至考入大学，这对他的写作基本功打下了一个好的基础。

周存云从少年时代便开始写诗，我在 20 世纪 90 年代的报刊杂志上看到过他的一些诗歌和散文诗，这也是对存云的神交。20 世纪初，我为采写一篇报告文学去了乐都县教育局，我提出要见他，才知道他是副局长，正在山区学校检查工作。晚上他来招待所找我，又叫了当地几个文学青年喝酒侃大山，送给我一本他的诗集《无云的天空》。

在这以后，我俩的交往渐渐多了起来，有时他来西宁出差便抽空叫三两个朋友小聚一下，话题多与文学有关。这期间，他出版了第二本诗集《远峰上的雪》，并嘱我为之写序。

后来，他调某乡镇任镇长，工作又与农业、农村、农民紧密相关了。那时候，他在乡镇上推行种植业结构调整，使其供职的乡镇成为闻名的大蒜之乡，为当地的新农村建设做出了自己的努力。同时，他还善于思考，从实践中总结经验，在经济类刊物上发表了关于农村经济工作的理论文章。他从乡村生活中沉淀着过去的生活，也在这样的生活与工作中汲取和发现新的诗歌题材，阅读和写作成为他乡镇工作的一个组成部分。与他之前的工作不同的是，这个时期的工作是在最基层，让他有机会更深入地了解农民的喜怒哀乐，能够真切体会乡情民风。清晨在田埂上的漫步、拔草时人们随意漫唱的山歌"花儿"、与村头晒太阳的老农的寒暄、寂静的乡村夜晚……这一切在周存云日后的诗歌创作中都是一段弥足珍贵的生活经历。五年多的乡镇工作、生活，让存云真切地了解了农民的生活，在工作之余，他搜集了上百首流传在河湟谷地的"花儿"，并编辑、印刷成册，并在这本名为《河湟花儿》的扉页上题印了这样一段话："谨以此献给那些深深热爱着家园的人民和长期工作在基层的乡镇干部们！"其对农村、百姓的真挚感情可见一斑！

存云是个真诚、率性、乐于助人的人，也是一个常怀感恩之心的人。

在他的诗集后记中，总要提及曾经引领他走向的文学之路的老师和朋友，向他们表达谢意，而且言行一致地在这样做着。他把同为诗人的大学班主任老师的诗歌作品与自己的诗歌合为一集，出版了师生二人合著的诗集《高处·二人行》，这也是当今社会一个极为少见的诗歌个案。

周存云从教师、校长、局长、乡镇长、镇书记再到今天供职的海东市委办公厅，他在自己的人生之路上勤勉地行走，留下了一步步踏实的脚印，书写了一行行发自内心深处的诗句，在繁忙的行政工作间隙，不断地寄情于诗，把诗歌寄寓于生活，让诗歌写作成为另一种生活方式，这实在是一种值得称赞的能力。他对文学的钟爱使他始终坚持创作，用诗歌表现生活，记录他的心路历程，反映时代的变化。正如他在新近出版的诗集《高地星光》后记中所说的："文学给了我一种可能，使我始终保持一种朴素和高贵，让一颗诗意的心灵不断深入到平凡的生活。使我更深刻地认识自己、唤醒自己，抵达真实的自我，以自己独特的敏锐，感受到生命的重量，活在当下的美丽中"。

存云对诗歌创作的孜孜追求是显而易见的，单从他出版的诗歌文本上就能看出个大概。在许多次聚会中，酒酣处，每逢大家出节目，存云总会朗诵诗歌，而且不止一首，他的激情与记忆力让我自叹弗如！

2001年秋冬之交，我到乐都县某乡山村驻村工作，那里交通和通讯条件都不方便，拨手机需走到山顶才会有时断时续的信号，每天只有一趟中巴开往县城。在一个冷风凛冽的下午，存云穿着军大衣突然出现在我房东的家里，他知道我在此驻队，专程从他任职的乡镇赶来带着一箱青稞酒看我。"晚来天欲雪，能饮一杯无"？酒宴开始前，他和随他而来的朋友敬酒，我一会儿就醉了，是因为这情谊而醉的。在那个炉火和酒一样热烈的晚上，我同样听到了他朗诵的诗歌。

对存云来说，是农村的生活让他的诗歌具有了田园诗的节奏，而长期的基层工作，又使他的诗有着对土地和父老乡亲深厚的感情，因而，他的诗朴素、深情，在平静的抒情背后隐藏着一颗热烈、滚烫的心。我想，出于对生活的爱，对家园的感情，才促使他拿起笔，对经历过的生活做出自己的判断和抒写。我认为，这样的写作态度已经足矣，与那些沽名钓誉者的动机有着天壤之别。

在和存云的交往中，我知道他的性格中有坚持、坚守的那一面，他在兼任海东市作家协会主席后，组织过几次文学活动，对文学的热情没有衰减。他也不断有新作问世，我感到，诗歌对存云而言是他对人生和世界的一种表述，是他在日常工作外选择的另一种生活。

说几句王建民

杨争光

　　《青海湖》要在"本期推荐"栏目里推荐王建民的诗作，给了我一个机会，说几段我所知道的王建民以及王建民的诗。

　　和王建民相识，应该是在 1984 年我从天津调回西安之后。

　　那时的建民还在西北政法学院（现西北政法大学）就读，他们有一个诗社，邀我参加他们的活动，所以两个人是因诗相识，因诗结缘，至今已三十多年。回过头想一下那时候的建民和他们的诗社，恍若隔世，又恍然如昨。

　　清爽自然的建民，清爽自然的诗，会让人想起青海的"花儿"与水草。

　　建民毕业之后回到了青海，在出版社工作，我们的联系没有中断，还会有通讯。那时候的通讯都是手写的。还有文章，也是手写的。建民写过一篇《捅破的窗户》，是说我的诗的，即使不能算是长篇大论，篇幅却也不小，在我看来已经很长了，且是认真的文字，有认真的考量。这一篇手稿至今还保存在我的书柜里。

　　我翻了一下 20 世纪 80 年代的笔记本，其中有几页文字，是从我给王建民的一封回信中摘抄下来的，大概是要留一个记录，说的也是诗。说到"象"，抽象，象征，等等，也许幼稚，但认真，证明着那时候的我们对于诗的虔诚。

1988年之后，我不再写诗，但并没有离开诗。和诗相遇，一定会有认真的阅读，也会有一些所谓的思考，至今都是。我以为王建民和我一样也中断了诗的写作，但应该也不会与诗绝交。

果然，这一期《青海湖》推荐了他的诗作，都是近十来年的新作。也因此知道了上世纪九十年代至今，他并没有完全中断诗的写作。诗一直伴随着他。

他做过出版，也做过生意，我相信，他的出版他的生意，以至于日常生活，都会有诗的或多或少的参与，所以，他至今也没有把自己倒腾到富翁的行列。但似乎也并不懊悔。这不懊悔里，应该也有诗的作用。

建民也写过小说，而且是长篇。有一本《银子家园》（《海南文学》连载时改名为《天尽头》），现在还在我的书柜里。我认真读过这本小说，有价值的材料，诗意的叙述。我曾经向某大刊甚至某出版社推荐过，没有发表，我并不以为是这一本小说的遗憾，反倒以为，遗憾的应该是刊物和出版社。中国每年有几千部长篇小说出版，有多少在出版之后不久又被化为纸浆？建民应该为他的《银子家园》感到庆幸。我不知道建民还有没有兴趣回望他的这一本小说，有没有兴趣对它作一些必要的修整。我相信，如果他有兴趣也愿意，这本小说绝不会和化纸浆的搅拌机遭遇。

关于建民的诗，这一期的"推荐"中已有专论，也有他自己的创作谈，我要说的话很可能会显得多余，甚至蹩脚。但还是忍不住，想说的是，他曾经的《达拉积石山》是很好的诗，不仅对他自己，对青海的诗也是，甚至对中国当代诗也是。他其后的诗，尤其是那些有骨感有质感的诗，都和他曾经的《达拉积石山》有着渊源关系，血脉相通。

建民的诗还会不会继续？在我看来，这不再重要，重要的倒是诗意的生命。这样的生命不只是天生的，还有后来的自持。而这，我对建民却是有信心的。

为建民高兴。

他所在的高原，有其相对独立的自然历史，人文历史，宗教历史，有它的"花儿"，有它的水草，有它的石头，还有，它的青稞酒。建民是不是比过去胖了一点？但胖与瘦并不意味着心胸的阔与窄，诗意的生命，有足够的空间拥有这一个"大块"，这大块高原的一切。

即使不能完全拥有，也可以是一支"花儿"。

我喜欢青海的"花儿"，词好，曲好，有味儿，耐听。

无需“神化”已“圣化”的昌耀

郭守先

昌耀谢世已经 21 年了，以昌耀命名的诗歌奖也已经颁发了三届，与中国文化史上的孔子、屈原、苏轼等一样，昌耀生前历经磨难，去世后不仅被称为“英雄”“诗人中的诗人”，而且被批评家誉为“当代诗歌史上的传奇”“旷野中的儒家”“中国现代诗歌史上的一座丰碑”“堪称新诗百年以来最具草根性的诗人”，甚至认为“昌耀高过了包括很多朦胧诗人在内的许多诗人”，这些评价足以告慰昌耀生前的劳苦，但其中有些说法还是值得探讨和商榷。

是的，笔者承认昌耀的诗歌是命运铁砧上锻造出来的火花，是“岁月有意孕育成的琴键”。他的诗歌将个人命运融入民族命运，将个人情感提升为人类情感的细腻与宏阔，的确令当代诗人惊艳，有其不可替代的诗学意义，他的成功的确是“风雨雷电合乎逻辑的选择”。但我们没有必要“神化”这位“社会的怪物、孤独的浪子、单恋的情人”，说他“是当今中国诗人中只用自己的语言道破天象的诗人”（李东海语，下同），说他是“在政治和诗歌艺术上，从不屈从于任何制度、个人和体制的人”的确有些过誉。作为诗人他已经“圣化”了自己的被磋磨，如大漠居士、朝圣香客、托钵苦行僧等，他说"我是滋润的河床 / 我是干枯的河床 / 我是浩荡的河床 / 我的令名如雷贯耳"；他说"他们说我是巨人般躺倒的河床 / 他们说我是巨人般屹立的河床"。"将囚徒的命运改写为圣徒的天命"（耿占春语），是昌耀的一大创举，这是命运使然，也是信仰使然！但考察昌耀的一生，最后拯救昌耀的还是爱情和诗歌。如果北岛是被缚的普罗米修斯，那么昌耀则是被放逐的屈原，用他的诗语述说，他是西部"一个没有王笏的侍臣"，用《昌耀诗文总集》燎原的序言标题描述，他是"高地上的奴隶与圣者"。笔者认为这也是，2009 年《钟山》杂志社邀约当代最具权威的 12 名评论家评选当代 30 年（1979 年—2009 年）十大诗人时，被称为"诗歌英雄"的北岛全票通过，并位居榜首，而昌耀只能名列第五的原因之所在。

在邓晓芒教授倡导新时代"第三次启蒙"的今天，还认为北岛们具有批判和启蒙精神的朦胧诗已经"随时代而去"（李少君语，下同），就宣称昌耀立足自身传统的所谓大地性诗歌方向"也许才是真正的中国诗歌的现代方向"也未免有些主观臆断了，这和当年"吹捧朦胧诗，把朦胧说成诗歌的发展方向"的评论家一样有失偏颇。其实，朦胧诗并未失去的价值正在被越来越多的学者所确认。《今天》的代发刊词宣告"我们的今天，植根于过去古老的沃土，植根于为之而生，为之而死的信念中"，朦胧诗人杨炼在传统文化中追溯生命本真存在的《半坡（组诗）》《敦煌（组诗）》等则直接立足于脚下的这片土地；谁说朦胧诗不兼具包容性和开放性？朦胧诗既有象征性意象密集并置的北岛式绝望反抗，也有自然、肉感、野性的芒克式温和冒犯，也不乏锐利、激烈、桀骜不驯的多多式语言风暴，还有颇具理性思辨色彩、彰表内心细腻情感的舒婷式一脉，更有像昌耀一样以"自我"历史来归纳民族历史的江河、杨炼式抒情史诗一路。

"作为自传的昌耀诗歌"，虽然不乏反思和审视，但实事求是地说昌耀及其诗歌凸显的更多的是一个放逐"侍臣"之"离骚"。昌耀曾在诗歌《场》中表白"我是农夫的养子,在我心中的殿宇,党的形象,无疑是我崇奉的至尊,我珍惜这种,朴质的感情,但是,我的信仰,不是盲目的愚忠,不是泥胎木雕的魔力,我更该听从——实践的判决,历史的裁决,只有它——才能使我驯服,我阐述自己的观点,这正是出于我爱的真挚,我不用忏悔,也无需请求宽恕——"。与"世界,我不相信",要做"第一千零一名"挑战者的朦胧诗人们相比,他并没有举起逆反文化惯势的大旗,他挑战的只是个人命运,他彰显的只是青藏高原的"形体",他的诗歌只是脱去垢辱黑衣之后,依靠"彼方醒着的这一片良知",对自己不堪的昨天及其生居的土地,进行的一次自我救赎式的超拔审视,或者说穷途歌哭,因为对于"泪水",他并不"忌讳莫深",他认为"嚎哭是人类能够听懂并普遍享有的最为可行的古老抒情方式"。昌耀默守的立场遭遇现实的嘲弄之后,勘破红尘的他,开给时代的处方仍旧是类似于佛教不怒、不恼、不嗔的"听淡淡的箫"。正如青海当代诗人郭建强所言,早年受过五四启蒙运动,一生葆有公民意识的昌耀,其写作生涯应有一大部分关于构成城市文明基准的盟约、法制、贸易、人权等权力和精神的。惜乎由于种种限制,最终只体现在屈杜式的"哀民生之多艰"。

而发轫于20世纪60年代的朦胧诗人们用理性和人性的尺度,表达了"一种人们普遍存在的'创世纪'激情(洪子诚语)。而"昌耀把社会政治的困境置于宇宙轮回的天命之间,把两种不同意义的厄运混同,使其产生互为解释的隐喻作用。在某中程度上减弱了社会历史批判的力度和尖锐性"(耿占春语)。以"车轮"获罪的他,至死也没有产生过扭转历史车辙、实现社会转型的愿景。他将自己的困苦和磨难视为殉道者的修为,甚至在俄罗斯有人将佩戴列宁徽章的他斥为"狗仔子"时,他也不曾改变过,他说"我一生羁勒于此,既不因为向往的贬值而自愧怍,也不因俱往矣而懊悔",因为他又"梦历鸭绿江、清川江，奔赴三八线"，因为他又看见了"'资本'重又意识到作为'主义'的荣幸，而展开傲慢的本性"。因此，笔者以为昌耀的诗歌是一个蒙冤男子的命运审视与爱情救赎，或者说是一条"烧红铁板感应蹦起的鱼"对社会理想主义伤痕的舐吸与眺视，我们无须"神化"已"圣化"的昌耀。

说昌耀是"英雄"，也不尽然。首先昌耀自己就不同意，他说"既没有可托生死的爱侣，更没有一掷头颅可与之冲杀拼搏的仇敌，只余隔代的荒诞，而感觉自己是漏网之鱼似的苟活者"，他说"面对华夏族自杀的堕落，我是一个潜在的遁世者；面对外部势力对华夏世界的误杀，我是一个天然的义勇军"，他坚信"在生命熄灭的坟头，有祖国赠给战士的冠冕""在大海的尽头会有我们（负荷孩子哭声赶路者）的笑"……昌耀诗歌中的自我形象是"苟活者""遁世者""战士""义勇军"和"赶路者"，或者说是社会理想主义者，我们不能因为他有英雄主义情结，就把他视为"英雄"；我们不能因为他不忍病痛的折磨而选择了自杀，就把他捧为"英雄"。自小怕鬼不敢起夜而常常尿床的昌耀，长大后多情而又"太易于感伤"的昌耀，不要说在生活中，就是在写作中对根脉性问题也总是欲说还休，批评家们称为"隐喻式抒情"。昌耀说"实在，我不配踏勘／这历史的崎岖／我不配凭吊，这岁月的碑林"，这些中肯诚实的自我认定，集中描述了高大陆一个蒙冤男子活着的表情。

说昌耀是"百年以来最具草根性的诗人"，还是不能令人完全信服。19岁河北荣军学校毕业，就担任了青海省贸易公司秘书，20岁调入省文联编辑《青海文艺》的诗人昌耀，无论如何都与"草根"不搭界，尽管长期生活于基层，但其时由于创作的不自由，创作的诗歌并不多，他的诗歌多数是回归城之后的潜心巨制，就是其早期诗歌，据研究者探究，也不排除大量的修订。说其"草根化"，也不确实，因为大家对昌耀诗歌语言的评价"古奥生涩"和"陌生化"，一个草根化的诗人，绝对写不出"美的'黄金分割'从常变中悟得／生命自'对称性破缺'中走来""我们不断在历史中校准历史／我们在历史中不断变作历史""潜在的痛觉是历史的悲凉／然而承认历史远比面对未来轻松／理解今人远比追掉古人痛楚"等，这样富有理趣和哲学思辨的诗句。笔者以为昌耀的诗歌与草根化所昭示的大众化与平民化无关，其非精英知识分子不可。将他的诗歌与李少君草根性诗学粘连，也很牵强。因为昌耀最推崇和喜爱的诗人是惠特曼，终其一生倾心的是"大同胜景"，昌耀在《一个中国诗人在俄罗斯》中说"这是我看重的'意义'，亦是我文学的理想主义、社会改造的浪漫气质、审美人生之所本"，同时他又宣布"我从一个暧昧的社会主义分子成为半个国际主义的信徒"，另外，王家新等诗人评论家认为昌耀早期的诗歌属于"典型的集体主义诗歌"。这与草根性诗学致力的"本土性"和"个人性"又不十分吻合。

除以上称谓和评价外，有人还说他是"嗥叫的水手""伶仃的荒原狼""幸存的诗人""高原的雄鹿""一枚在火焰中沉思的黑陶""一株化归于北土的金桔"等，他自己还说"你既是牺牲者，也是享有者；你既是苦行僧，也是欢乐佛"。但笔者觉得这些说法都无法尽述全貌，都只能描摹昌耀的不同面相。经过多方探究，反复斟酌，笔者觉得称其为"男子"还是最为切实，首先他原本就是一名男子，"男子"这一称呼得到了他的自我体认，他制作的名片四个头衔中，排第一位的就是"男子"，然后才是百姓、行脚僧和诗人。其次，"男子"对应了许多脍炙人口的、数量众多的爱情诗篇或者说"爱的史书"，譬如《良宵》《慈航》《一片芳草地》《致修篁》等，他说"爱是源泉也是归宿""在善恶的角力中／爱的繁衍与生殖／比死亡的戕残更古老、更勇武百倍！"；他说"我是一部行动的情书"；他说"我终究是这穷乡僻壤爱的奴仆"；他说"我却成了这'北国天骄'的赘婿，我才没有完全枯萎"；甚至连绝命诗都是一首凄美的爱情诗——"三天后一十一支玫瑰全部垂首默立，一位海滨的女子为北漠的长者饮泣"。综上所述，还是厘定为"一个男子的命运审视与爱情救赎"才最为公允，也可能最大程度消弭异议。

此处情深是故乡

雪　归

坦白说，当我看到这厚厚的四卷本时，内心的震惊是不言而喻的。

早在 2016 年初，当李永新先生的《白草台文丛》出版时，我就曾写下《情浓最是吾乡与吾土》，表达了我个人对于李永新先生由衷的敬意。他本人对故土家园如此深挚、如此持久、如此厚重的情感，实属可贵。

此时，我仍想重述这一观点：一个人对于家园故土的深厚情谊，如果必得要凭借某种具体的介质来表现才能得以充分的体现，那么眼前这部《李永新文丛》四卷本，就是李永新先生对于家园故土最最浓情的凝结。对某种事物的持久关注，最能成就一段华章。如今这部文丛的出版发行，可以说是最为恰切也更见深意。

我曾有机缘走进一个名为白草台的河湟谷地东部的自然村落。李永新先生就出生在这个小小的自然条件极其恶劣的村落。缺水干旱，朴素的乡民世代过着靠天吃饭的日子，为吃一口水都要走出十几里山路，或者依靠单薄的双肩，或者依靠牛马的脚力。干涸、贫瘠、偏远、落后，是这个村庄的代名词。不是我吝于将溢美之词献给这个村庄，而是我坚信所有和这类村庄有过一面之缘的人一定不能否认，这里根深蒂固的贫乏和困窘是几代人都难以脱掉的沉重枷锁。黄土夯就的院落，关不住寒门学子走出大山改变命运的迫切。年少求学，他经历了现在的学子难以想象的艰辛；饥饿和寒冷一起逼近的岁月里，生活的困窘如影随形；周围十余个村落，坚持攻读的孩子如凤毛麟角……也许直观而真切的苦难体认，更有助于灵魂坚挺，思想深刻。凭借勤奋好学、刻苦钻研的精神，李永新先生走出了那个小小的村庄。而且在李永新的多方协调和众乡亲的努力下，这个小村获得乐都区政府支持，整村迁至交通便利的城区附近，从此旧貌换新颜。

2012年，海东成立了文联。在此之前，有人曾这样说："长期以来，海东的文学艺术事业主要靠海东文化人的自觉。"这种直言不讳的说法，虽然听来不免刺耳，却也着实触到了海东文艺发展的软肋。没有文联组织，许多文艺爱好者处于散兵游勇、自生自灭的状态。自担任海东第一届文联主席以来，李永新先生便殚精竭虑于海东文艺事业的发展与繁荣。如今，海东新人佳作频出，文艺队伍不断壮大，文艺创作成果喜人。在为文艺人才搭建展示才华的平台，提供更为广阔的空间的同时，李永新先生积极听取文艺人才的呼声，竭尽所能为文艺爱好者提供支持和扶助。海东的文艺人也因此发出由衷的感叹：海东文艺的春天终于来了！海东的文艺人才终于集结在一起，吹响了嘹亮的冲锋号。

同时担任市委宣传部领导的李永新先生，在海东撤地设市五年多的时间里，在宣传工作面临着前所未有的机遇和挑战时，胸怀大局，着眼大事，因势而谋，顺势而为。对此，在文化卷的序言《文化自信的倡导者和践行者》中，文学博士赵兴红女士有着这样的阐释："他从中华民族伟大复兴的高度，认识自己所从事的宣传文化工作的使命和责任，坚持文化理想，做时代风气的先觉者、先行者、先倡者。"

作为市委宣传部负责日常事务的李永新先生，工作的繁重而琐碎不言而喻，当李永新先生用手机，在车上，在家中，在难得的空闲间隙写下属于他、属于海东也属于河湟的这些文字，他饱蘸心中炽烈的浓情书写，让人肃然起敬的同时，也不能不让我们汗颜。是的，不可否认，现实早将我们每一个人拥有的时间无情地切割为断带或者碎片。然而，我们也有必要扪心自问：有多少时间，曾被我们浪费在麻将桌前，浪费在无谓的消耗中，浪费在可有可无的消闲中？

李永新先生曾写过一篇题为《站在田野瞭望河湟大地》的文章，写给走过二十年征程的《河湟》杂志。其实他本人，何尝不是站在河湟的高地上瞭望河湟大地？他纵横捭阖，激扬文字，他既有"遗留在湟水浪尖上的那一抹乡愁"，也有"在四季的欢歌里挥洒着雪白的浪花"的浪漫，还有"永恒而不可碰触的蚀骨之痛"，更有"以镍的高贵品格再次面向世人"的金石之声。

李永新先生的不间断书写，留下了《极地门户的瑰丽传奇》，展示了《海东作家的精神情怀》。或者是打麦场、老宅、社火队，或者是一个萝卜、一根虫草、一朵花，或者是许多个晨昏日常、四时之景，皆是他关注的对象。他倾心书写他生活并深爱的土地，在平安古驿，在威远小镇，在乐都新区，在两化之地，他用"闪耀人性光芒丰富现实的表达"。一些颇显才情的诗文，散着清新、优雅的气息，仿佛涌出地表的脉脉清泉，既有悦耳的淙淙之音，也有奔流向海的雄壮气势。这种书写，一如他的作品集中文化卷和评论卷所表达的，他在不断寻找梦想栖息的地方。细读这些深情的，透着泥土芬芳的文字，打动读者的，便是这精神家园的着力构建与倾情表达。一个灵敏的主体，一个不寻常的感受者，努力承担理想性的东西，李永新先生用他的独特方式实践"作品和作者互相印证"，让这种实践体现出一种难得的感人的见证性力量。

一个人的价值，不在于获得了什么，而在于留下的什么。就这一点来说，李永新先生应该是无愧也无憾的，因为他用自己的辛勤耕耘，留下了累累硕果。

诚如中国社科院民族学与人类学研究所研究员王峰在《田野瞭望》一书的封底所言："大力挖掘和激活各民族的优秀文化，各美其美，美人之美，美美与共，将更好地凝聚起中华民族的文化认同，建设各民族共有的精神家园。"

此处情深是故乡。李永新先生始终怀揣故乡向着通向人类精神家园的路上坚持着，并且不遗余力。再次向这种姿态、这种实践致以由衷敬意！

奉时骋绩

——海东文艺推手李永新及其《文穹视野》

郭守先

　　盘点一下近 20 年来，我们海东文艺的"推手级"人物，笔者私自认为铁进元、毛文斌、李永新可以入围：铁进元以刊物《河湟》为园圃，苦心经营 15 载，培育了一大批文艺新秀，桃李满高原；毛文斌以凤山书院为据点，广筹善款，刻立河湟碑林、编撰历史文化丛书，影响深远；李永新顺应"文化强国"号召，身负领衔打造"文化名市"的历史使命，搭建了海东文联所属各协会班子，主编 11 卷本"海东情文艺丛书"，设立"河湟文艺奖"，使海东文学艺术事业的局面为之一新。因此我想推举他们三人为海东近 20 年的文艺推手，应该少有人持反对票。李永新与铁进元、毛文斌两位先生不同的是，铁进元与毛文斌是离退休之后、老有所为的自发的民间推手，而李永新是年富力强的自海东建区建市以来的官方选定的首任文艺推手，正因为是官方选定的首任文艺推手，所以他更具有号召力和爆发力，在他的努力下，海东散兵游勇、各自为战的文艺人才重新集结，散遗民间、自生自灭的文艺之花绽放出前所未有的光芒，从青海省第七届省政府文学艺术奖的获奖情况来看，海东文学艺术的春天已经初显端倪。笔者曾撰文在《海东情文艺丛书》首发式上发自肺腑地总结和感慨说：

海东文联成立只有两年，与 1955 成立的省文联相比要滞后 57 年，与 1980 年成立的西宁市文联相比要滞后 32 年，与 2002 年成立的海北州文联相比要滞后 10 年……'海东情文艺丛书'的出版发行、首届"河湟文学艺术奖"的组织评选就是海东文联突破性开展工作的直接结果，它是对海东改革开放 35 年来文学艺术创作的一次盛大展出，它是对海东文学艺术创作队伍的一次隆重检阅，它吹响的不仅是集结号，还有冲锋号。从此走过海东我们看到的不仅是拔地而起的高楼大厦，还可以看到挺立在书柜中央的这一册册文艺作品；从此走进海东我们不仅能看到舒展人们腰肢的一块块枝繁叶茂的城市绿地，还能看到蓄积海东文艺工作者精神和情感的这一本本装帧精美的书籍，以及以"中国书法之乡"为代表的美术、音乐、舞蹈、摄影各文艺门类的繁荣。《海东情文艺丛书》比西宁市文联主编的《西宁地区优秀文艺作品丛书》只晚 5 年，比海北州文联主编的《海北藏族自治州建州 60 周年文学作品选》只晚 1 年，而且立足当下、面向未来，慧眼独具地添加了《校园风铃卷》。《海东情文丛》的出版发行、首届河湟文学艺术奖组织评选标志着海东执政官员从过去单纯关注经济增长开始向经济文化并重的方向转变；《海东情文艺丛书》的出版发行、首届"河湟文学艺术奖"的组织评选同时也标志着海东文化建设从侧重"非遗"挖掘整理开始向"非遗"挖掘和给力当代原创文艺作品并重迈进。作为丛书的一名编辑、我亲眼目睹了海东文联领导礼贤下士凝聚人力，集思广益汇集智力，兼容并包为做大做强海东文学艺术事业所付出的心血和汗水；作为首届"河湟文学艺术奖"的一名获奖作者，我代表所有获奖作者衷心感谢海东文联为培养海东文艺队伍、打造文艺精品工程所付出的艰辛努力！

需要补充的是，与此同时李永新带领海东文联一班人还按照"三驾马车"的构想，多方协调，给刊物《河湟》落实了经费，求同存异鼎力支持了《高大陆》文化经济季刊高端创刊，废寝忘食致力于《湟水河》纯文学季刊的打造，并不失时机给广大文艺工作者"煽风点火"、鼓劲打气。譬如写给全市作家文论式的"公开信"《用文学的方式坚守海东精神家园》，在化隆《荒原春文丛》首发式上的讲话《荒原的春天并不遥远》，在乐都区组织"彩陶·生命与诗"主题座谈会时的发言，都不乏苦口婆心的鞭策和振聋发聩的呐喊，在民和策划组织召开了"世界母爱圣地·喇家文化旅游"专题研讨会。从李永新三年来执掌海东文艺的政绩来看，他是一名优秀的推手，市委市政府的决策是英明的。为了使各位朋友能够全面而又立体地了解李永新，在这里我想追溯一下他被组织"选定"为文艺推手之前的情况，因为这与他当之无愧地成为新世纪零年代以后海东官方首任文艺推手，并在极短的时间内取得辉煌战绩，有密不可分的内在联系。

李永新原先只不过是乐都达拉乡白草台村一个吃洋芋蛋长大的"山里娃"，庙堂中既没有显贵可"靠"，寒舍中亦无积财可"拼"，他和所有农民的儿子一样是靠勤奋学习、改变命运、走出大山的，成了"工作人"之后，靠实干求取业绩，凭能力赢得尊重：在互助县当组织部长时就以创办《互助组织工作》《土乡村官》内部季刊，主编《中共互助县委组织部志》《村支书谈科学发展》等为人所称道，在从事组织工作的 20 年间，先后出版《组织工作研究》《土乡之魂》《彩虹记忆》《江山如此多娇》《河湟寻梦》《论党建》等作品集，且不论这些作品的高度有多高、影响有多大、能不能经得起时间的淘洗、有幸成为个体生命寄载魂魄的棺木，但它至少能说明李永新是一个爱学习、善思考、能干事、肯干事的人。更让大家念念不忘的是，他得知乐都区实施山乡整村搬迁项目后，主动跨区县联系相关部门，为父老乡亲早日走出大山、迁居川水、融入城市不辞劳苦多方奔走，并"修成正果"：目前百草台村村民已经全部迁居雨润下杏园村。真正体现了为官一任、造福一方、急群众之所急、想群众之所想的为官理念。

　　在《青海税报》工作时，记者小毛常常激励我说：人生一辈子时来运转、出人头地的时日并不多，一旦机会来了就不能放过，就要乘势而为、建功立业，我也因此忘记"客卿"身份、干过几件自矜的事情。用《文心雕龙》作者刘勰的话来说就是"达则奉时以骋（CHENG）绩"，李永新虽然没有听说过小毛的这句至理名言，农学学士毕业的他也未必读过刘勰的这句话，但他用实际行动践行了"天与其时，人不可不为"的古训。

　　《文穹视野》就是李永新三年来按照市委"全面建设河湟文化走廊，努力打造青海东部文化名市"号召，竭尽全力实施文明素质、文化惠民、文化精品、文化产业、文化研究、文化保护、文化传播、文化人才等八大工程的结晶，文集浸透了他田野调查的汗水和执政为文的心血，是他作为海东官方首任文艺推手最鲜活的见证。作品集集理论性、指导性和实践性为一体，是每一个关注海东文学艺术事业发展的人不可不读的一本书，对其他州市开展文化建设也有一定的借鉴意义。作为海东文艺官方选定的推手，他在文论中不仅首倡了"海东文化"课题的研究，而且提出了打造"花儿之都"、优化"文化生态"、实施"非遗"传承保护和培育新型文化经济实体等文化工程构想。说起海东的文化建设和文学艺术事业，他了如指掌、如数家珍，不管是有"湟北诸寺之母"之称的佑宁寺，还是循化街子清真大寺古老的《古兰经》手抄本；不管是李万华用针线缝制起来的慵懒生活，还是雪归对弱势群体不遗余力的烛照，他都能说个一二三。《文穹视野》勘察了文化海东的"基因"、梳理了文化海东的"特征"、提出了文化海东建设的"战略"，处处涌动着《走进海东文艺的春天》的思绪和激情，文因"情信"而辞巧，论因"志足"而晓畅，集中体现了海东一个满腔热忱的文艺工程指挥者的殷切期望和赤子情怀。

　　在海东文坛这个舞台上，作为文艺推手，三年来他一直默默无闻地做着奖掖后进、扶持红花的事业，我清楚地记得当我给他讲述起"藏在深闺人未识"的乐都区小说家秀禾时的激动神情，也看到过他因后进区县文艺人才匮乏而显现出的焦虑和忧患，他没有时间自修和琢磨自己的创作，因此很多时候我更愿意把他看成兄长或领导者，因为在谋取海东文学艺术事业春天的进程中，我们缺的不是张良、萧何和韩信，而是刘邦。刘邦曾很有自知之明地说过，"夫运筹帷幄之中，决胜千里之外，吾不如子房；镇国家，抚百姓，给馈饷（kuì），不绝粮道，吾不如萧何；连百万之众，战必胜，攻必取，吾不如韩信。三者皆人杰，吾能用之，此所以取天下者也"。同理，要想推开海东文学艺术事业的春天之门，仅依靠周存云、马英健、李养峰、荣光辉、姚广才、刘延泰、何生录等人的帮衬不行，还要有"吾能用之"的李永新谋划不可。但从李永新前期出版的图书和新近倾力打造的"白草台文丛"来看，李永新是不满足于奉时骋绩以"立功"的，他还想独善其身以"垂文"。

从《文穹视野》呈现出来的人文涵养和思想积淀来看，他已经远远超越了昨日之我，中国传统文化和河湟地域文化的知识储备已经突破了一个农学学士所能有的极限，承续组织及基层党建研究的文化和文艺研究比他纯情质朴的文学创作表现出了更宏阔的气象，只要合理切割光阴，进一步拓宽知识面，假以时日与海东的文艺新秀并立潮头不是没有可能。需要提醒的是，李永新自我突破的难点不在技巧性上，而在思想性上，因为"官方推手"的角色定位决定了李永新文本的济世理路与政治精英管理理念的高度一致性，这势必会影响和遮蔽著述的思想锋芒。不破不立，要想刷新弘扬主旋律、传播正能量与时代政治同构的建设性特点，奢望李永新能强化著述的反思、追问和批评功能几乎不大可能，因为一个人有一个人命定的使命和理想，他不可能会因为文朋的劝谏而更易。不过难能可贵的是，李永新有百家争鸣、多元共生的民主意识和宽容精神，他对"实现文化的现代转型并建设现代价值、形成现代认同、张扬时代精神进而建设共同信仰的文化"有清醒的认知和自觉的倡导，因此李永新规范的文论和严谨的举止并不妨碍和影响海东文学艺术事业的蓬勃发展和李永新文艺推手的形象。衷心祝愿永新兄在海东文坛这个大舞台上能有更奔放的演出，在人生这趟远足的旅程中能有更豪迈的歌唱。

诗人的精神疆域到底应该有多辽远?

——诗人评论家郭守先印象

谢彭臻

郭守先出生于乐都湟水南滨的农耕之家,这个县区是海东农耕地区的精华,毗邻甘肃,历史上即以文化繁盛、才俊辈出著称,是青海省公认的文化大县。在这片有着丰厚文化积淀的土地上,孕育出几位出色的文人或艺术家,是再正常不过的事情了,即当下而言,郭守先在诗歌写作和文学评论方面创作勤奋,成绩斐然,吸引了省内外文学界关注和肯定,可称本土新世纪具有代表性的诗人、评论家。

郭守先从少年时期痴迷于文学,高中时期即纠集了一干同学,创办了"湟水文学社",铁笔蜡板,出版了《湟水滨》数十期。在文学河流中稚拙的试水,拍打出的声浪,被记录在了地方文学史册页里。上班工作也没有隔离和文字的缘分,也曾以文学专长被借调到省地税局主办《青海税报》达七年之久。

如果说少年时期的舞文弄墨不乏青春期的萌动,那么穷极几十年的坚守,就有着宗教皈依般的虔诚和执著,这在很大程度上意味着将文学视为生命的托嘱和精神的信仰。

大学中专毕业之后撒落在省内外各地的同窗文友们,大多都没能延续文学创作，不少当年志同道合的文朋诗友被裹带进了官场商海，其中也不乏成功者，在主席台浮华的聚光灯下暗自庆幸命运的眷顾，或者是在商场的觥筹交错中顾盼自雄。而郭守先一直坚持了下来，三十多年的文学旅途跋涉，留下了《天堂之外》《税旅人文》《鲁院日记》等作品。虽然伺弄文字的时间长度或者码字的高度并不能直接佐证作家的文学成就，但起码标记了一个诗人的精神疆界。

我个人以为，文学有一个好处，一个具有较高文学素养的人，至少比起凡庸之辈，有着独立而坚固的价值体认，从而在精神上始终贯穿着拒绝被世俗同化的自觉。

拒绝被世俗同化，就难免被视为异类，郭守先也曾有被单位同事视为异类的阅历，主要缘由还是在于始终以真性情、真面目示人，保持识见的独立，不趋红踩黑、随声附和。体制内一个个身边熟悉的朋友同事，或在堂皇的办公楼里行色匆匆进进出出，或坐在豪车的舷窗里面赶赴会议，或在华灯初上的奢华酒局中小心酬酢，一个服从于内心写作的作家自然无心恋栈这样虚薄的荣耀，还须耐得住孤独，守望在寂静的书斋里读书写作，与热闹浮华保持一点距离。

作为文友我曾与郭守先有过无数次探讨，我们皓首穷经跟这些方块字较劲，写作的意义到底在哪里？话题也及于当下文学出版物的数量达到了空前，但是真正能打动人心的作品并不多。就一般的情形而言，诗歌大抵已经异化为自娱自慰的工具，长期仆从于物役遮蔽的精神视野，个性意识渐次萎顿的作品甫一出炉往往被评论家所诟病，心无旁骛秉持纯粹精神价值追求的写作者并不算多等情状中，保持纯粹的文学追求尤为难得。

写作的最低动机应该服从于内心的需要，但仅仅保留个人的此项权利是远远不够的，尤其作为具有一定社会影响力的作家，更应该关注公共秩序和历史性事件，背负为生活苦难的人群呼号的天赋义务，嗣存冀望擦亮社会良知的清醒。郭守先就是一个纯粹的诗人和评论家，他心中的文学之灯，不光跳动着照亮自己内心的烛火，也升腾着照亮世间黑暗甬道的光焰。

近年来，郭守先对于文学创作的思考渐次深入，文学创作的方向有所拓展，由诗歌创作逐渐偏倾文学评论，如果将早年写就的几百首诗歌比拟为文学之路上跋涉的一个个脚印，那么近几年结集付梓的评论集《士人脉象》、文论专著《剑胆诗魂》不妨比喻为在更加宽阔的文学领地上的一遍遍逡巡，特别是《剑胆诗魂》对文学道统的梳理归纳鉴纳古今、博采东西，用心之专、用力之深令人敬佩，以现代性人文精神作为精神构架的专著已然有独到之处且自成体系，不过它的意义目前尚没能完全彰显。

也许，只有当喧嚣的尘埃落定、浮华褪尽时，后来者才能掂量出真诚而执著的诗人一行行精心码放的文字到底具有多少分量，也许只有在时间将我们交还给大地的时候，大地能够甄别诗人高贵的灵魂。从内心走向历史，由诗人嬗变为评论家，一个诗人的精神疆域有多辽远，它探索的脚步就能抵达多远。

生活中的郭守先是极为传统的一个人，除了体育锻炼的爱好，时下风行喝酒、麻将这些消磨金钱与精力的嗜好与他无缘，他早在不惑之年就已息心仕路商海，专心于文学之路的远足，跻身体制不攀附权贵，行走文场不痴迷红颜，自爱羽毛的持守，似乎与世俗保持着一点距离，近于清教徒式的生活方式，同时也一如既往地证明着一个文人的自律。

万物静观皆自得

茹孝宏

  早在 1994 年，我还不认识周尚俊，但已熟知他的名字，那时他在乐都区委办公室当秘书。当时就听说，区委办公室有四五个秘书，秘书们写出来的公文材料，都要经过办公室主任在文字上严格把关，然后呈送区委有关领导审阅，最后才打印，但周尚俊写的东西无需主任把关，直接呈送领导审阅后即打印。不仅如此，当时乐都在报刊上发表文学作品的人寥寥无几，乐都文学尚未形成今天的小气候，而周尚俊已在青海日报等报刊发表了多篇纪实文学作品。那时我虽然也写点东西，但仅限于新闻报道、言论、教研论文等方面，尚未写过一篇真正意义上的文学作品，但文学之心已在蠢蠢欲动，所以对已在省级报刊发表文学作品的周尚俊就怀有钦慕之心了。

  后来，周尚俊在多个部门任职，虽然政务缠身，诸事繁忙，但他的文学之心从未泯灭，文化情怀日趋浓厚，文学创作与文化研究日趋活跃。那时，我也成为乐都文学方阵的成员之一，自然也与周尚俊相识了，相互交流的机会也多了。

  我们第一次见面是在乐都作协组织的一次笔会活动上。当时我们活动的费用是凑分子，用时髦用语说，就是 AA 制，搞完文学活动，还要用餐喝酒。参加活动的作协会员大多是普通教师，他是其中少有的官员之一。他英俊干练，风度翩然，有礼有节而不猥琐，潇洒大方而无傲气，谈笑幽默而有分寸，饮酒直爽而有节制。酒至半酣，大家表演了一些小节目。当有人演唱秦腔、眉户时，他还用板胡做了伴奏，板胡拉得可谓有板有眼，见功见力，显露了他在艺术方面的才能和修养。周尚俊具备了文字和艺术方面足够的修养和灵性，又有敏锐细致的观察生活和事物的能力，就可随时随地发现创作素材，从而能够源源不断地写出自己的生活感悟和生命体验，编写出一本本文化专著，并从中得到精神上的愉悦和人生的乐趣。

1994 年毛泽东主席的女儿李讷来乐都瞿昙寺参观考察，作为区委办秘书的周尚俊跟随区委领导陪同前往。在陪同李讷参观考察过程中，他通过旁听李讷和省、地、县有关领导的谈话，观察瞿昙地区众多汉藏群众通过对李讷的神秘好奇、尊敬热情而表现出的对一代伟人毛泽东的那种刻骨铭心的崇敬和爱戴，便发现了创作题材，抓住了创作契机，之后一两个月间,他就在《青海日报》发表了《中国出了个毛泽东》《李讷：瞿昙寺的尊贵客人》两篇纪实文学作品。李讷来瞿昙寺参观考察，在乐都可算得上是一个特大闻新闻，而周尚俊发表的这两篇纪实文学作品所写内容都与李讷来瞿昙寺有关，因而这两篇作品发表后得到广泛关注和热议，作者周尚俊也因此名噪一时。

他在乐都下北山的芦化乡担任乡党委书记期间，适逢国家在十年九旱、多数农家以卖血为补贴家用、艰难维持生计的乐都下北山实施扶贫攻坚这一"大行动"，他是这一"大行动"的亲历者、参与者，又是这一"大行动"指挥系统之最基层、最具体工作的组织指挥者之一。利用这个得天独厚的条件，他创作出版了长达 27 万字的长篇报告文学《北山大行动》。为了创作这部作品，他记了好几本笔记，也不知熬了多少个不眠之夜。由于这部作品真实可靠的资料和作者富有现场感、富有真情、富有诗意、才思灵动的书写，使这部作品成为一部难得的好作品。我曾在一篇评论中称这部作品为"真实和真情的融会，报告与文学的交响，是一部能真正体现报告文学文体特点的长篇报告文学"。这部作品出版后在乐都文化界和广大群众中都产生了很大影响，人们争相传阅，好评如潮。但作者毕竟身处相对偏僻的河湟一隅，这部作品未能引起更大范围的重视，但我以为，在那几年，这部作品也是青海报告文学创作的重要收获之一，就海东的报告文学创作来说，可算得上巅峰之作。

其后周尚俊转任乐都南山的蒲台乡党委书记。他在下村下社开展工作之际，在深入田间地头访问民情之时，通过了解、挖掘、搜集、整理和研究，编写、编辑出版了一本洋洋 40 万言的眉户文化专著《青海眉户》。这本书的最大贡献是将濒临失传的包括 60 个眉户传统剧目在内的青海眉户文化，用文字的形式保留、保护了下来，它的出版开了青海出版眉户文化专著之先河，填补了青海眉户文化专著之空白，还为青海地方戏曲、民间文艺、民俗风情、青海方言研究者提供了一个难得的弥足珍贵的文本，其价值是多元的，其意义是重要的，其影响是深远的。

2010 年后，周尚俊在区委宣传部、区文联任职，他如鱼得水，文学创作和文化研究更趋活跃。他的散文创作数量与质量与日俱增，其显著特点是融情于景，融理于事，意蕴丰厚，情趣益然。我常常被他精细地叙写自己的生命经验和体悟的文字所感动。他在《海东时报》《青海日报》《青海湖》《延安文学》《浙江作家》等省内外报刊频频亮相，他以比较丰厚的创作实绩融进了青海散文方阵之中。

周尚俊更是一个地域文化、传统文化的助推者、传播者。继《青海眉户》出版之后，又编写出版了文化专著《乐都人文印象》。继之又组织建立了乐都戏曲家协会，乐都南山戏曲剧团。乐都南山戏曲剧团成立后，起到了很好的引领和示范作用，接着全区的数十个秦腔剧团和眉户剧团相继得到恢复，演出活动十分活跃。他还多次组织了培训、汇演和评奖活动，调动了各剧团的积极性。为给广大秦腔爱好者提供学唱秦腔的基本资料，弘扬魅力无穷的秦腔艺术，吸引更多的人学唱秦腔，真正振兴秦腔艺术，他又利用业余时间编写出版了文化专著《大戏秦腔》。在他不遗余力的努力下，在河湟大地沉睡多年的秦腔艺术又苏醒了，复兴了。

周尚俊利用工作的便利条件，组织乐都作协部分会员赴海西各县作协、浙江永康市作协学习交流，组织乐都一批作家和文学爱好者的文学作品，在浙江永康市文联主办的《方岩》杂志，在海宁市文联主办的《海宁潮》杂志推出专栏，使乐都作家和文学爱好者开阔了眼界，拓展了视野，也使乐都文学得以与外地交流。从目前乐都的文学创作情况可以看出，部分作家的创作明显地受到外地文化的滋养和省内外大家文风的熏洗，学习交流活动已见成效。乐都文学能够形成现有的小气候，与周尚俊这位乐都的文化推手是分不开的。

近两年，周尚俊的工作有所变动，从原区委宣传部常务副部长兼区文联主席变为区文联主席兼区残联理事长。在一般人看来，这两个单位风马牛不相及，因而一个人同时很难做好这两个单位的工作。然而，周尚俊就是跟别人不一样，他在任何时候都能找到工作的激情和乐趣。他凭着一向的工作热情和真诚，凭着对每个部门、每个单位的工作都关系着全局工作，更关系着国家和民族大业这一问题的透彻理解，更凭着他的智慧、才华、魄力、恒心和韧劲，将两个单位的各项工作都安排得有条不紊、井然有序，而且还找到了两者的最佳结合点，做了一件别人难以做倒、令人刮目相看的好事情——他在深入基层走街串巷、走家串户访问全区残疾人生活和创业情况时，发现了许多残疾人感天动地的创业事迹，也发现了许多社会贤达人士对残疾人事业的关心和扶持。于是他眉头一皱，进而会心一笑，像写作时灵感突然来临一样，一个好的想法在脑海里倏地产生。很快，他召集残联相关人员和作协负责人开了碰头会，提议残联、文联和作协联合编辑一本专门采写残疾人创业先进典型、扶残助残先进典型的书，从而广泛宣传和大力鼓励"两个典型"，以求更多的人关心和支持残疾人事业。他的提议得到在场所有人的赞同。之后即召开作协会员大会，安排了相关采写事宜。两个月后，这本名叫《扶残助残》的书稿已经付梓了。另外，作协会员们精心采写的"两个典型"部分稿件已在"乐都在线"等微信平台上传播开来，那些被采写的人一个个感动得热泪盈眶，并深受鼓舞，对今后的事业充满了更大的信心。

最后还要说一点，好几次周末的大清早，我在户外晨练时，都碰到周尚俊急匆匆地往办公室赶，有时手里还拎着一个塑料袋，里面装着一个大大的圆圆的囫囵锅盔。凭我对他的了解，就知道他要利用难得的周末去办公室写东西。他在政务缠身、诸事繁忙的情况下，为何还能创作发表不少文学作品，编写出版好几本文化专著，从这里也可得到部分答案吧。

文章内外话国福

储成剑

接市作协通知，"马国福散文研讨会"定于 3 月 18 日召开，这个时间恰逢省作协在吴江震泽为我们"壹丛书"作者举行新书首发式。我在 QQ 上向国福表示歉意，同时表示自己虽不能出席研讨会，但可以向会议提交一份书面发言。国福说，别费神了，兄弟间要那些形式的东西做什么？想想也是，在国福看来，这个被他拖延已久的"研讨会"，更多的意义是为朋友们创造一个聚会的机会。

但我还是无法释怀。我能够想象，那天，当众多师长友人纷至沓来，大家围绕着马国福的文字侃侃而谈，而作为这座小城里颇为亲密的兄弟，我却仿佛游离在外，这终究是让我感觉怅然若失的。那么，在"马国福散文研讨会"召开之际，写下这篇短文，回味一下这些年来国福为人为文留给我的印记，也是别有一番意义的吧。

熟悉马国福的文字远远早于熟悉他本人。20 世纪 90 年代，我就常常在国内很多报刊上读到马国福的文章。读得多了，就知道他在公路系统工作，就知道他是青海人，就知道他大学毕业后即来到我的家乡海安工作和生活，就知道他是《读者》杂志的签约作家……在我的想象中，马国福应该长我几岁，有着白杨树般俊逸的体貌和湖水般沉静的性格。待到时间流转到 21 世纪之初，当马国福真真切切地站在我面前时，我发现现实中的他和我想象中的他大相径庭。

马国福真是太年轻了，1978 年出生的他，当时还未结婚，白里透红的皮肤让我对他西北人的身份表示疑惑，而他举手投足所彰显的豪放不羁，又让我难以将他和那些纯美隽永的文字对应起来。然而不争的事实是，这些年来，年轻的马国福在《人民日报》《中国青年》《大公报》等海内外知名报刊发表了大量的文章，并屡屡被《读者》《青年文摘》等刊物转载，从而在国内期刊作者中声名鹊起。近年来，他更是勤于笔耕，先后出版了《赢自己一把》《成功彼岸的灯火》《给心灵取暖》《我很重要》等个人作品集，并主编出版了《点亮青少年心灵的人生感悟》《最受青少年喜爱的作家美文》等一些青少年读物，许多文章甚至还被全国各地教育部门列为中高考阅读试题。尤其令马国福引以为豪的是，2006 年初，CCTV–10"子午书简"栏目将他的一篇题为《四毛钱的信心》的文章连同他的个人简介一起播出了。

马国福早期的文章以感悟、励志类为主。他善于捕捉生活中那些倏忽即逝的事物景象和思想火花，并用诗一般的语言表达出来，从而传递给我们智慧、温暖和力量。一封发错的邮件、一棵受伤的核桃树、一串丢失的钥匙……在马国福那里都会被锻造成一篇篇熠熠闪光的美文。阅读这些精巧灵性的篇章，轻松愉悦，暖流涌动。而现在，马国福的文章更多了一些悲悯情怀和思辨色彩。他关注社会底层，崇尚灵魂的自由和精神的高度。他笔下的那些关于故乡、亲人和草木的文字，更是凝结着他无限的热爱、眷念和感恩情怀。在阅读马国福的《刘家村的核桃熟了》《在乐都大街上泪流满面》等篇章时，我被他那真切、朴素、浓烈的情愫深深震撼了。"泥土"、"庄稼"这些在马国福文章中频频出现的词汇，已经成为他个人思想和情感的图腾。

前些年，马国福也从海安调至南通工作，这使我们有了更多交往的机会。老实说，生活中，我常常觉得马国福是个粗枝大叶的人。只有当他凝神静思或者又一篇新作呈现在我面前时，我才真切地体察到他的细腻、敏锐和才情。我们常常相约到彼此家中小酌，偶尔也去饭店潇洒一下，菜是简单的菜，酒也不是什么好酒，但两个人总会像娘们儿似的喋喋不休至很晚。若是这样的聚会人数稍多一些，我们的酒也就会喝得更多一点。国福的酒量虽不算小，但一段时间里常常喝醉，害得已经晕头转向的我还要跟跟跄跄护送他回家。所幸他的夫人气量颇大，至今我尚未听到与之相关的责难抱怨之词。不过，国福现在喝酒已经非常节制了，我疑心是他那蹒跚学步的女儿教化的结果。

外地朋友到南通来，置身于南通文友们亲如一家的温馨里，常常满脸的羡慕。我觉得，这里面和国福的纽带作用是有着很大关系的。年轻的马国福总是以他的热情、大度和乐观，于无形中吸引并影响着周围的人。如今的马国福，虽然已经出了七、八本书了，并且成为南通市最年轻的中国作家协会会员。然而，他却常常流露出对自己的不满。我知道，国福一直在暗暗积蓄力量，以寻求新的突破和爆发。毋庸置疑，凭着他的才气和勤奋，国福一定会在不久的将来带给我们一份巨大的惊喜。但不管在文学的世界里马国福最终能够抵达怎样的高度，我只想在他的作品研讨会召开之际，借用他新近出版的散文集《我很重要》的书名，送给他一句话：在兄弟的心目中，国福，你很重要！

城里有座山

李　云

　　马国福，青海人，住在南通。我们是文友，他写杂文，我写小说，偶尔会在极少的文学会上见一面，七八年了，也才见三四面吧。但是，我们留了电话，加了微信，这个人就等于常常见了，是老友。

　　他喜茶，喜欢得不行。出去旅游，会淘一些废弃的青砖，再仔细用沙皮打磨光滑——那是在家里，他穿着大背心，光着膀子，穿着大拖鞋，满身是汗，像石匠，又像木匠。之后，他就将青石供于茶几之上泡茶。说来也怪，一盏小瓷碗茶水放在青砖上，最底下铺着一块蓝花布，身旁斜斜地插着一枝水生植物，偶尔是一小盆菖蒲种在洁白的陶瓷茶杯里。那感觉就不一样了，我更喜菖蒲。菖蒲的别名叫文人草。它绿意盎然，生气蓬勃，却低调行事，朴素自然，初见，以为是一蓬路边的葱兰还未开花。细细的长叶片柔软，有力量，积极向上。

　　好友葛芳也有他的微信，说他懂茶，并说有机会要找他交流交流茶道。仿佛文人一懂茶，境界就不一样了，不再凡夫俗子了。至少，葛芳是有这个意思。葛芳写散文，也写小说。两者皆优。她跟马国福坐在一起品茶聊天，想必是能喝出一个山高水长，世事洞明的。两盏空了的茶杯续上，再续上，窗外残雪，山影朦胧，一世缤纷。

　　然而，我跟马国福多年来也没有说上几句话。平日里电话也未曾打过。偶尔在某个文学会议上见了，就拉着在主席台前拼命合影。背景是一条长长的横幅，这个横幅就好比一条"标语"，十分真实地、准确地为这次合影注明了解说词。看到照片就知道我们在何地，在干什么。十分清楚记得，那年在南京参加江苏省青年作家文代会，马国福就在那个主席台前跟无数的文友合了影。有漂亮伶俐的美女，有德高望重的老师，更有志同道合的"酒友"——是的，他亦爱酒，张羊羊就常提到他，很喜欢跟他喝酒，青海人嘛，应该是很豪爽的，大块吃肉，大碗喝酒。

　　于是，在马国福的微信里，我们常能看到他大吃大喝的照片，那都是在聚会中，都说写作者，需要宁静，我看未必，马国福就很会生活。他从来没有将自己搞得很"空灵"，即使在高雅地喝着茶，我想他也能闻到窗外飘来的一缕肉香，还有那株红梅花儿开了没有？这应该是很吻合当代人的一种写作模式，我们得热爱着生活，在熙熙攘攘的人流中获取灵感，在热闹酬酢中体悟人生百态。是的，写作者不是和尚，不是智者，我们同样上有老下有小，得养家，得忙碌事业。所以，直到现在，我也没有问马国福在做什么职业，我觉得没有这必要。

　　马国福一定是一个好男人。他爱家，爱女儿，爱生活。即使，妻子不一定是花容月貌，女儿不一定就聪明绝顶，生活不一定得身价千万。包括他自己，也没有将自己看成文学"达人"。他的写作我也没有机会多读，但从他身为《意林》《读者》签约作家的身份可以看出，文字多来自生活，是励志的、蓬勃的、乡土的，甚至是某些瞬间的体悟，不是大智大慧，但深得人心。他如此就很"深入生活"，"获得民心"。

　　偶尔，我也见他写诗，诗歌来自麦子的内核，和月亮的腹部，有着忧伤的基调，却又能感觉到麦芒在背。他的诗歌，易懂，像一条湍急的河流，水花四溅，明明了了。偶尔有那么一滴，溅在了花瓣上，心为之一颤；继而，又一滴，溅到了凉石上，月光隐没在云层里，我分明感到了身前身后的幽深与黑暗……

马国福的乡情很浓。文字里有所表现，如他自己所说，我的文字都来自故土。青海是我一直想去的地方，那里的蓝天，雪山，可想而知是多么的蓝和多么的白。其实，我对马国福的总体感觉是这个人有点"粗"，长得不怎么文气。他夏天穿花色衬衫，因为体胖，搂着别人肩膀拍照，拉起的衣角处总会露出一截圆滚滚的肚皮。他喝酒一定是兴奋无比的，说话、调侃，豪饮，"脸红脖子粗"——这有什么，咱们来自青海，而现住的南通，又有一座狼山，咱不这副"德行"，谁是？马国福，你会这么说话吗？我想假若有机会，我会跟他饮上一杯酒，我得看看他的酒量。看看他饮酒的腔调。

在南通，我其实还有几个要好的文友，比如黄俊生老师，朱一卉老师，再是作家班同学王春鸣、储成剑。我们这些人的交情，常常是通过一篇文字获取的，读到了喜欢的文字，就感觉我们的交情是如此深刻，你懂我的，我也明白你的。所以，不常常联系，却能感受到交情之深。但马国福幸福哇，他住的南通有一座狼山，逢闲暇，就可以跋山涉水去。站在山顶大吼一声，坐在山腰上喝一壶大红袍，结几个文友，再携上小女，穿上母亲从青海邮寄来的布鞋，马国福简直幸福坏了。茶杯喝空了，不急，随手折一枝弯弯曲曲地松枝插上，一滴青翠，滴落纸上，化为一缕墨香，化为一行诗歌。放眼，整个南通城尽收眼底，万家灯火，百态人生。于是，看到马国福又去山顶喝茶了，我就看着照片，暗自借了此山过来，写了此文。

如此，我写马国福，是不是为了想象有一座山在吴江呢，能够让我去领略山之春夏秋冬，和残月晚霞——头顶蓝天，背依红亭，笃悠悠地呷一口铁观音，耳畔是一曲"高山流水"。哎呀呀，狼山是南通的。它对于南通文人是有贡献的，王春鸣到山上去采绿，然后又将鸟声送给了朋友，最最棒的是，她居然可以开着车坐在大雨倾盆中的山下放声大哭一场。而黄俊生老师，也喜这座山，常常邀约我去爬狼山，他的口吻是自豪的，极其富有禅意，仿佛上了狼山，我就可以写一手行云流水的文字了。

再说起马国福，我就会说你虽是青海人，身上却有着"狼山"的气质——你是山一样的男子。写着山一样有力道的文字。

附录

源远流长　花繁叶茂

——乐都文学概述

茹孝宏

乐都历史悠久，人文底蕴深厚，文学源远流长。

距今 4000 多年前，乐都柳湾先民创造的以精美彩陶为代表的史前文明，于 20 世纪 70 年代惊艳于世。柳湾出土的石磬、陶埙等古老乐器证明，那时的柳湾先民就有音乐活动，而在诗、舞、乐合为一体的原始社会，有音乐活动，就必定伴有诗歌及舞蹈活动。可见，那时乐都的柳湾先民就有以诗歌抒情娱乐的艺术活动。

汉武帝元鼎六年（前 111 年），汉军进驻湟水流域。汉宣帝神爵元年（前 61 年），后将军赵充国进军湟水流域实行屯田。神爵二年（前 60 年），汉王朝在今乐都设浩门、破羌两县，其中浩门县治所在今乐都东北境内，辖境大体包括今乐都东部和甘肃省永登县八宝川一带，破羌县治所在今乐都城区西，辖境为今乐都中西部地区，两县均属金城郡（治所在今甘肃省兰州西古城）。乐都被正式纳入大汉王朝版图后，就不断受到汉文化影响。据 1940 年出土于乐都高庙镇白崖子村的《三老赵掾之碑》记载，曾扎根乐都、被浩门县县令兰芳拜授为三老（掌管教化的地方官员）的赵充国六世孙赵宽，在乐都东部地区兴办教育，传播儒学。他的学生有百余人"皆成俊艾，仕入州府"。这百余学生中，肯定有擅诗善文者，只是史料匮乏，其作品无从查找。该碑没有镌刻撰书文和立碑者。撰书文和立碑者也许是赵宽的后人，也许是赵宽的学生，不论是谁，该碑碑文可谓难得的汉代时期的散文佳作，也是乐都乃至青海地区最早的文学作品。

东晋十六国时期，南凉国以乐都为首都，开馆延士，兴办儒学，大力吸收汉文化来发展自己的文化，使汉文化在乐都再次复兴，自然也培养出许多文学俊才。据史料记载，南凉王秃发傉檀之子秃发明德归 13 岁时奉父亲之命作《昌高殿赋》，他敏思善文，"援笔即成"，才惊百官，可惜其作品没有流传下来。南凉太府主簿宗敞年轻时撰写的散文《理王尚疏》文辞优美，"文义甚佳"，后来成为文坛大家。

唐代在西部设陇右道（治鄯州，今乐都），为全国十道之一。陇右道以鄯州为中心，共辖 21 州府 59 县。地域包括今甘肃省、青海省以及新疆维吾尔自治区的大部分地区。后又设陇右节度使。陇右节度使辖区驻军达 7.5 万，仅次于范阳节度使辖区的驻军规模，军事战略地位十分重要。这种情况自然带来人口增多，经贸昌盛，"天下富庶者无如陇右"（《资治通鉴》），自然也会促进文化的繁荣和发展。

这样一个鄯州府所在地、陇右节度使驻节地，当为中国西部政治、文化、经济中心和军事重镇。在这里，官员及其幕僚、掾属众多，文人雅士云集。在崇尚诗词、诗歌艺术高度发达的当时，这里自然会产生大量的诗歌作品，正如一位研究陇右唐诗之路的专家所说："鄯州是陇右节度使驻节地，也是唐代诗人创作诗歌作品最多的地方。"尽管文献资料匮乏，他们的作品大都被湮没在历史的烟尘中，但今天我们仍能看到遗留下来的许多作品。如哥舒翰任陇右节度使期间，大诗人高适就在哥舒翰幕府任过掌书记等官职，他的许多诗的写作地点就在乐都，如《九曲词（三首）》《登陇》等。其中《九曲词（三首）》第二首写道："万骑争歌杨柳春，千场对舞绣骐驎。到处尽逢欢洽事，相看总是太平人。"这首诗表现了哥舒翰收复九曲后乐都的人们舞狮欢庆胜利的盛大场面。再如唐代诗人钱起的《陇右送韦三还京》："春风起东道，握手望京关。柳色从乡至，莺声送客还。嘶骖顾近驿，归路出他山。举目情难尽，羁离失志间。"作者在陇右（今乐都）送别朋友，用旅途景色来预测朋友的前景，同时也寄托了自己的思乡之情。再如唐代诗人柳中庸的《凉州词》："关山万里远征人，一望关山泪满巾。青海城头空有月，黄少碛里本无春。"这首诗描绘了驻扎于鄯州（今乐都）的大唐将士内心的真实感受。唐代诗人在乐都一带写的诗，或以乐都情况为题材写的诗，还有崔融的《西征军行遇风》、岑参的《胡笳歌颂颜真卿使赴河陇》、杜甫的《奉送郭中丞兼太仆卿充陇右节度使十三韵》、刘方平的《寄陇右严判官》、长孙佐辅的《陇右行》、周朴的《塞上曲二首》第二首等。

宋元明清时期，乐都皆为"军政要地"。明代先后设碾伯卫，西宁卫碾伯右千户所，清雍正年间设碾伯县。

作为"军政要地"的乐都，宋元时期到过这里的文人学士也不少，受战乱等影响，虽然保存下来的文学作品不多，但至少能找到一些内容涉及乐都的诗歌作品，如宋代梅尧臣的《送王景彝学士使房》、文同的《收复河湟故地》、岳珂的《下诏复河湟》，元代马常祖的《河湟书事》（二首）第二首等。

明清以降，到过乐都的文人学士则更多，他们创作了不少描绘乐都山川风物或感事抒怀或应景应时的文学作品。其中诗歌作品如明代嘉靖二十二年（1543 年）进士胡彦的《碾伯道中》："塞外不受暑，入秋风飒然。日高犹长绤，雨过却装绵。绝巘霾幽磴，悬崖吼瀑泉。哪知尘世里，别有一山川。"这是作者任御史期间来青海视察茶马事务，途经碾伯（今乐都）境内时所作，诗中描写了秋季乐都的自然风光和风情民俗，表达了对这里"别有一山川"的感叹和赞美之情。再如明代万历四十一年（1613 年）进士蒲秉权的《阅边宿瞿昙寺》："香刹庄严甲鄯州，湟西净土此堪游。烟笼宝篆蟠蝌蚪，风动旛幢醒钵虬。贝叶朝翻云满阁，部笳宵吹月当楼。好将一滴杨枝水，洒濯边尘慰杞忧。"这首诗是作者任西宁兵备道时巡边到乐都，游览瞿昙寺并夜宿于此而作。诗中形象地描绘了瞿昙寺庄严华美的建筑风格，并表达了祈盼西陲安宁的情怀。再如清雍正六年（1728 年）任碾伯县令的张恩的《南楼远景》："谁言荒僻是边陲？酷爱南城会景楼。远岫孤标晴亦雪，长桥稳渡陆如舟。浪浮燕麦川平面，烟簇蜗庐柳罩头。一幅画图看不尽，雄文碑版吊千秋。"这首诗形象地描绘了从会景楼（即南楼）上看到的景色及张仲录的碑文。再如清乾隆年间任西宁道按察司金事的杨应琚的《乐都山村》："巨石斜横碧水涯，石边松下有人家。春风不早来空谷，四月深山见杏花。"这首诗以疏笔淡墨描写了乐都山村的田园风光，清新优美，妙手天成，广为称颂。

散文作品如明代兵备副使范瑟所撰《创建定西门记》、明代进士陈仲录所撰《碾伯会景楼记》、明代举人李完所撰《重修城隍庙碑记》、清代杨应琚所撰《重修碾伯县文庙碑记》、清代碾伯县知县冯曦所撰《凤山书院碑记》等，都是优秀的散文作品。

其间客居乐都或过境文人学士留下歌咏乐都作品的还有明代的何孟春、包节、冯如京、姜廷瑶，清代的寂讷、斌良、张宪镕、何泽著、贾勋、来维礼等。

如前所述，乐都办学时间早，所以到清代时除大量的私塾、社学、义学等教育形式外，也有了很正规的书院教育，在多种形式的教育培养下，这里耕读传家蔚然成风，加之受客居和过境文人学士的影响，清乾隆年间至民国时期，乐都的一批本土作家已成长起来，他们依次是吴栻、傅咏、钱茂才、唐世懋、谢善述、赵得璋、李生香、萌竹、谢铭、李绳武、陈希夷、李宜晴、段生珍等，他们卓有成效的创作刷新了乐都文学的历史，撑起了乐都本土文学的一片天空。在这些本土作家中，以吴栻、谢善述的创作成就为最高。

　　吴栻（1740—1803，字敬亭，号对山、怡云道人、洗心道人，清碾伯县即今乐都人）于清乾隆、嘉庆年间，与狄道（今临洮）吴镇、秦安（今天水）吴登诗文齐名，故将他们三人并称"甘肃（当时青海属甘肃省）三吴"。他在仕途上不得志，大半生奔走于河湟地区，就馆教书，以馆谷养家。终因病愁困顿而死。吴栻存世的诗文，由其玄孙吴景周于2000年整理、校订、注释、标点，并加上他撰写的《吴栻传略》和《吴栻年谱》，集结为《吴敬亭诗文集》。

　　吴栻存世的诗文，数量之多，内容之丰，在历代河湟文人中绝无仅有。《吴敬亭诗文集》中的大部分作品或谈禅悟道，或演绎易理，或描景状物，或模山范水，就在这云诡波谲之中，寄托着对社会的认识，对人生的感悟，对美好生活的憧憬和希望。

　　《青海骏马行》是吴栻诗歌中传颂最广的诗篇，这首诗用赋、比、兴的手法，敷陈其事，寓言写物，因物抒怀，讴歌了青海骏马英姿非凡、踏云荡霞的神奇形象，借以抒发纵横驰骋的抱负，怀才不遇、壮志难酬的情结。这首诗想象奇特丰富，音调徐疾有度，铿锵有节，在整个清代诗歌中也是"卓然称大家"的。

　　吴栻的部分诗歌具有鲜明的地方特色。诗人出生于乐都，大半生生活于乐都，对乐都的山水人文有着深厚的感情，他的许多诗赋形象生动地描绘了乐都的山川形胜和人文景观，如《碾伯八景》《翠山赋》等。

　　吴栻继承了中国传统诗论中"诗言志""诗缘情"之说，主张"夫诗以言志，志之所在，发言为诗"（《自勖录后序》），"兴之所至，随意成章，以舒其情致斯耳"（《云庵琐语》）。他的诗歌多为抒写心志、兴之所至之作。吴栻的四首诗曾入选《清诗全集》。

　　吴栻散文中的一些应时应景之作，如寿文、祭文等，更是辞采灼灼，洋洋大观，脍炙人口。

　　谢善述（1862—1926，字子元，清碾伯县即今乐都人）自小苦读萤窗，16岁时应县试、府试均名列前茅，23岁即举拔贡。大半生从事教育工作。早先在民和官亭教授私塾，后任泾州（今甘肃泾川）学正（学官名）、宁夏府宁灵厅教授（学官名）、碾伯高等小学教师等。

谢善述今存其侄谢才华整理的《补拙斋文集》五卷，《梦草山房诗稿》二卷和章回体小说《梦幻记》一卷（二十回）。谢善述生活在清代末期民国初年，他的诗文反映了当时的官场腐败、吏治混乱和人民疾苦。他深谙当地的风土民情，因而为后世留下了许多翔实而又生动的史料。因此，他的诗文具有详史之略、续史之无的作用。

谢善述的创作深受"五四"新文化运动的影响，因而在创作中有意识地吸收乐都南山一带的方言俚语，创作了一批反映人民疾苦、宣扬中华民族传统美德、鞭挞社会恶习的《荒年歌》《劝孝敬父母歌》《戒赌博》等白话诗。这些群众喜闻乐见的作品，至今仍在乐都南山一带传唱。

谢善述于民国二十年（1923年）创作的章回体小说《梦幻记》，反映了人民的疾苦，鞭笞了官吏的专横凶暴。这篇小说用白话写成，不仅是乐都的第一部白话小说，也是青海的第一部白话小说。鲁迅于1918年发表在《新青年》杂志上的白话小说《狂人日记》是中国现代文学史上的第一部白话小说，而谢善述的白话小说《梦幻记》的创作时间比《狂人日记》的发表时间仅晚5年。

谢善述的诗文在当时深受好评，至今乐都还流传着"谢善述的文章赵廷选的字，李兰谷的对联王长生的戏"这样的评说。其中说到的赵廷选、李兰谷、王长生均为清代末期民国初年乐都人，分别在书法、对联和戏曲方面很有造诣。

从吴栻、谢善述留存于世的作品来看，他们的创作也代表了当时青海文坛的最高水平，吴栻可谓当时青海文坛浪漫主义文学的代表人物，谢善述可谓现实主义文学的代表人物，他们就像两颗耀眼的星，闪烁在青海文学历史的天空。

这一时期除吴栻、谢善述外，还有一位重要作家也值得一说，他就是民国中后期在青海文坛闪亮登场的萌竹。

萌竹（1921—1953，本名逯登泰，号尹湟，乐都高店河滩寨人）20世纪40年代就读于上海复旦大学期间，结识"七月诗派"的贾植芳、胡风、路翎等人，并受其影响，创作出了一批诗歌、小说、散文和评论作品，发表在《希望》《西北通讯》等报刊，其中小说《青驴》《大青骡》《炒面的故事》发表于《希望》杂志。

1949年后，乐都的文学事业得到空前发展，一代代作家和文学爱好者不断成长，各类体裁的文学作品不断涌现。萌竹、陈希夷、逯有章、辛存文、李生才、铁进元、许长绿、赵宪和是新中国成立后乐都作家第一梯队的代表人物，他们虽然没有在同一时间段形成庞大的创作阵容，但各自在不同的时间段，以突出的创作实绩赢得青海文坛的关注和认可。

萌竹在1949年前创作一批文学作品的基础上，于新中国成立初期又创作发表了小说《血红的草原》。萌竹的创作成果在乐都乃至青海的文学史上留下了非常珍贵的资料。他在1949年前后创作的小说均受到青海文坛好评。"在当时的青海作家群中，萌竹小说的成就已达到了很高的水平"（《青海当代文学50年》）。

陈希夷（1918—2013，乐都碾伯下寨人）是新中国成立后成长起来的一位本土作家，以创作旧体诗见长。他的《咏青诗稿》（三册）于2002年出版，收入诗、词、曲、赋3000多首。《咏青诗稿》对青海的人文、历史、地理风光等做了详细阐释和尽情描绘，对唤起人们爱祖国、爱家乡的情感具有积极意义。

逯有章（1933—2018，乐都高店河滩寨人）在工作之余坚持文学创作，终有收获。出版有长篇小说《河湟风云》《王府恩仇记》。

长篇小说《河湟风云》以河湟地区的生活为背景，以陆、巨、王、黄四姓人家40多年的经历为主线，反映了青海东部地区的社会历史变迁，揭示了发生在这里的历史悲剧的根源。小说具有曲折复杂的故事情节，质朴、善良、勇敢的高原人形象跃然纸上。《王府恩仇记》

以西部生活为背景，通过描写骆驼客的高原生活与悲惨身世，折射出复杂动荡的社会面貌。小说故事情节跌宕起伏，展示了一幅具有悲壮传奇色彩的西部生活图景。

辛存文（1934—2017，乐都蒲台乡寺沟脑村人）多年在《青海日报》工作，他结合自己的新闻工作，创作的大量报告文学、纪实散文等作品，发表在《人民日报》《甘肃日报》《青海日报》《青海青年报》《中国土族》《民族经济与社会发展》等报刊。出版有纪实散文集《西宁土楼山访古采今录》。

辛存文的创作以报告文学成就为最高，他创作的一批报告文学作品为改革鼓与呼，为时代画像留影，作品所总结介绍的先进典型和先进经验，被省委、省政府在全省推广学习。

李生才于1938年出生于乐都岗沟哈家村，毕业于青海师范学院中文系。曾在《诗刊》《青海湖》《西藏文学》《文汇报》《上海文学报》《青海日报》《厦门日报》《瀚海潮》等报刊发表诗歌、散文、评论和小说作品。他在果洛草原工作生活20多年，他的作品大多反映涉藏地区风情和藏族群众的生活。20世纪80年代初期，李生才的小说创作风生水起，佳作不断，创作发表中短篇小说20余（篇）部，其中中篇小说《靴子梦》获青海省政府首届文学艺术奖。

李生才创作的长篇小说《含泪的云》发表于1981年第10期、11期《青海湖》杂志，1982年11月由青海人民出版社出版单行本。这部小说反映了龙木切草原上藏族群众迈上光明大道、告别黑暗社会的曲折历程，刻画了一位善良、正直而又极力拥护共产党民主改革政策的上层头人形象，故事悬念迭生，情节感人。

许长绿1938年出生于乐都岗沟七里店村。20世纪50年代后期，他创作的一批诗歌、短篇小说、小小说在《青海日报》《青海湖》《牧笛》《工人日报》发表。后因历史原因，创作中断。1984年后，他的创作又进入一个活跃期，创作的短篇小说、小小说、散文在《青海群众艺术》《西宁晚报》《青海青年报》《青海日报》《少年文艺》《青海广播电视报》《西部发展报》《西海都市报》等报刊发表。出版有诗文集《长路》。曾获《青海广播电视报》征文一等奖。

赵宪和（1940—2020，笔名赵祺，乐都马营人）数十年坚持对旧体诗的学习、研究和写作，在《西海都市报》《中华诗词》《诗词百家》《诗词国际》《诗词世界》《中国诗赋》《诗词之友》等报刊发表大量诗词作品。出版诗词集《南凉清韵》《晚晴吟草》《赵祺诗词选》《赵祺诗文集》等。

1949 年后乐都作家第一梯队中还有蒲文成、谢佐、毛文斌、吴景周、周璋武、林中厚、李养峰、辛存祥、谢培等，他们均发表了一定数量的作品。其中吴景周发表多篇（部）戏剧、曲艺作品。周璋武、林中厚均发表较多民俗类散文。毛文斌出版诗、书、摄影集《海东风光》，书内收入旧体诗 80 多首。李养峰出版长篇小说《见证沧桑》等。辛存祥发表较多旧体诗。谢培创作的短篇小说《除夕》发表于 1972 年5 月 2 日《青海日报》，1974 年被青海省文联《征文》杂志转载，并被选入当时青海省初中二年级语文教材，在当时的青海文坛和教育界均产生很大影响。《除夕》褒扬了集体主义精神，塑造了一位大公无私的老农形象，在今天仍有积极意义；语言也较有特色，尤其是大量拟声词的恰当运用，增加了作品的审美趣味。

党的十一届三中全会后，不仅第一梯队的作家焕发了创作生机，而且一批新的文学青年在创作上跃跃欲试，并崭露头角，他们是巨克一、高建国、蒲生奎、朵辉云、钟有龙、赵建设等，他们构成了乐都作家的第二梯队。他们除在乐都文化馆编印的内部杂志《乐苑》上发表作品外，也在省、市（地）级报刊上发表作品。其中巨克一在《青海日报》《青海湖》《青海青年报》《瀚海潮》发表了散文、小小说作品；高建国在《青海日报》等报刊发表了散文作品；蒲生奎在《青海群众艺术》《青海文化》等报刊发表了散文、曲艺作品；朵辉云在《青海日报》

《青海湖》《青海青年报》《青海群众艺术》《群文天地》《西海都市报》等报刊发表了散文、小小说作品；钟有龙在《青海日报》《西海都市报》等报刊发表了诗歌、散文作品；赵建设在《青海日报》《青海湖》《青海群众艺术》发表了短篇小说作品。其中，朵辉云的纪实散文《为了幼苗茁壮成长》入选第二辑《青海，我的家园》，出版文集《细雨润秋》《细雨润秋》修订本，曾两获青海广播电视文艺奖；钟有龙出版诗集《乡间歇晌》；蒲生奎除创作一些散文、曲艺作品外，还经常写一些应时应景的寿文、祭文、碑铭等，语言典雅，辞采飞扬；巨克一时有新作品问世，并获奖。

时序进入 20 世纪后期，除第一、第二梯队的部分作家继续在文学的田野上耕耘外，一大批中青年作家如雨后春笋般不断涌现，他们在省内外报刊发表大量作品，出版多部文学作品，获得多个重要文学（文艺）奖项。因有他们的创作，乐都文苑呈现出花繁叶茂果飘香的瑰丽景象。他们的创作代表了当代乐都文学的最高水平。他们构成了乐都作家的第三梯队。现对其中创作成绩突出或比较突出的作家分述如下：

王建民是乐都作家第三梯队中最有天分的一位。早在西北政法大学求学期间，就已经在诗歌创作上初露峥嵘，还荣获《飞天》杂志"大学生诗苑奖"。大学毕业参加工作不久，即告别"铁饭碗"，"下海"打拼。非稳定的工作和非规律的生活，使他很少有静心写作的时间和环境，但他终究没有放弃文学，没有放弃写作。多年间在《青海日报》《西海都市报》《海东日报》《青海湖》《飞天》《当代青年》《星星诗刊》《诗选刊》《安徽文学》等报刊发表诗歌、小说和评论作品。作品入选《青年诗选（1987—1988 年度）》《你见过大海——当代陕西先锋诗选》《放牧的多罗姆女神——青海当代诗歌 36 家》《2009—2018 青海文学十年精选·诗歌卷》《江河源文存·诗歌卷》《江河源文存·小说卷》《江河源文存·评论卷》。其中的《青年诗选》是每两年从全球华人青年诗人中遴选 50 余位的诗作编辑而成的；《你见过大海——当代陕西先锋诗选》主编沈奇教授在选本序言中说："建民的诗是至今仍不失为前卫或曰先锋的、真正西部味的西部诗，现代意识加古歌情味，那一种反常合道、务虚于实的诡异劲道，如新开封的老酒，啥时喝来啥时为之一醉。"

王建民的诗集《太阳的青盐》入选浙江工商大学出版社"21 世纪诗与诗学典藏文库第一辑"。这部诗集以汉字独特的时空架构能力，追索人类文化母题中诗质的人本部分，进行真正的现代考量。王建民以其对汉字的独特理解，在汉语新诗修辞上表现出一种难得的干净和清醒，从而抵达形而上的自由。

关于王建民的理论建设性文章《河湟文学论》，《青海新文学史论》评价说："王建民的理论主张对青海文坛有着深远的意义。他最先提出了'河湟文学'的概念，1989 年 2 月他的长文《河湟文学论》在《青海湖》发表，从理论上比较完整地讨论了'河湟文学'的内洽性与实践的可能性，显示了一种青海文坛上少有的理论的自觉意识。"

近些年，王建民以清末至新中国成立前唐蕃古道、丝绸南路的重要节点之"丹噶尔—西宁"商业圈为叙事时空，进行了系列小说创作，已发表中篇小说《那花姐》、长篇小说《天尽头》等。长篇小说《天尽头》从工匠的银子、商家的银子两套系统考量钱的内涵和外延，似家园叙事，实为"丹噶尔—西宁"商业圈的白银资本历史；历史大背景据实呈现，叙述举重若轻，从而关注人本身，以及在文化碰撞交融之地商业的重要性。在非农非牧的生存境遇中，小说人物的确是一群不一样的男女。至于故事，青海的读者阅读时，故事就在他的文化记忆中；外地的读者阅读时，故事就在他的"远方"里。

马国福是第三梯队中一位年轻而有实力，且在省内外具有一定影响的作家。刚过不惑之年的马国福在《北京文学》《上海文学》《星星诗刊》《青年作家》《雨花》《诗歌月刊》《扬子江诗刊》《散文百家》《散文选刊》《青春》《青海湖》《美文》《黄河文学》等省内外百余家报刊发表散文随笔、诗歌等体裁的作品，其中以散文随笔创作成就为最高。

系《读者》杂志首批签约作家。大量文章被《读者》《青年文摘》等知名报刊转载，多篇文章被选为上海市、天津市、武汉市等多个城市中、高考作文训练题（试题）。作品入选《2017年度散文选》。

马国福已出版散文随笔集《赢自己一把》《给心灵取暖》《我很重要》《给生命一个完美备份》《无限乡愁到高原》《听心底花开的声音》《在尘世的烦恼里开怀》《你所谓的安逸不过是在浪费生命》等8部。曾获孙犁散文奖（两次）、江苏省首届十大职工艺术明星、江苏省年度文学工作先进个人等荣誉。

马国福的多数散文随笔堪称美文，"美文如清风，佳句似佳茗"，在通俗的叙事说理中给人以启示，于精巧的描景状物中显出智慧。他更以一种博雅风范和悲悯情怀，体恤着芸芸众生，也温暖感动着读者。

余聪（1979—2013，城台人，本名海显澄，又有笔名夜梦，毕业于北京科技大学）是第三梯队中一位在省内鲜为人知，而在首都北京具有一定影响的作家，属于典型的"墙外开花墙外香"。他除在天涯社区等网站发表大量散文、杂谈和三部长篇小说外，还在《人之初》《北京青年报》《河北青年报》《新快报》《大学生参考》《涉世之初》《今晚报》《祝你幸福》《中国美食报》《中国电力报》《打工妹》《楚天都市报》《江淮晨报》《湘声报》等报刊发表百万文字。出版有长篇文化散文《一生要领悟的易经与道德经智慧》《孔子智慧全集》，长篇小说《丫头，你怎么又睡着了呢》《你的灵魂嫁给了谁》。

余聪的长篇小说深受北京青年读者的青睐。

长篇小说《丫头，你怎么又睡着了呢》在天涯社区网站连载后，"点击突破130万，回帖12000多条"。该小说纸质文本的"内容简介"中说，这是"一部让千万'丫头'潸然泪下的温暖感动之作"。

长篇小说《你的灵魂嫁给了谁》在天涯社区网站连载期间，也受到读者好评。该小说出版时的"编辑推荐"说，这部小说"具有相当的文学价值。从行文到结构，从语言到寓意，从环境到背景，都是特立独行、标新立异的。文章不拘泥于男女之间的感情纠葛，也不流于事情发展的肤浅表面，而是通过细致描写医院这个社会大环境下的小环境，从而淋漓尽致、入木三分地表现人物特征和社会现象"。

余聪的第三部长篇小说《北京，爱》在天涯社区网站连载时，同样受到好评，正如一位评论家所说："作者以现实主义手法，深刻揭示了当代青年的成长历程、心路历程。当现实的残酷和人性的光芒猛烈碰撞的一瞬，所发出的炫目色彩，成为这部巨著的独特魅力。"

就是这样一位风华正茂的天才作家，因消化道出血等疾病，医治无效，于 2013 年 5 月 6 日撒手人寰，年仅 34 岁。

周存云很年轻时就跻身青海文坛，20 世纪 80 年代后期，他才二十几岁，创作就已进入活跃期，其后一直笔耕不辍，常有收获。曾在《青海日报》《西宁晚报》《青海湖》《瀚海潮》《飞天》《红豆》《绿风》《绿洲》《黄河诗报》《诗江南》《群文天地》等报刊发表诗歌、散文作品。作品入选《建国 50 周年青海文学作品选·诗歌卷》《中国散文诗精选》《高大陆上的吟唱》《诗青海·2010 年鉴》《江河源文存·诗歌卷》《青海美文选》《2013—2014 青海美文双年选》《2015—2016 青海美文双年选》《2017—2018 青海美文双年选》。诗歌《静坐的日子》被当代作家代表作陈列馆收藏。

周存云已出版诗集《无云的天空》《远峰上的雪》、诗歌二人合集《风向》、散文集《高地星光》《河湟笔记》，其中《高地星光》入选青海省作协编选的第五辑《青海青》文学丛书。诗集《远峰上的雪》获第二届青海青年文学奖、青海省政府第五届文学艺术奖。

周存云的诗简洁凝练，清新俊逸，意境深远。他的抒情散文含蓄蕴藉，贮满诗意；他的历史文化散文既有学者的风范，又有文学的构思和运笔，恢宏大气，洋洋大观。

李永新是一位非常勤奋的作家，他政务繁忙，手中的笔却从未停歇，他尝试诗歌、散文、评论等多种文体的写作，且均有收获。曾在《海东日报》《青海湖》《中国土族》等报刊发表作品。已出版诗歌摄影集《彩虹记忆》《江山如此多娇》《河湟寻梦》《白草台文丛》《李永新文丛》及文图集《极地门户行》。

评论家刘晓林在谈到李永新的创作时说："李永新的出身、教养、阅历，无一不与河湟地区的山川土地根脉相连，这决定了他泥土般质朴、坚实、执着的气质和心寄乡土的情感方式，同时也决定他思考的方向与文字书写的旨趣。"

李永新在担任海东市委宣传部常务副部长、市文联主席期间，创办海东市文学季刊《湟水河》，组织出版了由他主编的《海东情文艺丛书》《海东情文艺丛书2》《海东情文艺丛书3》《海东文学丛书》《海东文学丛书2》。以上几套丛书各卷本收录了海东籍作家、作者以及外籍作家、作者情系海东、抒怀海东的各种体裁的文学作品。

李明华于20世纪80年代后期步入青海文坛，创作发表了散文诗、散文、小说和报告文学作品，已出版散文诗集《家园之梦》，散文随笔集《坐卧南凉》，中短篇小说集《平常日子》，长篇小说《默默的河》《马兰花》，另有长篇小说《颇烦》发表。李明华以小说创作见长。

长篇小说《默默的河》第一章《党支书与地主女儿的爱情》被2001年第12期《青海湖》选载。根据《默默的河》修改而成的长篇小说《夜》，于2009年由《读者》出版集团敦煌文艺出版社出版，并被纳入西北五省（区）农家书屋工程。《夜》通过一个农村党支部书记一夜之间对自己一生经历的回忆，反映了社会变革给农民造成的心理失衡以及由不适应到适应的心路历程，是一部河湟农人的生存史，也是中国农村人生存史的缩影。可以说这部小说是李明华长篇小说的代表作。

长篇小说《颇烦》通过叙写社会转型期农民遭遇的无奈、尴尬和疼痛，给农民这个弱势群体以深度的人文关怀，表达了对一些社会问题的思索和拷问。

长篇小说《马兰花》塑造了一个命运多舛却具有吃苦耐劳、坚忍不拔、忍辱负重精神的河湟女人的形象。她的形象就像绽放在河湟大地上的马兰花，散发着淡淡的幽香。

李明华的作品入选 2010 年《小说月报》"报刊小说选目"及《新中国建立 60 周年青海文学作品选·散文卷》、《江河源文存·散文卷》。曾获青海新闻奖报纸副刊作品二、三等奖。

周尚俊自 20 世纪 90 年代前期开始文学创作以来，一直勤奋有加，未曾懈怠。曾在《青海日报》《青海青年报》《光明日报》《青海湖》《民族经济与社会发展》《文学港》《浙江作家》《延安文学》《西部散文家》《群文天地》等报刊发表散文、报告文学作品。作品入选《2017—2018 青海美文双年选》。已出版长篇报告文学《北山大行动》、长篇纪实散文《乐都人文印象》等。

长达 20 多万字的长篇报告文学《北山大行动》架构宏大，气势恢宏，具有一定的历史纵深感和历史责任感；是真实和真情的融会，是报告与文学的交响，是一部能真正体现报告文学文体特点的长篇报告文学，也是乐都报告文学的代表性作品。

评论家王建民在谈到周尚俊的散文创作时说："我发觉，不遗余力地记录乡村的人文德行，建构一种过往乡村的人文景观，正是周尚俊的创作追求……所以他怀揣笔墨，肩挂摄像器材，不断地上山下乡，还不时组织或掺和进乡间村社的戏班子、社火队、红白喜事、田间地头，去捡拾、临验、体悟那些乡村人文博物馆所需的一情一景，俨然一个古道热肠的老文人的做派。"

周尚俊曾获第四届青海省"德艺双馨"文艺工作者称号、第六届"中国梦·青海故事"征文鼓励奖等荣誉。

郭守先在乐都第二中学读高中时就发起并组织成立了"湟水文学社"，创办《湟水滨》油印杂志，正值青春年少、多梦季节的他和十来个爱好文学的高中同学相聚湟水之滨，以酒酹地，立誓要追念鲁翁，自彼时即踏上一条不归的文学之路，并对追求文学梦想葆有持之以恒的顽韧精神和宗教徒般的虔诚。30多年来,在《文艺报》《作家报》《中国税务报》《青海日报》《贵州日报》《青海青年报》《西宁晚报》《海东日报》《西海都市报》《河南工人日报》《雪莲》《牡丹》《椰城》《诗神》《奔流》《黄河》《诗江南》《青海湖》《群文天地》《中国土族》《诗歌周刊》《加华文苑》《中国汉诗》《侨乡文学》《时代文学》《文学自由谈》等报刊发表诗歌、评论、随笔等体裁的作品。作品入选《废墟上的花朵——玉树抗震诗歌作品选》《新中国建立60周年青海文学作品选·诗歌卷》《江河源文存·诗歌卷》《2009—2018青海文学十年精选·诗歌卷》《2009—2018青海文学十年精选·评论卷》《开创文艺评论新风——中国文联第六届文艺评论家高研班评论作品选》《青海当代文艺评论集》等。

郭守先已出版诗集《翼风》《天堂之外》,文集《税旅人文》,评论集《士人脉象》,随笔集《鲁院日记》,文论专著《剑胆诗魂》。曾获全国税收诗词展评二、三等奖,第四届青海青年文学奖、青海文艺评论奖三等奖,第三届全国专家博客笔会优秀奖,《中国税务报》征文二等奖等。

郭守先在诗歌创作、文艺评论及文艺理论研究方面均有建树,尊崇人本主义,倡导锐语写作,作品以思辨性、批评性见长。他的创作极少受流行观念的浸染,既没有无病呻吟的矫揉,也没有追风跟俗的敷衍。他的评论直面文本的妍媸得失,褒贬分明,明快爽利。曾赢得牛学智、李一鸣、刘晓林、郭艳、刘大伟等省内外评论家的高度赞赏。

茹孝宏的文学创作起步较晚,他在《青海日报》文艺副刊《江河源》发表第一篇散文《核桃树》时,已年届不惑,不过其后写作发表都比较顺利。在《青海日报》《内蒙古日报》《中国教育报》《中国教师报》《西海都市报》《青海青年报》《西宁晚报》《青海广播电视报》《环渤海作家》《江海晚报》《鄂尔多斯日报》《海东日报》《青海湖》《黄河文学》《四川文学》《文学港》《华夏散文》《散文选刊·原创版》《中华诗词》《中国汉诗》《天涯诗刊》《文学教育》《金城》《千高原》《东方散文》《文坛瞭望》《群文天地》《诗城文艺》《东北风》等报刊发表散文、评论、纪实文学、旧体诗等作品。作品入选《生命之灯——全国首届"杏坛杯"校园文学大赛获奖作品集》《新中国建立60周年青海文学作品选·散文卷》《〈青海湖〉500期作品精选》《青海美文选》《2013—2014青海美文双年选》《2015—2016青海美文双年选》《2017—2018青海美文双年选》《江河源文存·散文卷》《2009—2018青海文学十年精选·散文卷》《青海生态文学作品选》《中国梦·青海故事》等选本。

茹孝宏已出版散文集《生命本色》《凤凰坐骑》,文化专著《乐都文化艺术述略》等,其中《凤凰坐骑》入选青海省作协编选的第四辑《青海青》文学丛书。曾获全省"三育人"征文三等奖、全国首届"杏坛杯"校园文学大赛三等奖、青海省政府第五次哲学社会科学优秀成果三等奖、青海省政府第六届文艺创作奖、青海新闻奖报纸副刊作品一等奖、中国散文华表奖最佳作品奖、青海省"四个一批"人才、首届"化泉春杯"全国散文大赛优秀奖、《中华诗词》优秀作品奖等荣誉。

关于茹孝宏的散文创作,王建民评价说:"在茹孝宏的散文中,我读出个体生命之善之美之慧的传承,哪怕这些传承曾经处于一个人文困顿、令人不安的时代,同时也读出了河湟地域的厚道和贫瘠。从作家的角度说,茹孝宏的散文提出了一种'回去'的方式,一种质朴的方式。带着一颗厚道的心回到从前,你会发现,你待过的时空并非那么不堪,否则,人类怎么能活过昨天。茹孝宏告诉我们:不论世事如何,人性的坚强总会以他的方式散放辉光。"

蓟荣孝在散文创作上专注深情,并有所建树。在《中国教育报》《青海日报》《青海青年报》《青海广播电视报》《散文百家》《延安文学》《散文诗》《青海湖》《粤海散文》《环渤海作家》《青海作家》《雪莲》《中国土族》《华夏散文》等报刊发表作品。作品入选《新中国建立60周年青海文学作品选·散文卷》《青海美文选》《中国西部散文精选·第三卷》《2006 年中国散文诗精选》。

蓟荣孝已出版散文集《流淌的记忆》《湟水夜话》。曾获青海新闻奖报纸副刊作品三等奖、全国散文作家论坛征文一等奖。

蓟荣孝的散文含蓄蕴藉、空灵飘逸、语言典雅、辞采灼灼、耐人寻味。

陈华民一直善于学习，手不释卷，韦编三绝，尤其对地方历史文化谙熟于胸。中年以后博观而约取，厚积而薄发，勤奋创作，硕果累累，尤以长篇历史小说创作见长。自出版第一部长篇小说《大山的囚徒》以来，便激情奔涌，一发而不可收，连续创作出版了长篇历史小说三部曲《河湟巨擘》《南凉悲风》《瞿昙疑云》和《鄯州春秋》。

长篇小说《河湟巨擘》以汉代河湟地区汉羌之间"和战"形势为背景，以赵宽曲折而充满传奇色彩的一生为主线，塑造了赵宽深谙韬略、文思敏捷，并由一名武艺出众、勇冠三军的战将，转而成为博贯史略、通晓六艺的硕儒名士的形象。《南凉悲歌》以历史事件为基础，辅之以传说，演义了南凉王国从建立到覆灭的全过程；表现了南凉秃发氏三兄弟深谙韬略、擐甲执戈的英雄气概，以及他们顽韧的战斗精神。《瞿昙疑云》以明代第二个皇帝——建文帝逊国后的历史传说为主线，穿插一些史料创作而成。小说虽然不以倾心塑造人物形象见长，但主人公朱允炆生性柔弱、优柔寡断、刚愎自用、用人失察而导致逊国出逃、客死他乡的充满悲情色彩的形象清晰可辨。《鄯州春秋》以河湟历史为背景，以鄯州为中心，描绘了隋唐时期河湟大地波澜壮阔的战争场面，叙写了文成公主等几位李唐皇室公主和亲吐蕃与吐谷浑的民族和解事件，也描绘了当时河湟地区纷繁复杂的社会状况、唐番关系和人物群相。

谢彭臻是一位学者型作家，善于学习，手不释卷，学习之余偶有所感，则欣然命笔，抒怀论道。曾在《青海青年报》《西宁晚报》《青海湖》《群文天地》等报刊发表评论、旧体诗、散文随笔、短篇小说等。在多个文体写作中，以文艺评论写作见长。丰厚的国学功底，娴熟而高超的语言驾驭能力，使他在文艺评论写作中如庖丁解牛，游刃有余。不仅擅长文学评论的写作，还擅长书画评论的写作。他的评论笔锋老辣，潇洒大气。

索南才旦是第三梯队中唯一一位在青海文坛有影响的藏族作家，以诗歌、散文诗创作为主。曾在《西藏文学》《西藏日报》《西藏法制报》《青海日报》《工人作家报》《长江诗歌报》《西海都市报》《青海经济报》《艺报》《中国土族》等报刊发表作品。出版诗集《桑烟升起的地方》《同行三江源》。

索南才旦的诗歌植根于青藏高原的广袤大地和独特的民族风情，有着深厚的生活积累，精神饱满，内涵丰盈，散发着青藏高原原生态气息。阅读他的诗歌，就像伴随着他的咏唱，领略着青藏高原的奇丽风光，体验着浓郁的民族风情。

许正大以诗歌创作为主，也曾尝试过其他文体的写作，但以诗歌创作成绩为最突出。在《青海日报》《青海青年报》《西海都市报》《诗词报》《青海湖》《雪莲》《农民文摘》《中国土族》等报刊发表作品。作品入选文集《青稞与酒的记忆》《2009—2018青海文学十年精选·诗歌卷》、诗歌合集《俄日朵雪峰之侧》。已出版诗集《蓝色的梦》《心灵花朵》。曾获九三学社中央委员会征文优秀奖。

许正大的诗朴素晓畅、真切自然，他眼前的普通事物都能构成诗歌意象，看似随口道来，无雕琢之痕迹，却意蕴丰厚，耐人咀嚼。

李积霖作为书画家，结合书画创作与研究，书画评论写得风生水起，活色生香。偶尔也写散文。已在《青海日报》《海东日报》《群文天地》《文坛瞭望》《邯郸文学》《海淀文学》及青海《党的生活》等报刊发表评论、散文作品10万多字。

徐存秀（笔名秀禾）是乐都女性写作群体中的佼佼者，多年间在文学的田野上默默耕耘，专心致志，心无旁骛。在《青海税报》《青海湖》等报刊发表小说、散文等作品，以小说创作成绩为最突出。她发表的中篇小说《斑斓的夏季》(《青海湖》杂志 2009 年第 7 期)，受到青海文坛关注。已出版中短篇小说集《斑斓的夏季》、散文集《长发情愫》。

李天华以散文随笔创作为主，也写诗歌，部分作品与本职工作语文教学有密切联系。在《西部散文家》《中国土族》等报刊发表作品。已出版教研随笔集《品读经典》、散文随笔集《人文探究》、诗集《故乡与远方》。曾获全省"师德、师风、师品"征文一等奖。

李天华的教研随笔集《品读经典》是对经典课文思想意蕴、精神内涵和审美价值的解读和诠释，是一本具有教研价值的随笔创作，也是一本富有随笔情趣的教研成果。

应小青是第三梯队中一个特别的存在。出生于 1985 年的她少年失聪，从乐都六中（现海东市凤山中学）高二退学后，辗转至青海省特殊教育学校就读美术中专班。为感谢南京爱德基金会捐赠助听器，她写的一封感情真挚的感谢信被记者发现后，整版刊登在《西海都市报》上，感动了许多人。此后的二十多年间，应小青笔耕不辍，先后在《西海都市报》《海东日报》《知音》《知音·海外版》《好日子》《博爱》《家庭百事通》《莫愁·智慧女性》等报刊发表了近百万字的纪实特稿和散文，其中多篇散文堪称美文。

应小青 24 岁如愿加入青海省作家协会，28 岁被中国红十字会旗下的《博爱》杂志聘为特约作者，被《知音》杂志陈清贫写作文化培训学校聘为指导教师，线上授课。她创作的歌词《何不快乐》荣获全国音乐少儿大赛金奖；散文《借你耳朵听世界》荣获中国政法大学征文比赛三等奖，该文被数十家报刊转载。

应小青作为青海省优秀的青年作家，于 2021 年被推荐参加了由中国残联和中国作协在上海举办的第二期全国身障人士文学研修班，她用智能电子设备聆听知名作家潘向黎、王蒙之子王山、《青年文学》杂志主编张菁等老师的精彩授课，并受到中国残联吕世明副主席的亲切接见和勉励。

以上这些第三梯队的骨干作家显示出了强劲的创作势头，并形成了以王建民、周存云、郭守先、李永新、索南才旦、许正大为代表的诗歌创作中坚力量，以马国福、余聪、周存云、周尚俊、茹孝宏、蓟荣孝、李天华、应小青为代表的散文创作中坚力量，以王建民、余聪、李明华、陈华民、徐存秀为代表的小说创作中坚力量，以郭守先、王建民、谢彭臻、茹孝宏、李积霖为代表的文艺评论创作中坚力量，以周尚俊、李明华、应小青为代表的纪实文学创作中坚力量。他们在青海文坛都占有一席之地，并产生相应影响，在乐都文学发展史册上也写下了光辉的篇章。

第三梯队中除以上这些骨干作家外，在公开报刊发表作品较多的还有徐文衍、李积祥、张永鹤、蒲永彪、王宝业、辛元戎、祁万强、巨月秀、陈芝振、董英武、熊国学、赵显清、权文珍、辛秉文、谢保和、林倩倩等。其中徐文衍出版文集《心灵霁光》，曾获青海日报"回眸二十年"征文三等奖；李积祥出版诗词集《河湟涛声》，曾获青海诗词大赛一等奖、《今古传奇》征稿优秀奖；张永鹤曾获全省"师德、师风、师品"征文二等奖；陈芝振出版汉碑碑文（散文）研究专著《〈三老赵掾之碑〉释》；董英武出版文集《文明的追寻》；熊国学获青海日报周末版头题征文三等奖；辛秉文出版《青海舞蹈史研究》；谢保和出版诗集《乡间行吟》；林倩倩出版散文集《水落在远方》。还有张银德、马英梅、李万菊、铁生玉、权永龙、范宗保、熊国谦、盛国俊、李天林、郭常礼、王以贵、熊增良、马忠麟、巨月秀等也坚持写作，并发表了不少作品。他们为乐都文学百花园增添了更加多样的色彩。

另外，在全国新文艺群体崛起和发展势头锐不可当的大背景下，除上文说过的余聪外，乐都的一大批网络写作者也应运而生、渐渐成长。他们年龄多在 50 岁以下，其成员主要有朱丹青、李巧玲、张长俊、赵玉莲、李桂兰、李炜、贾洪梅、袁有辉、杨春兰、应小娟、盛兆寿等。他们中的大多数先在一些网络平台发表作品，磨砺笔锋，然后再向纸质媒体投稿，如朱丹青、李巧玲、张长俊、赵玉莲、李桂兰、李炜、袁有辉、贾洪梅、杨春兰时有作品见诸报刊。

朱丹青（本名朱琴玲，女）是乐都网络写作者中最突出的一位。她除在《青海日报》《青海湖》等报刊发表多篇散文作品外，于2016年12月创办微信公众号《青海四月天》，并担任该公众号主笔。已在《青海四月天》发表散文《消失了的年味》系列、《那片长满荆芥的故土》、《〈方四娘〉——一首流传在河湟地区的悲情绝唱》、《哭冤家——一场永无应答的对话》、《青海人的大月饼》等原创散文400余篇，共计50多万字。20万字的长篇小说《邻家有二凤》于2003年在全球华人网上家园《天涯论坛》连载。20多万字的长篇小说《湟水河边流走的光阴》正在《青海四月天》连载。

李巧玲（网名远方，女）也是乐都网络写作者中成绩突出的一位。他在乡村耕作之余从事散文创作，除在《海东日报》《中国土族》《群文天地》《瀚海潮》等报刊发表作品外，在《青海读书》《西海人文地理》《香落尘外》《昆仑文学》等公众号发表作品。已出版散文集《樱桃花开》。曾获《青海读书》2020年十佳"好作者奖"、《青海读书》2021年十佳"新锐奖"。

从时段上说，乐都的网络写作者群体也可看作乐都作家的第四梯队。但除朱丹青、李巧玲外，第四梯队中尚未出现其他代表性的作家和比较厚重的作品。欲承第三梯队文学创作之成就，开拓乐都文学事业美好之未来，第四梯队写作者任重而道远。

综上所述，乐都数千年文脉绵延不辍，不仅源远流长，且具有独特的边塞风骨和地域特色。尤其是1949年以来，乐都本土作家层出不穷，不断取得新的创作成果，虽不敢言说硕果累累，但可谓果实甘饴，回味无穷……

2022年3月29日

后记

  《乐都文学丛书》的诞生，动议于 2020 年终岁尾。那是 12 月的某一日，我在乐都作协年会上，向区文联提出编纂出版《乐都文学丛书》的建议，区文联李积霖主席态度爽快，说这是一件大好事，定当勠力同心促成之。2021 年春节过后，即以区文联与作协的名义给区政府、区委宣传部分别呈送了编纂出版《乐都文学丛书》的报告，领导们研究同意后，在区委宣传部领导的指导下，即于当年 6 月正式启动编纂工作。

  先是制订编辑方案，确定诗歌、散文、小说、纪实、评论各分卷编辑，然后进入组稿和编选环节。

  这是乐都历史上第一次以选集的形式编纂出版文学丛书，因此发出的《征稿通知》中对应征稿件的时间范围自然放宽了一些，即编选"改革开放以来，尤其是近十年以来在公开报刊上发表过的作品"。为力争体现收选作者作品的全面性，避免缺漏和遗珠之憾，既编选乐都籍作者的作品，也编选外籍作者书写乐都、情系乐都的作品。

  起初，拟对一些散文大家的作品多编选一些，并在向他们约稿时说明了此意。这源于我已经掌握有三位外籍散文大家均发表过两篇书写乐都的散文，乐都籍的散文大家发表书写乐都的散文则更多。结果特地约稿的几位大家大多只来稿一两篇，而其他多数应征作者的来稿都在两篇以上，有的多达四五篇，来稿总量之多，令我惊讶、惊喜。但受客观条件所限，该丛书的总字数必须控制在 170 万左右。据此，最终决定散文卷每位作者只入编一篇，并保持着优中选优、佳中选佳的态度，面对大量来稿，着实做了一番披沙拣金、掇菁撷华的工作。

鉴于乐都评论作者较少，征稿时未限定篇数。结果来稿量也很大，且作者多为省内评论大家，只是作者数量相对较少，倘若每位作者只入编一篇，显然不足一本书的体量。全部入编，评论卷体量过大。最终每位作者的来稿或删减一二，或删减二三，多数稿件则予以保留。因此该丛书中，评论卷体量稍大一些。小说卷中，每位作者的来稿或入编一篇，或入编两篇；诗歌卷中，多数作者的来稿入编若干首，少数作者的来稿只入编一二；纪实卷中，来稿多则入编得多，来稿少则入编得少。总之，各卷的选稿在注重文本品质的前提下，还综合考虑了多方因素。之后，除评论卷按被评论的体裁、诗歌卷兼顾体裁和内容分设若干栏目外，其他三卷均按内容分群归类，分设若干栏目。各卷均以其中蕴含该卷综合审美价值的某篇篇名作为书名。我们做完这些初步的编选工作后，根据青海人民出版社的三审意见，两次对各卷的少量稿件又进行了删减或替换。

该丛书编纂过程中，虽有劳心劳力之苦，但也屡屡唤起我们的敬意和感动，并在这种敬意和感动中不断汲取力量砥砺前行，不断增强做好此项工作的责任感和使命感。这除了源于我们阅读到广大应征作家或文字锦绣、或内蕴深邃、或视角独特、或情感丰沛、或书写真诚的各种体裁的作品外（当然许多作家的作品兼具多种优点），还源于广大作家的大力支持和热情配合。省垣作家王文泸、马钧、刘晓林、葛建中、唐涓、邢永贵、刘大伟、李万华、阿甲、张翔、冯晓燕，海东作家张臻卓、张扬、雪归，乐都籍作家王建民、周存云、李永新、马国福等均在第一时间发来大作。其中马钧先生某日凌晨4时起床，于6时左右将一篇曾发表过的评论稿改定后发到我邮箱里，然后匆匆盥洗用早膳后，驱车赴乐都采访该区的书法之乡活动开展情况。葛建中先生赴外地出差期间，背着笔记本电脑在所下榻的酒店里秉烛通宵，整理、修改完曾发表过的数篇稿件发到了我的微信。我向乐都籍老作家李生才电话约稿后，李生才先生花一两天时间翻箱倒柜，找出40年前发表他小说的数本《青海湖》杂志，当我和区文联李积霖主席赴西宁他的家里取那几本样刊时，他和老伴以耄耋之身准备了一桌子丰盛的菜肴，盛情款待我俩。凡此种种，不再一一列举。

编纂该丛书的初衷是回顾、梳理和展示改革开放以来，尤其是近十年以来乐都文学的创作成果，以使读者约略洞见乐都文学创作状况，触摸文学队伍薪火相传、新老交替的脉搏，了解乐都写作队伍的现状。另外，为使读者更好地了解乐都文学的发展脉络和乐都文学的方方面面，丛书中还特地收编了笔者撰写的《源远流长 花繁叶茂——乐都文学概述》一文。我们诚望乐都本土的文学写作者和文学工作者也能窥见自身的不足和隐忧，从而补足短板，强化弱项，开启乐都文学更加美好的明天。

五卷本《乐都文学丛书》，洋洋170多万言，可谓卷帙浩繁；编纂出版这样一套丛书，可谓工程浩大。当完成全部流程，即将付梓之际，终于如释重负了。

特别感谢青海省文联党组成员、副主席，省作协主席梅卓拨冗作序！

特别感谢乐都区委、区政府领导的大力支持！

特别感谢海东市文体旅游广电局的大力支持！

特别感谢乐都区委常委、宣传部部长丁生文花费大量心血并作序！

特别感谢乐都区文联主席李积霖花费大量心血！

特别感谢青海东方全力房地产开发有限公司董事长俞涛慷慨解囊！

感谢青海人民出版社总编辑王绍玉精心谋划，以及编辑二部编辑们付出的辛勤劳动！感谢青海德隆文化创意有限责任公司总经理张芳平的倾情助力！感谢乐都作协编辑同仁们的鼎力襄助！感谢所有支持、关心这套丛书出版的领导和朋友们！

如前所说，有几位知名作家应约投来两篇或两篇以上散文作品，因体量所限，只入编了一篇；有的作家、作者投来的某种体裁的作品，因特殊原因而未能入编。对此，只能举揖致歉了！

茹孝宏

于壬寅虎年孟秋